Viva
Chama

Da Autora:

Moça com Brinco de Pérola

Anjos Caídos

A Dama e o Unicórnio

O Azul da Virgem

Viva Chama

Tracy Chevalier

VIVA CHAMA

Tradução
BEATRIZ HORTA

Copyright © 2007 Tracy Chevalier

Título original: *Burning Bright*

Capa: Raul Fernandes
Foto da Autora: Sven Arnstein

Editoração: DFL

2009
Impresso no Brasil
Printed in Brazil

CIP-Brasil. Catalogação na fonte
Sindicato Nacional dos Editores de Livros – RJ

C452v	Chevalier, Tracy, 1962-
	    Viva chama/Tracy Chevalier; tradução Beatriz Horta. — Rio de Janeiro: Bertrand Brasil, 2009.
	    416p.
	
	    Tradução de: Burning Bright
	    ISBN 978-85-286-1397-1
	
	    1. Romance americano. I. Horta, Beatriz. II. Título.

09-2967	CDD – 813 CDU – 821.111(73)-3

Todos os direitos reservados pela:
EDITORA BERTRAND BRASIL LTDA.
Rua Argentina, 171 — 1º andar — São Cristóvão
20921-380 — Rio de Janeiro — RJ
Tel.: (0xx21) 2585-2070 — Fax: (0xx21) 2585-2087

Não é permitida a reprodução total ou parcial desta obra, por quaisquer meios, sem a prévia autorização por escrito da Editora.

Atendemos pelo Reembolso Postal.

Para meus pais

Março de 1792

I.

UM

Havia algo de humilhante em esperar na carroça numa agitada rua de Londres com todos os seus pertences amontoados em volta, à vista da curiosidade das pessoas. Jem Kellaway estava sentado numa pilha de cadeiras estilo Windsor que o pai tinha fabricado havia anos para a família, e observava, abismado, os transeuntes inspecionarem sem qualquer pudor o carregamento da carroça. Ele não estava acostumado a ver tantos estranhos de uma só vez (o aparecimento de algum na aldeia de Dorsetshire, onde morava, era acontecimento para ser comentado por vários dias), nem a chamar a atenção e ser observado. Agachou-se no meio dos objetos da família, tentando ficar menos visível. Menino magrelo, de cara comprida, profundos olhos azuis e bonitos cabelos louros caindo em cachos até abaixo das orelhas, Jem não gostava de chamar atenção, e as pessoas olhavam mais para as posses da família do que para ele. Um casal chegou a parar e manusear algumas coisas, como se estivesse apertando pêssegos num carrinho de mão, para ver qual o mais maduro: a mulher pegava na barra de uma camisola que saía da bolsa de alça; o homem testava os dentes de um dos serrotes de Thomas Kellaway para ver se estavam afiados. Mesmo quando Jem gritou "Largue isso!", ele demorou a colocá-lo no lugar.

Além das cadeiras, a carroça estava lotada de ferramentas usadas no ofício do pai de Jem: arcos de madeira para dobrar os braços e encostos das cadeiras estilo Windsor nas quais ele era especialista, um torno mecânico desmontado para esculpir as pernas das cadeiras e uma série de serrotes, machados, formões e arcos de pua. Na verdade, as ferramentas de Thomas Kellaway ocupavam tanto espaço que a família precisou se revezar andando ao lado da carroça nos sete dias de viagem que levaram de Piddletrenthide até Londres.

A carroça em que viajaram, conduzida pelo Sr. Smart, um nativo de Piddle Valley dotado de incomum senso de aventura, estava parada em frente ao Anfiteatro de Astley. Tendo apenas uma vaga ideia de onde encontrar Philip Astley, e nenhuma da imensidão que era Londres, Thomas Kellaway achava que podia ficar estacionado no centro da cidade, em frente ao anfiteatro onde se apresentava o Circo de Astley, exatamente como faria em Dorchester. Para sorte deles, o Circo de Astley era muito conhecido em Londres, e logo encontraram a grande construção no final da ponte Westminster, com seu teto abobadado de madeira terminando em ponta e a entrada adornada de quatro colunas. Uma imensa bandeira branca tremulava ao vento no alto do teto, com os dizeres ANFITEATRO, em preto, de um lado, DE ASTLEY, em vermelho, do outro.

Fazendo o possível para ignorar os curiosos na rua, Jem fixou a vista na ponte Westminster, em vez de se concentrar na margem do rio que o Sr. Smart tinha resolvido percorrer "para ver um pouco de Londres". A ponte fazia um arco sobre o rio e se destacava acima da confusão distante de torres quadradas e espirais da abadia de Westminster. Nenhum dos rios que Jem conhecia em Dorset (o Frome, do tamanho de um campo, e o Pidlle, um mero riacho que ele conseguia saltar num pulo) tinha qualquer semelhança com o Tâmisa, um largo canal de caudalosas águas marrom-esverdeadas e revoltas, que iam e vinham acompanhando a distante maré do oceano. Tanto o rio quanto a ponte estavam atulhados de trânsito (barcos no Tâmisa, carruagens, carroças e pedestres na ponte). Jem nunca tinha visto tanta gente num só lugar, nem mesmo no dia de feira em Dorchester, e estava tão distraído com tanto movimento, que não conseguia perceber pequenos detalhes.

Tinha vontade de descer da carroça e andar junto à margem do rio com o Sr. Smart, mas não ousava se afastar de Maisie e da mãe. Maisie Kellaway olhava tudo, encantada, e batia um lenço no rosto.

— Meu Deus, está muito quente para março. Lá em casa não estava assim, não é, Jem?

— Amanhã vai refrescar — ele prometeu. Embora Maisie fosse dois anos mais velha que ele, muitas vezes Jem achava que era o contrário, pois ela precisava ser protegida dos imprevistos da vida, mesmo que poucos em Piddle Valley. A tarefa dele seria mais árdua em Londres.

Anne Kellaway observava o rio da mesma forma que Jem, os olhos fixos num menino remando firme num barco. Na frente dele, um cachorro ofegava de calor; era o único carregamento no barco. Jem sabia no que sua mãe estava pensando enquanto acompanhava o menino: pensava no filho Tommy, que gostava de cães e sempre tinha, pelo menos, um da aldeia andando atrás dele.

Tommy Kellaway tinha sido um menino lindo, com uma queda para sonhar de olhos abertos que deixava os pais desconcertados. Desde cedo ficara claro que ele jamais seria fabricante de cadeiras, pois não tinha afinidade com a madeira e nem imaginava o que fazer com ela, assim como também não demonstrava qualquer interesse pelas ferramentas que o pai tentava ensiná-lo a usar. Largava o arco de pua no meio de um serviço, ou deixava o torno girar cada vez mais devagar até parar, enquanto olhava a lareira ou alguma coisa próxima (traço que herdara do pai, mas sem a capacidade suplementar de voltar a atenção para o trabalho).

Apesar dessa inutilidade básica (que Anne Kellaway costumava desconsiderar), a mãe gostava mais dele que dos outros filhos, embora não soubesse explicar por quê. Talvez o achasse o mais indefeso e, por isso, precisasse mais dela. Sem dúvida, Tommy era boa companhia e fazia-a rir como ninguém. Mas o riso emudecera há seis semanas, na manhã em que ela o encontrara sob a pereira no fundo do quintal dos Kellaway. Ele devia ter subido na árvore para pegar a única pera que restara, que conseguira ficar no galho, fora de alcance durante o inverno inteiro, instigando-os, mesmo sabendo que o frio teria prejudicado seu sabor. Um galho rachara, ele caíra e quebrara o pescoço. Sempre que Anne Kellaway pensava nele, sentia uma dor aguda no peito, como naquele momento, olhando o menino com o cachorro no barco. A primeira amostra de Londres não conseguira apagar aquela dor.

DOIS

Thomas Kellaway se sentiu pequeno e desajeitado ao passar entre as altas colunas do lado de fora do anfiteatro. Era um homem baixo e magro, de cabelos encaracolados como o pelo de um terrier, cortados bem curtos. Sua presença não se destacava num saguão tão pomposo. Ao entrar, tendo deixado a família na rua, encontrou o vestíbulo escuro e vazio, embora ouvisse o estalido de patas e o estalar de um chicote vindo por uma porta. Acompanhando os sons, entrou no teatro propriamente dito e ficou entre fileiras de bancos que davam para a arena de espetáculo, onde vários cavalos trotavam com os cavaleiros não exatamente montados, mas de pé nas selas. No centro, um jovem estalava um chicote enquanto dava as orientações. Embora, um mês antes, Thomas Kellaway tivesse visto fazerem igual num espetáculo em Dorchester, mesmo assim tornou a se impressionar. No mínimo, porque era ainda mais incrível que os cavaleiros pudessem repetir o truque. Uma vez podia ser mera sorte; duas provava que tinham muita técnica.

Em volta da arena, haviam construído camarotes de madeira e um balcão, com lugares para espectadores sentados e em pé. Por cima de tudo, ficava dependurado um enorme candelabro de roda de carroça de três andares, e o teto abobadado, com aberturas, deixava entrar luz.

Thomas Kellaway não ficou muito tempo olhando os cavaleiros, pois, enquanto estava parado no meio dos bancos, um homem se aproximou e perguntou o que desejava.

— Gostaria de falar com o Sr. Astley, se possível — respondeu Thomas Kellaway.

Estava falando com o assistente administrativo de Philip Astley. John Fox tinha um bigode comprido e olhos empapuçados, que costumava manter semicerrados, só os abrindo frente a uma calamidade: no longo período de Philip Astley como empresário circense, tinham ocorrido muitas e ainda ocorreriam várias outras. O súbito aparecimento de Thomas Kellaway no anfiteatro não chegava a ser o que John Fox consideraria uma calamidade; então, olhou o homem de Dorset sem surpresa e através de suas pálpebras caídas. Estava acostumado com pessoas pedindo para falar com o chefe dele. E tinha uma memória prodigiosa, sempre útil a um assistente; por isso, lembrava-se de Thomas Kellaway em Dorchester, no mês anterior.

— Fique ali fora; acho que ele vai acabar lhe atendendo — informou.

Intrigado com o olhar sonolento e a resposta lânguida de John Fox, Thomas Kellaway voltou para a carroça onde ficara sua família. Já bastava tê-la trazido para Londres; esgotara-se sua capacidade de ação.

Ninguém diria (muito menos o próprio Thomas Kellaway) que ele acabaria em Londres, um fabricante de cadeiras de Dorset, membro de uma família que vivia em Piddle Valley havia séculos. Tudo fora trivial na vida dele até o momento em que encontrara Philip Astley. Thomas Kellaway aprendera a fazer cadeiras com o pai e herdara a oficina quando ele morrera.

Casara-se com a filha do melhor amigo do pai, um entalhador, e, com exceção das coisas que faziam na cama, fora como se casar com uma irmã. Moravam em Piddletrenthide, a aldeia onde ambos cresceram, e tiveram três filhos (Sam, Tommy e Jem) e uma filha, Maisie. Thomas costumava beber no Five Bells duas noites por semana, ia à igreja todos os domingos, e a Dorchester, uma vez por mês. Nunca tinha estado no litoral, que ficava a dezenove quilômetros, nem manifestava qualquer interesse em ir até lá, como faziam outros frequentadores do pub, nem queria ver qualquer das catedrais que ficavam a um dia de distância (catedral de Wells, de Salisbury ou de Winchester) ou ir a Poole, Bristol ou Londres. Quando ia a Dorchester, fazia seu serviço (recebia encomendas de cadeiras, comprava madeira) e voltava para casa. Preferia voltar tarde a pernoitar numa das hospedarias da cidade e gastar todo o dinheiro em bebida. Isso lhe parecia bem mais perigoso do que as estradas escuras. Era um homem cordial, nunca o mais barulhento do pub, e sentia-se muito feliz quando estava esculpindo pernas de cadeiras em seu torno, concentrado numa pequena ranhura ou curva, ou até esquecendo que fazia uma cadeira e apenas admirando o veio, a cor ou a textura da madeira.

Era como vivia e continuaria vivendo até fevereiro de 1792, quando o Espetacular Show Equestre Itinerante de Philip Astley passou alguns dias em Dorchester, apenas duas semanas depois de Tommy Kellaway cair da pereira. Uma parte do Circo de Astley estava excursionando pelo oeste e passara lá na volta a Londres, depois de ficar o inverno em Dublin e Liverpool. Embora o espetáculo tivesse sido amplamente divulgado com cartazes, folhetos e enormes anúncios no *Western Flying Post*, Thomas Kellaway não sabia que o circo se encontrava na cidade quando fizera uma de suas viagens para lá. Tinha ido entregar um conjunto de oito cadeiras em estilo Windsor de espaldar alto, que levara na carroça junto com o filho Jem, aprendiz do ofício, como o próprio Thomas Kellaway tinha sido do pai.

Jem ajudara a descarregar as cadeiras e ficara olhando o pai falar com o freguês com aquela combinação sutil de cerimônia e intimidade necessárias ao negócio.

— Papai, podemos dar uma olhada no mar? — perguntara, quando a transação terminara e Thomas Kellaway guardara no bolso uma coroa a mais oferecida pelo freguês satisfeito.

Numa colina ao sul de Dorchester, podia-se apreciar o mar a vinte quilômetros de distância. Jem tinha feito isso algumas vezes e esperava, um dia, ver o mar de perto. Nos campos acima de Piddle Valley, ele sempre olhava para o sul, esperando que a paisagem de colinas sobrepostas saísse do lugar e desse um relance da linha azul de água que levava ao resto do mundo.

— Não, filho, é melhor voltarmos para casa — respondera Thomas Kellaway automaticamente, arrependendo-se em seguida ao ver a cara de Jem fechar como uma cortina numa janela. Lembrara-se de uma fase fugaz de sua vida, quando ele próprio quisera ver e fazer coisas novas, quebrar a rotina, até que a idade e a responsabilidade o trouxeram de volta à resignação de que precisava para viver pacatamente em Piddle. Jem, com certeza, também acabaria aceitando. Crescer era isso. Mas sentira pena do filho.

Não dissera mais nada. Quando passaram pelos prados à margem do rio Frome, nos arredores da cidade onde havia sido construída uma estrutura circular de madeira coberta de lona, ele e Jem olharam os homens fazendo acrobacias com tochas na beira da estrada para chamar a atenção dos espectadores. Thomas Kellaway, então, sentira no bolso a coroa que recebera a mais e virara a carroça na direção do campo. Tinha sido o primeiro ato impensado de sua vida e, de repente, parecera que alguma coisa havia se rompido nele, como o gelo quebrando num lago, no começo da primavera.

Contar do espetáculo a que assistiram e do encontro com Philip Astley facilitara a Thomas Kellaway enfrentar os olhos amargos da esposa quando ele e Jem chegaram tarde da noite em casa. Pois, julgara ela, o marido ousara se divertir quando o túmulo do filho ainda estava fresco.

— Ele me ofereceu trabalho, Anne. Em Londres. Uma nova vida, longe do... — Não terminara a frase. Não precisava: os dois pensavam no montículo de terra no cemitério de Piddletrenthide.

Para sua surpresa (pois ele mesmo não tinha levado a sério o convite), Anne Kellaway olhara bem nos olhos dele e concordara com a cabeça.

— Certo. Vamos para Londres.

TRÊS

Os Kellaway aguardaram meia hora na carroça até o próprio Philip Astley ir visitá-los: o dono do circo, criador de espetáculos, motivo de estranhos fuxicos, ímã de talentosos e excêntricos, dono de estalagem, proprietário de lojas no comércio local e uma personalidade muitíssimo interessante. Usava um casaco vermelho, o mesmo havia anos, desde que fora oficial de cavalaria, com botões e debruns dourados, abotoado só no pescoço, mostrando uma barriga enorme contida por um colete branco. A calça era branca; as botas, de cano alto até o joelho, e, como única concessão à vida paisana, usava uma cartola preta que estava sempre tirando para cumprimentar as damas que conhecia ou gostaria de conhecer. Acompanhado pelo onipresente John Fox, ele desceu a cavalo os degraus do anfiteatro, foi até a carroça, tirou a cartola para Anne Kellaway, apertou a mão de Thomas Kellaway e cumprimentou Jem e Maisie com a cabeça.

— Bem-vindos, bem-vindos! — gritou, brusco e caloroso ao mesmo tempo. — Ótimo vê-lo de novo, senhor! Imagino que esteja satisfeito com a paisagem londrina após a viagem de Devon.

— Dorsetshire, senhor. Morávamos perto de Dorchester — corrigiu Thomas Kellaway.

— Ah, sim, Dorchester, ótima cidade. O senhor fabrica barris de madeira, não?

— Cadeiras — corrigiu John Fox, baixo. Por isso acompanhava o patrão a toda parte: para dar cutucadas e corrigir quando preciso.

— Cadeiras, ah, claro. O que posso fazer pelo senhor e a madame? — Ele fez sinal para Anne Kellaway, meio sem jeito, pois ela estava sentada bem ereta, de olhos fixos no Sr. Smart (que, no momento, se encontrava na ponte Westminster), com a boca apertada como uma bolsa de cadarço. Cada milímetro dela transmitia a mensagem de que não queria estar lá, ou ter nada a ver com ele, recado ao qual Philip Astley não estava acostumado. Sua fama fazia com que fosse bastante requisitado, com muita gente querendo sua atenção. O fato de alguém demonstrar um sentimento inverso o instigou e fez com que imediatamente se esforçasse por recuperar a atenção. — Digam o que precisam e eu consigo! — acrescentou, com um volteio do braço, gesto que Anne Kellaway perdeu, pois continuava de olhos postos no Sr. Smart.

Anne Kellaway começara a se arrepender por terem se mudado de Dorsetshire quase no mesmo instante em que a carroça saíra do chalé onde moravam; o sentimento aumentara durante a semana que passaram na estrada abrindo caminho na lama de começo da primavera até Londres. Quando chegara em frente ao anfiteatro, sem olhar para Philip Astley, percebera que estar em Londres não a faria esquecer o filho morto, como esperava. Na verdade, fizera com que pensasse ainda mais nele, pois estar lá lembrava-a do que estava fugindo. Mas preferia culpar o marido e Philip Astley por seu infortúnio a Tommy por ter sido tão insensato.

— Bem, o senhor me convidou para vir para Londres e estou gentilmente aceitando seu convite — começou Thomas Kellaway.

— Foi mesmo? Fox, eu o convidei? — perguntou Philip Astley, virando-se para confirmar com John Fox.

John Fox concordou com a cabeça.

— Convidou, senhor.

— Ah, não se lembra, Sr. Astley? — berrou Maisie, inclinando-se para a frente. — Papai contou para todos nós. Ele e Jem estavam no seu espetáculo, e alguém fez um truque numa cadeira equilibrada num cavalo, a cadeira quebrou e papai consertou na hora. E o senhor falou com ele sobre madeira e móveis, pois foi aprendiz de fabricante de armários, não foi?

— Fique quieta, Maisie — interrompeu Anne Kellaway, virando a cabeça por um instante. — Ele certamente não quer ouvir isso tudo.

Philip Astley olhou para a esguia camponesa falando com tanta energia e riu.

— Bom, senhorita, agora estou me lembrando desse encontro. Mas por que isso fez com que viessem parar aqui?

— O senhor disse a papai que, se ele quisesse, podia vir para Londres e o senhor o ajudaria a se estabelecer. Foi o que fizemos, e eis-nos todos aqui.

— Todos mesmo, Maisie. — Philip virou-se para Jem, avaliando que devia ter uns 12 anos, boa idade para levar recados e ajudar num circo. — E como se chama, rapaz?

— Jem, senhor.

— Que tipo de cadeiras são essas perto de onde está sentado, jovem Jem?

— Estilo Windsor, senhor. Foi papai quem fez.

— Lindas cadeiras, Jem, muito bonitas. Poderiam fazer algumas para mim?

— Claro, senhor — respondeu Thomas Kellaway.
Os olhos de Philip Astley passaram para Anne Kellaway.
— Quero uma dúzia.
Anne Kellaway empertigou-se, mas continuou sem olhar para o homem do circo, apesar de sua generosa encomenda.
— Agora, Fox, quais são os alojamentos que temos disponíveis no momento? — perguntou. Philip Astley possuía inúmeras casas em Lambeth, região em volta do anfiteatro, situada logo depois da ponte Westminster, dentro de Londres propriamente.
John Fox mexeu os lábios e seu bigode estremeceu.
— Só temos alguns com a Srta. Pelham nas Residências Hércules, mas é ela quem escolhe seus inquilinos.
— Bom, ela vai escolher os Kellaway, e todos vão ficar muito bem. Leve-os para lá agora, Fox, com alguns meninos para ajudar a descarregar a carroça. — Philip Astley tirou a cartola mais uma vez para Anne Kellaway, apertou de novo a mão de Thomas Kellaway e disse: — Se precisarem de alguma coisa, Fox resolve. Bem-vindos a Lambeth!

QUATRO

*M*aggie Butterfield notou imediatamente os recém-chegados. Quase nada lhe escapava por ali: se uma pessoa mudava para lá ou de lá, Maggie já ia mexer nas coisas dela, perguntar e juntar tudo que ficava sabendo para contar depois ao pai. Era natural, então, que se interessasse pela carroça do Sr. Smart, parada naquele momento em frente ao número 12 das Residências Hércules, e prestasse atenção na família que tirava os pertences da carroça.

As Residências Hércules consistiam numa série de 22 casas de tijolos que terminavam em dois pubs, o Pineapple e a taverna Hércules. Todas as casas tinham três andares, um porão, um pequeno jardim na frente e outro bem maior nos fundos. A rua era um agitado atalho usado pelos moradores de Lambeth que queriam atravessar a ponte Westminster sem passar pelas trilhas pobres e decadentes que ficavam à margem do rio, entre o Palácio Lambeth e a ponte.

A casa número 12 das Residências Hércules tinha uma cerca de ferro preta, que terminava em ponta na altura dos ombros. O jardim era coberto de cascalho, tendo ao centro uma moita bem aparada, em forma de bola. A janela da frente tinha cortinas de cor laranja, que se encontravam semicerradas. Quando Maggie se aproximou, um homem, uma mulher, mais um menino da idade dela e uma menina um pouco mais velha carregavam cada um uma cadeira para dentro da casa, enquanto uma mulher pequena, de avental amarelo desbotado, se agitava ao redor deles.

— Isso é muito irregular! Muito irregular! O Sr. Astley sabe muito bem que escolho e sempre escolhi meus inquilinos. Ele não tem o direito de me impingir pessoas. Está me ouvindo, Sr. Fox? Não tem o menor direito! — gritava a mulher, bem na frente de John Fox, que tinha saído do interior da casa, de mangas arregaçadas, seguido de alguns meninos do circo.

— Desculpe, Srta. Pelham, só estou fazendo o que o homem mandou. Espero que ele venha se explicar — disse, abrindo caminho para ela passar.

— Esta casa é *minha*! Sou eu quem toma conta dela. Ele é apenas o dono e não tem nada a ver com o que se passa aqui dentro.

John Fox pegou uma caixa de serrotes com cara de quem preferia não ter dito nada. O tom de voz da Srta. Pelham pareceu incomodar até o cavalo da carroça, cujo dono também ajudava a levar os bens dos Kellaway para cima. O cavalo estava parado, calmo, submisso devido às patas machucadas pela viagem de uma semana até Londres, mas quando a Srta. Pelham falou mais alto e mais estridente, ele começou a resfolegar e bater as patas no chão.

— Menina, pago um tostão para você manter o cavalo parado — disse John Fox para Maggie. E, em seguida, entrou rápido na casa, com a Srta. Pelham atrás, ainda reclamando.

Maggie subiu na carroça, satisfeita, e segurou as rédeas do cavalo, encantada por ser paga para assistir da primeira fila aos acontecimentos. Tocou no focinho do cavalo e perguntou, baixo:

— De onde você vem, hein, seu velho cavalo do campo? Vem de Yorkshire? Lincolnshire? — citando as duas regiões da Inglaterra sobre as quais sabia alguma coisa, que era pouca: senão que seus pais tinha vindo de lá, embora morassem em Londres havia vinte anos. Maggie nunca tinha saído da capital; na verdade, raramente atravessava o rio para ir ao Centro e nunca tinha passado uma noite fora de casa.

— Dorsetshire — disse alguém.

Maggie virou-se, sorrindo ao ouvir as vogais sonoras e ásperas pronunciadas pela menina que tinha levado uma cadeira para dentro, voltado em seguida e agora se encontrava ao lado da carroça. Não era feia, tinha pele rosada e grandes olhos azuis, embora usasse uma ridícula touca redonda de babados, que devia ter achado que cairia bem na cidade. Maggie sorriu, zombeteira. Só de olhar, sabia toda a história da família: era do campo e viera para Londres pelo motivo de sempre: para viver melhor. Realmente, às vezes os camponeses se davam bem. Já outras...

— De onde vieram, então? — perguntou.

— Piddletrenthide — a menina respondeu, esticando a última sílaba.

— Nossa mãe, como é mesmo o nome?

— Piddletrenthide.

— Piddlee-di-di, que nome! Nunca ouvi falar — Maggie bufou.

— Quer dizer trinta casas às margens do rio Piddle. Fica em Piddle Valley, perto de Dorchester. Um lugar lindo. — A menina sorriu para alguma coisa do outro lado da rua, como se estivesse vendo Dorsetshire lá.

— Então, como se chama, Srta. Piddle?

— Maisie. Maisie Kellaway.

A porta da casa se abriu e a mãe de Maisie apareceu de novo. Anne Kellaway era alta, angulosa e tinha os emaranhados cabelos castanhos presos num coque na nuca. Deu um olhar desconfiado para Maggie, como um comerciante para alguém que ele imaginava ter roubado algo da loja. Maggie conhecia bem aquele olhar.

— Não converse com estranhos, Maisie. Não lhe avisei sobre Londres? — ralhou Anne Kellaway.

Maggie mexeu nas rédeas do cavalo.

— Madame, Maisie está muito segura na minha companhia. Mais do que com muita gente.

Anne Kellaway pôs os olhos em Maggie e concordou com a cabeça.

— Está vendo, Maisie? Até os daqui reconhecem que existe gente ruim por aí.

— Isso mesmo, Londres é um lugar perigoso — Maggie não resistiu a dizer.

— O quê? Perigoso como? — exigiu Anne Kellaway.

Maggie deu de ombros ao ser pega de surpresa. Não sabia responder. Tinha uma coisa que certamente deixaria Anne Kellaway chocada, mas ela jamais contaria.

— Conhece aquela passagem pequena, do outro lado do Campo Lambeth, que vai da margem do rio para os campos e chega na Travessa Royal?

Maisie e Anne Kellaway pareciam abismadas.

— Fica perto, ali do outro lado — continuou Maggie. Mostrou o outro lado da estrada, onde os campos se espalhavam quase sem interrupção até o rio. As torres de tijolos vermelhos do Palácio Lambeth podiam ser vistas, ao longe.

— Nós acabamos de chegar, não vimos muita coisa — justificou Anne Kellaway.

Maggie suspirou; sua história perdera o impacto.

— É uma passagem pequena, muito útil como atalho. Houve tempo em que era chamada de Passagem dos Amantes porque... — parou, enquanto Anne Kellaway balançava a cabeça com força, lançando olhares dardejantes para Maisie. — Bom, chamavam assim, mas sabem como se chama hoje? Passagem da Garganta Cortada!

Mãe e filha estremeceram, o que fez Maggie dar um sorriso sádico.

— Grande coisa — interrompeu alguém. — Lá em Piddle Valley temos uma Passagem do Gato Morto. — O menino que carregara uma cadeira para dentro da casa estava na porta.

Maggie revirou os olhos.

— Gato morto, é? Suponho que você o encontrou, não?

Ele concordou com a cabeça.

— Bom, pois eu encontrei o homem morto! — anunciou Maggie, triunfante, e imediatamente sentiu a barriga apertar e contrair. Desejou não ter dito nada, principalmente porque o menino estava olhando firme para ela, como se soubesse o que estava pensando. Mas ele não podia saber.

Anne Kellaway salvou a menina de falar mais, segurou com força a porta e falou bem alto:

— Eu sabia que não devíamos vir para Londres!

— Calma, mãe — murmurou Maisie, como se tranquilizasse uma criança. — Vamos levar umas coisas para dentro. Que tal esses jarros?

Jem deixou Maisie acalmar a mãe. Durante a viagem, já tinha ouvido muitas preocupações dela sobre Londres. Jamais ficara nervosa assim em Dorsetshire, e ele se surpreendeu com aquela transformação súbita, de camponesa ativa em viajante ansiosa. Se desse muita atenção a ela, ficaria ansioso também. Preferia observar a menina que controlava o cavalo. Era agitada, com os cabelos negros trançados, olhos castanhos emoldurados por longas pestanas e um sorriso em forma de V que deixava o queixo pontudo como o de um gato. O que mais o interessou, entretanto, foi ver o medo e o arrependimento que perpassaram seu rosto quando falou no homem morto. Ela engoliu em seco, e Jem teve certeza de que estava sentindo o gosto de bílis. Apesar da petulância dela, Jem sentiu pena. Afinal, claro que era pior encontrar um homem morto do que um gato morto (embora o gato fosse dele e ele gostasse do bichano). Não tinha, por exemplo, encontrado seu irmão Tommy; essa dura tarefa coubera à mãe, que fora correndo do pomar para a oficina, com um olhar horrorizado. Talvez isso explicasse o nervosismo dela em relação a tudo desde então.

— O que estão fazendo nas Residências Hércules? — perguntou Maggie.

— O Sr. Astley nos mandou para cá — respondeu Jem.

— Ele nos convidou para morar em Londres! — interrompeu Maisie. — Papai consertou uma cadeira para ele e agora veio fazer cadeiras em Londres.

— Não diga o nome desse homem! — exclamou Anne Kellaway, quase cuspindo as palavras.

Maggie olhou bem para ela. Pouca gente tinha alguma coisa ruim para falar de Philip Astley. Claro que ele era um homem grande, barulhento, teimoso, mas também generoso e simpático com todos. Se brigasse com alguém, esqueceria um minuto depois. Maggie ganhava muitos trocados dele, geralmente por executar tarefas simples, como controlar um cavalo por um instante, e assistia a inúmeros espetáculos sem pagar, graças a um aceno da mão liberal do Sr. Astley.

— O que tem de errado com ele? — exigiu ela, pronta a defendê-lo.

Anne Kellaway balançou a cabeça, pegou os jarros na carroça e foi andando em direção à casa, como se o nome do homem a estivesse empurrando para dentro.

— É um dos melhores homens que a senhora vai conhecer em Lambeth! — insistiu Maggie para ela. — Se não gosta dele, não vai achar ninguém com quem tomar um drinque!
— Mas Anne Kellaway já tinha sumido.
— É só isso que vocês têm? — perguntou Maggie, mostrando a carroça.
— Quase tudo. Deixamos um pouco com Sam, nosso irmão mais velho. Ele não veio conosco. E, bem, tínhamos outro irmão, mas ele morreu há pouco tempo. Então, só tive irmãos, sabe, embora sempre quisesse ter uma irmã. Você tem irmãs?
— Não, só um irmão.
— O nosso, nós achamos que vai se casar logo, não é, Jem? Casar com Lizzie Miller; está com ela há anos.
— Vamos, Maisie — interrompeu Jem, sem querer tornar pública toda a vida deles. — Temos que levar essas coisas para dentro. — Pegou um arco de madeira.
— Para que serve isso, hein? — perguntou Maggie.
— É um molde. Você dobra a madeira em cima da cadeira para dar forma ao encosto.
— Você ajuda seu pai a fazer cadeiras?
— Ajudo — respondeu Jem, com orgulho.
— Então, você é um pega-bunda.
Jem franziu o cenho.
— Como assim?
— Os criados que andam atrás dos patrões ou patroas não são chamados de pega-peidos? Pois você pega bundas com as suas cadeiras! — Maggie caiu na risada enquanto Jem enrubescia. Não adiantou Maisie participar, com sua risada tilintante.
Na verdade, a irmã dele incentivou Maggie a continuar, virando de costas quando ela e Jem chegaram à porta com os arcos dependurados nos ombros.

— Qual é o seu nome? — Maisie perguntou.
— Maggie Butterfield.
— Ah, você também é Margaret! Não é engraçado, Jem? A primeira garota que conheço em Londres tem o mesmo nome que eu!

Jem ficou pensando como duas garotas tão diferentes podiam ter o mesmo nome. Embora ainda não usasse espartilho como Maisie, Maggie era mais cheia e curvilínea, revestida de uma pele que fazia Jem pensar em ameixas, enquanto Maisie era esguia, com pulsos e tornozelos ossudos. Embora estivesse intrigado com aquela menina de Lambeth, não confiou nela. "É capaz até de roubar alguma coisa. Vou ficar de olho", pensou ele.

Imediatamente se envergonhou pela ideia, o que não o impediu, alguns minutos depois, de olhar pela janela da frente dos novos cômodos para garantir que Maggie não estava mexendo na carroça deles.

Não estava. Estava, sim, mantendo quieto o cavalo do Sr. Smart, dando tapinhas no pescoço dele enquanto uma carruagem passava. Depois, ficou rindo em silêncio da Srta. Pelham, que tinha saído de novo e comentava alto sobre os novos inquilinos. Maggie parecia não parar quieta, pulando de um pé para o outro, observada pelos transeuntes.

Uma velha exclamou:
— Ferro velho e garrafas quebradas! Traga para mim!

Uma menina seguia em sentido contrário com uma cesta cheia de prímulas; um homem afiava duas facas, esfregando uma lâmina na outra, e dizia por cima do barulho:

— Afiador de facas, afie suas facas! Depois que eu afiar, você corta qualquer coisa. — E colocou as facas perto do rosto de Maggie, que se encolheu e pulou para trás enquanto ele ria.

Ela ficou olhando o homem, tremendo tanto que o cavalo de Dorsetshire baixou a cabeça na direção dela e relinchou.

— Jem, abra mais essa janela — disse a mãe, atrás dele. — Não gosto do cheiro das pessoas que moraram aqui antes.

Jem levantou a janela de correr e Maggie o viu. Ficaram se olhando como se nenhum dos dois ousasse desviar o olhar primeiro. Finalmente, Jem se afastou da janela.

Depois que os bens dos Kellaway já se encontravam no andar superior, todos voltaram para a rua com a intenção de se despedirem do Sr. Smart, que não ia pernoitar com eles, pois estava ansioso para voltar a Dorsetshire. Já tinha visto o bastante de Londres para ter semanas de histórias para contar no pub e não queria estar lá ao anoitecer, quando tinha certeza de que o demônio descia sobre os habitantes (embora não tivesse dito isso aos Kellaway). Cada um deles achou difícil cortar seu último vínculo com Piddle Valley e atrasou o Sr. Smart com perguntas e sugestões. Jem segurou no lado da carroça, enquanto o pai discutia em que hospedaria ele devia pernoitar, e Anne Kellaway mandava Maisie pegar algumas maçãs para dar ao cavalo.

Finalmente, o Sr. Smart saiu dizendo:

— Boa sorte e que Deus abençoe a todos! — E foi se afastando da casa 12 das Residências Hércules e ainda acrescentando, baixo: — Que Deus me ajude também.

Maisie acenou com um lenço, embora ele não tenha visto. No final da rua, quando a carroça virou à direita e se misturou ao trânsito, Jem sentiu o estômago revirar. Chutou um pouco de estrume que o cavalo tinha deixado e, embora soubesse que Maggie olhava para ele, não retribuiu o olhar.

Alguns instantes depois, Jem percebeu uma leve alteração nos sons da rua. Continuava barulhenta com os cavalos, carruagens e carroças, além dos bordões dos peixeiros, vassoureiros e vendedores de fósforos, dos engraxates e funileiros, mas pareceu que um intervalo de calma e uma mudança de atenção se intrometera nas Residências Hércules. A Srta. Pelham se calou e Maggie parou de olhar para ele. Jem acompanhou o olhar dela até o homem que passava naquele momento. Era de altura mediana e atarracado, com uma cara redonda e larga, a testa pesada, olhos cinzentos e saltados e a cor pálida de quem passa a maior parte do tempo dentro de casa. Vestia-se de maneira simples, com camisa branca, meias e suspensórios pretos e um casaco fora de moda; chamava mais a atenção pelo gorro vermelho que usava, de um estilo que Jem nunca tinha visto: era em ponta, com a barra dobrada e um florão vermelho, branco e azul preso do lado. O gorro era de lã, que, naquele incomum calor de março, fazia com que o suor escorresse pela testa do homem. Ele estava de cabeça erguida, um pouco de propósito, como se o gorro fosse novo ou de valor e ele precisasse tomar cuidado, ou como se soubesse que todos os olhares convergiriam para ele (como, de fato, constatou Jem).

O homem entrou rápido num portão ao lado do deles, percorreu o caminho de entrada e fechou a porta sem olhar em volta. Quando sumiu, a rua pareceu dar uma sacudida, como um cachorro num cochilo, e a ação voltou com mais força.

— Está vendo, é por isso que preciso falar com o Sr. Astley imediatamente — declarou a Srta. Pelham para John Fox. — Já é ruim ser vizinha de um revolucionário, quanto mais ser obrigada agora a receber estranhos vindos de Dorsetshire. Realmente, isso é demais!

Maggie se manifestou:

— Dorsetshire não é exatamente Paris, madame. Aposto que os moradores de lá nem sabem o que é um *bonnet rouge*. Vocês sabem, Jem e Maisie?

Eles negaram com a cabeça. Jem ficou grato por Maggie responder por eles, mas gostaria que ela não esfregasse aquele desconhecimento no nariz dele.

— Ah, é você, sua malandrinha! — gritou a Srta. Pelham, só então percebendo a presença de Maggie. — Não quero vê-la por aqui. Você é ruim como seu pai. Largue meus inquilinos!

Certa vez, o pai de Maggie vendera para a Srta. Pelham uma renda que garantira ser flamenga, mas que desfiara em poucos dias: tinha sido feita por uma velha que morava bem ali na rua, um pouco mais abaixo, em Kennington. Embora não tivesse mandado prendê-lo (ficara preocupada que os vizinhos descobrissem que havia sido enganada por Dick Butterfield), passara a falar mal dele sempre que podia.

Maggie riu; estava acostumada a ouvir as pessoas criticarem o pai dela.

— Vou dizer a papai que você mandou lembranças — disse, com um sorriso afetado. Depois, virou-se para Jem e Maisie: — Até mais!

— Até — disse Jem, olhando-a correr pela rua e sumir num beco entre duas casas. Desejou, então, que ela voltasse.

— Senhor, por favor, o que é um *bonnet rouge*? — perguntou Maisie a John Fox, que estava combinando com os meninos do circo para voltarem à arena.

John Fox parou.

— É um gorro vermelho, como o que você acabou de ver no seu vizinho, senhorita. Quem o usa apoia a Revolução Francesa.

— Ah, ouvimos falar, não é, Jem? Foi lá que soltaram toda aquela gente da prisão da Bastilha, não foi?

— Isso mesmo, senhorita. Não tem muito a ver com a nossa vida aqui, mas tem gente que gosta de exibir o que pensa.

— Quem é o nosso vizinho, então? Ele é francês?

— Não, senhorita. É William Blake, nascido e criado em Londres.

— Deixem o moço, crianças. Vocês não devem se meter com ele — cortou a Srta. Pelham.

— Por que não? — perguntou Maisie.

— Porque ele imprime panfletos com todo tipo de bobagem radical. É um agitador, esse senhor. Por isso, não quero ter nenhum *bonnet rouge* na minha casa. Entenderam?

CINCO

Uma semana depois, Maggie foi visitar os Kellaway; aguardou um tempo até achar que já estavam todos instalados em seus cômodos. Ela passou várias vezes pelas Residências Hércules, olhando para a janela da frente, que logo eles tinham aprendido a manter bem fechada para não deixar que a poeira da rua entrasse. Por duas vezes, viu Anne Kellaway de pé na janela, de braços cruzados, olhando para a rua. Ao ver Maggie, ela recuara, de cenho franzido.

Desta vez, não havia ninguém. Maggie chegou quase a jogar uma pedra para chamar a atenção deles, mas a porta da frente se abriu e Maisie saiu com uma vassoura e uma flanela. Girou, então, o braço e esvaziou na rua a cesta cheia de lascas de madeira. Olhou em volta: ao ver Maggie, gelou; depois, riu.

— Boa-tarde, Maggie! Não tem problema jogar isso na rua, tem? Vejo as pessoas despejando coisas piores.

Maggie riu.

— Pode jogar o que quiser na sarjeta, mas por que não quer lascas de madeira? Todo mundo usa na lareira.

— Ah, temos muitas; na verdade, temos demais. Jogo fora quase tudo que varro. Algumas são madeira verde e não queimam direito.

— Vocês não vendem as sobras?

Maisie parecia confusa.

— Acho que não.

— Pois você devia vender. Muita gente usa lascas para acender a lareira. Você ganharia um centavo, dois. Olha, posso vender para você e pagaria três pence o quilo.

Maisie parecia mais confusa ainda, como se Maggie estivesse falando depressa demais.

— Não sabe vender coisas? É como aquele homem ali está fazendo. — Mostrou um vendedor de batatas apregoando:

— Deliciosas batatas, vai querer? — Ele competia com um homem que berrava:

— Quem quer rir compra aqui!

— Está vendo? Todo mundo tem algo para vender.

Maisie balançou a cabeça e os babados de sua touca bateram no rosto.

— Lá em casa não fazemos isso.

— Ah, bom. Lá você separa as lascas para o lixo?

— Quase todas. A gente acaba se acostumando. Mas agora o Sr. Astley levou papai e Jem num lugar à margem do rio que vende madeira para começarem a fazer as cadeiras que ele encomendou.

— Posso entrar e ver?

— Claro que pode!

Maisie subiu a escada junto com Maggie, que ficou calada; a Srta. Pelham podia estar por perto. No alto da escada, Maisie abriu a porta e anunciou:

— Temos visita!

Quando entraram na sala dos fundos que servia de oficina para Thomas Kellaway, ele esculpia uma perna de cadeira num torno mecânico ao lado de Jem, que o observava trabalhar. Estava de camisa branca e usava suspensórios cor de mostarda por baixo de um avental de couro todo arranhado. Em vez de franzir o cenho como algumas pessoas costumam fazer quando estão concentradas, Thomas Kellaway dava um leve sorriso, quase infantil. Quando finalmente levantou os olhos, riu abertamente, embora Maggie achasse que ele não sabia direito por que sorria. Seus olhos azuis-claros viram-na, mas pareceram ir além dela, como se algo no corredor chamasse sua atenção. As rugas em volta dos olhos conferiam-lhe um jeito pensativo até quando sorria.

Jem, entretanto, olhava direto para Maggie, numa expressão entre satisfeita e desconfiada.

Thomas Kellaway passou as mãos pela perna da cadeira.

— O que você disse, Maisie?

— Lembra da Maggie, papai? Ela segurou o cavalo do Sr. Smart quando estávamos descarregando as coisas aqui. Mora, ahn, onde você mora, Maggie?

Maggie esfregou os pés nas lascas de madeira que cobriam o piso, constrangida pela atenção que despertava.

— Do outro lado do campo, na Travessa Bastilha — resmungou ela, mostrando com a mão a janela dos fundos.

— Travessa Bastilha? Que nome estranho.

— Na verdade, moro em York Place, mas nós chamamos de Travessa Bastilha. O Sr. Astley construiu as casas no ano passado com o dinheiro que ganhou com o espetáculo sobre o ataque à Bastilha.

Olhou em volta, impressionada com a bagunça que os Kellaway haviam conseguido fazer no cômodo em tão poucos dias. Era como se tivessem jogado um depósito de madeira ali, com suas toras, tábuas, lascas e raspas de madeira. Espalhados no meio da madeira havia serrotes, formões, enxós, arcos de pua e outras ferramentas que Maggie não conhecia. No canto, viu latas e tinas com água. Havia no ar um cheiro de resina e verniz. Aqui e ali, estava arrumado: viu tábuas de olmo encostadas na parede, uma dúzia de pernas de cadeiras prontas e empilhadas como lenha numa prateleira e arcos de madeira dependurados em ganchos, em tamanho decrescente.

— Vocês não demoraram a se sentir logo em casa! A Srta. Pelham sabe o que estão fazendo aqui? — perguntou.

— Na outra casa, a oficina de papai ficava no jardim — respondeu Jem, como que para explicar a bagunça.

Maggie riu.

— Dá a impressão de que ele acha que ainda está lá fora!

— Nós mantemos os outros cômodos bem arrumados — retrucou Anne Kellaway, aparecendo à porta, atrás delas. — Maisie, venha me ajudar, por favor. — Ela desconfiava de Maggie e queria ficar de olho na filha.

— Olha, este é o assento da cadeira que papai está fazendo especialmente para o Sr. Astley — disse Maisie, tentando adiar a partida de sua nova amiga. — É bem largo, para ele caber. Está vendo? — Mostrou para Maggie um enorme assento em forma de sela encostado em outras tábuas. — Precisa secar mais um pouco, depois ele encaixa as pernas e o encosto.

Maggie admirou o assento da cadeira e virou-se para olhar pela janela aberta, que dava para os jardins dos fundos da Srta. Pelham e dos vizinhos. Os jardins das Residências Hércules eram estreitos (tinham apenas nove metros de largura), mas compensavam essa falha no comprimento. O jardim da Srta. Pelham tinha trinta metros de comprimento. Ela aproveitara bem o espaço, dividindo-o em três quadrados, com um enfeite no meio de cada um deles: um lírio branco no quadrado mais próximo da casa; uma pequena bacia de pedra com água para passarinhos no quadrado central e um arbusto ornamental no dos fundos. Sebes em miniatura, trilhas cobertas de cascalho e canteiros de rosas suspensos criavam formas simétricas que tinham pouco a ver com natureza e mais com ordem.

A Srta. Pelham deixou claro que não queria os Kellaway perambulando no jardim dela, a não ser que fosse de passagem para usar a latrina. Todas as manhãs, se não estivesse chovendo, ela gostava de tomar uma xícara de caldo de carne, com seu odor insípido e substancioso chegando até os Kellaway no andar de cima. Sentava-se com a xícara num dos dois bancos de pedra que formavam um S no meio do jardim. Quando se levantava para entrar, jogava o resto do caldo sobre uma parreira que subia no muro ao lado do banco. Achava que o caldo faria a parreira crescer mais depressa e mais forte do que a do vizinho, Sr. Blake.

— Ele nunca poda a dele, o que é um erro, pois toda parreira precisa de uma boa poda, senão a uva fica pequena e azeda — confidenciou a Srta. Pelham para a mãe de Jem, numa tentativa momentânea de se reconciliar com os novos inquilinos. Mas descobriu logo que Anne Kellaway não era de confidências.

Além das vezes em que a Srta. Pelham tomava o caldo e da visita duas vezes por semana de um homem que passava o ancinho e podava o jardim, este costumava ficar deserto e Jem ia lá sempre que podia, embora visse pouca utilidade num jardim daqueles. Era um lugar severo, geométrico, com bancos desconfortáveis e nenhum gramado para deitar. Também não havia espaço para cultivar legumes, nem árvores frutíferas, afora a parreira. De tudo que Jem esperava do ar livre (solo fértil, grandes e vibrantes canteiros de plantas, uma solidez que mudava diariamente e, ao mesmo tempo, dava a impressão de permanência), o jardim da Srta. Pelham só tinha as diversas nuances de verde que ele adorava. Era por isso que ia lá: para regalar os olhos com sua cor preferida. Ficava o quanto podia, até a Srta. Pelham aparecer na janela e fazer sinal para ele sair.

Agora estava com Maggie na janela, olhando o jardim.

— Engraçado ver daqui de cima. Sempre vi lá de baixo — ela constatou e mostrou o muro de tijolos no fundo do jardim.

— O quê? Você pula o muro?

— Não, só dou uma olhada por cima, de vez em quando, para ver o que ela está fazendo. Não que tenha muito o que ver. Não é como certos jardins.

— Que casa é aquela, no campo do outro lado do muro? — perguntou Jem, mostrando uma grande casa de tijolos de dois andares, encimada por três torres truncadas, isolada no meio do campo atrás dos jardins das Residências Hércules. Um comprido estábulo vinha perpendicular à casa, com um jardim arenoso na frente.

Maggie ficou surpresa.

— É o Salão Hércules. Não sabia? O Sr. Astley mora lá com a esposa e algumas sobrinhas que cuidam deles. A esposa está inválida. Antes costumava cavalgar com ele. Não a vejo muito. O Sr. Astley mantém lá também os melhores cavalos do circo, como o branco que pertence a ele e o alazão do filho, John Astley. Você o viu cavalgando em Dorsetshire, não?

— Acho que sim. Estava numa égua alazã.

— Ele mora a apenas duas portas da sua, em frente aos Blake. Está vendo? Ali é o jardim dele, com o gramado e mais nada.

Uma melodia de realejo flutuava sobre as Residências Hércules, e Jem notou um homem encostado nas estrebarias, tocando uma música bem popular. Maggie começou a cantar baixinho:

Uma noite quando vinha do teatro
Encontrei uma linda donzela no caminho
Tinha maçãs rosadas e uma covinha no queixo
E um buraco para o coitado do Robin preencher!

O homem errou uma nota e parou. Maggie riu.

— Ele não vai conseguir o emprego; o Sr. Astley quer coisa melhor que isso.

— O que você quer dizer?

— As pessoas sempre vêm se apresentar para o Sr. Astley, esperando ser contratadas no circo. Mas ele quase nunca contrata, embora pague seis pence pela apresentação.

O homem do realejo recomeçou a tocar e Maggie cantarolou baixinho, enquanto olhava os jardins vizinhos.

— A vista é bem melhor daqui do que dos fundos — admitiu.

Depois, Jem não conseguiu lembrar se foi o som ou o movimento que chamou sua atenção primeiro. O som era um suave "Ohh" que conseguia chegar até a janela dos Kellaway. O movimento era o relance de um ombro nu em algum canto do jardim dos Blake.

Perto da casa deles tinha uma horta bem cuidada, quase toda plantada, com um ancinho de jardim enfiado no solo fértil no final de uma fileira. Anne Kellaway vinha acompanhando o que se fazia ali na última semana, olhando com inveja a mulher forte, de touca, da casa ao lado, cavando as fileiras e semeando como a própria Anne Kellaway faria se estivesse em Dorsetshire ou tivesse algum lugar para fazer um jardim. Nunca lhe passara pela cabeça que, quando resolveram mudar para Londres, ela não teria nem um pedacinho de terra. Era melhor não perguntar à Srta. Pelham, cujo jardim era mais decorativo do que utilitário. Mesmo assim,

Anne Kellaway se sentia esquisita e inútil sem um jardim para cavar na primavera.

A parte dos fundos do jardim dos Blake estava abandonada, tomada de arbustos espinhosos e urtigas. No centro, entre o arrumado e o descuidado, havia um pequeno gazebo de madeira destinado ao descanso quando a temperatura permitia. Suas portas envidraçadas estavam abertas, e foi lá dentro que Jem viu o ombro nu e, em seguida, costas, pernas e nádegas nuas. Apavorado, ele resistiu à tentação de sair da janela, com medo de que Maggie achasse que tinha alguma coisa que ele não queria que ela visse. Desviou o olhar e tentou chamar a atenção dela para outra coisa:

— Onde você mora, então?

— Não sabe onde fica a Travessa Bastilha? Do outro lado do campo, lá. Não dá para ver bem daqui por causa da casa da Srta. Pelham. Mas que árvore é aquela?

— É laburno. Você vai reconhecê-la em maio, quando ela floresce.

A tentativa de distraí-la falhou quando o segundo "Oh!" confirmou que o som vinha do mesmo lugar do movimento. Dessa vez, Maggie ouviu e imediatamente localizou a sua origem. Jem tentou não se virar, mas não resistiu e olhou de novo para o gazebo. Maggie começou a rir baixinho.

— Nossa Senhora, que vista!

Jem, então, recuou, ruborizado.

— Tenho de ajudar papai — resmungou, saindo da janela. Dirigiu-se para o pai, que continuava torneando a perna da cadeira e não ouvira os dois.

Maggie riu do constrangimento dele. Ficou na janela mais um pouquinho e virou-se.

— Terminou o espetáculo. — E foi olhar o pai de Jem trabalhar no torno uma pesada moldura com uma perna de cadeira semiesculpida apoiada na altura do peito. Uma tira de couro, presa a um pedal, passava pela perna da cadeira e ia até um suporte apoiado na cabeça dele. Quando Thomas Kellaway apertava o pedal, a tira passava na perna da cadeira e raspava os excessos da madeira.

— Você sabe fazer isso? — perguntou Maggie para Jem, tentando não reparar no constrangimento dele, mas com vontade de caçoar.

— Não tão bem quanto papai. Eu tento e, se o resultado é bom, ele aproveita — respondeu Jem, ainda ruborizado.

— Você sabe fazer bem, filho — murmurou Thomas Kellaway sem levantar os olhos.

— O que seu pai faz? — perguntou Jem. — Os homens lá em Piddletrenthide faziam todo tipo de coisa: pão, cerveja, cevada, sapatos, velas, farinha.

Maggie riu alto.

— Meu pai, quando consegue, faz dinheiro. Ele faz um pouco de tudo. Tenho de me encontrar com ele agora. Esse cheiro está me dando dor de cabeça; é cheiro de quê?

— De verniz e de tinta das cadeiras. Você acaba se acostumando.

— Não pretendo me acostumar. Não se preocupe, vou sair. Até.

— Até.

— Volte sempre! — disse Maisie do outro cômodo, enquanto Maggie descia a escada, barulhenta.

Anne Kellaway deu um basta:

— O que a Srta. Pelham vai dizer? Jem, faça com que ela saia sem fazer barulho.

SEIS

Quando a Srta. Pelham apareceu na porta da frente, depois de um dia agradável visitando amigas em Chelsea, viu as lascas de madeira que Maisie havia espalhado na frente da casa e franziu o cenho. Primeiro, Maisie tinha jogado as lascas no jardim da frente da Srta. Pelham, sobre a sebe bem podada em forma de O. A Srta. Pelham precisou chamar a atenção da menina para aquela afronta. E claro que era melhor as lascas ficarem na rua do que na escada. Mas o melhor mesmo era não ter lasca alguma, por não haver Kellaway algum para produzi-las. Na semana anterior, a Srta. Pelham lastimara várias vezes que tivesse sido tão ríspida com a família que alugara os cômodos antes dos Kellaway. Faziam barulho à noite e o bebê chorava muito ao amanhecer, mas, pelo menos, não espalhavam lascas por todo canto. Ela sabia que havia muita madeira no andar de cima; vira quando carregaram pelo corredor. Havia aromas também e, às vezes, marteladas, que a Srta. Pelham decididamente não apreciava.

E agora: quem era aquela pirralha de cabelos pretos saindo da casa com a sola dos sapatos largando lascas pelo caminho? Tinha o perfeito olhar matreiro para fazer a Srta. Pelham apertar a bolsa no peito com mais força. Então reconheceu: era Maggie.

— Menina, venha cá! — chamou alto. — Por que está saindo da minha casa? O que andou roubando?

Antes que Maggie conseguisse responder, apareceram duas pessoas: Jem surgiu atrás dela, e o Sr. Blake abriu a porta da casa 13 das Residências Hércules e saiu. A Srta. Pelham recuou. O Sr. Blake sempre era apenas cortês com ela (realmente, naquele momento, cumprimentou-a com um aceno da cabeça), mas, mesmo assim, deixava-a nervosa. Seus vítreos olhos verdes sempre a faziam pensar num passarinho olhando fixo, pronto para dar-lhe uma bicada.

— Pelo que sei, esta casa é do Sr. Astley e não sua — disse Maggie, audaciosa.

A Srta. Pelham virou-se para Jem:

— Jem, o que essa menina está fazendo aqui? Não é amiga sua, espero?

— Ela... ela veio fazer uma entrega. — Mesmo em Piddle Valley, Jem não era bom mentiroso.

— Entregar o quê? Peixe de quatro dias? Roupa lavada que não viu uma gota de sabão?

— Entregar pregos — interrompeu Maggie. — Vou trazê-los periodicamente, não é, Jem? Você vai me ver à beça. — Ficou de lado na trilha da frente do jardim da Srta. Pelham, onde contornou a pequena sebe em sua redondeza inútil, passando a mão por cima dela.

— Menina, saia do meu jardim. Jem, tire ela daqui! — gritou a Srta. Pelham.

Maggie riu e ficou dando voltas na sebe, cada vez mais rápido, depois pulou para o meio, onde dançou em volta do arbusto aparado, dando socos nele com os punhos, enquanto a Srta. Pelham berrava:

— Ai! Ai! — Como se cada soco a atingisse.

Jem observou Maggie boxear a bola copada, enquanto pequenas folhas caíam no chão, e sorriu. Ele também teve vontade de dar um pontapé naquela sebe ridícula, tão diferente das fileiras de cercas vivas que estava acostumado a ver. Em Dorsetshire, as cercas tinham motivo de existir: serviam para manter os animais no campo ou fora das trilhas, e eram de espinheiro, azevim, sabugueiro, aveleira e sorveiro entremeadas de amoreiras pretas, hera e florzinhas brancas, em cachos.

Uma batida na janela superior fez Jem voltar de Dorsetshire. A mãe dele estava olhando lá de cima e fazia sinais para Maggie ficar quieta.

— Ahn, Maggie... você não ia me mostrar uma coisa? O seu... seu pai, não? Meu pai me pediu para ir lá acertar o preço — disfarçou Jem.

— É mesmo. Vamos, então. — Maggie fez que não notou a Srta. Pelham, que continuava gritando e gesticulando inutilmente para ela, e passou pelo meio da sebe redonda sem se dar o trabalho de pulá-la, deixando um buraco de galhos quebrados.

— Ai! — lastimou a Srta. Pelham pela décima vez.

Jem seguiu Maggie para a rua e deu uma olhada no Sr. Blake, que continuou parado e quieto, de braços cruzados sobre o peito, enquanto Maggie se divertia com a sebe. Ele não pareceu se incomodar com o barulho e o problema. Na verdade, todos haviam esquecido que ele estava ali, senão a Srta. Pelham não teria exclamado "Ai!" dez vezes e Maggie não teria socado a sebe. Ele os encarava com os olhos claros. Não era um olhar parecido com o do pai de Jem, que costumava focar a meia distância. O Sr. Blake olhava para eles, para as pessoas na rua e para o Palácio Lambeth lá longe e as nuvens por trás. Estava envolvendo tudo, sem avaliar.

— Boa-tarde, senhor — cumprimentou Jem.

— Olá, meu menino — retribuiu o Sr. Blake.

— Olá, Sr. Blake! — disse Maggie da rua, não querendo ficar atrás de Jem. — Como está sua esposa?

A fala dela ressuscitou a Srta. Pelham, que tinha mergulhado em si mesma devido à presença do Sr. Blake.

— Saia da minha frente, menina! — berrou ela. — Vou mandar chicoteá-la! Jem, não deixe ela voltar aqui. E acompanhe-a até o fim da rua; não confio nada nela. Se não cuidarmos, ela rouba o portão.

— Sim, senhora. — Jem levantou as sobrancelhas como quem se desculpava com o Sr. Blake, mas o vizinho já havia aberto o portão da casa e saído para a rua. Jem ficou ao lado de Maggie e os dois observaram o Sr. Blake passar pelas Residências Hércules em direção ao rio.

— Olha o andar arrogante dele. Viu o rubor das bochechas? E os cabelos desgrenhados? A gente sabe o que ele andou fazendo! — disse Maggie.

Jem não diria que o andar do Sr. Blake era arrogante, mas sim firme, sem ser lento e pesado. Andava direto e decidido como se tivesse uma meta na cabeça, em vez de estar apenas dando uma caminhada.

— Vamos atrás dele — sugeriu Maggie.

— Não, deixa. — Jem ficou surpreso com sua própria firmeza. Ele gostaria de seguir o Sr. Blake, mas não do jeito que Maggie faria, como brincadeira e provocação, mas respeitosamente a distância.

A Srta. Pelham e Anne Kellaway continuavam em seus postos, olhando as duas crianças.

— Vamos — disse Jem, e percorreu as Residências Hércules no sentido contrário ao do Sr. Blake.

Maggie foi atrás.

— Você vem mesmo comigo?

— A Srta. Pelham mandou eu acompanhar você até o final da rua.

— E vai fazer o que aquela vassoura velha quer?

Jem deu de ombros.

— É ela quem toma conta da casa, temos de lhe agradar.

— Bom, eu vou procurar meu pai. Quer vir?

Jem pensou na mãe ansiosa, na irmã esperançosa, no pai absorto e na Srta. Pelham esperando na escada para atacá-lo. Depois, pensou nas ruas que ainda não conhecia em Lambeth e Londres, e em ter uma guia para levá-lo.

— Quero — disse, deixando Maggie alcançá-lo até ficarem lado a lado.

SETE

Dick Butterfield podia estar em vários pubs. A maioria das pessoas preferia o mais próximo de casa, mas ele gostava de variar, e por isso fazia parte de diversas agremiações ou sociedades de bebedores cujos membros se encontravam num determinado pub para discutir assuntos de interesse mútuo. Tais noites não eram muito diferentes das outras, exceto pela cerveja mais barata e por cantarem músicas mais indecentes ainda. Dick Butterfield estava sempre entrando em novas agremiações e largando as antigas, conforme seu interesse. No momento, fazia parte de uma agremiação de cúteres (um de seus inúmeros empregos tinha sido de barqueiro do Tâmisa, embora tivesse perdido o barco havia muito tempo); uma agremiação de cadeiras, na qual cada sócio arengava os demais sobre temas políticos, sentado na cadeira principal de uma mesa; uma agremiação de apostas, em que faziam um bolo de pequenas apostas que raramente rendia o bastante para cobrir os gastos com as bebidas e onde Dick Butterfield estava sempre incentivando os sócios a aumentarem suas apostas. Finalmente, fazia parte de uma agremiação que era, de longe, a sua preferida e na qual a cada semana se testavam misturas diferentes de rum.

A vida de Dick Butterfield em agremiações e pubs era tão complicada que a família raramente sabia em qual deles se encontrava numa determinada noite. Costumava beber a um raio de 500 metros de casa e, mesmo assim, havia dúzias de pubs para escolher. Maggie e Jem foram ao Horse and Groom, ao Crown and Cushion, ao Canterbury Arms e ao Red Lion, até encontrá-lo meio escondido no canto do pub mais barulhento do pedaço, o Artichoke, em Lower Marsh.

Depois de acompanhar Maggie nos dois primeiros, Jem passou a esperá-la do lado de fora dos outros pubs. Desde que a família chegara a Lambeth, ele só tinha entrado num pub; poucos dias após chegarem a Londres, o Sr. Astley fora ver como eles estavam e levara Thomas Kellaway e Jem ao Pineapple. Era um lugar tranquilo, e Jem concluiu naquele momento que podia ser comparado a outros pubs de Lambeth, mas naquela primeira vez ficara impressionado com a agitação dos bebedores (muitos, integrantes do circo) e com a conversa animada de Philip Astley.

Lambeth Marsh era uma rua agitada, com lojas e barracas, carroças e gente indo para cidade, passando pela ponte Blackfriars. As portas do pub Artichoke estavam abertas e o som invadia a rua, o que fez Jem hesitar quando Maggie abriu caminho entre os homens encostados no batente da porta e pensar por que a estava seguindo.

Mas sabia por quê: Maggie era a primeira pessoa em Lambeth a ter algum interesse nele, que precisava de um amigo. A maioria dos meninos da idade dele já era aprendiz ou tinha algum ofício; vira crianças menores por ali, mas ainda não tinha conseguido falar com elas. Primeiro, porque era difícil saber o que diziam; às vezes, não dava para entender os sotaques londrinos, assim como os muitos sotaques regionais falados na cidade.

Havia outras diferenças em relação às crianças de Lambeth: eram mais alertas e mais desconfiadas. Lembravam-lhe gatos que se deitam, furtivamente, ao lado da lareira, mesmo sabendo que sua presença será apenas tolerada, felizes de estarem dentro de casa, mas com as orelhas atentas e os olhos semicerrados, prontos para detectar o pé que os chutará para fora. Muitas vezes, as crianças eram agressivas com os adultos, como Maggie tinha sido com a Srta. Pelham sem se incomodar, diferentemente dele que não faria isso em sua antiga aldeia. As crianças riam e jogavam pedras em quem não gostavam, roubavam comida dos carrinhos de mão e dos cestos dos vendedores, cantavam músicas indecentes, gritavam, irritavam, xingavam. Raramente ele via as crianças de Lambeth fazendo coisas de que ele era capaz de participar, como remar de bote no rio, cantar ao sair das aulas da Escola de Caridade, no Campo Lambeth, correr atrás de um cachorro que pegara o boné de alguém.

Assim, quando Maggie fez sinal da porta do pub Artichoke, ele entrou, enfrentando o muro de barulho e a espessa fumaça das lamparinas. Queria participar daquela nova vida em Lambeth, em vez de só ficar olhando de uma janela, de uma porta da frente ou de um muro de jardim.

Ainda era final de tarde, mas o pub estava lotado. O barulho era infernal e, após um tempo, os ouvidos começaram a distinguir uma música, desconhecida para ele, mas música. Maggie mergulhou no mar de gente, em direção ao canto onde o pai estava sentado.

Dick Butterfield era um homem baixo e em vários tons de marrom: pele morena, olhos e cabelos castanhos, roupas encardidas. Uma teia de rugas ia do canto externo dos olhos até a testa, onde formava vincos profundos. Apesar disso, ele tinha um jeito jovem e ativo. Naquele dia, estava apenas bebendo, sem participar de alguma agremiação. Colocou a filha no colo e acompanhou a música que o resto do pub cantava, quando Jem finalmente chegou até eles:

E por isso tenho certeza de que ela irá para o inferno
Pois me obriga a trepar com ela na hora da missa!

No último verso, os cantantes deram um grito ensurdecedor, fazendo com que Jem tapasse os ouvidos. Maggie participou e sorriu para Jem, que ruborizou e olhou para os pés. Cantava-se muita coisa no Five Bells, de Piddletrenthide, mas nenhuma música parecida com aquela.

Depois da gritaria, o pub ficou mais tranquilo, como um trovão bem em cima da cabeça ameniza uma tempestade.

— Então, o que você andou fazendo, Mags? — perguntou Dick Butterfield à filha, na relativa calma que se seguiu.

— Nada, eu estava vendo o pai dele fazer cadeiras. Esse é Jem, papai — ela apresentou, mostrando o menino. — Eles acabaram de chegar de Dorsetshire e estão morando na casa da Srta. Pelham, nas Residências Hércules, vizinhos do Sr. Blake.

— Srta. Pelham, é? Prazer em conhecê-lo, Jem. Sente-se e descanse o esqueleto. — Dick Butterfield riu e mostrou o outro lado da mesa. Não havia banco nem cadeira no lugar indicado. Jem olhou em volta: todos os bancos estavam ocupados. Dick e Maggie Butterfield olharam para ele com a mesma expressão, esperando para ver o que faria. Jem pensou em se ajoelhar ao lado da mesa, mas sabia que os Butterfield não iam gostar. Teria que procurar um banco vazio no pub. Era o que se esperava dele, um pequeno teste de capacidade, o primeiro de sua nova vida em Londres.

Achar um banco vago num pub lotado exige muita esperteza, e Jem não achou. Tentou perguntar, mas as pessoas não lhe deram atenção. Tentou também pegar o que um homem usava para descansar o pé, mas levou um safanão. Perguntou à moça do bar, que zombou dele. Quando lutava no meio dos corpos, Jem pensou em como era possível tanta gente estar bebendo àquela hora em vez de estar trabalhando. Em Piddle Valley, poucos ficavam no Five Bells, no Crown ou no New Inn até o anoitecer.

Finalmente, voltou para a mesa de mãos vazias. Tinha um banco vago no lugar que Dick Butterfield havia apontado: ele e Maggie riam de Jem.

— Menino do interior — resmungou um jovem ao lado deles, que tinha assistido a tudo, inclusive à zombaria da moça do bar.

— Feche a matraca, Charlie — retrucou Maggie. Jem adivinhou na hora que era o irmão dela.

Charlie Butterfield era como o pai, mas sem as rugas nem o charme; bem-apessoado no geral, com cabelos louros e sujos e uma covinha no queixo, mas com uma cicatriz na sobrancelha que lhe conferia um ar duro. Fazia grandes crueldades com a irmã quando ninguém estava olhando, como esfregar a mão fechada no braço dela até doer. Isso, até o dia em que ela teve idade para dar um chute no lugar onde era garantido que também ia doer. Ele ainda tentava atingi-la, derrubando o banco onde estava sentada, virando o sal na comida dela, roubando-lhe os lençóis à noite. Jem não sabia de nada disso, mas sentiu alguma coisa em Charlie que o fez evitar olhá-lo, como se faz com um cão que rosna.

Dick Butterfield jogou uma moeda na mesa e ordenou:

— Charlie, traga uma bebida para Jem.

— Eu não... — gaguejou Charlie ao mesmo tempo que Jem dizia:

— Eu não...

Os dois pararam ao ver o olhar sério de Dick Butterfield. E, assim, Charlie trouxe um caneco de cerveja que Jem não queria: era um líquido barato e aguado que os homens do Five Bells cuspiriam no chão, em vez de beber.

Dick Butterfield recostou-se na cadeira.

— Então, o que me conta, Mags? Qual é o escândalo do dia na velha Lambeth?

— Vimos uma coisa no jardim do Sr. Blake, não foi, Jem? No gazebo, com todas as portas abertas. — Maggie fez um sorriso matreiro para Jem. Ele enrubesceu de novo e deu de ombros.

— Essa é a minha menina. Sempre xeretando, querendo saber das coisas — elogiou Dick Butterfield.

Charlie inclinou-se para a frente.

— E o que vocês viram?

Maggie inclinou-se também.

— Vimos ele fazendo com a esposa.

Charlie riu, mas Dick Butterfield não pareceu se impressionar.

— O quê, trepando? Isso se vê todo dia no beco. Se sair daqui agora, vai ver na esquina. Hein, Jem? Suponho que você já tenha visto um pouco lá em Dorsetshire, hein, garoto?

Jem olhou para sua cerveja. Uma mosca lutava na superfície para não se afogar.

— Vi muito — resmungou ele. Claro que já tinha visto. Não só os animais que viviam ao redor dele (cachorros, gatos, ovelhas, cavalos, vacas, cabras, coelhos, galinhas, faisões), mas pessoas enfiadas em moitas no bosque, em cercas vivas, ou até no meio dos riachos, quando achavam que ninguém ia passar por ali. Tinha visto os vizinhos fazendo num celeiro e Sam com a namorada no bosque de aveleiras, em Nettlecombe Tout. Vira tanto que já não se surpreendia, embora ainda ficasse constrangido. Não que houvesse muito o que ver (costumava ser só roupas e um movimento contínuo, às vezes o traseiro pálido de um homem subindo e descendo ou os peitos de uma mulher balançando). Jem virava e ia embora, ruborizado, ao ver aquilo que não esperava invadindo uma suposta intimidade. Tinha sentido a mesma coisa na única vez que ouvira os pais discutirem, quando a mãe pedira para o pai cortar a pereira no fundo do jardim, de onde Tommy caíra, e Thomas Kellaway se recusara. Anne Kellaway depois pegara um machado e derrubara a árvore.

Jem enfiou o dedo na cerveja e deixou a mosca subir e voar. Charlie assistiu com um nojo surpreso e Dick Butterfield apenas sorriu e olhou em volta os outros fregueses, como se procurasse alguém para conversar.

— Não foi só o fato de estarem fazendo — insistiu Maggie. — Eles estavam... eles tinham... tirado a roupa toda, não foi, Jem? Podíamos ver tudo, como se fossem Adão e Eva.

Dick Butterfield olhou a filha com a mesma expressão avaliadora que deu para Jem quando tentou achar um banco. Dick parecia uma pessoa com quem era fácil de se conviver (refestelado na cadeira, pagando bebida para as pessoas, sorrindo e cumprimentando), mas era muito exigente com quem convivia.

— E sabe o que os dois faziam ao mesmo tempo?
— O quê, Mags?

Maggie pensou rápido na coisa mais bizarra que duas pessoas podiam fazer enquanto estavam trepando.

— Liam um para o outro!

Charlie riu.

— Liam o quê, o jornal?

— Não foi o que eu... — começou a dizer Jem.

— Liam um livro — interrompeu Maggie, com a voz acima do barulho do pub. — Um livro de poesia, acho. — Detalhes específicos sempre fazem as histórias ficarem mais críveis.

— Poesia, é? — repetiu Dick Butterfield, bebendo sua cerveja. — Espero que tenha sido *Paraíso perdido*, já que os dois estavam como Adão e Eva no jardim. — Dick Butterfield tinha um exemplar do poema, encontrado num carrinho de mão atulhado de livros que arrumara e estava tentando vender. Leu uns trechos do poema. Ninguém esperava que Dick Butterfield fosse capaz de ler tão bem, mas tinha aprendido com o pai, que achava melhor ser tão erudito quanto as pessoas que enganava.

— Era isso mesmo. *Pereira perdida*. Ouvi eles pronunciarem umas palavras — concordou Maggie.

Jem levou um susto; não acreditava no que ouvira.

— Você disse "pereira"?

Dick olhou bem para ela.

— É *Paraíso perdido*, Mags. Fale direito. Espere um instante. — Fechou os olhos, pensou um pouco e recitou:

Deles diante o Mundo se descobre
Para a habitação sua escolherem.
De guia a Providência então lhes serve
E de mãos dadas com incertos, lentos
Passos, de Éden a terra atravessando
A própria seguem solitária via.★

★ Tradução de *Paraíso perdido*, de Milton, por Francisco Bento Maria Targini. (N.T.)

Os homens que estavam nas mesas próximas olharam para ele; não era o tipo de coisa que se ouvia no pub.

— O que disse, pai? — perguntou Maggie.

— A única parte que lembro do *Paraíso perdido*, os últimos versos, quando Adão e Eva estão saindo do Paraíso. Fico com pena deles.

— Os Blake não estavam dizendo nada parecido — garantiu Jem, e sentiu um chute duro de Maggie por baixo da mesa.

— Foi depois que você parou de olhar — ela insistiu.

Jem abriu a boca para retrucar, depois fechou. Era evidente que os Butterfield gostavam de exagerar suas histórias; na verdade, eles queriam exagerar e logo passariam adiante para outra pessoa, mais exagerado ainda, até o pub inteiro estar discutindo sobre os Blake fazendo o papel de Adão e Eva no jardim, mesmo não tendo sido isso o que Jem tinha visto. Quem era Jem para atrapalhar a diversão deles, embora se lembrasse dos olhos alertas do Sr. Blake, do cumprimento firme, do passo decidido, e lamentasse que estivessem espalhando aquilo sobre ele? Jem preferia dizer a verdade.

— O que faz o Sr. Blake? — perguntou, tentando mudar o assunto do que tinham visto no jardim.

— Além de trepar com a esposa no jardim? — perguntou Dick Butterfield, rindo. — É impressor e gravurista. Você viu a impressora pela janela da frente dele, não?

— A máquina que tem uma manivela em forma de estrela? — Jem tinha mesmo espiado o aparelho de madeira (que era maior e mais pesado ainda que o torno mecânico do pai) e pensado para que serviria.

— É isso. Você vai vê-lo usando a impressora de vez em quando, ele e a esposa. Imprime livros e coisas assim. Panfletos, retratos, essas coisas. Não sei como ele se sustenta com isso. Vi alguns desenhos, quando tentei vender para ele um pouco de cobre para as chapas, logo que mudou do outro lado do rio para cá, há um ano ou dois. — Dick Butterfield balançou a cabeça. — Eram desenhos estranhos. Tinham muito fogo e gente nua de olhos grandes, gritando.

— Como no Inferno, papai? — aventou Maggie.

— Talvez. Mas não é do meu gosto. Gosto de desenhos alegres. Não conheço muita gente que compre aquilo. Ele deve conseguir mais dinheiro fazendo gravuras para os outros.

— Ele comprou o cobre?

— Não. Percebi na hora que não é de comprar assim, por prazer. É chefe dele mesmo, o Sr. Blake. Ele próprio escolhe o cobre e o papel com cuidado. — Dick Butterfield disse isso sem rancor; na verdade, respeitava aqueles que não acreditavam nas espertezas dele.

— Na semana passada, nós o vimos de *bonnet rouge*, não foi, Jem? Ele estava bem engraçado — disse Maggie.

— Ele é mais corajoso que muito homem — garantiu Dick Butterfield. — Não tem muita gente em Londres que demonstre apoio aos franceses abertamente, embora possam falar isso no pub. O P. M. não vê isso com bons olhos, nem o rei.

— Quem é o P. M. ? — perguntou Jem.

Charlie Butterfield riu.

— O primeiro-ministro, menino. O Sr. Pitt — acrescentou Dick Butterfield um pouco áspero, caso o menino de Dorset não soubesse nem isso.

Jem abaixou a cabeça e olhou fixo para sua cerveja outra vez. Maggie viu-o mexer do outro lado da mesa e desejou não ter levado Jem para conhecer o pai dela. Jem não entendia o que Dick Butterfield queria das pessoas, o tipo de conversa inteligente e rápida que exigia dos que eram autorizados a sentar no banco que escondia embaixo da mesa. Dick

Butterfield queria que contassem as coisas para ele e, ao mesmo tempo, que o divertissem. Estava sempre procurando um outro jeito de ganhar dinheiro (vivia de pequenos expedientes de esperteza que planejava a partir de conversas no pub e queria se divertir colocando-os em prática). Afinal, a vida era dura, e o que simplificava mais as coisas do que dar umas risadas, além de uma pequena transação para botar dinheiro no bolso?

Dick Butterfield percebia quando as pessoas estavam se desinteressando. Não insistiu com Jem: a ingenuidade confusa do menino fez com que sentisse carinho por ele e ficasse irritado com os próprios filhos entediados. De repente, empurrou Maggie dos joelhos, fazendo-a cair no chão e olhar para o pai, magoada.

— Puxa, menina, você está ficando pesada — disse Dick, levantando e abaixando os joelhos. — Minha perna ficou dormente. Agora que está ficando do tamanho de uma dama, precisa de um banco.

— Mas ninguém vai dar para ela, e não estou me referindo apenas ao banco. Sua vaquinha de peito de franga — zombou Charlie.

— Deixe ela em paz — mandou Jem.

Os três Butterfield olharam para Jem: Dick e Charlie, com os cotovelos em cima da mesa, e Maggie ainda no chão, no meio deles. Charlie, então, se inclinou para Jem por cima da mesa e Dick Butterfield impediu-o com o braço.

— Dê seu banco para Maggie e arrume outro para você — mandou.

Charlie olhou para Jem, mas levantou-se, deixou o banco cair para trás e saiu, arrogante. Jem não ousou virar-se, continuou olhando para a mesa. Deu um gole na cerveja. Defendera Maggie por reflexo, como fazia com a irmã.

Maggie levantou-se, arrumou o banco de Charlie e sentou-se, séria.

— Obrigada — resmungou para Jem, embora não parecesse muito grata.

— Quer dizer que seu pai é cadeireiro? — perguntou Dick Butterfield, abrindo a parte de negócios da conversa, já que parecia pouco provável que Jem fosse diverti-los mais.

— Não exatamente, senhor. Ele não fica viajando de uma cidade para outra; faz cadeiras de qualidade, não aquelas cadeiras bambas que os outros fazem — explicou Jem.

— Claro, rapaz, claro. Onde ele compra a madeira?

— Numa das madeireiras perto da ponte Westminster.

— Em qual? Aposto que posso conseguir mais barato para ele.

— Na do Sr. Harris. O Sr. Astley apresentou papai a ele.

Dick Butterfield piscou ao ouvir o nome de Philip Astley. Em quase toda parte, o pai de Maggie conseguia fazer bons negócios, exceto onde o Sr. Astley tinha chegado antes. Ele e o proprietário da casa onde morava mantinham boa distância um do outro, embora com um respeito rancoroso de ambas as partes. Se Dick Butterfield fosse um rico dono de circo, ou Philip Astley um malandro de segunda, seriam muito parecidos.

— Bom, se eu souber de madeira mais barata, aviso você. Deixe comigo, rapaz — acrescentou, como se tivesse sido Jem quem pedira ajuda a ele. — Vou ver o que posso fazer. Marco um dia com você e dou uma palavrinha com seu pai. Gosto de ajudar os novos vizinhos. Mas seus pais não estão esperando você em casa? Devem estar imaginando que fim levou.

Jem concordou com a cabeça e levantou-se do banco.

— Obrigado pela cerveja, senhor.

— Nada, rapaz. — Dick Butterfield prendeu o pé no banco de Jem e puxou-o para trás por baixo da mesa. Maggie pegou a cerveja pela metade de Jem e deu um gole. — Até — disse.

— Até.

Ao sair, Jem passou por Charlie, que estava num grupo de jovens. Charlie olhou bem para ele e empurrou um dos rapazes em cima de Jem. Os jovens riram e Jem saiu rápido, feliz por se livrar dos Butterfield. Mas desconfiava que veria Maggie de novo, mesmo ela não tendo dito "até logo". Apesar do irmão e do pai, gostaria de revê-la.

Ela o fazia se lembrar das amoras pretas de setembro, que pareciam maduras, mas podiam estar doces ou azedas. Jem não conseguia resistir àquela tentação.

Abril de 1792

II.

UM

Anne Kellaway às vezes achava que tinha um barbante amarrado no pulso com a outra ponta presa à janela do quarto da frente. Ela podia estar escovando batatas, lavando roupa ou tirando as cinzas da lareira, no momento mais inconveniente (as mãos sujas, os lençóis torcidos pela metade, cinzas flutuando no ar), e mesmo assim era puxada para olhar pela janela. Não costumava haver nada de incomum para se ver, mas, de vez em quando, era recompensada com algo que valia a pena: uma mulher com o chapéu debruado de longas penas de pavão, um homem com um abacaxi no colo como se fosse um bebê recém-nascido, um menino carregando um loureiro com raízes, a copa cortada em formato de pomba. Maisie ou Jem chamariam os outros para ver aquelas coisas incomuns, mas Anne Kellaway preferia guardar esses pequenos momentos de prazer para si mesma.

Nesse dia não havia batatas, nem cinzas, nem roupas para mantê-la longe da janela: era segunda-feira de Páscoa; tinha direito a descanso. Maisie e Jem estavam arrumando as coisas depois da refeição do meio-dia, permitindo que Anne Kellaway olhasse o monte de gente passando na frente das Residências Hércules, muitas das quais mulheres com roupas e gorros novos de Páscoa. Jamais tinha visto tanta cor, tantos tecidos lustrosos, cortes tão ousados e gorros com debruns tão inesperados. Havia debruns com os narcisos e prímulas de sempre, como nos chapéus do lado de fora da igreja de Piddletrenthide, mas havia também penas exóticas, laços arrumados em maços multicoloridos, até frutas. Ela jamais usaria um limão num gorro, mas admirou a mulher que passou com um. Preferia algo mais simples e tradicional: uma trança de margaridas, um buquê de violetas, ou ainda um laço como aquele azul-celeste que tinha acabado de ver balançando nas costas de uma menina e indo quase até os joelhos dela. Anne Kellaway usaria aquele com prazer, embora não tão comprido. As londrinas pareciam aumentar o comprimento de um laço ou a posição de um chapéu na cabeça exatamente um ponto além do que Anne Kellaway ousaria.

No meio do trânsito, vinha um homem com uma bandeja de cruzes brancas na cabeça, apregoando:

— Docinhos de cruz quentes! Quatro por um centavo, barato para a Páscoa, docinhos de cruz quentes. Compre agora ou só no ano que vem! — Parou na frente da casa, bem embaixo da janela onde estava Anne Kellaway; encontrara uma freguesa.

A Srta. Pelham vinha pelo outro lado, com a boina enfeitada de pequenos laços amarelos. Anne Kellaway tentou conter o riso.

— O que foi, mamãe? — perguntou Maisie, olhando da mesa, onde passava um pano.

— Nada, só a Srta. Pelham com um chapéu esquisito.

— Vou ver. — Maisie se aproximou da janela, olhou para baixo e começou a rir. — Parece que ela tem um monte de palha jogada na cabeça!

— Pssiu, Maisie, ela vai ouvir — disse Anne Kellaway, embora sem muita firmeza. Quando olharam, um cavalo cinzento atrelado a um estranho veículo de duas rodas, passou pela rua, dispersando para a direita e a esquerda as mulheres de boina e os prováveis compradores de doces. A carroça tinha rodas grandes e proporções especiais, pois, embora fosse pequena e estreita, o teto era alto e, na lateral, uma placa ao comprido anunciava em letras pretas: "O SALÃO REAL DE ASTLEY E O NOVO ANFITEATRO se orgulham de anunciar a NOVA ESTAÇÃO que começa HOJE À NOITE! Cenas espetaculares para animar e estimular a imaginação! Os portões serão abertos às 17h30 e o espetáculo começará às 18h30."

Anne e Maisie Kellaway viram o trole parar na frente da casa da Srta. Pelham, um menino saltar e dizer algo para ela, que franziu o cenho e mostrou a janela dos Kellaway. Anne Kellaway recuou, mas não conseguiu afastar Maisie.

— Espere, mãe, ela está fazendo sinal para nós, olhe! — Maisie puxou Anne Kellaway para a janela.

A Srta. Pelham continuava de cenho franzido (como sempre que alguma coisa relativa aos Kellaway a importunava), mas estava mesmo fazendo sinal para elas.

— Vou descer — informou Maisie, indo para a porta.

— Não vai, não. — Anne Kellaway impediu a filha com o tom duro e a mão no ombro. — Jem, vá ver o que eles querem.

Jem largou o jarro que estava esfregando e correu escada abaixo. Da janela, Maisie e Anne viram-no falar com o menino, que entregou algo branco. Jem olhou o papel enquanto o menino pulava de novo para o trole, o condutor chicoteava de leve o pescoço do cavalo e passava correndo pelas Residências Hércules em direção à rua da ponte Westminster.

Jem voltou um instante depois, intrigado.

— O que é, Jem? O que trouxeram? — perguntou Maisie.

Jem olhou os pedaços de papel que tinha na mão. — São quatro entradas para o espetáculo do Sr. Astley hoje à noite, com os cumprimentos dele.

Thomas Kellaway olhou do lugar onde estava entalhando um pedaço de faia.

— Não vamos, não temos dinheiro para ir — declarou Anne Kellaway.

— Não, não vamos precisar pagar. Ele deu as entradas para nós.

— Não precisamos da caridade dele. Se quiséssemos, podíamos comprar.

— Mas a senhora acabou de dizer... — começou Maisie.

— Não vamos. — Anne Kellaway se sentiu como um rato perseguido por um gato de um lado da sala para o outro.

Jem e Maisie olharam para o pai. Thomas Kellaway, por sua vez, olhava para todos, mas sem dizer nada. Adorava a esposa e queria que ela também o amasse. Não ia ficar contra ela.

— Terminou esse jarro, Jem? — perguntou Anne Kellaway. — Quando terminar, podemos dar nossa caminhada. — Virou-se para a janela, as mãos trêmulas.

Maisie e Jem se entreolharam. Jem voltou a cuidar do jarro.

DOIS

Nas duas semanas desde que haviam chegado a Lambeth, os Kellaway não tinham ido muito além das ruas em volta da casa onde moravam. Não fora necessário: tudo de que precisavam estava nas lojas e barracas do Lambeth Terrace, ao lado do Campo Lambeth, na rua da ponte Westminster, ou em Lower Marsh. Jem estivera com o pai nas madeireiras à margem do rio e perto da ponte Westminster; Maisie tinha ido com a mãe ao campo de Saint George colocar as roupas para secar lá. Quando Jem sugeriu, na segunda-feira de Páscoa, que atravessassem a ponte para ver a abadia de Westminster, todos aprovaram. Estavam acostumados a andar muito em Piddle Valley e estranhavam a pouca atividade em Lambeth.

Saíram à uma da tarde, quando os demais moradores estavam almoçando, dormindo ou no pub.

— Por onde vamos, então? — perguntou Maisie a Jem, sabendo que era melhor do que perguntar aos pais. Anne Kellaway estava de braço dado com o marido, como se um vento forte estivesse prestes a carregá-la. Thomas Kellaway sorria como sempre e olhava em volta, parecendo um bobo esperando saber para onde o levariam.

— Vamos até o rio pelo atalho e seguimos pela margem na direção da ponte — sugeriu Jem, sabendo que teria de guiá-los, pois era o único da família que tinha começado a conhecer as ruas.

— Não é o atalho que aquela menina falou, é? Não quero andar num lugar chamado Passagem da Garganta Cortada — reclamou Anne Kellaway.

— Não é esse, mamãe — mentiu Jem, achando que ela levaria muito tempo para constatar que era. Jem tinha descoberto o lugar logo depois de Maggie ter falado sobre ele. Sabia que a família ia gostar do caminho porque passava por campos abertos: quem ficasse de costas para as casas e não deixasse a vista alcançar o Palácio Lambeth, ou os armazéns à margem do rio, podia ter a impressão de estar no campo. Um dia, Jem descobriria o caminho para ir até o campo propriamente dito. Talvez Maggie soubesse.

Por enquanto, ele fazia a família passar pela Casa Carlisle, uma mansão próxima, pela Travessa Royal e pela Passagem da Garganta Cortada. Estava tudo bem calmo, sem ninguém na rua e, por ser feriado, pouca gente trabalhava nas hortas que pontilhavam o campo. Jem ficou muito satisfeito também por ser um dia claro de sol. Em Lambeth, o céu não costumava ser azul nem nos dias de sol, mas pesado e amarelo de fumaça das queimadas de carvão, das fábricas de cerveja, vinagre, tecidos e sabão que brotavam à margem do rio. No dia anterior e naquele, entretanto, esses lugares estavam fechados e, como fazia calor, quase ninguém tinha acendido a lareira. Jem olhou para o azul profundo que ele conhecia bem do céu de Dorsetshire, somado ao verde forte da grama e dos arbustos ao lado da estrada, e sorriu para as cores que eram tão naturais e, ao mesmo tempo, mais gritantes que qualquer vestido ou laço em Londres. Prosseguiu andando mais devagar, caminhando, em vez do passo rápido e nervoso que tinha adotado depois que chegara a Lambeth. Maisie parou e colheu prímulas para fazer um buquê. Até Anne Kellaway soltou-se do marido e balançou os braços. Thomas Kellaway começou a assoviar "Over the Hills and Far Away", que costumava cantarolar quando trabalhava.

Logo o terreno virou abruptamente para a direita e passou a contornar os jardins do Palácio Lambeth. Quando chegaram ao rio, terminou aquele pequeno idílio com a natureza. Na frente deles havia uma série de armazéns malconservados, rodeados de fileiras de casas de operários. Como naquele dia os armazéns estavam fechados, aumentava sua aparência ameaçadora. Normalmente, a agitação do serviço fazia com que ficassem mais acolhedores. Anne Kellaway agarrou de novo o braço do marido.

Embora Jem e Thomas Kellaway tivessem ido ao Tâmisa para comprar madeira e vê-la ser cortada, a porção feminina da família só vira o rio de passagem, quando chegara ao Anfiteatro de Astley, e não reparara direito. Naquele momento, eles haviam escolhido sem querer uma hora ruim para dar a primeira boa olhada no grande rio londrino. A maré estava baixa, fazendo com que a água se reduzisse a uma fina faixa escura correndo por um vasto e plano canal de lodo cinzento que fez Anne lembrar-se de uma cama desarrumada. Era preciso admitir que, mesmo reduzido como estava, o rio era vinte vezes maior do que o Piddle, que passava pelo jardim dos Kellaway em Piddletrenthide. Apesar de pequeno, o Piddle tinha as qualidades que Anne Kellaway julgava essenciais num rio: era determinado, inexorável, alegre, com um som que fazia um lembrete constante do movimento do mundo.

O Tâmisa não era nada disso. Para Anne Kellaway, ele não parecia um rio, mas um longo intestino que mudava de curso a toda hora até sumir de vista. E as margens não eram limpas. O leito do rio invadia a estrada, inundando-a de seixos e lama. Apesar da lama, algumas crianças tinham acabado de entrar nele e corriam na água; algumas brincavam, outras pegavam coisas que apareciam com a maré baixa: sapatos, garrafas, latas, pedaços de madeira e de panos encharcados, uma cabeça de boneca, uma tigela quebrada.

Os Kellaway ficaram parados, observando.

— Eles estão ficando imundos — notou Maisie, como se invejasse as crianças.

— Lugar horrível — definiu Anne Kellaway.

— Fica melhor quando está na maré alta, como quando nós chegamos. — Jem achava que tinha de defender o rio, como se ele fosse a materialização de Londres e da decisão da família de mudar-se para lá.

— Engraçado, ele tem maré. Sei que o nosso Piddle, a certa altura, desemboca no mar, mas corre sempre do mesmo jeito. Eu ficaria tonta se ele mudasse de direção!

— Vamos para a ponte? — sugeriu Jem. Andaram mais depressa, passando pelos armazéns e pelas casas dos operários. Alguns estavam sentados na frente da casa com a esposa e os filhos, conversando, fumando e cantando. A maioria calou-se quando os Kellaway passaram, exceto um homem com uma gaita de fole, que tocou mais rápido. Jem queria apressar o passo, mas Maisie começou a andar mais devagar.

— Ele está tocando "Tom Bowling", ouçam! — disse ela, sorrindo para o homem que parou de tocar e retribuiu o sorriso.

Anne Kellaway empertigou-se e puxou o braço da filha:

— Vamos, Maisie!

Maisie se desvencilhou da mãe, ficou parada no meio da rua e acompanhou os últimos versos com voz clara e aguda:

Mesmo assim, o pobre Tom encontrou tempo bom,
Quando Ele, que tudo governa,
Mandou juntar os tripulantes da vida,
E deu ordem de apitar, chamando todos:
Assim a morte, que atinge reis e marinheiros,
Tirou em vão a vida de Tom,
Pois, embora seu corpo estivesse sob o convés,
Sua alma estava no alto dos mastros,
Sua alma estava no alto dos mastros.*

Ela e o gaitista terminaram ao mesmo tempo e fez-se um pequeno silêncio. Anne Kellaway reprimiu um suspiro. Lembrou que Tommy e Maisie costumavam cantar juntos em linda harmonia.

— Tudo certo, mãe. Temos de continuar cantando, pois não queremos nos esquecer de Tommy, não é? — Ela fez sinal para o homem e disse: — Obrigada, senhor. Boa-tarde.

---

* "Tom Bowling", letra e música de Charles Dibdin (1740-1814), escrita na morte de seu irmão mais velho, Thomas Dibdin. Conhecida também como "Sailor's Epitaph". (N.T.)

TRÊS

Perto da ponte, a estrada fazia uma curva suave se afastando do rio e passava pelo anfiteatro com sua imponente entrada sob colunas, onde eles tinham conhecido Philip Astley, e cartazes no muro da frente anunciavam: "HOJE TEM ESPETÁCULO!" A tarde estava apenas começando, mas as pessoas já chegavam. Jem sentiu no bolso as entradas que Philip Astley tinha mandado e segurou-as com a mão em concha.

Um homem entregou um folheto para Anne Kellaway e passou apregoando:

— Só um xelim e um pence para assistir em pé; dois xelins e dois pence, sentado!

Ela olhou bem o papel amassado, sem saber o que devia fazer com aquilo. Alisou-o na saia, virou-o uma vez e outra antes de, finalmente, juntar as palavras escritas. Quando reconheceu a palavra "Astley", entendeu o que era e entregou o papel para o marido:

— Ah, pega isso, pega, eu não quero!

Thomas Kellaway recebeu de qualquer jeito o papel e deixou-o cair no chão. Maisie pegou-o, limpou-o e enfiou-o dentro do espartilho.

— O espetáculo é esta noite — disse, triste, para Jem.
Ele deu de ombros.

— Você está com aquelas entradas aí, Jem? — exigiu Anne Kellaway.

Jem tirou a mão do bolso como se tivesse sido pego de surpresa.

— Estou, mãe.

— Quero que as leve para o teatro agora e as devolva.

— Quem vai devolver entradas? — perguntou uma voz por trás deles. Jem olhou em redor. Maggie Butterfield saltou de trás do muro onde estava à toa. — Que entradas são essas? Você não vai devolver nada. Se são válidas, você pode vendê-las por mais do que comprou. Deixa eu ver.

— Desde quando você está nos seguindo? — Jem perguntou, satisfeito de vê-la, mas pensando se tinha visto algo que ele não queria.

Maggie sorriu, assoviou um trecho de "Tom Bowling" e depois disse a Maisie:

— Até que a sua voz não é muito ruim, Srta. Piddle. — Maisie sorriu e enrubesceu.

— Vá saindo, menina. Não queremos você por aqui — mandou Anne Kellaway. Olhou em volta para ver se Maggie estava só. Alguns dias antes, eles haviam recebido a visita do pai dela, tentando vender para Thomas Kellaway um carregamento de ébano que este percebera logo ser carvalho pintado de preto. Mas Thomas foi gentil a ponto de sugerir que Dick Butterfield fora enganado por outra pessoa, e não que estava tentando enganá-lo. Anne Kellaway gostou menos ainda de Dick Butterfield do que da filha dele.

Maggie não se incomodou com o que a mãe de Jem disse.

— Vocês têm entrada para essa noite? — perguntou a ele, impassível. — Para que lugares? Não são na galeria, suponho.

Não consigo imaginá-la de pé ao lado daqueles biltres — disse, indicando Anne Kellaway com um gesto de cabeça. — Deixa eu ver as entradas.

Jem pensou e não resistiu: pegou as entradas para saber onde eram os lugares. Leu:

— Plateia. — Maggie olhava por cima do ombro dele.

Voltando-se para Thomas Kellaway, ela disse:

— Vocês devem estar fazendo muitas pega-bundas para comprar lugar na plateia, e só estão em Londres há duas semanas. — A voz dela tinha um toque de admiração.

— Ah, nós não compramos. O Sr. Astley nos deu as entradas! — disse Maisie.

Maggie olhou firme.

— Nossa mãe!

— Não vamos assistir àquela porcaria — sentenciou Anne Kellaway.

— Não podem devolver, o Sr. Astley ficaria ofendido. Pode até expulsar vocês de lá — informou Maggie.

Anne Kellaway tornou a olhar firme; não pensara que isso pudesse acontecer se devolvesse as entradas.

— Se não querem mesmo ir, podiam me dar — prosseguiu Maggie.

Anne Kellaway apertou os olhos e, antes de abrir a boca para dizer que jamais permitiria que uma garota tão desbocada ocupasse o lugar dela, ouviu-se um forte rufar de tambor em algum lugar do outro lado do rio.

— O desfile vai começar! Vamos! — chamou Maggie. E correu, puxando Jem. Maisie seguiu atrás e, com medo de ficar sozinha, Anne Kellaway agarrou de novo o braço do marido e correu também atrás deles.

Maggie passou pelo anfiteatro e entrou na ponte Westminster, que já estava cheia de gente de ambos os lados.

Ouviram uma marcha tocada na outra ponta, mas ainda não conseguiam ver nada. Maggie levou-os para o meio da rua e se apertou num lugar que ficava a um terço de distância de onde estavam antes. Os Kellaway se juntaram em volta dela, tentando não se incomodar com as reclamações dos que ficaram atrás. Houve muito empurrão, mas todos acabaram conseguindo ver, até que mais um bando de gente ficou na frente deles e a multidão teve de se reorganizar.

— O que estamos esperando? — perguntou Jem a Maggie.

Maggie riu, zombeteira.

— Imagina só, ficar no meio de um monte de gente e nem saber por quê. Você é um garoto de Dorset!

Jem enrubesceu.

— Então esqueça — resmungou ele.

— Conte, *eu* quero saber o que estamos esperando — insistiu Maisie.

— O Sr. Astley faz um desfile no primeiro dia da nova estação para as pessoas terem uma ideia do espetáculo. Às vezes, ele solta fogos de artifício mesmo de dia, embora sejam mais bonitos à noite — explicou Maggie.

— Ouviu isso, mãe? Podemos ver fogos de artifício esta noite! — disse Maisie.

— *Se* você for — Maggie deu uma olhada em Anne Kellaway.

— Não vamos hoje à noite, nem vamos ver o desfile agora — garantiu Anne Kellaway. — Venham, Jem e Maisie, vamos embora. — Ela começou a empurrar as pessoas da frente. Felizmente para Jem e Maisie, ninguém queria abrir espaço, e Anne Kellaway ficou entalada na multidão compacta. Nunca tinha estado no meio de tanta gente. Era outra coisa ficar na janela e ver Londres passar lá embaixo, segura no poleiro dela. Naquele momento, todo tipo de gente a imprensava: homens, mulheres, crianças, gente com roupa malcheirosa, mau hálito, cabelos desgrenhados, vozes ásperas. Um homenzarrão ao lado dela comia uma torta de carne e deixava cair pedaços de massa no chão e no cabelo da mulher em frente. Nenhum dos dois parecia perceber nem se incomodar tanto quanto Anne Kellaway, que teve vontade de bater com as mãos os pedaços de massa.

A música ficou mais próxima e apareceram duas pessoas a cavalo. A multidão se mexeu, empurrou, e Anne Kellaway sentiu o pânico subir como fel. Por um instante, ela ficou tão louca para sair dali que colocou a mão no ombro do homem em frente. Ele virou-se e deu um safanão.

Thomas Kellaway pegou a mão dela e enganchou em seu braço. — Pronto, Anne, quieta, menina — disse ele, como se falasse com um dos cavalos que haviam deixado com Sam em Dorsetshire.

Ela sentia falta dos cavalos que tinham. Fechou os olhos, resistindo à vontade de soltar-se do braço do marido. Respirou fundo. Quando abriu os olhos de novo, os cavaleiros estavam perto. O mais próximo montava um velho cavalo de carga branco que andava tranquilo sob o peso que carregava. O cavaleiro era Philip Astley.

— Meus amigos, o inverno foi longo, não? — perguntou ele à multidão. — Desde outubro vocês não tiveram nada para diverti-los em todos esses meses. Estavam à espera de hoje? Pois não esperem mais: a Quaresma terminou, chegou a Páscoa e o espetáculo de Astley começou! Venham ver *O cerco de Bangalore*, uma história ao mesmo tempo dramática, cômica e oriental! Encham os olhos com o esplêndido balé operístico *La Fête de l'Amour*! Encantem-se com os talentos do cavalo adestrado que é capaz de pegar, carregar e subir numa escada e até preparar uma xícara de chá!

Ao passar pelos Kellaway, os olhos de Philip Astley pousaram em Anne Kellaway e ele parou para tirar o chapéu.

— Todos são bem-vindos no Salão Real de Astley e no Novo Anfiteatro... principalmente a senhora, madame!

As pessoas em volta de Anne Kellaway viraram-se para olhá-la. O homem que comia a torta ficou de queixo caído e ela pôde ver a carne e o molho mastigados. Enjoada com a cena e com a atenção de tantos, principalmente de Philip Astley, Anne fechou os olhos de novo.

Philip Astley viu-a empalidecer e cerrar os olhos. Pegou um frasco no casaco, fez sinal para um dos meninos do circo, que pegou o frasco e levou para ela. Philip Astley não pôde conter o cavalo por mais tempo para ver se ela dera um gole no conhaque; o desfile atrás o forçava a prosseguir. Ele continuou sua arenga:

— Venham ver o espetáculo: novas cenas de ousadia e imaginação sob o comando de meu filho, John Astley, o melhor cavaleiro da Europa! Por pouco mais que o preço de um copo de vinho, desfrutem uma tarde de muita diversão que jamais esquecerão!

Ao lado dele estava montado o citado filho. John Astley tinha uma presença tão forte quanto o pai, mas num estilo bem diferente. Se Astley Pai era um carvalho (grande e rude, de tronco grosso e forte), Astley Filho era um álamo (alto e esguio, de belos e tranquilos traços, além de olhos claros e sagazes). Tinha instrução, o que seu pai não tivera, e era mais formal e reservado. Philip Astley montava seu cavalo branco como o cavaleiro que um dia fora — e ainda achava que era —

usando o animal para levá-lo aonde queria e fazer o que desejasse. John Astley montava sua elegante alazã de pernas longas e patas ligeiras, como se ambos estivessem sempre acoplados e em cena. Passaram a trote leve pela ponte Westminster, a égua cabriolando de lado e fazendo uma série de intricados passos de minueto executado pelos músicos em clarim, trompa e tambor. Qualquer outro ficaria sacudindo em cima daquela sela e teria deixado cair as luvas, o capacete, o chicote, mas John Astley manteve o porte elegante e sereno.

A multidão olhava-o, atenta e em silêncio, admirando sua perícia mais do que gostando dele como gostava do pai. Todos, menos uma pessoa: Maisie Kellaway estava boquiaberta, admirando-o. Nunca tinha visto um homem tão bonito e, aos 14 anos, sentia-se pronta para se enamorar de um. Claro que John Astley não a percebeu; parecia não ver ninguém, pois mantinha os olhos fixos no anfiteatro à frente.

Anne Kellaway se recuperou sem a ajuda do conhaque de Philip Astley. Recusou a oferta, para desgosto de Maggie, do homem da torta de carne, da mulher na frente dele com massa no cabelo, do homem cujo ombro ela havia tocado, do menino que entregara o frasco de bebida: na verdade, de todo mundo, exceto os demais Kellaway. Anne Kellaway não percebeu, porque estava de olhos fixos nos artistas que vinham atrás de John Astley. Primeiro, apareceu um grupo de acrobatas que andava normalmente e, de repente, dava uma série de saltos em forma de estrela e de costas, para trás. Depois deles vinha um grupo de cães que, a um sinal do adestrador, ficavam de pé nas patas traseiras e andavam assim por uns bons metros, depois corriam e saltavam uns sobre os outros numa complicada coreografia.

Por mais incríveis que fossem essas apresentações, o que acabou prendendo a atenção de Anne Kellaway foi a dança da corda. Dois fortões carregavam varas onde estava presa uma corda grossa como as de dependurar roupas. No meio da corda vinha uma mulher de cabelos pretos e rosto redondo, com um vestido de cetim vermelho e branco, de corpete apertado e saia rodada. Ela ia para a frente e para trás, usando a corda como se fosse um balanço, depois enroscava uma parte da corda na perna.

Maggie cutucou Jem e Maisie e cochichou:

— Essa é a Srta. Laura Devine, da Escócia. É a melhor dançarina de corda da Europa.

A um sinal, os dois fortões se distanciaram um do outro, esticando bem a corda e fazendo com que a Srta. Devine desse uma graciosa cambalhota que deixou à mostra várias anáguas vermelhas e brancas. A multidão urrou e ela repetiu dando duas cambalhotas, depois três, depois várias sem parar, girando na corda de forma que as anáguas pareciam uma flamejante mancha vermelha e branca.

— Esse passo se chama "porco no espeto" — informou Maggie.

Os homens, então, ficaram um de frente para o outro, e a Srta. Devine, sorrindo, deu a última cambalhota, terminando com um grande salto no ar.

Anne Kellaway prestou bastante atenção, esperando ver a Srta. Devine se estabacar no chão como tinha acontecido com seu filho Tommy na pereira, tentando pegar aquela pera que estava sempre fora de seu alcance (e agora estaria para sempre). Mas a Srta. Devine não caiu; aliás, ela parecia protegida disso. Pela primeira vez em semanas, desde a morte de seu filho, Anne Kellaway sentiu que a tristeza entranhada em seu coração tinha parado de doer. Esticou o pescoço para ver até a Srta. Devine chegar lá no final da ponte e mal aparecer, mesmo quando havia outras cenas acontecendo bem na frente de Anne: um macaco montado num pônei; um homem cavalgando de costas no cavalo e pegando lenços que jogava para cima sem sair da sela; um grupo de bailarinos em trajes orientais, fazendo piruetas e cambalhotas.

— Jem, o que você fez com aquelas entradas? — Anne Kellaway perguntou, de repente.

— Estão aqui, mãe. — Jem tirou-as do bolso.

— Guarde-as.

Maisie bateu palmas e deu pulos.

Maggie disse, baixo:

— Jogasse fora! — As pessoas em volta viraram para olhar.

— Os lugares são na plateia? — perguntou o homem da torta, inclinando-se sobre Anne Kellaway para ver.

Jem guardou as entradas no bolso.

— Não ponha aí! No bolso, eles vão pegar num triz — avisou Maggie.

— Eles quem?

— Esses biltres — respondeu Maggie, mostrando com um gesto de cabeça dois meninos que haviam milagrosamente conseguido se enfiar naquele aperto ao lado dele. — Eles são mais ágeis que você, mas não do que eu. Quer ver? — Ela pegou as entradas de Jem e, com um sorriso nos lábios, enfiou-as na frente do vestido.

— Eu guardo, você não tem espartilho — sugeriu Maisie.

Maggie parou de sorrir.

— *Eu* guardo — avisou Anne Kellaway, esticando a mão. Maggie fez uma careta, mas entregou as entradas. Anne Kellaway enfiou-as cuidadosamente dentro do espartilho, depois apertou o xale sobre o peito. O olhar dela, firme e vitorioso, era uma armadura capaz de manter afastados os dedos de qualquer tratante.

Naquele instante, passavam os músicos e, atrás deles, vinham três homens fechando o desfile com bandeiras vermelhas, amarelas e brancas com os dizeres CIRCO DE ASTLEY.

— O que fazemos agora? Vamos até a abadia? — perguntou Jem, depois que o desfile terminou.

Ele parecia estar se dirigindo a uma família de surdos-mudos, indiferentes à ondulante multidão em volta. Maisie olhava John Astley, que a essa altura tinha se reduzido a uma mancha de paletó azul sobre tremulantes ancas de cavalo. Anne Kellaway estava de olho no anfiteatro ao longe, admirando a inesperada noite que tinham pela frente. Thomas Kellaway olhava por cima da balaustrada da ponte um barco a remo carregado de madeira sobre a fina linha-d'água, em direção à ponte.

— Vamos, eles vêm atrás. — Maggie segurou no braço de Jem e empurrou-o para o ponto mais alto da ponte, andando ao lado das carruagens e carroças que começavam a atravessá-la de novo, e foram para a abadia.

QUATRO

A abadia de Westminster era a maior e mais alta construção daquela parte de Londres. Do tipo que os Kellaway esperavam encontrar muitas na cidade: sólida, enfeitada, imponente.

Na verdade, eles se desapontaram com o despojamento de Lambeth, mesmo antes de verem o restante de Londres. A sujeira, a multidão, o barulho, as construções sem graça, comuns, malconservadas, nada combinava com a imagem que tinham feito de Londres lá em Dorsetshire. Pelo menos a abadia, com suas majestosas torres quadradas, suas esmeradas janelas estreitas, arcos filigranados, contrafortes salientes e minúsculos pináculos, correspondia às expectativas deles. Era a segunda vez desde que haviam chegado a Lambeth que Anne Kellaway pensava: "*Esse* é um bom motivo para estarmos em Londres"; a primeira vez fora apenas meia hora antes, quando vira a Srta. Laura Devine fazendo a acrobacia do porco no espeto.

Na entrada em arco entre as duas torres, os Kellaway pararam, fazendo com que as pessoas de trás reclamassem e passassem adiante. Maggie continuou rumo à abadia, virou-se e, com um sopro de desprezo, resmungou:

— Olha aqueles caipiras! — exclamou ao ver os quatro Kellaway em fila olhando para o alto, as cabeças viradas no mesmo ângulo. Mas não os culpava. Embora ela tivesse ido à abadia muitas vezes, também a achava impressionante quando se entrava nela pela primeira vez. Lá dentro, a cada trecho, cada capela e túmulo tinha uma estátua de mármore para se admirar, um entalhe para se tocar, uma elegância e opulência para se encantar.

As meras dimensões da construção já deixavam os Kellaway pasmados. Nenhum deles jamais estivera num lugar em que o teto formava um arco tão alto sobre a cabeça. Não conseguiam tirar os olhos de lá.

Finalmente, Maggie perdeu a paciência.

— Na abadia tem mais para se ver, além do teto — avisou a Jem. — E há tetos melhores que esse. Espere até você ver a capela da Dama!

Sentindo-se responsável pela primeira pitada decente do que Londres podia oferecer, ela os conduziu pelas arcadas, entrou e saiu de capelas laterais, citando ao léu o nome dos defuntos que estavam enterrados lá, lembrando-se do passeio guiado feito com o pai: lorde Hunsdon, condessa de Sussex, lorde Bourchier, Eduardo I, Henrique III. O desfiar de nomes pouco significava para Jem e, depois que se acostumou com o tamanho e a opulência do local, não se importava com tanto mármore. Ele e o pai trabalhavam com madeira, e ele mesmo achava o mármore frio e rígido. Contudo, não deixou de se encantar com os túmulos trabalhados, encimados com a efígie de seus inquilinos entalhada em mármore bege e marrom, com os relevos em bronze de homens e com as colunas em preto-e-branco adornando as lápides.

Quando chegaram à capela da Dama de Henrique VII, na outra ponta da abadia, Maggie anunciou, vitoriosa:

— Elisabeth I. — Jem parou de ouvir o que ela dizia e ficou boquiaberto. Jamais imaginara que um lugar daqueles pudesse ser tão adornado.

— Ah, Jem, olhe aquele teto — sussurrou Maisie, virando-se para a abóbada em leque esculpida tão delicadamente na pedra que parecia uma renda tecida por aranhas, com toques de folha de ouro.

Jem não estava prestando atenção no teto, mas nas filas de cadeiras entalhadas, destinadas aos membros da corte, de cada lado da capela. Sobre cada uma havia uma torre decorativa de dois metros de altura, de carvalho patinado e filigranado. As torres tinham um desenho tão entrelaçado que ninguém se surpreenderia se os entalhadores tivessem enlouquecido depois. Ali, finalmente, a madeira tinha sido trabalhada de uma forma que os Kellaway jamais veriam parecida em Dorsetshire, Wiltshire, Hampshire ou em qualquer parte da Inglaterra que não na abadia de Westminster. Jem e Thomas Kellaway olhavam atônitos o entalhe, como dois fabricantes de relógios de sol vendo um relógio mecânico pela primeira vez.

Jem perdeu Maggie de vista até ela voltar correndo para encontrá-lo.

— Venha aqui! — chamou, baixo, tirando-o da capela da Dama para o centro da abadia e a capela de Eduardo, o confessor. — Olhe! — cochichou, fazendo sinal para um dos túmulos em volta da imponente sepultura de Eduardo.

O Sr. Blake olhava a silhueta em bronze de uma mulher sobre o túmulo. E fazia esboços num caderninho cor de areia, sem olhar para o papel e o lápis, mas para o rosto impassível da mulher.

Maggie colocou o dedo sobre os lábios e deu um passo em silêncio na direção dele, enquanto Jem a acompanhava, relutante. Lenta e decididamente, eles o cercaram por trás. Ele estava tão concentrado no desenho que não percebeu. Quando os dois chegaram mais perto, descobriram que ele cantava baixinho, suave e agudo, mais parecido com o zunido de um mosquito do que com uma voz masculina. De vez em quando os lábios formavam uma palavra, mas era difícil entender qual.

Maggie riu. Jem balançou a cabeça para ela. Estavam tão perto que podiam olhar o esboço do Sr. Blake. Quando viram o que ele desenhava, Jem recuou e Maggie soltou uma exclamação. A estátua sobre o túmulo usava trajes cerimoniais, mas o Sr. Blake a desenhara nua.

Ele não se virou; continuou desenhando e cantando, embora devesse saber que eles estavam bem atrás.

Jem pegou no cotovelo de Maggie e puxou-a para fora da capela. Quando saíram e não podiam mais ser ouvidos, Maggie caiu na risada.

— Imagina, tirar a roupa de uma estátua!

A irritação de Jem foi maior do que seu impulso para rir também. Subitamente, ele ficou saturado de Maggie: de seu riso irritante e agudo, dos comentários mordazes, da estudada mundanice. Queria alguém calado e simples, que não fosse julgá-lo nem ao Sr. Blake.

— Você não devia estar com a sua família? — ele perguntou, de repente.

Maggie deu de ombros.

— Na certa, eles estão no *pub*. Encontro-os depois.

— Vou ficar com a minha. — Imediatamente, ele se arrependeu do tom de voz, pois viu a mágoa passar pelos olhos dela antes de ser ocultada com dura indiferença.

— Fique à vontade. — Maggie deu de ombros e foi-se embora.

— Espere, Maggie — Jem chamou quando ela saiu, furtiva, por uma porta lateral que ele não havia notado antes. Como no dia em que a conhecera, assim que ela foi embora, ele desejou que voltasse. Então, sentiu que alguém o observava e olhou do outro lado da nave, na capela Eduardo. O Sr. Blake olhava para ele, com a pena sobre o bloco de desenhos.

CINCO

Anne Kellaway insistiu para chegarem cedo; então, às cinco e meia já estavam em seus lugares. Precisaram esperar uma hora até o anfiteatro encher e o espetáculo começar. Com entradas para a plateia, eles puderam sentar em bancos, embora alguns espectadores preferissem ficar apertados perto do picadeiro, onde os cavalos iriam galopar, os bailarinos, dançar, os soldados, lutar. Havia muito o que ver enquanto aguardavam. Jem e o pai prestaram atenção na estrutura de madeira dos camarotes e da galeria, decorada com cornijas e pinturas de folhagens no estilo *trompe l'oeil*. O candelabro de três andares em forma de roda de carroça, que Thomas Kellaway tinha visto no primeiro dia, estava aceso com centenas de velas, além das tochas colocadas ao redor dos camarotes e da galeria; no alto, um teto redondo com aberturas também fornecia luz até o anoitecer. Em um lado do picadeiro, fora construído um pequeno palco com o fundo pintado de montanhas, camelos, elefantes e tigres, o toque oriental a que Philip Astley se referira ao descrever a encenação de *O cerco de Bangalore*.

Os Kellaway também observaram a plateia. Em volta deles estavam outros artesãos e comerciantes: fabricantes de velas, alfaiates, carpinteiros, ferreiros, gráficos, açougueiros. Os camarotes eram ocupados pela classe média (comerciantes, banqueiros, advogados), vinda, principalmente, do outro lado da ponte Westminster. Nas galerias ficava a plebe mais rude: soldados e marinheiros, estivadores e empregados dos armazéns às margens do Tâmisa, assim como carvoeiros, cocheiros, cavalariços, oleiros, pedreiros, coletores de fezes, jardineiros, vendedores ambulantes, negociantes e receptores de quinquilharias e outros objetos do gênero. Havia também muitos criados, aprendizes de ofícios e crianças.

Enquanto aguardavam o espetáculo começar, Thomas Kellaway sumiu e voltou com um sorriso tímido e quatro laranjas. Jem nunca tinha visto uma: eram raras em Londres e não existiam em Piddletrenthide. Olhou intrigado para a casca da fruta, mordeu como se fosse uma maçã e só então percebeu que a casca não era comestível. Maisie riu quando ele cuspiu a casca.

— Bobo, olha como se faz — disse, mostrando com a cabeça as pessoas próximas descascando com destreza e deixando a casca no chão. Durante a tarde, quando pisaram e passaram por cima dos bagaços, as cascas soltaram um cheiro ácido que vinha em ondas, entre os odores de estrume de cavalo, suor e fumaça das tochas acesas.

Quando a música foi interrompida, Philip Astley entrou no picadeiro para se dirigir ao respeitável público, parou um instante e examinou a plateia. Ao ver Anne Kellaway, sorriu, satisfeito: graças à sua sedução, tinha conseguido transformar uma inimiga em amiga.

— Sejam bem-vindos, bem-vindos ao Salão Real e Novo Anfiteatro para a temporada de 1792 do Circo de Astley! Estão preparados para se impressionarem e se divertirem?

A plateia urrou.

— Para ficarem pasmados e maravilhados?

Mais urros.

— Para se surpreenderem e se encantarem? Então, vai começar o espetáculo!

Jem já estava contente antes, mas, quando o espetáculo começou, ele ficou agitado. Ao contrário da mãe, não estava achando agradáveis as atrações do circo. Ao contrário da irmã, não estava encantado com nenhum dos artistas. E, ao contrário do pai, não estava contente pelo fato de os outros ao redor estarem. Jem sabia que devia se impressionar com as atrações. Os malabaristas que atiravam tochas sem se queimar; o porco adestrado que sabia somar e subtrair; o cavalo que aquecia uma chaleira de água e fazia uma xícara de chá; a Srta. Laura Devine, com suas anáguas rodopiantes; os dois equilibristas que faziam uma refeição à mesa na corda esticada a 15 metros do chão; o cavaleiro que bebia uma taça de vinho de pé sobre dois cavalos que galopavam em volta do picadeiro: tudo isso desafiava alguma lei da vida. As pessoas poderiam cair de cima de cordas esticadas no alto ou galopando cavalos; porcos não faziam contas; nem cavalos podiam preparar xícaras de chá; e a Srta. Devine devia ficar tonta depois de girar tantas vezes.

Jem sabia disso tudo. Mas, em vez de ficar estupefato com as atrações, os olhos arregalados, a boca aberta e dando gritos de surpresa como as pessoas em volta (inclusive os pais e a irmã dele), sentia-se entediado exatamente porque tudo aquilo não era como a vida. Era tão distante da experiência que tinha do mundo, que não o impressionava. Talvez, se o cavaleiro montasse um cavalo e apenas cavalgasse, ou os malabaristas jogassem bolas, em vez de tochas acesas, então ele também poderia ficar atento e dar gritos de surpresa.

Os números dramáticos também não o interessaram, com seus bailarinos orientais, suas encenações de batalhas, suas casas mal-assombradas e seus namorados dando trinados de amor. Gostava, sim, das mudanças de cenário, quando telas mostravam montanhas, animais, oceanos revoltos, cenas de batalha que subitamente sumiam para mostrar noites estreladas, ruínas de castelo, ou Londres. Aliás, Jem não conseguia entender por que as pessoas queriam ver uma cópia da silhueta de Londres quando podiam ir lá fora, caminhar até a ponte Westminster e ver a paisagem ao vivo.

Ele só se animou quando, depois de uma hora de espetáculo, notou o rosto de Maggie na galeria, entre dois soldados. Se ela o viu, não demonstrou: estava extasiada pelo espetáculo no picadeiro, rindo de um palhaço montando a cavalo de costas e perseguido por um macaco em outro cavalo. Gostou de observá-la sem que ela percebesse, tão feliz e absorta, por uma vez sem aquele seu jeito esperto, com a ansiedade substituída pela inocência, mesmo que só por pouco tempo.

— Vou lá fora na privada — Jem cochichou para Maisie. Ela concordou com a cabeça, sem tirar os olhos do macaco, que tinha pulado do seu cavalo para o do palhaço. Jem foi abrindo caminho na densa multidão, enquanto a irmã ria e batia palmas.

Lá fora, ele encontrou a entrada para a galeria depois de virar o alambrado que separava o público mais rude dos espectadores mais finos, na plateia. Havia dois homens na frente da escada para a galeria.

— São seis pence para ver o resto do espetáculo — disse um deles para Jem.

— Mas eu saí da plateia, vou subir para encontrar um amigo — Jem explicou.

— Você estava na plateia? Então mostre a entrada — insistiu o homem.

— Ficou com a minha mãe. — Anne Kellaway tinha enfiado os canhotos no espartilho, para serem apreciados depois.

— Então são seis pence para ver o resto do espetáculo.

— Mas eu não tenho dinheiro.

— Então vá saindo. — O homem virou de costas.

— Mas...

— Saia daqui, senão leva um pontapé que vai parar em Newgate — ameaçou o outro homem, e os dois riram.

Jem voltou para a entrada principal, mas também não podia ficar lá sem uma entrada. Parou um instante e ouviu as risadas no circo. Depois, saiu e ficou nos degraus da frente, entre as enormes colunas que ladeavam a entrada. Na rua do anfiteatro (perto de onde ele e a família tinham ficado esperando na carroça do Sr. Smart quando chegaram a Londres), duas dúzias de carruagens aguardavam em fila para depois do espetáculo levar os membros da plateia para casa ou aos Jardins de Lazer de Vauxhall, que ficavam quase dois quilômetros ao sul, e assim prosseguir em sua diversão vespertina. Os cocheiros dormiam nos bancos ou se juntavam para fumar, conversar e flertar com as mulheres que borboleteavam em volta deles.

O resto estava calmo, exceto pelo eventual urro da plateia. A rua do anfiteatro era bem iluminada por tochas e lamparinas, mas as ruas terminavam na escuridão. A ponte Westminster era uma corcova sombria sobre a qual marchavam duas fileiras de lamparinas. Depois delas, Londres ficava escura como um pesado casaco negro.

Jem voltou para a ponte e o rio. Acompanhou as lamparinas com os olhos, indo de uma mancha de luz a outra.

No alto da ponte, parou e debruçou-se na balaustrada. Era alto demais para enxergar lá embaixo e tão escuro que ele não conseguia distinguir muita coisa. Mesmo assim, notou que o Tâmisa era um rio diferente dos que os Kellaway tinham visto antes. Àquela hora, o rio estava cheio e Jem ouvia-o bater transbordante, barulhento e forte nos pilares de pedra que sustentavam a ponte. Parecia uma manada de vacas no escuro, resfolegando pesado e esfregando as patas na lama. Jem respirou fundo e sentiu que o rio tinha um cheiro parecido com o de vacas, uma mistura de grama fresca, estrume e do que entrava e saía daquela cidade.

De repente, foi envolvido por outro odor (como o cheiro de casca de laranja nos dedos), porém bem mais forte e mais doce. Doce demais. A garganta de Jem apertou, ao mesmo tempo que uma mão segurou no braço dele e outra se enfiou em seu bolso.

— Olá, querido, buscando a sorte lá embaixo? Bom, você acaba de encontrá-la.

Jem tentou livrar-se, porém a mulher tinha mãos fortes. Não era mais alta do que ele, embora o rosto fosse envelhecido, sob a pintura. Os cabelos brilhavam de tão louros, mesmo na luz fraca, e o vestido era azul, sujo e curto. Ela apertou o peito no ombro dele.

— Para você, só um xelim, querido.

Jem olhou para o enrugado peito à mostra e sentiu uma onda de desejo e repulsa.

— Largue ele! — mandou uma voz vinda do escuro. Maggie passou rápido e, num gesto ágil, tirou a mão que segurava o braço de Jem. — Ele não quer você! Além disso, você é muito velha e fedida, sua vaca bexiguenta. Ainda por cima, cobra caro demais!

— Putinha! — gritou a prostituta e atacou Maggie, que escapou do soco e fez a outra se desequilibrar. Quando a mulher cambaleou, Jem reconheceu o cheiro de gim misturado com laranja podre. A mulher girou e ele estendeu a mão para ajudá-la a se equilibrar. Maggie o impediu.

— Não faça isso, ela vai agarrar você de novo! Vai roubar também, já deve ter roubado. Você tinha alguma coisa?

Jem negou com a cabeça.

— Ainda bem, pois não ia conseguir recuperar. Ela teria escondido ao agarrá-lo. — Maggie olhou em redor. — Vão aparecer mais mulheres, quando o espetáculo terminar. Esta é a melhor hora para elas, quando todo mundo sai contente de lá.

Jem observou a mulher cambalear na direção da ponte escura. No primeiro poste com lamparina, agarrou outro homem, que a afastou sem olhar. Jem estremeceu e virou-se de novo para o rio.

— Detesto isso em Londres.

Maggie encostou-se na balaustrada.

— Mas lá em Piddle-di-di tem prostitutas, não?

— Em Dorchester tem, mas não são assim.

Os dois ficaram parados, olhando o rio.

— Por que você saiu do circo? — perguntou Maggie.

Jem não soube o que responder.

— Não estava me sentindo bem, vim tomar ar fresco. Lá dentro está abafado.

A cara de Maggie mostrava que ela não tinha acreditado, mas não disse nada, só pegou uma pedra aos pés e jogou-a ao lado da ponte. Os dois ouviram a pedra caindo na água, mas uma carruagem passou e amorteceu o som.

— E por que *você* saiu de lá? — Jem perguntou, depois da carruagem passar.

Maggie fez uma careta.

— Faltam só o número do Alfaiate de Brentford e o final. Já vi o Alfaiate muitas vezes e é melhor ver o encerramento do lado de fora, ainda mais com os fogos de artifício sobre o rio.

Ouviram um urro de risos vindo do anfiteatro.

— Eles estão rindo do Alfaiate — ela adivinhou.

O riso parou e fez-se silêncio. Nenhuma carruagem passou. Jem ficou sem jeito, com Maggie ao lado da balaustrada. Embora ela tivesse ficado magoada na abadia, naquele momento não demonstrava. Ele teve vontade de dizer alguma coisa, porém não queria estragar a frágil trégua que parecia ter se estabelecido entre os dois.

— Posso fazer uma mágica para você — disse Maggie, de repente.

— Qual?

— Fique ali. — Ela apontou para uma das grutas de pedra sobre os pilares da ponte. Eram em semicírculo, com uns três metros de altura, e serviam de abrigo para os pedestres quando chovia. Havia uma lamparina, no alto da gruta, que iluminava em volta, deixando o interior escuro. Para atender ao pedido de Maggie, Jem entrou na escuridão e olhou para ela.

— Não, você fica de costas para mim e de frente para a pedra — ordenou Maggie.

Jem obedeceu, sentindo-se bobo e vulnerável, de costas para o mundo e com o nariz junto à pedra fria. Lá dentro era úmido, tinha cheiro de urina e sexo.

Ficou pensando se Maggie estaria pregando uma peça nele. Talvez tivesse ido buscar uma prostituta para jogar em cima dele na gruta, da qual ele não conseguiria se livrar. Estava prestes a virar-se e acusá-la, quando ouviu a voz sedutora:

— Adivinhe onde estou.

Jem girou. Maggie não estava ali. Ele saiu da gruta e procurou, pensando se a voz era imaginação. Ela, então, surgiu do escuro na gruta em frente, do outro lado da ponte.

— Entre de novo! — ela mandou.

Jem obedeceu e ficou de frente para a pedra, bastante intrigado. Como ela conseguia sussurrar no ouvido dele e depois passar para o outro lado da ponte tão rápido? Esperou-a fazer de novo, pensando que dessa vez a pegaria. Passou uma carruagem. Quando voltou o silêncio, ele ouviu, bem perto:

— Olá, Jem. Diga alguma coisa bonita para mim.

Jem virou-se de novo, ela não estava lá. Ficou indeciso e virou para a pedra.

— Então, Jem, não vai dizer nada? — A voz dela sussurrava em redor da pedra.

— Você está me ouvindo? — perguntou Jem.

— Estou! Não é incrível? A gente pode se ouvir!

Jem virou-se e olhou para a gruta do outro lado. Maggie se mexeu e ele viu de relance o xale branco nos ombros dela.

— Como você faz isso? — ele perguntou, mas não teve resposta. — Maggie? Está me ouvindo? — Quando ela não respondeu, Jem virou-se para a pedra. — Está me ouvindo?

— Agora, estou. Você tem de ficar de frente para a pedra, senão não funciona.

Duas carruagens passaram e abafaram o resto do que ela disse.

— Mas como é isso? — perguntou Jem.

— Não sei, é assim. Uma das prostitutas me ensinou. O melhor é quando a gente canta.

— Canta?

— Vamos, então, cante.

Jem pensou e, em seguida, cantou:

> A violeta e a prímula também,
> Sob um galho cheio de espinhos,
> Florescem em cores vívidas e vibrantes
> E soltam um agradável odor.
>
> Onde os canteiros de timo nascem em cachos
> A urzeira abre suas folhas em maio
> E as prímulas mostram seu doce perfume
> No chão da charneca.

A voz dele ainda era aguda, mas dali a pouco iria mudar. Maggie, com o rosto virado para o côncavo de sua gruta, ficou contente de estar só no escuro, pois assim podia ouvir a canção de Jem sem se sentir obrigada a sorrir com malícia. Podia sorrir, ouvindo a música simples e a voz clara.

Quando Jem terminou, os dois ficaram em silêncio. Passou mais uma carruagem. Maggie podia ter feito uma observação inteligente e mexido com ele por cantar sobre flores ou acusá-lo de sentir falta de Piddle Valley. Se houvesse outras pessoas por perto, era o que se esperaria dela. Mas os dois estavam sós, protegidos em suas grutas, longe do mundo na ponte, ligados pelos sons que iam e vinham, unidos por um acorde.

Então, ela não fez nenhum comentário esperto, mas cantou como réplica:

> Pensei que fosse um palhaço do interior
> Por causa de toda a confusão que você faz,
> Não precisa nascer na cidade

Para saber o que dois com dois fazem.
Então não seja tão orgulhoso,
Tem uma coisa que não combina;
Pode um ser o inverso do outro,
Quando os dois estão passeando?

Ela ouviu Jem rir.

— Eu nunca disse que as pessoas do campo eram melhores que as da cidade. Também não sei se a cidade é exatamente o inverso do campo.

— Claro que é.

— Não sei — Jem repetiu. — Tem lugares em Lambeth com as mesmas flores de Piddle Valley: prímulas, celidônias e laburnos. Mas nunca entendi o que quer dizer inverso.

— É simples. — A voz de Maggie flutuava em volta dele na gruta. — É uma coisa exatamente contrária à outra. Assim, o oposto de um quarto escuro como breu é um quarto totalmente iluminado.

— Mas o quarto é o mesmo.

— Não pense no quarto, então. Pense em escuro e claro. Se você não está molhado, está o quê?

— Seco — respondeu Jem, após pensar um instante.

— Isso mesmo. Se você não é um menino, é uma...

— Menina. Eu...

— Se você não é bom, você é...

— Mau. Eu sei, mas...

— E se você é mau, não vai para o céu, mas para o...

— Inferno. Pare! Eu sei tudo isso. Mas acho... — Passou um coche barulhento, abafando as palavras dele. — Acho que é difícil explicar assim — disse Jem, quando o barulho diminuiu.

— Assim, como? De lados *opostos* da estrada? — O riso de Maggie ecoou na gruta. — Então venha aqui onde estou.

Jem correu para o outro lado, enquanto Maggie saía da caverna dela.

— Pronto, agora somos um menino e uma menina no mesmo lado da ponte.

Jem franziu o cenho.

— Mas não é o lado oposto — disse ele, mostrando de onde tinha vindo. — É só o outro lado, não significa que seja diferente. Este lado, aquele lado, ambos são a ponte.

— Bom, meu menino, são eles que fazem a ponte ser ponte — concluiu um de dois vultos sombrios que vinham na direção deles, do lado Westminster da ponte. Quando ficaram sob uma lamparina, Jem reconheceu a larga testa do Sr. Blake e seus olhos grandes e penetrantes até no escuro.

— Olá, senhor e senhora Blake — cumprimentou Maggie.

— Olá, querida — respondeu a Sra. Blake. Catherine Blake era um pouco mais baixa que o marido e tinha o corpo atarracado, parecido com o dele. Tinha também olhos pequenos e profundos, nariz largo e um rosto grande e corado. A velha boina que usava estava com a borda deformada, como se alguém tivesse sentado em cima quando estava molhada de chuva. Ela sorria, paciente; parecia cansada como se tivesse aceitado dar uma caminhada com o marido à noite só porque ele queria. Jem conhecia aquele olhar de outros rostos, geralmente de mulheres, e às vezes sem o sorriso, enquanto esperavam os maridos beberem no pub ou comentarem o preço dos cereais com outros homens na estrada.

— Veja, este é o lado iluminado e aquele é o escuro — continuou a explicar o Sr. Blake, sem sequer cumprimentar, pois estava concentrado em demonstrar. — Este lado, o iluminado, e aquele lado, o lado escuro.

— Então, eis um oposto — interrompeu Maggie. — Claro e escuro. Era o que Jem e eu estávamos discutindo, não é, Jem?

O rosto do Sr. Blake se iluminou.

— Ah, os opostos. O que estavam discutindo sobre eles, minha menina?

— É que Jem não entende e eu tentava explicar...

— Eu entendo! — interrompeu Jem. — Claro que ruim é o contrário de bom e menina é o oposto de menino. Mas...
— Ele parou. Era estranho falar com um adulto sobre aquelas ideias. Ele jamais teria essa conversa com os pais, nem na rua, ou no pub em Piddletrenthide. Lá, o assunto das conversas era se ia nevar naquela noite, ou quem ia viajar para Dorchester ou qual campo de cevada estava pronto para a colheita. Alguma coisa tinha acontecido com ele depois que fora para Londres.

— Mas... o quê, meu menino? — O Sr. Blake esperava que ele terminasse a frase. O que também era novidade para Jem: um adulto parecia interessado no que ele pensava.

— Bom, é o seguinte — começou Jem, devagar, abrindo caminho nas ideias como quem sobe uma trilha rochosa. — O engraçado sobre opostos é que seco e molhado se referem a água, menino e menina se referem a gente, céu e inferno aos lugares para onde se vai depois da morte. Todos têm algo em comum. Então, não são totalmente diferentes como as pessoas pensam. Um não exclui o outro. — Jem sentiu a cabeça doer pelo esforço da explicação.

Já o Sr. Blake concordava enfático, como se entendesse e até pensasse naquilo sem parar.

— Tem razão, meu menino. Vou lhe dar um exemplo. Qual o oposto de ignorância?

— Fácil, é saber as coisas — cortou Maggie.

— Certo, minha menina. É conhecimento. — Maggie sorriu, e o Sr. Blake perguntou, então: — Você se considera ignorante ou conhecedora?

Maggie parou de sorrir tão de repente como se a pergunta a tivesse atingido fisicamente. Um olhar furtivo e selvagem passou pelo rosto dela, fazendo Jem lembrar-se de quando a conhecera e ela falava na Passagem da Garganta Cortada. Maggie franziu o cenho para um transeunte, sem responder.

— É uma pergunta difícil, não, minha menina? Eis outra: se a ignorância for aquela margem do rio — o Sr. Blake mostrou a abadia de Westminster — e o conhecimento for aquela margem — mostrou o Anfiteatro de Astley —, o que é o meio do rio?

Maggie abriu a boca, mas não conseguiu uma resposta.

— Pensem, minhas crianças, e me respondam outro dia.

— O senhor pode nos dizer uma coisa, Sr. Blake? — perguntou Maggie, recuperando-se rápido. — Por que estava desenhando aquela estátua nua? Lá na abadia, lembra?

— Maggie! — sussurrou Jem, constrangido por ela admitir que haviam espionado o Sr. Blake. A Sra. Blake olhou de Maggie para Jem e para o marido com uma expressão intrigada.

O Sr. Blake não se incomodou e levou a pergunta a sério.

— Ah, veja, minha menina, eu não estava desenhando a estátua. Detesto copiar a natureza, embora tenha feito isso durante anos na abadia, quando aprendiz. Esse exercício me ensinou muitas coisas; uma delas é que, quando você conhece o exterior de uma coisa, não precisa mais se ocupar dele, pode se aprofundar. Por isso, não copio, é muito limitador e mata a imaginação. Não, hoje de manhã eu desenhei o que me mandaram desenhar.

— Quem mandou?

— Meu irmão Robert.

— Ele estava lá? — Maggie não lembrava de ninguém perto do Sr. Blake.

— Ah, estava sim. Bom, Kate, se você quiser, vamos?

— Podemos, Sr. Blake.

— Ah, mas... — Maggie pensou em alguma coisa para fazer os Blake ficarem.

— O senhor conhece o eco nas grutas? — interveio Jem. Ele também queria que o Sr. Blake ficasse; considerava-o uma pessoa meio esquisita: distante e, ao mesmo tempo, próxima; adulto e, ao mesmo tempo, pueril.

— Que eco, meu menino?

— Se você fica numa gruta e alguém na outra, de frente para a pedra, um ouve o outro — explicou Maggie.

— É mesmo? Sabia disso, Kate? — perguntou o Sr. Blake à esposa.

— Não, Sr. Blake.

— Quer experimentar? — insistiu Maggie.

— Vamos, Kate?

— Se quiser, Sr. Blake.

Maggie conteve o riso ao colocar a Sra. Blake de frente para a gruta enquanto Jem levava o Sr. Blake para a gruta adiante. O Sr. Blake falou baixinho e riu junto com a esposa. Jem e Maggie ouviram o riso, mas não a conversa do casal, que era mais unilateral, com a esposa às vezes concordando com o marido. Assim, as crianças ficaram uma de cada lado da ponte, sentindo-se meio idiotas. Até que Jem se aproximou de Maggie e perguntou:

— O que acha que eles estão comentando?

— Não sei. Mas garanto que não é sobre o preço do peixe. Gostaria que deixassem a gente entrar lá.

Será que a Sra. Blake tinha ouvido o que ela acabara de dizer? Na mesma hora, saiu da gruta e chamou:

— Crianças, venham ficar aqui comigo. O Sr. Blake vai cantar.

Jem e Maggie se entreolharam e imediatamente se apertaram na gruta com a Sra. Blake. De perto, ela cheirava a peixe e a cinza de carvão.

Ficaram os três de frente para a gruta, com Jem e Maggie rindo um pouco por estarem tão apertados, mas não se mexeram.

— Pronto, Sr. Blake — avisou a esposa, baixo.

— Muito bem — disse a voz dele. Após uma pausa, começou a cantar agudo e fino, diferente da voz que usava para falar:

> Quando os bosques verdejantes riem com o som da alegria
> E o riacho encapelado passa rindo também,
> Quando o dia ri da nossa boa disposição,
> E a colina verde ri do som do riso.
>
> Quando os riachos riem com o campo viçoso
> E o gafanhoto ri com a cena alegre.
> Quando Mary, Susan e Emily
> Com suas lindas bocas redondas cantam rá, rá, ré.

Quando os pássaros multicores riem na sombra
Onde nossa mesa está posta com cerejas e nozes,
Venha participar e se alegrar comigo,
Para cantar em coro rá, rá, ré.

Quando ele terminou, ficaram todos calados.

— Rá, rá, ré. Não conheço essa música — disse Maggie, quebrando o encanto.

— Foi ele que inventou — explicou a Sra. Blake. Jem sentiu orgulho na voz dela.

— Ele faz músicas? — Jem perguntou. Não conhecia ninguém que escrevesse o que as pessoas cantavam. Nem tinha pensado de onde vinham as canções; achava que elas ficavam por aí, pelo ar, para serem ouvidas e aprendidas.

— Ele escreve poemas e canções de todos os tipos — contou a Sra. Blake.

— Gostou, meu menino? — perguntou a voz do Sr. Blake.

Jem deu um pulo; tinha esquecido que o Sr. Blake podia ouvi-los.

— Ah, gostei sim.

— Está num livro que fiz.

— Como se chama o livro? — Jem perguntou.

O Sr. Blake fez uma pausa.

— Chama-se *Canções da inocência*.

— Ah! — exclamou Maggie. E começou a rir; o Sr. Blake riu também na caverna dele, seguido pela Sra. Blake e, por último, por Jem. Riram até as paredes de pedra tinirem e os primeiros fogos de artifício do final do espetáculo circense subirem e explodirem, brilhando como fogo no céu da noite.

Maio de 1792

III.

UM

Maggie tinha de passar a ferro lenços e lençóis (as únicas peças que a mãe confiava a ela), mas deixou a porta dos fundos aberta e ficou de olho no campo de Astley, situado bem atrás dos cômodos dos Butterfield. Normalmente, a cerca de madeira que separava o jardim da casa deles do campo tapava quase toda a vista. Mas, como a cerca estava velha e podre, Maggie tinha passado por ela tantas vezes para cortar caminho que fizera um buraco. Toda vez que o ferro de passar esfriava, ela colocava-o no meio do carvão na lareira e ia enfiar a cabeça no buraco da cerca para ver o ensaio dos artistas no terreno de Astley. E procurava por Jem, a quem ia encontrar no campo.

Quando voltou para a cozinha pela terceira vez, a mãe estava descalça e de camisola ao lado da tábua de passar, franzindo o cenho para o lençol que Maggie estava quase terminando. Maggie correu para a lareira, pegou o ferro, soprou as cinzas dele e ficou ao lado do lençol, cutucando a mãe, na esperança de que ela se afastasse.

Bet Butterfield não deu atenção à filha. Continuou parada, firme, com as pernas afastadas e os braços cruzados no peito que, sem espartilhos, estavam caídos e balouçantes sob a camisola. Pegou um pedaço do lençol e mostrou:

— Olha aqui, você queimou o pano!

— Já estava queimado — mentiu Maggie.

— Então dobre de jeito que esconda — recomendou a mãe, com um bocejo e uma sacudida de cabeça.

Bet Butterfield sempre dizia que, em seu sangue, corria sabão de lavar roupa, pois sua mãe, avó e bisavó haviam sido lavadeiras em Lincolnshire. Por isso, ela não pensara em ser outra coisa na vida, nem mesmo quando Dick Butterfield (tão jovem à época que ainda não tinha o mapa de rugas desenhado na testa) passou pela aldeia dela, vindo de Yorkshire para Londres, e convidou-a para ir junto. O primeiro lugar onde moraram foi Southwark e ela não se impressionou nada com as novidades; insistiu logo (antes mesmo de se casarem) em comprar uma tina nova para substituir a que ainda lastimava ter deixado. Bet não se importava com o reles pagamento que recebia, nem com as horas de trabalho: começava a lavar a roupa do mês dos fregueses às quatro da manhã e às vezes só terminava à meia-noite. Não se importava nem mesmo com o estado de suas mãos, que, quando ela fez 20 anos, pareciam dois pés de porco. Lavar roupa era o que ela sabia fazer, e sugerir que fizesse outra coisa era como pedir a ela para mudar de rosto. Bet ficava espantada por Maggie não lavar roupa direito nem se interessar em aprender.

— Onde você estava, então? — ela perguntou de repente, como se tivesse acabado de acordar.

— Aqui, passando a roupa — respondeu Maggie.

— Não, você estava lá fora agora mesmo, enquanto o ferro esquentava. — Era surpreendente a quantidade de coisinhas que Bet Butterfield percebia quando parecia nem estar prestando atenção.

— Ah, fui ao jardim um minuto olhar o pessoal do circo.

Bet Butterfield examinou a montanha de lençóis que aceitara passar em casa para ganhar um xelim a mais.

— Então, pare de ficar bisbilhotando e trabalhe; só passou esses dois.

— Dois lençóis e meio — Maggie jogou com força o ferro sobre o lençol na tábua. Só precisava aguentar o exame da mãe mais um pouco, e logo ela se desinteressaria e pararia de perguntar.

De fato, Bet Butterfield de repente olhou para baixo e o rosto todo relaxou como um punho se abrindo. Estendeu a mão para segurar o ferro. Maggie colocou-o sobre a tábua e a mãe foi passando o lençol com tanta naturalidade como se estivesse andando, escovando os cabelos ou coçando o braço.

— Pegue um pouco de cerveja para nós, patinha — pediu.

— Acabou — informou Maggie, satisfeita com a incumbência e o tempo sobrando, pois Jem acabava de colocar a cara no buraco da cerca. — Vou buscar ali no Pineapple. — Pegou um caneco no armário e saiu pela porta dos fundos.

— Não passe por dentro da cerca, dê a volta! — mandou Bet Butterfield.

Mas Maggie já tinha se enfiado pelo buraco.

DOIS

— Aonde você foi? Estou esperando há horas! — ela reclamou para Jem.
— Estávamos arqueando um braço de cadeira. Fica mais fácil com duas pessoas. De todo jeito, já cheguei.

Desde aquela noite na ponte Westminster, os dois passavam juntos quase todo o tempo livre; Maggie apresentou a ele seus lugares preferidos à margem do rio e ensinou como andar pelas ruas. Embora, às vezes, ele se irritasse com os altos conhecimentos dela, sabia que também estava ganhando confiança para explorar e ampliar os limites de seu mundo. E descobriu que gostava de estar com ela. Tinha crescido em Piddle Valley e brincado com meninas, mas nunca sentira por elas o que tinha começado a sentir por Maggie (mas jamais diria).

— Sabe, perdemos o ensaio da Srta. Devine — observou Maggie, quando atravessaram o campo de Astley.

— Eu vi um pedaço. Mamãe estava assistindo da nossa janela.

— A Srta. Devine não caiu, não é?

— Não, mesmo sem ter embaixo uma rede ou um colchão para amenizar a queda. Como ela consegue? Andar por uma corda, ainda por cima tão lisa?

O número da Srta. Laura Devine incluía, além dos famosos rodopios e balanços, andar por uma corda bamba, não esticada. E ela andava como se estivesse passeando num jardim, parando de vez em quando para admirar as flores.

— Sabe que ela jamais caiu? Nem uma vez. Todos os outros erram, cheguei a ver John Astley cair do cavalo uma vez! Mas a Srta. Devine, nunca.

Eles chegaram ao muro nos fundos do jardim da Srta. Pelham, um lugar ensolarado onde costumavam se encontrar para acompanhar os acontecimentos em volta da casa de Philip Astley. Maggie colocou o caneco de cerveja no chão e os dois ficaram de cócoras, encostados nos tijolos cálidos. De lá, tinham uma visão perfeita dos ensaios no circo.

De vez em quando, se o tempo estivesse bom, Philip Astley fazia seus artistas ensaiarem no pátio em frente ao Salão Hércules. Não só para poderem retirar tudo do anfiteatro e limpar, como para renovarem os números muito vistos, ensaiando-os em outro local, além de darem aos vizinhos um inesperado agradecimento por aguentarem a inevitável confusão que o circo causava por ali. O dia desse ensaio aberto nunca era divulgado. Mas, assim que os malabaristas andavam pelo campo e começavam a jogar tochas acesas para cá e para lá, ou que um macaco era montado num cavalo e galopava em volta do campo, ou ainda, como nesse dia, amarravam uma corda entre duas estacas e a Srta. Laura Devine subia nela, a notícia se espalhava e o campo logo se enchia de gente para assistir.

Assim que Maggie e Jem se instalaram, os acrobatas passaram a saltar de costas pelo campo e formar uma pirâmide humana, primeiro ajoelhados, depois um de pé no ombro do outro. Ao mesmo tempo, os cavalos foram soltos e vários cavaleiros (exceto John Astley) começaram a ensaiar um número complicado em que pulavam para a frente e para trás entre as selas. Jem gostava mais de assistir naquele ambiente informal do que no picadeiro, pois os artistas não estavam se esforçando tanto e paravam para aperfeiçoar os movimentos, quebrando a ilusão que ele achava tão difícil de aceitar em cena. Os artistas também cometiam erros que ele adorava, como quando o menino no alto da pirâmide humana escorregou e agarrou-se nos cabelos de um homem, que berrou de dor, ou quando um cavaleiro caiu da sela de bunda no chão, ou o macaco pulou do cavalo e subiu no teto do Salão Hércules, de onde se recusou a sair.

Enquanto assistiam, Jem respondia perguntas sobre Piddletrenthide, lugar que parecia fascinar Maggie. Bem no estilo de gente citadina, ela ficava especialmente encantada pelo fato de a aldeia ter tão pouca escolha: só um padeiro, um alfaiate, um moleiro, um serralheiro, um padre.

— E se você não gostar dos sermões do padre? — indagava ela. — E se o pão do padeiro for muito duro? E se você não pagar o taverneiro e ele não servir mais cerveja para você? — Os Butterfield haviam tido inúmeras experiências de dívidas, com os comerciantes batendo à porta para cobrar. Por isso, havia vários estabelecimentos em Lambeth onde eles não podiam mais entrar: por exemplo, na loja de tortas, na taverna, na loja de velas.

— Ah, lá tem mais de um pub. Tem o Five Bells, que papai frequenta, o Crown e o New Inn, que fica em Piddlehinton, a aldeia seguinte. Se você quiser variar de sermão, Piddlehinton também tem uma igreja.

— Mais um Piddle! Quantos são?

— Vários.

Antes que Jem pudesse citá-los, a conversa foi interrompida. No meio dos artistas no terreno do Salão Hércules, um menino arrastava um pesado cepo de madeira preso à perna, como os usados para impedir que cavalos desgarrem da tropa. Alguém falou alto perto dele e, quando Jem e Maggie olharam, era o Sr. Blake ao lado do menino.

— Quem colocou esse jugo em você, menino? — gritou para o menino, que ficou apavorado, pois, embora a acusação não fosse dirigida a ele, o Sr. Blake conseguia assustar com a testa pesada e franzida, os olhos saltados como os de uma águia, o corpo atarracado inclinado para a frente.

O menino não conseguiu responder; então, um dos acrobatas se adiantou e disse:

— Foi o Sr. Astley, mas...

— Tirem isso dele imediatamente! Nenhum cidadão inglês pode ser submetido a tal humilhação. Eu não trataria assim nem um escravo, nem mesmo um assassino, quanto mais uma criança inocente! — gritou o Sr. Blake.

Intimidado pela forma como o Sr. Blake se manifestou, o acrobata se enfiou no meio da multidão que havia se formado, inclusive com Jem e Maggie. Ninguém apareceu para ajudar; então, o próprio Sr. Blake se ajoelhou ao lado do menino e começou a desfazer os nós da corda que prendiam o cepo ao tornozelo.

— Pronto, meu menino — disse, jogando fora a corda. — Quem fez isso não merece ser seu patrão e não passa de um covarde, se não pagar pelo que fez!

— Alguém está me chamando de covarde? — trovejou Philip Astley com sua inconfundível voz de picadeiro. — Levante-se e diga na minha cara, senhor! — Astley saiu da multidão e postou-se na frente do Sr. Blake, que se levantou e ficou tão perto que as panças quase se tocaram.

— O senhor é realmente um covarde e um fanfarrão! — gritou o Sr. Blake, com olhos faiscantes. — Fazer isso com uma criança! Não, Kate, não vou me intimidar — rosnou para a esposa, que integrava a roda de espectadores e puxava o braço do marido. — Responda, senhor: por que prendeu este inocente?

Philip Astley olhou para o menino, que estava em lágrimas devido à indesejada atenção que causava e segurava a corda como se não quisesse ser solto. Um pequeno sorriso vagava nos lábios de Philip Astley, que deu um passo atrás, amainadas as chamas de sua ira.

— Ah, o senhor é contra o jugo?

— Claro, qualquer homem civilizado seria! Ninguém merece ser tratado assim. O senhor deve parar com isso e se desculpar. Sim, pedir desculpas ao menino e a nós também, por testemunharmos uma tal degradação!

Em vez de responder à altura, Philip Astley achou graça, o que fez o Sr. Blake fechar os punhos e avançar.

— Acha que estou zombando, senhor? Garanto que não!

Philip Astley levantou as mãos num gesto conciliador.

— Diga, senhor... Blake, pois não? Creio que o senhor é meu vizinho, embora não nos conheçamos, pois é Fox quem recolhe os aluguéis, não é, Fox? — John Fox, que assistia ao embate do meio da multidão, concordou, lacônico. — Pois, Sr. Blake, gostaria de saber se perguntou ao menino por que ele está com o cepo.

— Não preciso. É claro como o dia que ele está sendo castigado desta forma bárbara — respondeu o Sr. Blake.

— Pois talvez seja bom ouvirmos o menino. Davey! — Philip Astley virou sua matraca para o menino, que não se intimidou tanto quanto com o cenho franzido e os olhos faiscantes do Sr. Blake. Estava acostumado com os ataques de Astley. — Por que você está com esse cepo?

— Porque o senhor colocou — respondeu o menino.

— Estão vendo? — o Sr. Blake virou-se para a multidão, buscando apoio.

Philip Astley levantou a mão novamente.

— E por que coloquei, Davey?

— Para eu me acostumar, senhor. Para o espetáculo.

— Que espetáculo?

— A pantomima, senhor. *Caprichos de Arlequim*.

— E que personagem você vai fazer nela que, aliás, será a apoteose da nova programação e terá John Astley como Arlequim? — Philip Astley não podia resistir à oportunidade de promover o espetáculo e dirigiu esse último detalhe para a multidão.

— Na peça, eu vou ser o prisioneiro, senhor.

— E o que está fazendo agora, Davey?

— Ensaiando, senhor.

— Ensaiando — repetiu Philip Astley, virando-se com um floreio para o Sr. Blake, que continuava olhando firme para ele. — Davey estava ensaiando um papel, senhor. Fingindo. O senhor, mais que qualquer pessoa, vai compreender isso. O senhor é gravurista, não? Um artista. Vi seu trabalho e gostei muito, muito mesmo. O senhor capta o essencial, senhor. É, capta.

O Sr. Blake fingiu não ter sido atingido pelo elogio.

— O senhor cria, não é? — continuou Philip Astley. — Desenha as coisas reais, mas seus desenhos, suas gravuras não são a coisa em si, pois não? São fantasias. Creio que, apesar das diferenças... — olhou de lado para o paletó preto e simples do Sr. Blake comparado ao vermelho que ele usava, com seus botões de metal brilhando, lustrados diariamente pelas sobrinhas — ... somos do mesmo ramo, senhor: nós dois vendemos ilusão. O senhor, com seu pincel, tinta e buril, enquanto eu... — Philip Astley fez um gesto para as pessoas em volta — ... todas as noites crio um mundo com artistas no picadeiro. Tiro o público de seus cuidados e preocupações e dou-lhe fantasia para ele achar que está em outro lugar. Mas, para parecer real, às vezes temos que *ser* reais. Se Davey, aqui presente, vai interpretar um prisioneiro, fazemos com que ele carregue um peso no tornozelo como um preso. Ninguém acreditaria num prisioneiro que ficasse dançando, não é? Da mesma forma que o senhor desenha a partir de gente de verdade...

— Não desenho pessoas reais — interrompeu o Sr. Blake, que ouvia com grande interesse e falou, então, num tom mais normal, sem raiva. — Mas entendo o senhor. Porém, vejo de outra forma. O senhor faz diferença entre realidade e ilusão. Julga que são opostos, não?

— Claro — respondeu Philip Astley.

— Para mim, são uma coisa só. O jovem Davey, fazendo o papel de prisioneiro, *é* um prisioneiro. Outro exemplo: meu irmão Robert, que está ali — mostrou um lugar ensolarado, onde não havia ninguém, e todos viraram para olhar — é uma pessoa como alguém que eu posso tocar. — E tocou de leve na manga do paletó vermelho de Philip Astley.

Maggie e Jem olharam para o lugar vazio onde flutuava a poeira do terreno.

— Ele e seus opostos — resmungou Maggie. Já fazia um mês, mas ela continuava intrigada com as perguntas do

Sr. Blake na ponte Westminster, sem conseguir respondê-las. Ela e Jem não comentavam a conversa com os Blake, pois ainda estavam tentando entendê-la.

Philip Astley também não estava disposto a tocar em assuntos tão empolgantes. Deu uma olhada no lugar poeirento, embora fosse evidente que Robert Blake não estava lá; depois, virou-se, intrigado, para o Sr. Blake como se tentasse pensar na resposta para aquela observação incomum. Acabou decidindo não entrar em terreno desconhecido, o que exigiria mais tempo e paciência do que ele dispunha.

— Portanto, o senhor vê que Davey não está sendo castigado com o cepo. Entendo a sua preocupação e o que deve ter-lhe parecido. É um gesto muito humano de sua parte. Mas garanto que Davey é bem tratado, não é, menino? Pode ir. — Entregou um centavo ao menino.

Mas o Sr. Blake não tinha terminado:

— Todas as noites, o senhor cria mundos em seu anfiteatro, mas quando a plateia vai embora, as tochas são apagadas e as portas trancadas, o que sobra senão a lembrança desses mundos?

Philip Astley franziu o cenho e respondeu:

— Sobram ótimas lembranças, senhor, sem nada de errado com elas. Trazem à tona um homem, em muitas noites frias e solitárias.

— Certamente. Mas é aí que discordamos, senhor. As canções e gravuras que faço não viram lembranças, elas podem ser vistas e cantadas sempre. E não são ilusões, mas manifestações concretas de mundos reais.

Philip Astley olhou para ele num estilo teatral, como se quisesse ver as costas do paletó dele.

— Elas existem onde, senhor? Não sei onde estão esses mundos.

O Sr. Blake deu uma pancadinha na própria testa para mostrar onde aqueles mundos existiam.

Philip Astley riu.

— Então, o senhor tem uma cabeça cheia de vida! Cheia! Deve ser difícil dormir com o barulho que faz aí dentro.

O Sr. Blake sorriu para Jem, que por acaso estava em sua linha de visão.

— É verdade, nunca precisei dormir muito.

Philip Astley franziu o cenho e ficou pensando, pose que era pouco comum nele. A multidão começou a se mexer, impaciente.

— Pelo que entendo, o senhor diz que tira suas ideias da cabeça e as transforma em algo que pode ver e tocar, enquanto eu pego coisas reais (cavalos, acrobatas e dançarinos) e as transformo em lembranças.

O Sr. Blake inclinou a cabeça para um lado, de olho em seu oponente.

— É uma forma de encarar o tema.

Nisso, Philip Astley explodiu numa risada, satisfeito por ter conseguido concluir isso sozinho.

— Então, senhor, eu diria que o mundo precisa de nós dois, não é, Fox?

O bigode de John Fox mexeu.

— Pode ser, senhor.

Philip Astley deu um passo e estendeu a mão.

— Sr. Blake, vamos nos cumprimentar por isso, certo?

O Sr. Blake apertou a mão estendida do homem do circo.

— Sem dúvida.

TRÊS

Depois que o Sr. Blake e Philip Astley se despediram, a Sra. Blake deu o braço ao marido e foram em direção ao beco, sem falar com Jem ou Maggie, ou mesmo cumprimentá-los. Maggie viu-os se afastarem e ficou chateada. Reclamou:

— Eles podiam falar com a gente ou, pelo menos, se despedir.

Jem concordava, mas ficou calado. Na companhia de Maggie foi encostar-se no muro onde estavam antes de o Sr. Blake chegar. Entretanto, não havia muito o que ver; a discussão entre Philip Astley e o Sr. Blake parecera um sinal para os atores fazerem um intervalo. Os acrobatas e cavaleiros pararam de se exercitar e apenas um grupo de dançarinos ensaiava uma cena da próxima pantomima. Os dois assistiram durante alguns minutos até Maggie se espreguiçar como um gato acordando após um cochilo.

— Vamos fazer outra coisa.
— O quê?
— Visitar os Blake.

Jem franziu o cenho.

— Por que não? — insistiu Maggie.

— Você mesma disse que ele não nos cumprimentou.

— Talvez não nos tenha visto.

— O que ele ia querer conosco? Não tem interesse em nós.

— Gostou muito da gente lá na ponte. Você não quer ver a casa dele? Aposto que tem coisas estranhas lá. Sabia que ele comprou a casa inteira? Inteira! São oito quartos para ele e a esposa. Não têm filhos, nem sequer uma criada. Ouvi dizer que tinham uma, mas ela ficou com medo dele. Ele encara firme com aqueles olhões, não é?

— Eu gostaria de ver a prensa das gravuras — admitiu Jem. — Acho que a ouvi funcionando outro dia. Ela rangia como um teto quando se sobe nele para colocar o colmo.

— O que é colmo?

— Você não... — Jem se conteve. Sempre se impressionava com as coisas que Maggie ignorava, mas tomava cuidado para não demonstrar. Uma vez, quando mexera com ela por achar que rosetar era colher rosas, ela ficou sem falar com ele uma semana. Além disso, não existia colmo em Londres; então, como ela podia saber o que era? — Em Dorset, as casas são cobertas de colmo, que é uma palha seca, bem amarrada em feixes e colocada sobre a armação de madeira do teto — ele explicou.

Maggie pareceu não entender.

— É como pegar um feixe de palha, alisá-lo e amarrá-lo, depois colocar sobre a casa, em vez de um teto de madeira ou de cimento — detalhou Jem.

— Teto de palha?

— É.

— E não entra chuva dentro da casa?

— Não se for bem amarrada e lisa. Você nunca saiu de Londres? — perguntou, mostrando o Sul vagamente, com a mão. — O campo não é muito longe daqui. Tem casas cobertas de colmo perto de Londres, lembro que vi quando viemos para cá. Um dia, podíamos ir ver.

Maggie levantou-se.

— Não conheço nada fora daqui.

— Mas podia descobrir, perguntar — Jem seguiu-a ao lado do muro.

— E não gosto de ir sozinha por aí, sem ninguém. — Maggie estremeceu.

— Eu vou com você — ele disse, surpreso com a vontade de protegê-la. Só sentia isso em relação a Maisie, embora com Maggie não fosse exatamente um sentimento fraterno. — Não há o que temer — acrescentou.

— Não é medo, é que não me interessa, eu ficaria entediada lá. — Maggie olhou em volta e pareceu ter uma ideia. Parou onde o muro dava no jardim dos Blake, tirou a touca que prendia seus ondulados cabelos negros e jogou-a por cima do muro.

— Por que fez isso? — berrou Jem.

— Porque precisamos de uma desculpa para entrar lá. Agora temos. Vamos! — Correu pelo muro e pelo beco que levava às Residências Hércules. Quando Jem a alcançou, ela estava batendo à porta da frente dos Blake.

— Espere! — ele gritou, mas era tarde.

— Olá, Sra. Blake. Desculpe incomodar, mas Jem jogou minha touca no seu jardim, por cima do muro. Posso pegar?

A Sra. Blake sorriu.

— Claro, querida, desde que tome cuidado com as plantas que têm espinhos. Lá atrás tem mato. Entre. — Ela abriu mais a porta, e Maggie entrou. Olhou para Jem, que ficou na escada, indeciso. — Você não vem, querido? Ela precisa de ajuda.

Jem queria explicar que não tinha jogado a touca de Maggie, mas não conseguiu. Apenas concordou com a cabeça e entrou. A Sra. Blake bateu a porta.

Ele ficou num corredor em arco que dava numa escada. Teve uma estranha sensação de já haver estado ali, embora estivesse mais escuro. Uma porta à esquerda encontrava-se aberta e iluminava o corredor. Não devia estar aberta, pensou ele, sem saber por quê. Ouviu, então, o farfalhar das saias da Sra. Blake às suas costas, o som lembrando-o de outro lugar e, então, entendeu: aquela casa era idêntica à da Srta. Pelham; todos os dias ele passava por um corredor e uma escada iguais. A casa da Srta. Pelham era mais escura porque a porta da sala ficava sempre fechada.

Maggie já tinha sumido. Ele sabia como chegar ao jardim: como na casa da Srta. Pelham, era só passar por um arco, contornar a escada e descer alguns degraus. Jem achava que não devia mostrar o caminho na casa de outra pessoa; então, ficou na soleira da porta da sala para a Sra. Blake passar, olhando para dentro como ele.

Dentro, sem dúvida, era diferente da casa da Srta. Pelham e de qualquer outra em que ele havia entrado em Dorset. Logo que chegaram a Londres, os Kellaway tiveram de se acostumar aos tipos de cômodos: tinham forma quadrada, com mais ângulos retos do que um chalé em Dorsetshire e paredes da espessura de um tijolo, e não grossas como um antebraço. Além disso, as janelas eram maiores; os tetos, mais altos, e as salas tinham pequenas grelhas com cornijas de mármore, em vez de lareiras com fogo aceso. O cheiro de carvão queimando também era novidade: em Dorsetshire, a madeira era farta e grátis, e com ela a fumaça constante que envolvia a cidade e fazia os olhos de sua mãe ficarem avermelhados.

Mas a sala da frente dos Blake era diferente de uma aconchegante cozinha de Piddle Valley ou da sala de visitas da Srta. Pelham com seu canário engaiolado, seus jarros de flores secas, seu sofá desconfortável, estofado com crina de cavalo, e suas poltronas baixas colocadas longe demais uma da outra. Na verdade, na casa dos Blake não havia onde se sentar. A sala era dominada pela enorme prensa com manivela em forma de estrela que Jem tinha visto da rua. Era um pouco mais alta que ele e parecia uma mesa sólida com um pequeno armário em cima. Sobre uma placa lisa, na altura da cintura, havia um grande cilindro de madeira com outro embaixo. Rodando a manivela, os cilindros giravam, concluiu Jem. A prensa era de faia envernizada (os cilindros, de uma madeira mais dura) e estava bem gasta, principalmente na manivela.

O resto da sala fora arrumado em redor da prensa. Havia mesas cheias de placas de metal, jarros e ferramentas estranhas que Jem não conhecia, assim como prateleiras com garrafas, papel, caixas e gavetas compridas e baixas como as que tinha visto numa gráfica em Dorchester. Varais de corda fina estavam esticados pela sala, embora eles não tivessem nada dependurado, naquele momento. A sala era bem arrumada e muito limpa. Mas o Sr. Blake não estava lá.

Jem saiu da sala e acompanhou a Sra. Blake. O quarto dos fundos estava fechado e ele sentiu uma presença forte atrás da porta, como um cavalo num estábulo.

Maggie continuava lá embaixo, quase no fundo do jardim, passando entre arbustos espinhosos, urtigas, cardos e capins. A touca tinha caído num galho alto de espinheira e sinalizava como uma bandeira pedindo rendição. Ao pegá-la, voltou correndo para a casa, mas tropeçou numa espinheira e arranhou a perna. Quando se apoiou para se levantar, raspou numa urtiga e espetou a mão.

— Droga de plantas — xingou e bateu na urtiga com a touca, espetando mais ainda a mão. — Droga, droga, droga.
— Chupou o furo do espinho, foi saindo de qualquer jeito e pisou no jardim perto da casa, onde havia fileiras de sementes identificadas com nomes (alface, ervilha, alho-porro, cenoura e batata), que Jem estava examinando.

Ele olhou:

— O que houve com a sua mão?

— Espetei na droga da urtiga.

— Não chupe o sangue, não adianta. Viu alguma folha de labaça? — Jem não esperou a resposta, passou por Maggie e procurou sob uma moita de urtigas perto do gazebo, que estava de portas abertas, com duas cadeiras dentro. — Olha, é essa planta de folhas largas, ela cresce junto às urtigas. Você aperta a folha e pinga o sumo no furo. — E foi o que fez na mão de Maggie. — Melhorou?

— Sim. Como você sabe isso? — perguntou Maggie, ao mesmo tempo surpresa pela folha fazer efeito e contente por Jem ter pegado na mão dela.

— Tem muita urtiga em Dorsetshire.

Como se quisesse castigá-lo pela sapiência, Maggie virou-se para o gazebo e perguntou, baixo:

— Lembra-se daqui? Lembra-se do que eles estavam fazendo?

— O que vamos fazer agora? — interrompeu Jem, francamente confuso com qualquer conversa sobre o dia em que tinham visto os Blake no jardim. Olhou para a Sra. Blake no gramado junto à porta dos fundos, esperando-os com as mãos nos bolsos do avental.

Maggie olhou para ele, que ruborizou. Ela parou um instante, desfrutando o poder que tinha sobre ele, mesmo sem saber direito que poder era, ou porque só tinha isso com ele e mais ninguém. Dava um vazio no estômago.

A Sra. Blake passou o peso do corpo de um pé para outro e Maggie olhou em volta, procurando alguma coisa que permitisse ficarem mais tempo ali. Mas o jardim não tinha nada de diferente. Afora a casa de verão, tinha uma privada ao lado da porta e um porta-cinzas para despejar o resíduo do carvão das lareiras. A parreira que a Srta. Pelham estava cultivando crescia, exuberante, pelo muro. Ao lado, havia uma pequena figueira com folhas do tamanho de mãos.

— Sua figueira já deu frutos? — Maggie perguntou.

— Não, é muito nova. Esperamos que dê, no próximo ano — respondeu a Sra. Blake. Virou-se para entrar e as crianças foram atrás, relutantes.

Passaram pela porta fechada do quarto dos fundos e Jem, mais uma vez, sentiu vontade de entrar. Mas a porta aberta da sala da frente era mais convidativa e ele parou para olhar de novo a prensa. Juntava coragem para fazer perguntas à Sra. Blake, quando Maggie se adiantou:

— Será que podemos olhar o livro de canções do Sr. Blake de que a senhora falou na ponte? Gostaríamos de ver, não é, Jem?

Jem ia negar, mas sua cabeça fez que sim.

A Sra. Blake parou no corredor.

— Ah, vocês gostariam, querida? Bom, vou perguntar ao Sr. Blake, esperem aqui. Um minuto só. — Ela foi até a porta fechada, bateu e aguardou ouvir um murmúrio; então, abriu e entrou.

QUATRO

Quando a porta tornou a se abrir, o próprio Sr. Blake apareceu. — Olá, crianças. Kate disse que vocês querem ver minhas canções — falou ele.

— Sim, senhor — responderam Maggie e Jem em coro.

— Que bom, as crianças entendem as canções melhor que ninguém. "Escrevi canções alegres / Para todas as crianças gostarem de ouvir." Venham. — Levou-os para a sala da frente onde estava a prensa, pegou uma caixa na prateleira e tirou dela um livro pouco maior que a mão dele, encadernado com capa cor de areia. — Eis aqui — disse, colocando o livro na mesa em frente à janela.

Jem e Maggie ficaram lado a lado, mas não o pegaram; nem mesmo Maggie, apesar de ser tão ousada. Nenhum dos dois sabia direito como lidar com aquilo. Quando se casara, Anne Kellaway ganhara dos pais um livro de orações, mas era a única da família a usá-lo na igreja. Já os pais de Maggie jamais haviam tido um livro, exceto os que Dick Butterfield comprava para vender; Bet Butterfield não sabia ler, embora gostasse que o marido lesse para ela jornais velhos que trazia do pub.

— Não vão olhar? Vamos, meu menino, abra o livro. Em qualquer página — incentivou o Sr. Blake.

Jem pegou o livro, desajeitado, e abriu-o quase no começo. Na página esquerda estava desenhada uma grande flor vermelho-arroxeada e, em suas pétalas onduladas, havia uma mulher de vestido amarelo sentada, com um bebê no colo. Ao lado, estava uma menina de vestido azul, que Maggie achou que tinha asas de borboleta saindo dos ombros. Sob a flor, havia palavras escritas em marrom, com caules verdes e folhas de parreira subindo por elas. A página da direita era quase só de palavras, com uma árvore na margem direita, folhas de parreira serpenteando pela esquerda e pássaros voando aqui e ali. Maggie admirou os desenhos, embora não entendesse uma só palavra. Ficou pensando se Jem entendia.

— O que está escrito? — perguntou.

— Não sabe ler, criança? — perguntou o Sr. Blake.

Maggie balançou a cabeça.

— Só fui à escola um ano e esqueci tudo.

Ele riu.

— Pois eu nunca fui à escola! Meu pai me ensinou a ler. Seu pai não lhe ensinou?

— Ele é muito ocupado, não tem tempo.

— Ouviu isso, Kate? Ouviu?

— Ouvi, Sr. Blake. — A Sra. Blake estava à soleira da porta, encostada no umbral.

— Ensinei Kate a ler, pois o pai dela também era muito ocupado. E você, meu menino, sabe ler a canção?

Jem pigarreou.

— Vou tentar. Fui pouco à escola. — Ele pôs o dedo na página e começou a ler devagar:

Não tenho nome,
Só tenho dois dias de idade.

Como vou chamá-lo?
Sou feliz,
Meu nome é Alegria.
Que a doce alegria recaia sobre você!

Ele lia tão aos trancos que o Sr. Blake ficou com pena e ajudou, falando mais grosso e mais rápido para Jem seguir, ecoando as palavras quase como se fosse uma brincadeira.

Linda alegria!
Doce alegria de apenas dois dias de idade,
Doce alegria eu o chamo,
Você sorri,
Enquanto eu canto,
Doce alegria recaia sobre você.

Pelo desenho, Maggie concluiu que a canção era sobre um bebê, e o Sr. Blake dava a impressão de ser um pai carinhoso num acalanto, repetindo frases e parecendo tolo. Ele devia achar que os pais faziam assim, já que não tinha filhos. Por outro lado, pensou ela, não entendia muito de bebês, ou não inventaria um que sorria aos dois dias de idade. Maggie tinha ajudado a cuidar de muitos bebês e sabia que só sorriem depois de muitas semanas, quando a mãe está louca para que isso ocorra. Mas não disse nada ao Sr. Blake.

— Eis uma canção que vocês vão lembrar. — O Sr. Blake virou algumas páginas e recitou: — "Quando os verdes bosques riem de alegria" — era a música que tinha cantado na ponte. Dessa vez, não cantou, apenas entoou rápido. Jem tentou acompanhar as letras na página, com uma palavra aqui e ali que conseguia ler ou lembrar. Maggie franziu o cenho, apoquentada porque ele e o Sr. Blake podiam cantar, e ela, não. Olhou o desenho que mostrava algumas pessoas à mesa com taças de vinho, as mulheres de vestidos azuis e amarelos, um homem de costas, usando roxo e fazendo um brinde. Ela se lembrava de um trecho da canção; então, quando o Sr. Blake e Jem fizeram "rá, rá, ré", acompanhou como se estivesse num pub cantando com todos.

— O senhor fez este livro? — Jem perguntou, quando terminaram.

— Do começo ao fim, meu menino. Escrevi, desenhei, imprimi, pintei, costurei e encadernei; depois, coloquei à venda. Com a ajuda de Kate, claro. Não o teria feito sem ela. — Olhou para a esposa, que retribuiu. Aos olhos de Jem, os dois pareciam tão unidos como se uma corda os prendesse.

— O senhor usou essa prensa? — insistiu ele, quando terminaram de cantar.

O Sr. Blake segurou numa das manivelas.

— Usei, não nesta sala, pois na época morávamos na rua Poland, do outro lado do rio. — Segurou na manivela e girou, fazendo-a mexer um pouquinho. Parte da madeira rangeu e gemeu. — O mais difícil na mudança para Lambeth foi trazer a prensa. Tivemos de desmontá-la e conseguir vários homens para carregar.

— Como funciona?

O Sr. Blake ficou com a expressão satisfeita de quem encontrara um entusiasta como ele.

— Ah, é uma coisa linda, meu menino. Muito bela. Você pega a chapa que preparou. Já viu uma chapa gravada? Não? Aqui está uma. — Levou Jem para uma das prateleiras e pegou um retângulo de metal liso. — Passe os dedos em cima. — Jem sentiu linhas retas e curvas no cobre liso e frio. —

Então, primeiro entintamos a chapa com uma almofada. — Ele segurou um pedaço de madeira grosso com a ponta redonda. — Depois, secamos a chapa com um pano para a tinta ficar só nas partes que queremos imprimir. Colocamos a chapa no berço da prensa, aqui. — O Sr. Blake colocou a chapa na prensa, perto dos cilindros. — Pegamos, então, o pedaço de papel preparado, colocamos sobre a chapa e cobrimos com panos. A seguir, giramos a manivela na nossa direção. — O Sr. Blake girou um pouco os cilindros. — A chapa e o papel prendem e passam entre os cilindros, imprimindo a tinta no papel. Depois que o papel passa pelos cilindros, atenção, nós o retiramos com muito cuidado e dependuramos para secar nesses varais acima de nossas cabeças. Quando secam, nós colorimos.

Jem ouvia atento, tocando nas diversas partes da prensa como tanto queria e fazendo perguntas ao Sr. Blake. Maggie ficou entediada e começou a folhear o livro de novo. Nunca olhara bem os livros: como não sabia ler, eles não tinham muita utilidade. Ela havia detestado a escola. Frequentara, aos oito anos, uma escola de caridade para meninas que ficava em Southwark, logo depois de Lambeth, onde morara antes com os pais e o irmão. Achou a escola horrível, as meninas ficavam apertadas numa sala trocando pulgas, piolhos e tosses, e apanhavam todos os dias, indiscriminadamente. Depois de perambular pelas ruas durante tanto tempo, ela achava difícil ficar sentada numa sala o dia todo e não entendia o que a professora dizia sobre letras e números. Era ainda mais entediante do que andar por Southwark, e Maggie fugia da escola ou dormia, e depois era surrada com uma vara fina que cortava a pele. A única coisa boa da escola havia sido no dia em que Dick Butterfield fora até lá, depois de achar mais marcas de vara nas costas da filha, que não tinham sido feitas por ele, e dera uma surra na professora. Depois disso, Maggie nunca mais apareceu na escola e, até Jem e o Sr. Blake lerem juntos a canção, jamais se arrependera de não saber ler.

Ficou surpresa com o livro de canções do Sr. Blake, pois não se parecia com nenhum que ela conhecia. A maioria tinha palavras com um desenho estranho em cima. Naquele livro, porém, as palavras e os desenhos estavam entrelaçados, às vezes ficava até difícil saber onde terminava um e começava o outro. Maggie virou várias páginas. A maioria dos desenhos era de crianças brincando ou na companhia de adultos, e todos pareciam estar no campo, o que, segundo o Sr. Blake, não era um grande espaço vazio como ela sempre imaginara, mas com cercas vivas para limitá-lo e árvores para as pessoas se abrigarem.

Havia vários desenhos de crianças com as mães, que eram as mulheres que liam para elas, estendiam a mão para os filhos levantarem do chão ou olhavam enquanto eles dormiam. Aquelas crianças tinham uma infância que não parecia nada com a de Maggie. Claro que Bet Butterfield jamais poderia ler para ela; era mais provável berrar para a filha se levantar do chão do que estender a mão para ajudá-la. E Maggie não acreditava que algum dia fosse acordar com a mãe sentada ao lado dela na cama. Olhou para cima e piscou rápido para afastar as lágrimas. A Sra. Blake continuava encostada na soleira da porta, com as mãos no avental.

— A senhora deve ter vendido um bocado de livros para morar nessa casa, madame — disse Maggie, para esconder as lágrimas.

A conclusão de Maggie pareceu tirar a Sra. Blake de um devaneio. Ela se afastou da porta e alisou a saia com as mãos.

— Nem tanto, minha cara, nem tanto. Pouca gente entende o Sr. Blake. E essas canções... — Ela ficou indecisa. — Acho que está na hora de ele trabalhar. Hoje o senhor fez várias interrupções, não foi, Sr. Blake? — Ela perguntou tateando, quase amedrontada, como se temesse a reação do marido.

— Claro, Kate — concordou ele, afastando-se da prensa. — Você tem razão, como sempre. Vivo me dispersando por um motivo ou outro e Kate precisa me trazer de volta. — Ele fez sinal com a cabeça para os meninos e saiu da sala.

— Droga, esqueci de levar a cerveja da minha mãe! — lembrou Maggie, de repente. Colocou o *Canções da inocência* sobre a mesa e correu para a porta. — Desculpe, Sra. Blake, temos de ir. Obrigada por mostrar suas coisas para nós!

CINCO

Maggie pegou o caneco que tinha deixado ao lado do muro no campo de Astley e correu com Jem para o pub Pineapple, que ficava no final das Residências Hércules. Quando iam entrar, ele olhou em volta e, surpreso, viu a irmã encostada na cerca do outro lado da rua, parecendo cansada de esperar.

— Maisie! — ele chamou.

Maisie levou um susto.

— Ah! Boa-tarde, Jem e Maggie.

— O que está fazendo aqui, Srta. Piddle? — exigiu Maggie, enquanto atravessavam para o lado dela. — Não ia falar conosco?

— Eu... — ela parou, a porta do Pineapple se abriu e Charlie Butterfield saiu. Ela ficou completamente sem jeito.

— Droga — xingou Maggie quando Charlie os viu e veio na direção deles. Fez uma carranca ao reconhecer Jem. — O que anda fazendo, caipira?

Maggie ficou entre os dois.

— Viemos buscar cerveja para mamãe. Jem, pode entrar e pegar para mim? Diga que é para os Butterfield e que papai paga no fim da semana. — Maggie preferia manter Jem e Charlie separados, pois se detestavam desde o dia em que se conheceram.

Jem ficou indeciso; não gostava muito de ir aos pubs de Londres sozinho, mas sabia por que Maggie estava pedindo. Pegou o caneco, correu para o Pineapple e sumiu lá dentro.

Com isso, Charlie passou a prestar atenção em Maisie, reparou em seu rosto ingênuo, na touca sem graça de babados, no corpo magro e nos seios pequenos, levantados pelo espartilho.

— Quem é ela, afinal? Não vai nos apresentar?

Maisie deu um sorriso à Piddle Valley.

— Meu nome é Maisie, Margaret, como Maggie. Sou irmã de Jem. Você é irmão de Maggie? São bem parecidos, só que um é moreno, e o outro, louro.

Charlie sorriu para Maisie de um jeito que a irmã desconfiou. Viu que estava desfrutando a ingenuidade da outra.

— O que faz na rua, Maisie? Estava me esperando? — perguntou Charlie.

Maisie riu.

— Como podia esperar por você, se não o conhecia? Não, eu estava esperando... outra pessoa.

As palavras pareceram fazer a porta do pub se abrir, e John Astley saiu, acompanhado de uma moça que era costureira do circo. Os dois riam e ele a empurrava de leve pelas costas. Sem olhar para os três, o casal seguiu por uma trilha que contornava o Pineapple e levava aos estábulos de Astley. Maggie sabia que tinha uma cocheira vazia no final, onde ele costumava levar suas mulheres.

— Ah! — exclamou Maisie e foi atrás deles.

Maggie segurou-a pelo cotovelo.

— Não vá, Srta. Piddle.

— Por que não? — Maisie pareceu perguntar inocentemente, enquanto tentava desvencilhar-se. Maggie olhou para Charlie, que levantou as sobrancelhas.

— Ora, Maisie. Eles estarão ocupados, não vão querer você por perto.

— Deve estar mostrando o cavalo para ela, não acha? — perguntou Maisie.

Charlie riu.

— Alguma coisa ele deve estar mostrando, com certeza.

— Melhor deixar para lá. Você não vai ficar espionando, ele não ia gostar — aconselhou Maggie.

Maisie virou os grandes olhos azuis para Maggie.

— Não pensei nisso. Você acha que ele se zangaria comigo?

— Acho. Vá para casa agora — Maggie deu um empurrãozinho em Maisie, que partiu na direção das Residências Hércules. — Prazer em conhecer — disse ela para Charlie, por cima do ombro.

Charlie riu de novo.

— Pelo amor de Deus, onde você conheceu essa garota?

— Deixe ela, Charlie.

Ele continuava olhando Maisie, mas prestando atenção na irmã.

— Por que acha que vou fazer alguma coisa com ela, Srta. Garganta Cortada?

Maggie gelou. Ele nunca a chamara por aquele nome. Maggie tentou não demonstrar o pânico, ficou de olhos fixos na cara dele, notou os pelos curtos da barba no queixo e o bigode louro e ralo. Mas era irmão dela e conhecia-a bem, percebeu o luzir em seus olhos e a respiração subitamente suspensa.

— Ah, não se preocupe. Seu segredo está guardado comigo. Na verdade, não acho que você fez aquilo — disse, dando seu sorriso dúbio.

Jem surgiu na porta do pub e veio caminhando com cuidado para não derramar o caneco cheio. Franziu o cenho ao ver o rosto tenso e preocupado de Maggie.

— O que houve? — perguntou. Virou-se para Charlie: — O que você fez com ela?

— Vai para casa? — Charlie perguntou a Maggie, sem dar atenção a Jem.

Maggie franziu o cenho.

— O que lhe interessa saber?

— Papai e mamãe têm uma surpresinha para você, só isso. — Num gesto rápido, ele pegou o caneco das mãos de Jem e, com um grande gole, esvaziou um terço, devolveu e saiu correndo, com o riso flutuando atrás.

SEIS

Quando Maggie chegou em casa, Bet Butterfield estava em frente ao fogão, jogando grossas fatias de batata num jarro com água. Charlie já estava à mesa, com as pernas compridas esticadas à frente.

— Corte as cebolas, patinha — pediu Bet Butterfield, pegando o caneco de Maggie sem comentar a demora, ou a quantidade de cerveja que faltava. — Você chora menos que eu, quando descasca cebola.

— Charlie não chora nada — retrucou Maggie. Ele não ligou para a insinuação e continuou sentado descansando. Maggie olhou bem para ele e começou a descascar as cebolas. Bet Butterfield tirou um pouco da gordura da carne e jogou numa frigideira para esquentar. Depois, ficou olhando por cima do ombro a filha trabalhar:

— Não corte em rodelas, mas em lascas.

Maggie parou com a faca no meio de uma cebola.

— Saia de perto, mamãe, você disse que a cebola faz você chorar; afaste-se daqui.

— Como vou me afastar se você está cortando errado?

— Que diferença faz como eu corto? Em rodelas ou em lascas, o gosto é o mesmo. Cebola é cebola.

— Me dê, eu faço. — Bet Butterfield pegou a faca que estava na mão de Maggie.

Charlie deixou de contemplar o nada para assistir à mãe e filha brigarem.

— Cuidado, mãe, ela sabe lidar com faca, não é, Maggie?

Maggie voltou-se para ele:

— Fique quieto, Charlie!

Bet Butterfield olhou de um filho para outro.

— Do que estão falando?

— Nada, mãe — responderam, em coro.

Bet Butterfield esperou, mas ninguém disse mais nada, embora Charlie olhasse para o fogo com um riso malicioso. A mãe começou a cortar as cebolas em lascas exatamente como tinha passado os lençóis: automática e metodicamente, repetia algo tão conhecido que não precisava pensar no que fazia.

— Mãe, está saindo fumaça da gordura — avisou Maggie.

— Então, ponha a carne. Não deixe queimar, seu pai não gosta — mandou Bet Butterfield.

— Não vou queimar.

Mas queimou. Não gostava de cozinhar, como também não gostava de passar a ferro. Bet Butterfield terminou de cortar as cebolas e colocou-as na frigideira antes de pegar a colher da filha.

— Maggie! — ela gritou, ao virar a carne e ver as marcas de queimado.

Charlie riu.

— O que ela fez agora? — perguntou Dick Butterfield da porta. Bet Butterfield virou a carne de novo e espalhou as cebolas com energia.

— Nada, nada... ela já vai passar a roupa de novo, não é, patinha?

— Presta atenção para não queimar — comentou Dick Butterfield. — O que foi? O quê? — acrescentou, quando Charlie começou a rir e Maggie chutou as pernas dele. — Olha, menina, você precisa tratar sua família com mais respeito. Vá ajudar sua mãe. — Pegou um banco com o pé, colocou embaixo dele e sentou-se, movimento que tinha aperfeiçoado em anos de sentar em pubs.

Maggie fez cara feia, mas pegou o ferro que estava aquecendo no fogão e voltou para a pilha de lençóis. Sentia o olhar do pai ao passar o ferro para diante e para trás e, por uma vez, se concentrou em alisar o pano sistematicamente, em vez de fazer de qualquer jeito.

Era raro os quatro Butterfield estarem juntos no mesmo lugar. Pelo tipo de ocupação que tinham, Dick e Bet costumavam sair a qualquer hora; já Charlie e Maggie haviam crescido entrando e saindo de casa quando queriam, comendo em docerias, tabernas ou barracas de rua. A cozinha ficava pequena com todos lá, principalmente com as pernas de Charlie ocupando tanto espaço.

— Então, Mags, Charlie nos disse que você ficou com o menino dos Kellaway, quando devia pegar cerveja para sua mãe — disse Dick Butterfield, de repente.

Maggie olhou furiosa para Charlie, que sorriu.

— Você fica o tempo todo com os meninos de Dorset, enquanto sua mãe e eu trabalhamos para lhe dar o que comer. Está na hora de você se sustentar — ele continuou.

— Não vejo Charlie trabalhar — resmungou Maggie, enquanto passava a ferro.

— O que você disse? — rosnou Charlie.

— Charlie não trabalha — Maggie repetiu, mais alto. — É muito mais velho que eu e você não o manda trabalhar.

Dick Butterfield mexia num pedaço de carvão sobre a mesa, e Bet Butterfield segurava a frigideira sobre a tigela para juntar as batatas à carne e às cebolas. Os dois pararam o que estavam fazendo e olharam para Maggie.

— O que disse, menina? Claro que ele trabalha: trabalha comigo! — Dick Butterfield protestou, realmente intrigado.

— Eu quis dizer que você nunca o colocou de aprendiz num ofício.

Charlie estava com a cara satisfeita, mas parou de sorrir.

— Ele é *meu* aprendiz — disse Dick Butterfield rápido, com uma olhada para o filho. — E está aprendendo bastante sobre compra e venda, não é, filho?

Esse era um assunto delicado para Charlie. Quando tinha 13 anos, os pais não dispunham de dinheiro para colocá-lo de aprendiz num ofício, pois, na época, Dick Butterfield estava preso. Passara dois anos na cadeia por tentar vender estanho por prata; quando saíra e retomara os negócios, Charlie era um rude rapagão de 15 anos que dormia até meio-dia e falava por grunhidos. Os poucos comerciantes dispostos a ficar com um rapaz acima da idade como aprendiz passavam um minuto com ele e se desculpavam por não aceitá-lo. Dick Butterfield só conseguira de favor um lugar para o filho, mas Charlie durou dois dias na oficina de um ferreiro, até queimar um cavalo ao brincar com um atiçador quente. Em vez do ferreiro, quem dispensou Charlie foi o cavalo, com um coice que o deixou desmaiado. Por isso, ele tinha uma cicatriz na sobrancelha.

— De todo jeito, não é de Charlie que estamos falando — declarou Dick Butterfield. — Estamos falando de você. Sua mãe diz que não adianta você lavar roupa com ela, já que não leva jeito, não é? Então, andei perguntando e arrumei um lugar com um amigo meu em Southwark para você fazer corda. Começa amanhã às seis horas. Melhor dormir bastante esta noite.

— Corda! — gritou Maggie. — Por favor, pai, isso não! — Lembrou-se de uma mulher que vira num pub, cujas mãos estavam em carne viva por causa do cânhamo áspero com que lidava o dia inteiro.

— Surpresa! — disse Charlie, com uma careta.

— Canalha! — devolveu Maggie, com outra careta.

— Sem discussão, menina. Está na hora de você crescer — disse Dick Butterfield.

— Mags, vá no vizinho e peça uns nabos. Diga que vou comprar amanhã no mercado — mandou Bet Butterfield, tentando reduzir a ira que aumentava na cozinha.

Maggie jogou o ferro no meio do carvão e virou-se para sair. Se ela apenas saísse, pegasse os nabos e voltasse, o clima teria chances de melhorar. Mas, ao se dirigir à porta, Charlie esticou o pé, Maggie tropeçou e foi jogada para a frente. Ao bater com a perna na mesa, derrubou o braço de Dick Butterfield: o pedaço de carvão com o qual brincava voou da mão dele e foi cair dentro do assado.

— Droga, Maggie, o que você está fazendo?

Ainda a essa altura, a situação poderia ser consertada, se ao menos a mãe tivesse ralhado com Charlie. Mas Bet Butterfield gritou:

— O que você tem, sua desajeitada? Quer acabar com o meu assado? Não consegue fazer nada direito?

Maggie levantou-se cambaleando do chão e ficou cara a cara com o riso zombeteiro de Charlie. Isso foi a gota d'água; ela deu um tapa na cara no irmão, que se levantou com um urro e derrubou a cadeira onde estava sentado. Maggie passou pela cozinha em direção à porta e berrou por cima do ombro:

— Fodam-se vocês todos! Peguem os nabos e enfiem no cu!

Charlie seguiu-a na rua, xingando "Vadia!" o tempo todo, e a teria alcançado se uma carruagem não passasse com estrépito pela Travessa Bastilha. Maggie atravessou, jogando-se na frente dela, e ele foi obrigado a parar. Com isso, ela ganhou os segundos cruciais de que precisava para tirá-lo dos calcanhares, correr pela Travessa Mead e entrar num beco que dava nos fundos dos jardins e saía do outro lado do pub Dog and Duck. Maggie conhecia bem melhor que o irmão cada buraco e beco da região. Quando olhou para trás, ele não a seguia mais. Era o tipo do rapaz que não se dava ao trabalho de perseguir alguém, se não tivesse certeza de pegá-lo, pois detestava perder.

Maggie se escondeu um pouco atrás do Dog and Duck, ouvindo o barulho dentro do pub e prestando atenção no irmão. Quando teve certeza de que não a procurava mais, saiu de fininho e fez um largo semicírculo em volta da Travessa Bastilha. Àquela hora, estava tudo calmo, as pessoas jantavam em casa ou no pub. Os vendedores ambulantes tinham empacotado seus produtos e ido embora, as putas começavam a aparecer.

Maggie acabou chegando à margem do rio ao lado do Palácio Lambeth. Sentou-se, olhando os barcos subindo e descendo ao sol do anoitecer. Por cima do rio vinham os sons claros do Circo de Astley: música, risos e alguns aplausos. O coração dela continuava batendo disparado e os dentes permaneciam cerrados.

— Maldita corda, que se dane — resmungou.

Estava com fome e ia precisar de um lugar onde dormir, mas não ousava ir para casa enfrentar os pais, Charlie e a fábrica de corda. Estremeceu de frio, embora ainda fosse uma tarde perfumada. Estava acostumada a ficar longe de casa, mas nunca dormira fora. Talvez Jem me deixe dormir na casa dele, pensou. Não conseguiu planejar outra coisa; então, correu pela Church Street passando pelo Campo de Lambeth e pelas Residências Hércules. Só quando estava na frente da casa da Srta. Pelham, no outro lado da rua, foi que percebeu. Não havia ninguém nas janelas da casa dos Kellaway, embora estivessem abertas. Ela podia chamar, ou jogar um seixo para atrair a atenção de alguém, mas não fez nada. Ficou olhando, esperando que Jem ou Maisie a vissem e fizessem sinal para ela subir.

Após ficar alguns minutos de pé e se sentindo uma boba, ela se foi. Estava escurecendo. Passou pelo beco entre duas casas das Residências Hércules que levavam ao campo de Astley. Do outro lado, estava o jardim dos pais dela, onde uma luz fraca passava pelo buraco na cerca. Já deviam ter comido o assado. Pensou se a mãe teria guardado um pedaço para ela. O pai devia ter ido para o pub pegar mais cerveja e talvez um ou dois jornais velhos que estaria lendo agora para Bet e Charlie, caso este já não tivesse ido também para o pub. Talvez os vizinhos aparecessem e estivessem se inteirando dos mexericos ou comentando como as filhas costumam ser difíceis de se lidar. Um dos vizinhos tocava violino, talvez o tivesse levado e Dick Butterfield tivesse bebido bastante cerveja para cantar "Morgan Rattler", sua canção indecente preferida. Maggie aguçou os ouvidos, não ouviu nenhuma música. Queria voltar, mas só se pudesse entrar e ficar com a família sem criar confusão, não ter de pedir desculpas nem levar a surra que sabia que a esperava e não ir na manhã seguinte fazer corda pelo resto da vida. Nada daquilo ia acontecer; por isso, ela precisava aguentar e observar de longe.

Seu olhar caiu, então, no muro dos fundos do jardim dos Blake, bem à esquerda. Olhou-o, calculando a altura, o que havia atrás e se queria ou não subir nele.

Perto do muro se encontrava um carrinho de mão que uma das sobrinhas de Astley tinha usado na horta. Maggie olhou ao redor. O jardim estava vazio, embora silhuetas se mexessem dentro do Salão Hércules: eram os criados preparando a ceia do patrão. Ela ficou indecisa, depois correu para o carrinho e empurrou-o até o fim do muro, assustada com o rangido da roda. Quando teve certeza de que ninguém estava olhando, subiu nele, depois no muro e saltou na escuridão.

Junho de 1792

IV.

UM

Foi um deleite para Anne e Maisie Kellaway poderem se sentar no jardim da Srta. Pelham para fazerem seus botões. No dia anterior, a Srta. Pelham fora visitar amigas em Hampstead e levara a criada com ela; ia ficar a semana toda para aproveitar o clima; fazia um calor fora de época em Lambeth e as colinas logo ao norte de Londres costumavam ser mais frescas. Na ausência dela, as Kellaway aproveitavam o sol e o jardim vazio. Levaram cadeiras e sentaram-se no quadrado que tinha o lírio branco no centro, rodeado de lírios cor-de-rosa. O lírio era a flor preferida de Maisie; tinha vontade de cheirá-los, mas só conseguia admirá-los das janelas, quando os brancos começaram a desabrochar. Sempre que ia à latrina, pensava se dava uma corrida pelo caminho de cascalho, enfiava o nariz nas flores, cheirava e voltava antes de a Srta. Pelham vê-la. Mas ela parecia estar sempre na janela dos fundos ou no jardim mesmo, andando com sua xícara de caldo de carne, e Maisie jamais ousava dar a corrida. Naquele momento, porém, podia sentar ao lado das flores a manhã inteira e ficar com o aroma na memória até o ano seguinte.

Maisie recostou-se na cadeira e suspirou, esticando o pescoço e inclinando a cabeça para a esquerda e a direita.

— O que foi? — perguntou a mãe, ainda debruçada sobre o botão que fazia, um modelo Blandford Cartwheel. — Já cansou? Nós mal começamos. Você só fez dois.

— Não é isso, a senhora sabe que eu gosto de fazer botões. — Era verdade, Maisie certa vez fizera 54 Blandford Cartwheels num dia, um recorde em Piddle Valley, embora uma menina do leste, em Whitchurch, fosse famosa por fazer 12 dúzias de botões por dia. O Sr. Case, vendedor que ia todo mês a Piddletrenthide, sempre contava essa façanha às mulheres que levavam seus botões para ele. Maisie tinha certeza de que os botões da menina eram mais simples e, por isso, mais rápidos, como os modelos Singletons e Birds' Eyes, ou Dorset Crosswheels, que não eram tão intricados quanto os Cartwheels. — É que eu... eu fiquei com saudade do nosso lírio lá de casa.

Anne Kellaway ficou calada um instante, examinando seu botão pronto e separando com o polegar os fios de linha, de forma a parecerem uma pequena teia de aranha. Satisfeita, colocou o botão no colo junto com os outros, pegou um novo aro de metal e começou a enrolar a linha nele. Depois, respondeu ao comentário de Maisie:

— Os lírios aqui têm o mesmo cheiro dos de lá, não é?

— Não, não têm. São menores, têm menos flores e não tão perfumadas. Além do mais, são sujos em volta.

— A planta pode ser diferente, mas as flores têm o mesmo cheiro.

— Não têm — teimou Maisie.

Anne Kellaway não insistiu; estava aceitando melhor a nova vida que levavam em Londres, graças à ajuda de idas regulares ao circo. Ela entendia o que a filha queria dizer, mas comentou outra coisa:

— Gostaria de saber se Lizzie Miller já colheu alguma flor branquinha; ainda não vi nenhuma por aqui. Não sei se florescem antes ou depois que em Dorsetshire. Espero que Sam mostre para ela o terreno na Terra do Gato Morto.

— Onde, perto do alto?

— É. — Anne Kellaway parou, pensando no lugar. — Quando éramos jovens, seu pai fez um apito para mim com a madeira daquela árvore.

— Que amor! Mas a senhora não tem mais o apito, não é, mãe? Nunca vi.

— Perdi logo depois, no bosque de aveleiras perto de Nettlecombe Tout.

— Que horror! — a menina gritou. Nos últimos tempos, Maisie tinha ficado mais sensível sobre coisas que ocorriam entre casais, dando-lhes uma carga de emoção que Anne Kellaway achava que não conseguiria igualar.

Olhou a filha de soslaio.

— Não foi tão dramático assim. — Não ia dizer para Maisie, mas ela havia perdido o apito quando fora com Thomas Kellaway "amaciar o leito conjugal", como ele dissera. Naquele momento, tantos anos depois, era difícil pensar por que tinham feito aquilo. Embora tivesse certeza de que ainda amava o marido, ela se sentia velha e sem graça.

— Será que Sam já se casou com Lizzie? — Maisie perguntou. — No ano passado, ela encontrou o anel na torta de São Miguel, não foi? Então já está na hora de se casar.

Anne Kellaway achou graça.

— Essa velha lenda do anel na torta. Mas Sam disse que avisaria, se casasse.

— Gostaria que estivéssemos lá para assistir. Lizzie fica muito bonita com flores no cabelo. Que roupa a senhora acha que ela vai usar? Eu usaria branco, claro.

Anne Kellaway franziu o cenho enquanto cobria rapidamente o aro do botão com a linha. Havia anos as duas faziam botões nas horas vagas, e ela sempre gostava de conversar com a filha, indo de um assunto a outro ou simplesmente ficando caladas. Ultimamente, entretanto, tinha pouco a acrescentar às observações de Maisie sobre amor, beleza, homens e mulheres. Tais ideias estavam longe de sua vida naquele momento, se é que algum dia haviam estado próximas. Não se lembrava de ter se interessado por assuntos desse gênero quando tinha 14 anos. Mesmo a corte de Thomas Kellaway, quando ela estava com 19 anos, a surpreendera; às vezes, quando andava com ele pelo campo ou deitava com ele no bosque, onde perdera o apito, tinha vontade de que fosse outro homem no lugar dele, naquelas sequências de seduzir, ruborizar, beijar e passar as mãos nas costas do amado, enquanto a verdadeira Anne Kellaway ficava de lado, olhando os antigos sulcos e canais que pontilhavam as colinas em volta. Ficava constrangida com o grande interesse de Maisie pelo assunto.

Mas gostaria também de poder assistir ao casamento do filho mais velho. Só tinham recebido uma carta dele, no começo de maio, embora Maisie (que sabia ler e escrever melhor que o resto da família) tivesse assumido a tarefa de escrever para ele toda semana e começasse as cartas com um parágrafo cheio de perguntas e dúvidas a respeito de Piddle Valley: quem estava tosquiando as ovelhas deles; quem fazia mais botões; quem tinha ido a Dorchester ou Weymouth ou Blandford; quem havia tido filhos. Sam sabia ler e escrever um pouco (todos eles tinham frequentado a escola da aldeia por um tempo), mas não era epistolar, nem falante. A carta que mandara era curta, mal escrita e não respondia as perguntas de Maisie. Contara apenas que estava bem, que tinha esculpido os braços de uma nova fileira de bancos na igreja de

Piddletrenthide e que havia chovido tanto que o riacho que passava por Plush tinha inundado alguns chalés. Os Kellaway devoraram essas poucas novidades, mas elas eram insuficientes; eles continuavam sedentos de notícias.

Com poucas notícias de casa, Anne e Maisie só podiam imaginar coisas, enquanto faziam os botões. Será que o dono do Five Bells tinha vendido o pub, como sempre ameaçava? Será que os agudos do sino da igreja haviam sido consertados a tempo para o repicar do Domingo de Páscoa? Será que o mastro havia sido colocado em Piddletrenthide ou em Piddlehinton? E, naquele momento, inclinadas sobre seus botões, pensavam: será que Lizzie Miller escolheria as mais lindas flores branquinhas para fazer licor e usaria lírios na cabeça, no dia do casamento, a que os Kellaway não assistiriam? Os olhos de Anne Kellaway ficaram úmidos por não saber nada a respeito. Balançou a cabeça e concentrou-se em seu botão modelo Blandford Cartwheel. Tinha terminado de enrolar o aro com linha e estava pronta para fazer raios como os de uma roda de carruagem.

— Que barulho é esse? — perguntou Maisie.

Anne Kellaway ouviu uma pancada próximo à porta ao lado.

— Deve ser a Sra. Blake cavando com a enxada — disse ela, baixo.

— Não, não é. De novo: é alguém batendo na porta da Srta. Pelham.

— Vá ver quem é. Podem ser entradas para o circo — disse Anne Kellaway. Tinha ouvido dizer que a programação ia mudar logo e, toda vez que isso acontecia, o Sr. Astley enviava entradas grátis para eles. Ela já começava a prever uma batida na porta e mais entradas. Sabia que estava ficando ansiosa pelo circo e talvez confiando demais na constante generosidade do Sr. Astley.

— Cadeiras em troca de cadeiras! — dissera ele uma vez, muito satisfeito com as cadeiras que Thomas Kellaway fizera para ele.

Quando Maisie foi abrir a porta, alisou o cabelo, mordeu os lábios para ficarem mais vermelhos e arrumou o vestido sobre o espartilho. Embora fosse sempre um menino do circo quem trazia as entradas, ela alimentava a fantasia de John Astley entregá-las pessoalmente. Sentira uma emoção especial na última vez em que foram ao circo, quando John Astley foi o protagonista de *Caprichos de Arlequim* e ela passou meia hora encantada, olhando-o cantar e conquistar a colombina (interpretada por uma novata do circo, a Srta. Hannah Smith), montado em seu alazão que fazia passos de dança. Maisie assistiu com um nó na garganta, nó esse que ficou górdio no momento em que teve certeza de que ele a olhava.

Quando pensava racionalmente, Maisie sabia muito bem que John Astley não era um rapaz com o qual poderia ficar. Era bonito, culto, forte, cosmopolita, ou seja, totalmente oposto a um rapaz com quem ela se casaria em Piddle Valley. Embora gostasse muito do pai e dos irmãos (principalmente de Jem), eles ficavam esquisitos e rudes perto de John Astley. E também porque ele impedia que pensasse em Londres (cidade que ainda a assustava) e na morte do irmão Tommy, que ela parecia sentir ainda com mais força quatro meses depois. Levara todo esse tempo para admitir que o irmão Tommy não estava mais em Piddletrenthide e não ia aparecer de repente na porta da Srta. Pelham, assoviando e contando as aventuras que havia tido na estrada a caminho de Londres.

Por um breve instante, Maisie ficou atrás da porta das Residências Hércules, número 12, ouvindo a batida, que se tornou insistente e impaciente, e pensou se seria John Astley.

Não era ele, mas uma mulher que ela não conhecia. Embora de altura mediana, parecia mais alta por causa do tórax; embora não fosse gorda, era bem fornida e tinha braços que pareciam coxas de ovelha. O rosto era redondo, com as maçãs rosadas que pareciam ter sentido muito calor. Os cabelos castanhos estavam enfiados numa touca de onde escapavam em várias partes, sem que ela parecesse notar. Os olhos eram agitados e cansados; na verdade, a mulher bocejou na frente de Maisie, sem nem cobrir a boca aberta.

— Olá, patinha. Que amor você é, não? — disse a estranha.

— Eu... desculpe, mas a Srta. Pelham não está. Volte daqui a uma semana — informou Maisie, lisonjeada pelo cumprimento, mas desapontada por não ser John Astley.

— Não quero falar com a Srta. Pelham. Estou procurando a minha filha, isto é, Maggie, e queria perguntar umas coisas a você sobre ela. Posso entrar?

DOIS

— Mãe, é a Sra. Butterfield, a mãe de Maggie — anunciou Maisie, chegando ao fundo do jardim.

— Pode me chamar de Bet. Vim por causa de Maggie — disse a mulher.

— Maggie? — repetiu Anne Kellaway, levantando-se da cadeira e pegando os botões prontos. Lembrou-se, então, de quem era Bet e sentou-se de novo. — Maggie não está aqui.

Bet Butterfield fez que não ouviu. Olhava fixo para o colo de Anne Kellaway.

— Isso são botões?

— Sim. — Anne Kellaway precisou se conter para não cobrir os botões com as mãos.

— Somos botoeiras — explicou Maisie. — Fazíamos sempre botões em Dorsetshire e mamãe trouxe um pouco de material quando viemos para cá. Acha que talvez possamos vendê-los em Londres.

Bet Butterfield estendeu a mão e disse:

— Deixe eu ver.

Relutante, Anne Kellaway colocou na mão rude e vermelha de Bet os delicados botões que tinha feito naquela manhã.

— Estes modelos são chamados Blandford Cartwheels. — Não resistiu a explicar.

— Nossa, que lindos! Reparo nos botões quando lavo os vestidos de gala das damas e sempre tomo cuidado. Você faz ponto de lençol no aro? — perguntou Bet Butterfield, mexendo neles com o dedo.

— Sim. — Anne Kellaway mostrou o botão que estava fazendo. — Depois, eu prendo a linha em volta para fazer os aros da carroça e pesponto várias vezes cada aro para preencher o espaço com a linha. Por fim, dou um ponto no centro para fixar, e eis o botão.

— Lindo — repetiu Bet Butterfield, apertando os olhos para examinar os botões. — Gostaria de saber fazer algo assim. Sou boa em remendos e tal, mas acho que não conseguiria fazer uma coisa tão pequena e delicada. Sou melhor em lavar o que está feito do que em fazer. Você só faz esse tipo de botão?

— Ah, fazemos de todo tipo — interrompeu Maisie. — Lisos como esses, chamados Dorset Wheels, ou em forma de roda de carruagem, de estrela, de favo de mel. Fazemos também em relevo e com puxador para coletes, além dos Singletons e dos Birds'Eyes. Quais os outros que fazemos, mãe?

— Basket Weaves, Old Dorsets, Mites e Spangles, Jams, Yannells, Outsiders — recitou Anne Kellaway.

— Onde vão vender? — perguntou Bet Butterfield.

— Ainda não sabemos.

— Posso ajudar vocês. Ou o meu Dick pode. Ele conhece todo mundo, e aquele homem é capaz de vender ovos para uma galinha. Vende os botões para você. Quantos você tem prontos?

— Ah, no mínimo, quatro grosas — respondeu Maisie.

— E quanto ganham por grosa?

— Depende do modelo e da qualidade — Maisie respondeu e parou. — Não quer se sentar, Sra. Butterfield? — perguntou, mostrando a própria cadeira.

— Quero sim, patinha, obrigada. — Bet Butterfield desmontou numa cadeira Windsor de encosto redondo que, mesmo depois de dez anos de uso diário, não rangeu quando seu sólido corpo caiu sobre o assento em forma de brasão. — Puxa, que cadeira ótima — ela elogiou, recostando-se nos torneados e passando o dedo no braço curvo da cadeira. — Simples, sem muita frescura e benfeita, apesar de eu nunca ter visto cadeiras pintadas de azul.

— Ah, nós pintamos todas as nossas cadeiras lá em Dorsetshire. Os fregueses gostam — informou Maisie.

— Mags me disse que o Sr. Kellaway é cadeireiro. Ele fez essa, Sra. ... ??

— Anne Kellaway. Sim, fez. Mas, Sra. Butterfield...

— Bet, querida. Todo mundo me chama de Bet.

— Como a Bet Enroscada! — exclamou Maisie, sentando-se num dos frios bancos de pedra da Srta. Pelham. — Lembrei agora, ah, que engraçado!

— O que é engraçado, patinha?

— A Bet Enroscada, uma flor que nós chamamos de genciana. Lá em Dorsetshire, quer dizer. E você usa o suco dessa planta para lavar roupa, não é?

— Isso mesmo. O nome dela é Bet Enroscada, é? — Bet Butterfield riu. — Não sabia. Lá de onde vim, essa planta se chama Sabão Corvo. Mas gostei do nome Bet Enroscada. Se eu contar para o meu Dick, ele vai passar a me chamar assim!

— Por que veio aqui? — interrompeu Anne Kellaway. — Disse que era algo com sua filha.

Bet Butterfield virou-se para ela, séria.

— Isso, isso. Sabe, estou procurando por ela. Faz algum tempo que sumiu de casa e fiquei pensando...

— Há quanto tempo ela sumiu?

— Duas semanas.

— Duas semanas! E só agora está vindo procurar? — Anne Kellaway não conseguia imaginar ficar sem Maisie uma noite naquela cidade, quanto mais duas semanas.

Bet Butterfield mexeu-se na cadeira. Desta vez, rangeu.

— Bom, não é tão grave assim. Talvez faça uma semana. É, isso mesmo, só uma semana. — Ao ver que Anne Kellaway continuava apavorada, ela aventou: — Pode ser que nem isso. Eu saio muito de casa para lavar roupa, às vezes fico até a noite na casa dos fregueses e durmo de dia. Há dias em que não vejo meu Dick, nem Charlie, nem ninguém, porque estou fora.

— Ninguém mais viu Maggie?

— Não. — Bet Butterfield mexeu na cadeira outra vez, que rangeu de novo. — Pra dizer a verdade, tivemos uma briga e ela fugiu. Mags tem um gênio difícil como o pai. Ela é calma, mas quando explode, é melhor sair de perto!

Anne e Maisie Kellaway ficaram caladas.

— Ah, sei que ela está por aqui. Deixo comida do lado de fora para ela e a comida some. Mas quero que ela volte. Não é certo ficar fora de casa tanto tempo. Os vizinhos estão começando a perguntar e a me olhar de um jeito engraçado, como vocês agora.

Anne e Maisie Kellaway baixaram a cabeça e voltaram a fazer seus botões Blandford Cartwheels.

Bet Butterfield inclinou-se para ver os dedos delas trabalhando.

— Mags tem passado muito tempo junto do seu menino, Jem, não é esse o nome dele?

— Sim, Jem. Ele ajuda o pai. — Anne Kellaway fez sinal com a cabeça, mostrando a oficina.

— Pois é, vim perguntar se ele, ou algum de vocês, viu Maggie nos últimos dias. Pela rua, à margem do rio ou aqui, se ela veio fazer uma visita.

Anne Kellaway olhou para a filha.

— Você a viu, Maisie?

Segurando o botão, Maisie soltou a linha com a agulha dependurada na ponta. A costura enrolava tanto a linha que, de vez em quando, ela precisava parar para deixar a linha se desenrolar sozinha. As três ficaram observando o movimento. Em seguida, viram a agulha girar rápido, depois mais devagar, até parar, balançando de leve na ponta da linha.

TRÊS

Do outro lado do muro, Maggie estava sentada na escada do gazebo dos Blake, folheando o *Canções da inocência*, quando ouviu a voz da mãe e sentou-se ereta como se um chicote tivesse estalado. Foi um susto ouvir a voz de pregoeiro de Bet Butterfield depois de ser embalada pelo sotaque de Dorset de Anne e Maisie Kellaway e a conversa sem graça sobre Piddle Valley.

Prestou especial atenção quando o assunto passou a ser ela, Maggie. Bet Butterfield parecia uma pessoa no mercado comparando o preço das maçãs, e Maggie levou alguns minutos para concluir que as Kellaway e a mãe estavam falando *nela*, Maggie. Dobrou, então, as pernas, abraçou-as, encostou o queixo nos joelhos e ficou balançando o corpo, na entrada do gazebo.

Maggie continuava surpresa com o fato de os Blake não a mandarem sair do jardim; tinha certeza de que era o que seus pais fariam, se encontrassem uma menina perdida no jardim da casa deles. Mesmo assim, ela passara por maus pedaços. Na noite em que pulara o muro, não dormira nada, tremera de frio no meio das espinheiras onde caíra, embora fosse uma noite perfumada, e se assustara com cada ruído e estalo, com ratos, raposas e gatos passando ao redor. Maggie não tinha medo dos bichos, mas os barulhos faziam-na pensar que poderia ser uma pessoa, embora o jardim dos Blake fosse longe da gritaria dentro dos pubs, das idas e vindas no Salão Hércules, das brigas de bêbados, dos casais encostados no muro dos fundos. Ela odiou não ter quatro paredes e um teto para protegê-la e, no final da noite, engatinhou até a casa de verão, onde dormiu profundamente até amanhecer. Acordou dando um grito, achando que alguém estava sentado à porta. Era só o gato do vizinho, olhando-a, curioso.

No dia seguinte, ela atravessou a ponte Westminster e tomou sol no parque Saint James, sabendo que era pouco provável que os Butterfield passassem por lá. Nessa noite, ela se escondeu na casa de verão e dormiu bem melhor: cobriu-se com um lençol que pegou em casa, quando todos estavam fora. Dormiu tão bem que acordou tarde, com o sol batendo nos olhos e o Sr. Blake sentado na escada da casa de verão com uma tigela de cerejas ao lado.

— Ah! Desculpe, Sr. Blake, eu... — exclamou Maggie, afastando dos olhos os cabelos despenteados.

Ela calou-se sob o olhar brilhante dele. — Aceita umas cerejas, minha menina? São as primeiras da estação. — Colocou a tigela ao lado dela e virou-se para olhar o jardim.

— Obrigada. — Maggie tentou não atacar as frutas esganadamente, embora estivesse quase sem comer havia dois dias. Quando se serviu pela quarta vez, percebeu que o Sr. Blake estava com o bloco de anotações no joelho. — Ia me desenhar? — perguntou, tentando mostrar um pouco do humor que costumava ter em situações estranhas.

— Ah, não, minha menina. Se possível, nunca faço modelo vivo.

— Por que não? Não é mais fácil do que imaginar?

O Sr. Blake voltou-se para ela.

— Mas eu não imagino: o desenho já está na minha cabeça e apenas faço o que está lá.

Maggie tirou um caroço da boca para juntá-lo aos outros que tinha na mão, escondendo o desaponto nesse gesto. Gostaria que o Sr. Blake a desenhasse.

— Então, o que o senhor vê na sua cabeça? Crianças, como nos desenhos do seu livro?

O Sr. Blake concordou com a cabeça.

— Crianças, anjos, homens e mulheres falando comigo e entre si.

— E o senhor os desenha aí? — perguntou, mostrando o bloco.

— Às vezes.

— Posso ver?

— Claro. — O Sr. Blake estendeu o bloco. Maggie jogou os caroços de cereja no jardim e limpou a mão na saia antes de pegá-lo; não precisava que lhe dissessem que era importante para ele. O Sr. Blake confirmou, acrescentando:

— Esse bloco é do meu irmão Robert; ele me deixa usá-lo.

Maggie folheou-o, dando mais atenção aos desenhos do que às palavras. Mesmo que soubesse ler, teria dificuldade para entender os garranchos dele, cheios de palavras e linhas riscadas e escritas por cima, versos de cabeça para baixo, às vezes escritos tão depressa que pareciam mais manchas negras do que letras.

— Nossa, que confusão — ela murmurou, tentando desembaraçar as palavras e desenhos numa página. — Olha quantos riscados!

O Sr. Blake riu.

— O que vem primeiro nem sempre é o melhor. Precisa ser trabalhado para brilhar — explicou.

Muitos desenhos eram meros esboços que mal podiam ser identificados. Outros, porém, eram mais caprichados. Numa página, um rosto monstruoso mordia um corpo flácido. Em outro desenho, um homem nu atravessava a página, gritando, ansioso. Um homem barbado, de túnica e com expressão sombria, falava com outro de cabeça inclinada. Um casal estava lado a lado nu, com outros corpos nus, tortos e contorcidos. Maggie riu do desenho de um homem olhando no buraco de um muro, mas foi um riso raro; a maioria dos desenhos a deixou nervosa.

Ela parou numa página cheia de pequenos anjos com as asas dobradas, de um homem com um bebê na cabeça, de rostos com grandes olhos e bocas abertas. No alto, havia um homem de olhos pequenos, nariz comprido e sorriso caído, os cabelos encaracolados, despenteados em redor da cabeça. Era muito diferente dos outros desenhos (mais concreto e especial), feito com tanto cuidado e delicadeza que Maggie percebeu, na hora, tratar-se de uma pessoa de verdade.

— Quem é esse?

O Sr. Blake deu uma olhada na folha.

— Ah, é Thomas Paine. Já ouviu falar nele, minha criança?

Maggie lembrou de noites em que estava meio sonolenta com os pais e o irmão no pub Artichoke.

— Acho que sim. Meu pai fala nele no pub. Teve problema com uma coisa que escreveu, não é?

— Sim, ele escreveu *Os direitos do homem*.

— Espere... ele apoia os franceses, não? Como... — Maggie interrompeu, lembrando do *bonnet rouge* do Sr. Blake.

Não o via mais usando. — Então, o senhor conhece Tom Paine?

O Sr. Blake inclinou a cabeça e prestou atenção numa parreira que serpenteava o muro.

— Eu o conheci.

— E o senhor desenha gente de verdade. Não é só da sua cabeça, não?

O Sr. Blake postou-se de frente para Maggie.

— Tem razão, minha menina. Como é seu nome?

— Maggie — ela respondeu, orgulhosa por uma pessoa como ele querer saber.

— Tem razão, Maggie, desenhei-o quando ficou sentado na minha frente. Foi uma forma de desenho vivo. O Sr. Paine parecia exigir; acho que ele é desse tipo de gente. Mas não costumo fazer.

— Então... — Maggie ficou indecisa, sem saber se devia insistir com um homem como o Sr. Blake. Mas ele a olhava intrigado, de sobrancelhas levantadas, o rosto interessado, e ela achou que ali, naquele jardim, podia perguntar coisas que não perguntaria alhures. Foi o começo de sua educação. — Na catedral, o senhor estava desenhando algo real. Aquela estátua... só que sem as roupas.

O Sr. Blake olhou-a, os pequenos movimentos do rosto dele acompanhavam os pensamentos que iam da perplexidade à surpresa, ao deleite.

— Sim, minha menina, desenhei a estátua. Mas não a que estava ali.

— Não, com certeza. — Maggie riu ao lembrar do esboço da estátua nua.

Terminada a lição, o Sr. Blake pegou o bloco e ficou balançando as pernas como se quisesse soltá-las do corpo.

O barulho de uma janela sendo aberta fez Maggie olhar para cima. Era Jem abrindo a janela dos fundos da casa ao lado. Ele viu os dois. Maggie colocou o dedo sobre os lábios para pedir segredo.

O Sr. Blake não olhou na direção do ruído, como a maioria das pessoas faria; ele foi andando para a porta. Maggie achava que ele só se interessava pelo mundo à sua volta quando queria e, naquele momento, tinha perdido o interesse pelo jardim e por ela.

— Obrigada pelas cerejas, Sr. Blake! — disse Maggie, alto. Ele respondeu levantando a mão, mas não se virou para trás.

Depois que entrou na casa, Maggie fez sinal para Jem ir lhe fazer companhia. Ele franziu o cenho e sumiu da janela. Minutos depois, a cabeça dele apareceu em cima do muro. — Tinha subido no encosto do banco da Srta. Pelham. — O que está fazendo aí? — perguntou ele, baixo.

— Venha cá, os Blake não se importam!

— Não posso, papai precisa de mim. O que está fazendo aí? — ele repetiu.

— Fugi de casa. Não diga para ninguém que estou aqui... promete?

— Meus pais e Maisie vão ver você da janela.

— Pode contar para Maisie e mais ninguém. Promete?

— Certo — disse Jem após pensar um instante.

— Encontro você depois, ao lado do Palácio Lambeth.

— Certo. — Jem começou a descer do muro.

— Jem?

Ele parou.

— O que é?

— Leva alguma coisa pra gente comer, tá?

E, assim, Maggie ficou no jardim dos Blake, que não disseram nada por ela estar lá, e nem por continuar. No começo, ela passava quase o dia todo por Lambeth, evitando os lugares onde os pais e o irmão pudessem estar, encontrando-se com Jem e Maisie quando podia. Depois de um tempo, quando ficou claro que os Blake não se incomodavam, ela passou a ficar mais no jardim, às vezes ajudando a Sra. Blake a cuidar dos legumes, da roupa e até fazendo alguns remendos, que jamais ofereceria fazer para a mãe. Nesse dia, a Sra. Blake tinha levado *Canções da inocência* para ela e sentou-se um pouco ao seu lado, ajudando-a a soletrar as palavras; depois, sugeriu que Maggie olhasse o livro enquanto ela lidava com a enxada. Maggie perguntou se podia ajudar, mas a Sra. Blake sorriu e balançou negativamente a cabeça.

— Aprenda a ler isso, minha querida, e o Sr. Blake vai ficar mais satisfeito com você do que com as minhas hortaliças. Ele diz que as crianças entendem melhor o trabalho dele que os adultos.

Quando ouviu Bet Butterfield perguntar a Anne e Maisie Kellaway se tinham visto a filha dela, Maggie prendeu a respiração, aguardando a resposta de Maisie. Não confiava muito na capacidade dela de mentir; não era melhor do que Jem. Então, quando Maisie disse, após uma pausa:

"Vou perguntar a Jem", Maggie soltou a respiração e sorriu.
— Obrigada, Srta. Piddle, Londres deve estar lhe ensinando alguma coisa.

QUATRO

Quando Maisie chegou na oficina, Jem e Thomas Kellaway estavam vergando uma comprida tábua para o encosto em arco de uma cadeira Windsor. Jem ainda não tinha força ou técnica suficientes, mas podia segurar os pinos de ferro enquanto o pai arqueava a madeira. Thomas Kellaway gemia e fazia força na tábua que ele já havia passado no vapor para ficar mais flexível; se dobrasse demais, a madeira quebraria e ficaria inutilizada.

Maisie sabia que era melhor não falar com eles naquele momento crucial. Preferiu ficar na sala da frente, mexendo na caixa de material de botonaria de Anne Kellaway, cheia de aros de vários tamanhos, pedaços de chifre de carneiro para os botões modelo Singletons, uma bola de linho para fazer botões redondos, retalhos de tecido para cobri-los, agulhas de ponta fina e grossa, fios de várias cores e espessuras.

— Dê mais um pino, filho — pediu Thomas Kellaway. — Isso... muito bem. — Eles carregaram a armação com a tábua presa pelo pino e a encostaram na parede para secar.

Maisie, então, derrubou uma lata de pedaços de chifre, que bateu no chão. A tampa abriu e espalhou um monte de pedaços circulares.

— Oh! — ela exclamou, e se ajoelhou para pegá-los.

— Ajude-a, Jem, nós já terminamos aqui – disse Thomas Kellaway.

— A mãe de Maggie veio perguntar se nós a vimos. O que a gente diz? — perguntou a Jem, baixo, quando ele se agachou ao lado dela.

Jem esfregou um disco de chifre de carneiro cinzento e polido entre o dedo e o polegar.

— Ela demorou para procurar a filha, não?

— Mamãe disse a mesma coisa. Não sei, Jem. Maggie parece feliz onde está, mas devia ficar com a família dela, não acha?

Jem não respondeu; levantou-se e foi olhar na janela dos fundos. Maisie seguiu-o. De lá, tinham uma visão perfeita de Maggie sentada no gazebo dos Blake, do outro lado do muro onde estavam Anne Kellaway e Bet Butterfield.

— Ela ouviu o que nós estávamos falando! Ouviu tudo! — gritou Maisie.

— Talvez agora volte, sabendo que a mãe está à procura dela.

— Não sei, é muito teimosa. — Maisie e Jem haviam tentado convencer Maggie a voltar para casa, mas ela insistira que ia ficar com os Blake todo o verão.

— Ela devia voltar — decidiu Jem. — Não pode morar lá para sempre. Não é justo os Blake cuidarem dela. Devíamos contar para a Sra. Butterfield.

— Acho que sim. Ah, Jem, mamãe está ensinando a Sra. Butterfield a fazer botões! — Maisie disse, aplaudindo.

Enquanto Maisie estava no andar de cima, Bet Butterfield tinha se inclinado para olhar, invejosa, os dedos ágeis de Anne Kellaway passarem uma linha fina em volta de um pequeno aro. Ver uma coisa tão delicada tentou-a a mostrar para todo mundo que as mãos gastas de Bet Butterfield podiam fazer mais do que torcer lençóis.

— Deixe eu experimentar um desses modelos difíceis; não vou errar — ela garantiu.

Anne Kellaway começou a ensinar um Blandford Cartwheel e conteve-se para não rir com os dedos desajeitados da lavadeira. Bet Butterfield tinha apenas passado a linha em volta do aro quando sua aula de botonaria foi interrompida por um barulho inesperado: uma explosão nas casas da Travessa Bastilha, do outro lado do campo de Astley e no muro dos fundos. Bet Butterfield sentiu um baque no peito, como se alguém tivesse jogado uma almofada nela. Deixou cair o botão, a linha desenrolou, e ela se levantou.

— Dick! — gritou.

O estrondo fez os dentes de Anne Kellaway baterem como se estivesse com febre alta. Ela também se levantou, mas teve a presença de espírito de segurar os botões no colo.

Ao ouvirem a explosão, que chacoalhou as vidraças das janelas, os demais Kellaway ficaram paralisados na oficina.

— Meu Deus, o que foi isso? — gritou Maisie. Ela e Jem olharam pela janela, mas não viram nada de diferente, exceto a reação de outras pessoas. A Sra. Blake, por exemplo, parou de cavar com a enxada entre as alfaces e olhou na direção do barulho.

Maggie levantou-se imediatamente e voltou a sentar-se: se ficasse de pé, sua mãe poderia vê-la, e ela não queria ser descoberta. — O que pode ser isso? Ah, o quê? — murmurou, esticando o pescoço na direção da explosão. Ouviu a mãe ir para o fundo do jardim, dizendo:

— De onde veio? Maldita moita de laburno; está atrapalhando a visão! Olha, se formos até o fim do jardim, vai dar para ver. Lá! Eu não disse? Só vi tanta fumaça no incêndio de uma casa, quando morávamos em Southwark: não sobrou um tijolo. Meu Deus, espero que Dick não esteja metido nisso. Melhor eu voltar para casa.

Philip Astley soube na hora o motivo daquele barulho. Não costumava ficar na cama até tarde, mas, na noite anterior, bebera um vinho que estava azedo e passara mal dos intestinos. Estava de cama, modorrento, as pernas envoltas no emaranhado dos lençóis, a barriga parecendo um barril coberto, quando a explosão o fez pular de pé. Identificou na hora a origem do som e berrou:

— Fox! Sele o meu cavalo!

Instantes depois, um menino do circo (havia sempre meninos em volta do Salão Hércules, esperando para levar recados) foi enviado para acordar John Astley, que já devia ter se levantado para ensaiar a nova programação que estrearia em breve, mas distraíra-se com outras coisas e ainda estava em casa, mais exatamente, nu.

Philip Astley saiu correndo, vestiu o paletó, a calça sem abotoar direito, tendo John Fox nos calcanhares. Ao mesmo tempo, outro menino trazia seu cavalo branco, que segurou para o patrão montar. Não era preciso ir a cavalo, seria mais rápido passar por trás do Salão Hércules e pelo campo até um beco entre algumas casas da Travessa Bastilha. Era o que John Fox e os meninos iam fazer. Mas Philip Astley era um homem de circo, sempre cônscio do impacto que causava no público. Não ficava bem um dono de circo e ex-integrante da cavalaria aparecer a pé na cena de um desastre, mesmo que fosse a poucos metros de distância. Esperava-se que se comportasse como um líder, e era melhor liderar de cima de um cavalo do que do chão, esbaforido e com a cara vermelha devido a problemas intestinais.

Como parte da demonstração de masculinidade dos Astley, outro menino do circo trouxe a alazã de John Astley para a frente da casa do dono. Astley pai logo os encontrou na frente da casa 14 das Residências Hércules e, quando o filho não apareceu imediatamente, gritou pelas janelas abertas:

— Levante, seu idiota, ó filho burro! Não entendeu o que foi esse barulho? Diga que você não dá um vintém pelo circo que devia estar administrando! Mostre-me, por uma vez, que o circo é mais importante para você do que a bebida e a fornicação!

John Astley apareceu à porta de sua casa, com os cabelos desgrenhados, mas sem demonstrar pressa. As palavras do pai pareceram não o afetar. De propósito, ele saiu e fechou a porta lentamente, o que irritou ainda mais o pai.

— Droga, John, se é assim que você se sente em relação ao circo, vou tirar você de lá! Vou mesmo!

Nesse momento, ouviu-se outra explosão menor, depois uma série de estouros e estalos, alguns maiores, outros menores, além de silvos e guinchos agudos. Esses ruídos tiveram o efeito que nenhuma palavra de Philip Astley causara: o filho correu para a sua montaria e saltou na sela assim que a égua atendeu ao chamado dele. Passou pelas Residências Hércules a galope e deixou o pai, mais pesado, e seu cavalo virem a trote.

Nenhum deles olhou para trás, senão teria visto a cabeça da Srta. Laura Devine, a melhor dançarina de corda bamba da Europa, aparecer na janela do primeiro andar da casa de John Astley, observá-lo subir a rua num tropel e virar à direita na rua da ponte Westminster. Só uma velha com um cesto de morangos viu o rosto redondo da Srta. Devine. Pegou, então, um morango e ofereceu:

— Aceita um delicioso e suculento morango, querida? Você já cedeu à tentação uma vez. Ceda de novo e dê uma mordida.

A Srta. Devine sorriu e recusou; depois de um relance rua acima e rua abaixo, sumiu de vista.

Na casa número 6 da Travessa Bastilha, Dick e Charlie Butterfield estavam sentados na cozinha, separados por uma frigideira com bacon, cortando fatias de pão e mergulhando-as na gordura da frigideira. Os dois deram um pulo na primeira grande explosão, vinda exatamente do outro lado da rua do Asilo de Órfãs, na Travessa Bastilha. Logo após, houve um tinir de vidros pela rua toda, com as vidraças da fileira de casas caindo aos pedaços. Tal só não ocorreu com as vidraças da casa 6, pois as janelas não tinham vidraças: Charlie as quebrara numa noite de bebedeira, ao jogar os sapatos no gato.

Pai e filho, então, sem uma palavra, largaram suas facas, levantaram-se das cadeiras e saíram para a rua, Charlie enxugando o queixo engordurado na manga da camisa. Ficaram lado a lado à porta.

— Onde foi? — perguntou Dick Butterfield.

— Lá — Charlie apontou para sudeste, na direção do campo Saint George.

— Não, não foi, tenho certeza — disse Dick Butterfield, mostrando o leste.

— Por que, então, perguntou, se sabe onde foi?

— Atenção, rapaz, respeite seu pai e a capacidade auditiva dele.

— Bom, pois *eu* tenho certeza de que veio de lá — Charlie apontou, enfático, na direção do campo Saint George.

— Não tinha nada para explodir lá.
— Então, onde foi?
— Na fábrica de fogos de Astley.

Foram poupados de discutir mais ao verem a nuvem de fumaça subindo na direção que Dick Butterfield havia mostrado, a cerca de duzentos metros.

— Lá mesmo — confirmou. — Ele vai ficar furioso. Isso merece uma espiada. — Correu em direção à fumaça, seguido por Charlie, mais devagar. Dick Butterfield olhou para trás e chamou: — Anda, rapaz!

— Não podíamos acabar de preparar o bacon antes?

Dick Butterfield parou na hora.

— Bacon! Numa hora dessas! Senhor Todo-Poderoso, tenho vergonha de considerar você um Butterfield! Quantas vezes já lhe falei, rapaz, da importância da pressa? Não vamos conseguir nada se ficarmos zanzando, lambuzando a boca com gordura de bacon, e deixarmos os outros chegarem primeiro! O que você não entende, rapaz? Diga. — Dick Butterfield olhou para o filho, notou seu eterno sorriso zombeteiro, suas mãos agitadas, seu queixo meio sujo de gordura e, pior que tudo, os olhos que pareciam um fogo, mas apagado. O filho não conseguia ter curiosidade nem para saber a causa de uma explosão. Dick Butterfield pensou (não pela primeira vez) que Maggie deveria estar lá — ela aprenderia com aquilo — e desejou que a filha fosse um menino. Pensou também onde estaria ela naquela hora. Certamente, ficaria atenta à explosão e correria para ver. Dick Butterfield, então, daria uma surra nela por ter fugido de casa, embora devesse abraçá-la também. Virou as costas para o filho e, pisando duro, partiu em direção à fumaça. Logo depois, Charlie o seguiu, ainda pensando no bacon torrando na frigideira.

A explosão realmente deixou Maggie atenta. Quando ouviu o tumulto no Salão Hércules (meninos do circo correndo de um lado para outro, Philip Astley berrando, John Fox dando ordens) e os silvos e estampidos no local da explosão, não aguentou mais: não ia perder o drama da vizinhança, mesmo se os pais a vissem. Correu para os fundos do jardim dos Blake, pulou o muro, caiu numa trilha do outro lado do campo de Astley e se misturou a outros moradores curiosos, rumo à fumaça e ao barulho.

Jem viu-a fugir e sabia que ele não podia ficar em casa.

— Vamos, Maisie! — chamou, puxando a irmã escada abaixo. Na rua, ouviram um tropel; primeiro, passou John Astley; depois, Philip Astley, ambos a cavalo.

— Ah! — exclamou Maisie e correu atrás deles. Sua touca de babados voou, Jem teve de pegá-la para, em seguida, correr e alcançar a irmã.

CINCO

Todo ano, no dia quatro de junho, Philip Astley fazia uma exibição de fogos de artifício em homenagem ao aniversário do rei, começando às dez e meia da noite nas barcaças do Tâmisa, após o espetáculo no circo. Ninguém lhe pedira para fazer isso; ele simplesmente começara vinte anos antes e o espetáculo acabara virando uma tradição. Astley usava fogos também em outras ocasiões: no começo e no fim da temporada, para divulgar o circo, e durante as apresentações, quando alguém importante estava presente. Ele instalara uma fábrica de fogos numa casa na praça do Asilo, perto do Asilo de Órfãs.

O Asilo era uma construção grande, imponente, agradável de ver e ficava no ponto onde as Residências Hércules, a Travessa Bastilha e a rua da ponte Westminster se encontravam. Abrigava duzentas meninas, que aprendiam a ler um pouco e a limpar, cozinhar, lavar e costurar, preparando-as para serem criadas quando saíssem do Asilo, aos 15 anos. Elas podiam ter sentido muito a morte dos pais, mas o Asilo era uma espécie de pausa entre essa tristeza e a longa e penosa vida que iriam levar.

O terreno do Asilo tinha uma grade preta de ferro de quase dois metros de altura. Era nas barras dessa grade, num canto do terreno, que muitas meninas e suas inspetoras estavam agrupadas, com os rostos como girassóis virados para a fábrica de fogos, que naquele momento cuspia, estalava e queimava intensamente. Para as meninas, era como se aquela diversão inusitada tivesse sido feita especialmente para elas, com um ótimo lugar de onde assistir.

Os moradores das casas próximas também assistiam ao incêndio, mas não tão impressionados com o espetáculo. Na verdade, os que moravam muito perto da fábrica temiam que o fogo atingisse a casa deles. Homens gritavam, mulheres choravam. Mais gente continuava chegando sem parar, vinda das ruas nas redondezas para ver o que estava acontecendo. Mas ninguém fez nada: aguardavam que a pessoa certa assumisse o controle da situação.

Essa pessoa chegou a cavalo com o filho. Àquela altura, foguetes explodiam, a maioria para os lados, atingindo as paredes da fábrica, mas um deles saiu das chamas (que já tinha destruído uma parte do telhado) e estourou no céu. Fogos de artifício impressionam até de dia, sobretudo quando nunca se viu um, como era o caso de muitas órfãs, pois à noite ficavam trancadas no asilo, bem antes de qualquer fogo de Astley explodir sobre o rio. Elas deram um suspiro em uníssono quando o foguete soltou fagulhas verdes.

Para os Astley, entretanto, as fagulhas eram como lágrimas verdes. Os dois apearam de seus cavalos no mesmo instante em que John Fox se aproximou deles, com os olhos, antes semicerrados, bem abertos.

— Fox! Todos os homens conseguiram sair da fábrica? — gritou Philip Astley.

— Sim, senhor, não há feridos; só John Honor, que se machucou ao sair por uma janela — relatou Fox.

— Como está ele?

John Fox deu de ombros.

— Mande um menino trazer aqui a esposa de Honor e um médico.

Philip Astley olhou ao redor e dominou logo a situação. Como militar, além de dono de circo, estava acostumado a enfrentar crises e comandar um grande número de pessoas, muitas das quais temperamentais ou tensas. Uma multidão de homens pasmados e mulheres histéricas não era problema para ele. Assumiu naturalmente seu papel de autoridade.

— Amigos! — berrou por cima dos estalidos dos fogos e do silvo dos busca-pés. — Precisamos da ajuda de vocês, já! Mulheres e crianças, corram em casa e peguem todos os baldes. Já, rápido! — Bateu palmas, e as mulheres e crianças se espalharam como cinza soprada da cornija de uma lareira. — Agora, os homens! Formem uma corrente que vá do incêndio até o poço mais próximo. Onde fica? — Olhou em volta e viu um homem andando calmamente do outro lado da rua. — Senhor, onde fica o poço mais próximo? Como pode ver, precisamos de muita água, muita!

O homem pensou um instante.

— Tem um perto da Shield's Nursery — respondeu ele, não muito de acordo com a pressa de Astley. Pensou de novo. — Mas o mais perto mesmo fica lá dentro. — Mostrou a grade onde as órfãs formavam uma massa de uniformes de sarja marrom.

— Senhoras, abram os portões e não temam; estão nos prestando um grande serviço! — berrou Philip Astley, sempre exibicionista.

Quando abriram os portões, uma fila de homens (e, dali a pouco, mulheres, crianças e até algumas órfãs mais corajosas) se dirigiu ao poço perto do Asilo e todos começaram a passar baldes de água. Philip e John Astley ficaram à frente da fila e jogavam a água nas chamas; depois, entregavam os baldes vazios às crianças, que corriam com eles para o início da fila.

Assim que Philip Astley assumiu a situação, tudo funcionou com tal rapidez e eficiência que era impossível alguém não querer participar da ação. Dali a pouco, havia gente suficiente até para formar duas filas e passar o dobro de baldes. Nessas filas, podiam ser vistos Dick e Charlie Butterfield, Jem e Maisie Kellaway, Bet e Maggie Butterfield, e até Thomas e Anne Kellaway, que, como Jem, não conseguiram ficar em casa com tanta coisa acontecendo e tiveram de ir até lá. Todos passaram baldes até ficarem com os braços doloridos, sem saber que outros integrantes da família também participavam do socorro.

Os Astley jogaram centenas de baldes nas chamas. Por algum tempo, pareceu surtir efeito, e o incêndio foi extinto de um lado. Mas outras chamas atingiram estoques de fogos, que estouraram e subiram por todos os cantos e iniciaram novos focos. O fogo também se espalhou rapidamente pelos andares de cima; partes queimadas do teto e telhado caíram e reacenderam o andar térreo. Nada conseguia impedir a destruição da casa. Os Astley acabaram admitindo a derrota e concentraram a água num lado da casa para não deixar o fogo se espalhar pelas outras moradias.

Finalmente, Philip Astley mandou avisar aos que estavam no poço que parassem de tirar água. O último balde passou pelas filas e, quando as pessoas se viraram para receber o próximo, como faziam havia uma hora, ele não continha nada. Olharam em volta, piscaram e foram conferir os efeitos de tanto esforço. Foi desanimador encontrar a casa em ruínas, um buraco arrasado no meio das outras casas, como um dente cariado, quebrado e afastado dos demais. O incêndio estava apagado, mas a fumaça ainda subia dos restos carbonizados, escurecendo tanto o dia que parecia o anoitecer, e não o meio da manhã.

SEIS

Após a ativa organização da luta contra o fogo, fez-se uma pausa estranha. E Philip Astley mais uma vez se encarregou de animar os espíritos.

— Amigos, vocês vieram ajudar o circo de Astley, e tenho uma dívida eterna com vocês — começou, ficando o mais ereto possível, embora o esforço físico da última hora tivesse lhe custado muito. — Foi um acidente lastimável e infausto. Aqui estava o estoque de fogos que seria usado na comemoração do aniversário de Sua Majestade, dentro de dois dias. Mas devemos agradecer a Deus por apenas um homem ter se machucado e, graças aos heróicos esforços de vocês, nenhuma outra casa ter sido atingida. O Circo de Astley também não será prejudicado; haverá espetáculo esta noite, como sempre às seis e meia da tarde, com entradas disponíveis na bilheteria. Se vocês ainda não viram, assistirão a um espetáculo mais impressionante do que este incêndio. Estou profundamente grato a vocês, meus vizinhos, que foram incansáveis para impedir que esse infeliz incidente se transformasse numa tragédia. Estou...

E continuou no mesmo tom. Algumas pessoas ouviam; outras, não. Algumas queriam ouvir, outras só queriam sentar, beber ou comer alguma coisa, escutar um mexerico ou dormir um pouco. E começaram a se dispersar, procurando parentes e amigos.

Dick Butterfield ficou atrás de Philip Astley para saber o que a situação exigia dele. Por exemplo: quando ouviu Philip Astley dizer a um homem que morava naquela rua que ia reconstruir a casa dele imediatamente, lembrou-se de um monte de tijolos numa rua em Kennington que só estavam aguardando ser usados. Em poucas horas, Dick iria até o pub onde o oleiro costumava jantar e falaria com ele. Nesse meio-tempo, procuraria alguns madeireiros ao longo do rio. Sorriu para si mesmo, mas o sorriso sumiu ao ver Charlie Butterfield brincando de chutar brasas na rua com outros rapazes. Dick Butterfield agarrou o filho e tirou-o da brincadeira improvisada.

— Seu idiota, use a cabeça! O que vai pensar de você o homem que acabou de perder a casa?

Charlie fez cara feia e, sorrateiro, foi para um canto mais vazio, longe do pai e dos rapazes. Embora jamais tivesse confessado a alguém, detestava ajudar o pai. Era preciso uma certa sedução para o tipo de negócio que Dick Butterfield exercia, e até o próprio Charlie sabia que não tinha, nem jamais teria.

Depois que terminaram de jogar baldes de água, Maisie puxou Jem para a multidão em volta de Philip Astley para ela poder ver John Astley, que estava perto, com o rosto enegrecido de cinzas. Algumas pessoas que apreciavam fazer considerações cochichavam, antes mesmo que a fumaça disparasse, que, se John Astley era o administrador geral do circo, ele é quem devia conclamar as pessoas e não o pai. Diziam também que o velho Astley não podia deixar o filho assumir o circo. Até isso ocorrer, o filho continuaria bebendo e trepando com as mulheres do elenco, como tinha acabado de fazer com a Srta. Laura Devine, a melhor dançarina de corda bamba da Europa. Ela aparecera na janela para conversar com a vendedora de morangos e já tinha sido notada por outros além dos velhos olhos da vendedora. A intriga se espalhava rápido em Lambeth. Era uma espécie de moeda corrente, com novas sendo cunhadas a cada hora. A vendedora tinha sua moeda especial, com a efígie da Srta. Devine, e até enquanto passava baldes de água, a velha fez circular a moeda pelas vizinhas.

Mas Maisie ainda não tinha sabido disso; então, olhava apaixonada para John Astley, enquanto este olhava ao longe e o pai se derramava em agradecimentos. As pessoas bondosas diriam que, atrás de sua máscara de carvão, John Astley estava assustado com o que tinha acontecido com os fogos do rei e a fábrica Astley; outras diriam que estava simplesmente entediado.

Quando Astley pai terminou de falar e as pessoas foram demonstrar seu pesar pelo ocorrido ou teorizar sobre onde o fogo teria começado, Maisie tomou fôlego e passou pela multidão, rumo a John Astley.

— Maisie, aonde vai? — perguntou Jem.

— Deixe ela. Se quer fazer papel de boba, você não pode impedir — aconselhou alguém.

Jem virou-se e viu Maggie ao lado.

— Bom-dia — ele cumprimentou, esquecendo-se por um instante da irmã boba. Ainda estava surpreso pelo fato de ficar tão feliz quando via Maggie, embora tentasse disfarçar tanto o prazer quanto a surpresa. — Vimos você pulando o muro do jardim. Você está bem?

Maggie esfregou os braços.

— Hoje, vou sonhar que estou entregando baldes para eles. Foi emocionante, não?

— Lastimo pelo Sr. Astley.

— Ah, ele vai resolver o problema. Na segunda-feira à noite, já vai ter acrescentado ao espetáculo um número baseado na explosão, com um cenário assim — Maggie fez um gesto, mostrando tudo em volta — e fogos explodindo para parecer real. E John Astley vai surgir com seu cavalo executando passos de dança.

Jem estava de olho na irmã, perto de John Astley, as costas bem esticadas, como quando ficava nervosa. A cabeça de Maisie não deixava que Jem visse o rosto de John Astley; por isso, ele não sabia qual a reação do cavaleiro à irmã. Mas imaginou, pelo brilho no rosto de Maisie, quando voltou para o lado dele e de Maggie.

— Ele é tão corajoso! — concluiu ela. — E foi tão gentil comigo. Sabia que queimou o braço por ficar muito perto das chamas ao jogar água, mas nem parou para olhar e só descobriu agora? Eu... — Maisie ficou rubra de pensar na ousadia — eu me ofereci para fazer um curativo, mas ele disse para não me preocupar; era melhor eu encontrar meus pais, que deviam estar preocupados comigo. Não foi simpático?

Já dava para Jem ver o rosto de John Astley, que prestava atenção na esbelteza de Maisie; os olhos azuis dele brilhavam quase sobrenaturais no rosto cheio de carvão, de um jeito que deixou Jem constrangido. Olhou para Maggie, que deu de ombros e segurou no braço da amiga.

— Está bem, Srta. Piddle, mas temos que ir para casa. Olha lá os seus pais. Não vai querer que eles vejam você de olho no Sr. Astley, vai? — Ela puxou Maisie para Thomas e Anne Kellaway, emergindo da fumaça, que estava tão espessa naquele momento quanto uma neblina de inverno. Os cabelos de Anne Kellaway voavam em todas as direções e os olhos lacrimejavam tanto que ela precisou enxugá-los com um lenço.

— Jem, Maisie, vocês também estavam aqui? — perguntou Thomas Kellaway.

— Sim, papai, ajudamos a passar os baldes com água — respondeu Jem.

Thomas Kellaway concordou com a cabeça.

— É o que um vizinho deve fazer. Pensei no ano passado, quando o celeiro de Wightman queimou e nós fizemos a mesma coisa. Lembra?

Jem lembrava do incêndio perto de Piddletrenthide, mas fora diferente daquele. Os baldes de água quase não conseguiram conter as chamas, que ficaram da altura dos carvalhos próximos, depois que atingiram a palha. A partir daí, ninguém pôde fazer muita coisa. Lembrava do relincho dos cavalos presos no fogo, do cheiro da carne deles queimando e do Sr. Wightman gritando e tendo de ser contido para não entrar como um doido para salvar os animais. Lembrava também da Sra. Wightman chorando no meio do crepitar das chamas e dos gritos. E Rosie Wightman, uma menina com quem ele e Maisie costumavam brincar no rio Piddle, pegando enguias e colhendo agrião d'água. Ela olhava para o incêndio de olhos arregalados, pasmada, e fugira de Piddle Valley assim que descobriram que estava brincando com velas no celeiro. Não se soube mais dela, e, às vezes, Jem pensava que fim teria levado uma menina como Rosie. O Sr. Wightman perdeu o celeiro, a palha e os cavalos, e acabou tendo de ser recolhido com a esposa no Asilo de Pobres de Dorchester.

O incêndio do Sr. Astley destruiu apenas fogos de artifício, enquanto o outro foi um inferno que acabou com uma família. O rei continuaria ficando um ano mais velho, quer seus súditos londrinos vissem ou não os fogos de artifício no aniversário dele. Jem, às vezes, pensava como Philip Astley podia desperdiçar tanto tempo e energia numa coisa que pouco fazia pelo mundo. Se Thomas Kellaway e seus colegas marceneiros parassem de fabricar cadeiras, bancos e tamboretes, as pessoas não poderiam sentar, teriam de se agachar no chão. Se Philip Astley não tivesse o circo, faria alguma diferença? Mas Jem não podia dizer isso para a mãe. Jamais imaginara que ela fosse gostar tanto do circo. Mesmo ali, naquela hora, ela estava de olhos fixos, brilhando, nos Astley.

Numa pausa na conversa, Philip Astley sentiu o olhar dela e virou-se. Não conteve um sorriso ao ver a preocupação estampada no rosto da mulher que, poucos meses antes, sequer olharia para ele.

— Ah, madame, não precisa chorar — disse, tirando um lenço do bolso e oferecendo a ela, embora estivesse tão sujo de cinzas que não seria muito útil. — Nós, os Astley, já passamos por coisas piores.

Anne Kellaway recusou o lenço, mas enxugou os olhos na manga do vestido.

— Não, não é a fumaça do incêndio que incomoda meus olhos. É a fumaça de Londres. — Ela deu um passo atrás, pois a presença dele fazia com que as pessoas se juntassem.

— Não tema, Sra. Kellaway — tranquilizou Philip Astley, como se ela não tivesse explicado nada. — Este é um contratempo passageiro. E agradeço a Deus por apenas meu carpinteiro ter se machucado. Ele vai se recuperar logo, com certeza.

Thomas Kellaway estava ao lado da esposa, olhando os destroços fumegantes da casa. Então, se manifestou:

— Enquanto ele não volta, se o senhor precisar de alguma ajuda com madeira e tal, eu e meu menino teremos prazer em ajudar, não é, Jem?

O ingênuo oferecimento a um vizinho necessitado, com a voz suave sem demonstrar qualquer interesse latente, causou mais efeito do que ele poderia imaginar. Philip Astley olhou para Thomas Kellaway como se alguém tivesse acabado de acender as lamparinas. A pausa antes de responder não foi por grosseria, mas por pensar naquela nova luz. Olhou para John Fox que, como sempre, estava nos calcanhares dele, de olhos semicerrados, depois que o incêndio acabou.

— Bom, é um oferecimento muito gentil, senhor, muito mesmo. Posso aceitar de bom grado. Veremos. Por enquanto, senhor e madame — ele fez uma reverência para Anne Kellaway —, tenho de deixá-los, pois há muito o que providenciar. Mas espero vê-los em breve. Muito em breve, senhor. — Virou-se com John Fox para reencontrar o filho e começar a dar ordens para os que aguardavam por eles.

Jem ouviu em silêncio a conversa do pai com Philip Astley. Não conseguia se imaginar trabalhando com o pai para outra pessoa que não eles mesmos. Mas o rosto de Maisie resplandecia, ela já se via encontrando motivos para visitar o pai e o irmão no anfiteatro e ficar olhando John Astley. Anne Kellaway também pensava se, com isso, ela poderia dar uma escapada para o circo com mais frequência ainda.

Durante a conversa, Dick Butterfield tinha visto Maggie perto dos Kellaway e foi andando na direção dela. Preparava-se para agarrá-la, pois, se não segurasse firme, ela certamente fugiria, mas foi interrompido pela oferta de Thomas Kellaway para Philip Astley. Dick Butterfield se achava o rei das frases melosas e das sugestões oportunas que davam o resultado certo e faziam a moeda cair no bolso dele. Ele era bom nisso, pensou, mas Thomas Kellaway tinha acabado de suplantá-lo.

— Maldito — xingou, e agarrou Maggie.

Desprevenida, Maggie gritou e tentou se desvencilhar do pai.

— Pegou, hein? — gritou Bet Butterfield, empurrando as pessoas para chegar ao marido. — Onde diabos você andou, pequena atrevida? — rosnou, dando um tapa na filha, que lutava para escapar. — Nunca mais fuja da gente!

— Ah, ela não vai mais fugir, agora vai ter muito trabalho, não é, Mags? — perguntou Dick Butterfield, segurando a filha com mais força. — Não se preocupe, achei outro lugar para você. Um colega meu tem uma fábrica de mostarda à margem do rio. Na segunda-feira, você começa lá e não vai mais poder aprontar. Está na hora de trazer um salário para casa, já está na idade. Até lá, Charlie vai tomar conta de você. Charlie! — gritou, olhando em volta.

Charlie mexeu-se do muro onde estava encostado. Tentou olhar para Jem e sorrir para Maisie ao mesmo tempo, mas o esforço virou um esgar afetado. Jem olhou para ele; Maisie ficou observando atentamente os próprios pés.

— Aonde andou, rapaz? — berrou Dick Butterfield. — Fique com sua irmã e não a perca de vista até levá-la para a fábrica de mostarda, na segunda-feira de manhã.

Charlie sorriu afetado e pegou o outro braço de Maggie com as duas mãos.

— Claro, pai. — Quando ninguém estava olhando, deu um beliscão forte na irmã.

Com os pais por perto, Maggie não pôde chutá-lo.

— Maldito Charlie! Mãe! — ela chamou.

— Não fale comigo, menina. Não quero nada com você. Ficamos numa preocupação dos infernos — bufou Bet Butterfield.

— Mas... — Maggie se calou quando Charlie fez sinal de cortar a própria garganta com o dedo. Ela fechou os olhos e pensou na atenção que havia recebido dos Blake e no breve período de paz que tivera no jardim deles, onde não precisou pensar no irmão e no que acontecera. Ela sabia que aquele jardim era bom demais para durar, que acabaria tendo de sair de lá e voltar para a casa dos pais. Só queria ter tido a chance de resolver ela mesma quando seria isso.

Os olhos ficaram marejados e, embora ela afastasse as lágrimas com o polegar e o indicador, os irmãos Kellaway perceberam. Maisie olhou solidária para Maggie, enquanto Jem enfiava as unhas na palma das mãos para se conter. Nunca sentira tanta vontade de bater em alguém quanto em Dick Butterfield.

Bet Butterfield olhou em volta, percebendo de repente a demonstração pública de família desunida.

— Oi — cumprimentou, olhando para Anne Kellaway e tentando retomar a boa conversa de vizinhas. — Qualquer dia eu volto para terminar aquele botão Blandfield Wagon Wheel.

— Cartwheel — corrigiu Anne Kellaway. — Blandford Cartwheel.

— Isso mesmo. Nós vamos encontrar com você. Não é, Dick? — perguntou, pegando no braço do marido.

— Pode ser no pub Dog and Duck, garota.

— Combinado.

Os Butterfield foram para um lado, os Kellaway para outro. Jem olhou para Maggie e os dois ficaram assim até ela sumir de vista, puxada por Charlie.

Nenhum dos dois percebeu o Sr. Blake sentado na escada de uma das casas em frente ao incêndio, com a esposa atrás, encostada na parede. Ele estava com seu pequeno bloco de anotações sobre o joelho e rascunhava rapidamente.

SETE

Às cinco da manhã de domingo, John Honor, carpinteiro-chefe do Circo de Astley, faleceu devido aos ferimentos sofridos durante a explosão da fábrica de fogos. Após dar os pêsames à viúva, Philip Astley notou que os Kellaway estavam saindo do serviço religioso na igreja de Saint Mary e ofereceu a Thomas Kellaway o cargo de carpinteiro do circo.

— Ele aceita — respondeu Anne Kellaway pela família toda.

Setembro de 1792

V.

UM

— Amigos, façam uma roda, quero falar com vocês. Todos no picadeiro, por favor. — A voz de trovão de Philip Astley podia ser ouvida pelo anfiteatro inteiro. Jem e Thomas Kellaway se entreolharam e largaram as ferramentas que estavam recolhendo para guardar: era meio-dia de sábado e terminavam o trabalho do dia. Com os demais carpinteiros, eles foram dos bastidores para o picadeiro, onde resmungavam acrobatas, cavaleiros, costureiras, cavalariços, garotos de recado, músicos, dançarinos e os demais trabalhadores do circo. Não era raro Philip Astley convocar uma reunião da companhia, mas não quando eles estavam prestes a passar a tarde fora antes do espetáculo vespertino. Por isso, tiveram a impressão de que a notícia não era boa.

Thomas Kellaway não fez coro com os resmungões. Embora já trabalhasse no circo havia três meses e estivesse satisfeito com o salário fixo, ainda se sentia novo demais para dizer qualquer coisa, a não ser que lhe fosse perguntado. Então, ficou quieto ao lado do picadeiro, com Jem e outros colegas.

John Fox, encostado na divisória que separava a plateia do picadeiro, mascava alguma coisa que fazia seu longo bigode mexer. Estava com as pálpebras tão caídas que parecia dormir, mas desse jeito evitava também encarar alguém, o que lhe era bem conveniente. John Astley, na plateia com outros cavaleiros (usando suas botas de montaria limpas e lustradas diariamente por uma das primas), se apoiou numa grade ao se espetar num prego.

— Fox, está todo mundo aqui? Ótimo. Amigos, então ouçam. — Philip Astley levantou-se e baixou as mãos para acalmar os descontentes. — Rapazes e moças, primeiro queria dizer que vocês fizeram um excelente trabalho, excelente mesmo. Acredito que essa temporada terminará como uma das melhores que já tivemos. Ninguém se iguala a nós em profissionalismo e em entretenimento de qualidade. — Agora, meus amigos, preciso dar algumas notícias que terão consequências sobre todos nós. Como sabem, estamos vivendo tempos difíceis. Perigosos até, podemos dizer. Revolucionários. Durante o verão, a revolta aumentou na França, não foi? Pois tudo isso, boa gente do circo, pode estar chegando a um final sangrento. Talvez alguns tenham tomado conhecimento das notícias que chegaram hoje de Paris, com relatos de mil e duzentos cidadãos mortos. Mil e duzentas pessoas que eram a favor da realeza, meus amigos, fiéis ao rei e à Sua Família Real! Mataram pessoas como vocês e eu! Não foram 12, nem cento e vinte, mas mil e duzentos mortos! Vocês imaginam quanto é isso? É a plateia de 12 noites, senhores... — Virou-se para o cantor, Sr. Johannot, que olhava, espantado. — Imaginem 12 plateias empilhadas nas ruas em volta, senhoras. — Philip Astley virou-se para um grupo de costureiras que estava rindo em suas cadeiras e que gelou com o olhar dele. — Homens, mulheres e crianças mortos sem piedade, gargantas cortadas, barrigas abertas, sangue e entranhas escorrendo pelos bueiros da rua da ponte Westminster e por Lambeth Marsh.

Uma das costureiras começou a chorar e duas outras acompanharam.

— Pois podem chorar — Philip Astley prosseguiu, por cima dos soluços. — Tais fatos, tão próximos do nosso litoral, são uma grave ameaça para todos nós. Grave ameaça, caros companheiros. A prisão do soberano francês e sua família é, repito, uma ameaça para a nossa Família Real. Fiquem atentos e lastimem, amigos. É o fim da inocência. A Inglaterra não pode deixar passar em branco esta ameaça à nossa vida. Daqui a seis meses, estaremos em guerra com a França; minha experiência como cavaleiro me diz isso. Despeçam-se de seus pais, irmãos e filhos, pois dentro de pouco tempo eles poderão estar indo para a guerra.

Na pausa que se seguiu, quando Philip Astley deixou as palavras assentarem, olhares e resmungos irritados foram substituídos por caras sérias e silêncio, além do choro nos bancos das costureiras. Thomas Kellaway olhou em volta, impressionado. A Revolução Francesa devia estar sendo mais discutida nos pubs de Londres do que no Five Bells de Piddletrenthide, mas ele nunca imaginaria que pudesse afetá-lo pessoalmente. Olhou para Jem, que tinha acabado de fazer 13 anos. Embora fosse jovem demais para ser canhoneiro, tinha idade para fazer o pai pensar na ameaça de se alistar compulsoriamente no exército. Thomas Kellaway tinha visto um grupo fazer isso num pub de Lambeth, dirigindo-se a um jovem ingênuo a quem prometeram muitos canecos de cerveja grátis, e marchando com ele até um acampamento próximo. Tommy seria um alvo de primeira, pensou Thomas Kellaway, que se preocuparia mais com o filho mais velho do que com Jem. Mas, se Tommy estivesse vivo para ele se preocupar, eles ainda seriam uma família unida e afetuosa, enfiada lá na segurança de Piddle Valley, longe do perigo dos alistamentos obrigatórios. Thomas Kellaway não tinha pensado nesses perigos no dia em que resolvera com a esposa mudar toda a família para Londres.

— Tenho sentido o clima pelas nossas plateias — continuou Philip Astley, e Thomas Kellaway deixou os pensamentos de lado para ouvir. — Quem trabalha com entretenimento deve estar sempre atento ao humor do público. Atenção, meus amigos. Tenho certeza de que, embora as plateias gostem de acompanhar o que se passa no mundo, vêm ao circo também para esquecer, rir e se encantar com as maravilhas a que estão assistindo e, por uma noite, afastar as preocupações e ameaças do mundo lá fora. Este mundo aqui... — Ele fez um gesto envolvendo o picadeiro, o palco, a plateia e as galerias. — ... se transforma no mundo deles. — Mesmo antes das horríveis notícias de hoje, eu tinha chegado à inevitável conclusão de que o atual programa enfatiza muito as cenas militares. O número ótimo e realista dos soldados conquistando o campo em Bagshot Heath e a comemoração da paz no *divertissement* da Índia Militar Oriental são encenações das quais podemos nos orgulhar com razão. Mas talvez, amigos, devido à situação na França, essas encenações sejam *trop,* como dizem os franceses, isto é, exageradas, sobretudo para as damas da plateia. Temos de pensar na delicada sensibilidade delas. Na semana passada, vi muitas integrantes do sexo frágil estremecerem e virarem o rosto para as cenas; três damas chegaram a desmaiar!

— Foi por causa do calor — resmungou o carpinteiro que estava ao lado de Thomas Kellaway, embora não falasse alto o bastante para o patrão ouvir.

— Assim, rapazes e moças, vamos substituir a pantomima de Bagshot Heath por outra que escrevi. Será uma continuação das aventuras do Arlequim, que meu filho protagonizou na temporada anterior, e se chamará *Arlequim na Irlanda*.

Fez-se um rumor na companhia. O circo de Astley vinha se apresentando para um grande público e, após diversas mudanças na programação, tinha estabelecido uma rotina tranquila, que muitos esperavam que durasse do começo de outubro até o final da temporada. Estavam cansados de mudanças e contentes de repetir toda noite sem precisar ensaiar uma nova peça, o que exigiria um inesperado e exaustivo trabalho extra. Para começo de conversa, a folga de sábado à tarde certamente já estaria suspensa.

Enquanto Philip Astley repetia que *Arlequim na Irlanda* seria um revigorante para plateias cansadas de revoluções, os carpinteiros já estavam indo para os bastidores construir o cenário. Thomas Kellaway foi mais devagar que os outros. Mesmo depois de trabalhar três meses no circo, ele achava que lidar com tanta gente às vezes era desgastante; sentia falta da calma de sua oficina em Dorsetshire ou nas Residências Hércules, onde só ele e a família faziam barulho. No circo, havia um desfile ininterrupto de artistas, músicos, cavalos, fornecedores de madeira, tecidos, grãos e palha; meninos entravam e saíam para levar e trazer os infindáveis recados de Philip Astley; havia também os eventuais parasitas que formavam um caos somado ao resto. Acima de tudo, havia o próprio Philip Astley dando ordens, discutindo a programação com o filho, a venda de entradas com a bilheteira Sra. Connel, ou conversando sobre todos os demais assuntos com John Fox.

O barulho não foi a única coisa à qual Thomas Kellaway teve de se acostumar em sua nova função. O trabalho, realmente, não podia ser mais diverso de suas cadeiras; às vezes, achava que devia confessar a Philip Astley que não estava à altura das exigências do cargo e que só aceitara o emprego para agradar a esposa, obcecada pelo circo.

Thomas Kellaway era um artesão de cadeiras, ofício que exigia paciência, mão firme e olho clínico para saber que forma seria mais adequada a cada madeira. Fazer as coisas que o Circo de Astley precisava era dar um uso completamente diferente à madeira. E esperar que Thomas Kellaway estivesse preparado para isso era como pedir a um cervejeiro que assumisse o posto de lavadeira simplesmente porque ambos tinham a água como matéria-prima. Ao criar uma cadeira, escolher o material adequado a cada parte era fundamental para produzir um objeto forte, confortável e de grande durabilidade. Thomas Kellaway conhecia bem o olmo e o freixo, o teixo, o castanheiro e a nogueira. Sabia qual o mais adequado para o assento (sempre o olmo), as pernas e torneados (preferia o teixo, se conseguisse quem o fornecesse), a curva do encosto e os braços (freixo). Sabia também até que ponto curvar o freixo sem quebrá-lo e o quanto precisava desbastar uma tábua de olmo com seu enxó para fazer um assento. Gostava muito de madeira, pois usara-a a vida toda. Mas, para fazer cenários, Thomas Kellaway tinha de usar algumas mais baratas e mais deselegantes, com as quais jamais tivera a infelicidade de lidar. Carvalho cheio de nós; pedaços e restos de faia, até madeira queimada, salva de incêndios: ele mal conseguia tocar naquelas porcarias.

Mais difícil ainda era pensar no que tinha de fazer. Quando fabricava uma cadeira, sabia o que era, pois se parecia com uma cadeira e seria usada como tal. Senão, não haveria por que fazer. Mas o cenário não era o que deveria ser.

Ele cortava pedaços de tábua em forma de nuvens, que depois eram pintados de branco e dependurados no "céu" para parecerem nuvens, embora não fossem. E andava construindo castelos que não eram castelos, montanhas que não eram montanhas, pavilhões indianos que não eram pavilhões indianos. A única função do que ele fazia era parecer, dar a impressão, mais do que ser. Claro que, de longe, parecia bom. As plateias costumavam se extasiar e aplaudir quando a cortina subia e as criações do carpinteiro entravam em cena, mesmo se de perto fossem apenas pedaços de madeira pregados e pintados. Thomas Kellaway não estava acostumado a fazer coisas que pareciam bonitas de longe, mas não de perto. Cadeiras não eram assim.

Porém, as primeiras semanas que passou no circo de Astley não foram o desastre que poderiam ter sido. Thomas Kellaway ficou bem surpreso com isso, pois nunca tinha trabalhado em equipe. A primeira vez que ele apareceu no anfiteatro, no dia seguinte em que foi contratado por Philip Astley, carregando suas ferramentas numa sacola, as pessoas passaram uma hora sem sequer notar que ele estava ali. Os outros carpinteiros se ocupavam de construir um abrigo nos fundos do circo para guardar as poucas coisas salvas do incêndio da fábrica. Thomas Kellaway observou por um tempo: depois, notando que um dos carpinteiros percorria a galeria do circo para fixar os corrimões, ele pegou pregos e pedaços de madeira, além de suas ferramentas, e foi consertar os camarotes. Quando terminou, mais seguro, voltou para o abrigo que estava sendo construído e ficou calado no meio dos homens, segurando a tábua do tamanho certo para colocar exatamente onde precisava, arrumando pregos quando ninguém encontrava um, prendendo uma tábua solta, antes que caísse na cabeça de alguém. Quando a última tábua do teto inclinado foi colocada, Thomas Kellaway tinha passado a ser parte natural da equipe. Ao meio-dia, para comemorar a chegada dele, os carpinteiros o levaram ao pub preferido, o Pedlar's Arms, que ficava logo depois das madeireiras ao norte da ponte Westminster. Ficaram todos bêbados (menos Thomas Kellaway) de tanto brindarem à memória do falecido carpinteiro-chefe, o desditado John Honor. Por fim, Thomas Kellaway deixou os colegas no pub e voltou para trabalhar sozinho num vulcão de madeira que devia cuspir fogos de artifício como parte da tragédia *Vingança de Júpiter*.

Desde então, Thomas Kellaway ficou calado o verão todo, trabalhando muito para o circo. Era mais fácil não dizer nada, pois, se abria a boca, os homens riam de seu sotaque de Dorset.

Ele começou a mexer nas ferramentas.

— Jem, onde está o nosso serrote de ponta? Um dos homens está precisando dele — disse.

— Está em casa.

— Corra lá e pegue, bom garoto.

DOIS

Quando preciso, como nesse dia, Jem ajudava o pai no anfiteatro, ou ficava com os outros meninos para levar recados de Philip Astley e John Fox. Em geral, os recados eram para pessoas em Lambeth ou na vizinha Southwark. As poucas vezes em que pediram para ir mais longe (na casa de um impressor em Saint Paul, no escritório de um advogado em Temple, num camiseiro depois de Saint James), Jem passava a honra para outros meninos, que estavam sempre à espera de um centavo a mais para ir a lugares do outro lado do rio.

Em geral, Jem não sabia onde ficava o endereço aonde devia ir. "Corra até a madeireira de Nicholson e diga que precisamos de mais uma remessa de faia igual à de ontem", dizia John Fox, e virava as costas antes que Jem conseguisse perguntar onde ficava a madeireira. Nessas horas, ele sentia mais falta de Maggie, que diria num instante que o lugar era logo a oeste da ponte Blackfriars. Mas ele era obrigado a perguntar aos outros meninos, que riam tanto da ignorância dele quanto do sotaque.

Jem não se incomodava de precisar ir em casa para o pai; na verdade, ficava satisfeito de sair do anfiteatro. Setembro era um mês que ele associava à vida ao ar livre mais ainda que os meses de verão, pois costumava ter um clima agradável e nada abafado. Em Dorsetshire, setembro tinha uma luz maravilhosa, o sol jogava um dourado oblíquo sobre a terra, em vez de bater reto, como no meio do verão. Depois da agitação em que as pessoas do campo ficavam em agosto, setembro era mais calmo, mais indicado para pensar. Grande parte das verduras e legumes que a mãe dele tinha plantado na horta de casa estava pronta para ser consumida, e as dálias, as cinerárias e as rosas abriam-se em flor. Ele, os irmãos e Maisie se empanturravam de amoras até ficarem com dedos e lábios roxos (ou até o Dia de São Miguel, no final de setembro, quando o diabo cuspia nas amoreiras e os frutos ficavam amargos).

Mas, apesar de toda a abundância de luz dourada de setembro, um vento inevitável já soprava pelo outro lado. Ainda havia muito verde, porém as plantas rasteiras iam aos poucos ficando com as folhas secas, e as trepadeiras mirravam A floração estava no auge, mas também murchava rápido.

Setembro em Londres era menos dourado do que em Dorsetshire, embora também fosse lindo. Se pudesse, Jem teria demorado a levar o serrote para o pai, mas sabia que, se voltasse logo ao trabalho, o carpinteiro que estava à espera iria para o pub e depois não conseguiria mais trabalhar, deixando o serviço para ele e o pai. Então, correu pelas ruas de trás, entre o anfiteatro de Astley e as Residências Hércules, sem parar e aproveitar o sol.

A Srta. Pelham estava no jardim da frente da casa 12 das Residências, manejando sua tesoura de poda, o sol brilhando em seu vestido amarelo. Da casa ao lado, de número 13, onde morava William Blake, saía um homem que Jem não conhecia, embora parecesse familiar: andava inclinado para a frente e com as mãos juntas nas costas, o passo firme e decidido, a testa larga e franzida. Só quando a Srta. Pelham sussurrou "Esse é o irmão do Sr. Blake" foi que Jem reconheceu os traços.

— A mãe deles faleceu — continuou ela, baixo. — Escute, Jem, você e sua família não devem fazer barulho, entendeu? O Sr. Blake não vai querer você martelando, batendo e andando por todo canto. Não se esqueça de contar o falecimento aos seus pais.

— Sim, Srta. Pelham — disse Jem, olhando o irmão do Sr. Blake seguir pelas Residências Hércules. Deve ser Robert, pensou ele; era o irmão que o Sr. Blake havia citado algumas vezes.

A Srta. Pelham cavoucou ferozmente o canteiro de plantas.

— O enterro será amanhã à tarde; portanto, não fique no caminho.

— O cortejo vai sair daqui?

— Não, não, sairá do outro lado do rio. A mãe deles vai ser enterrada em Bunhill Fields. Mas você não fique em cima do Sr. Blake; ele não vai querer você ou aquela menina em volta durante seu luto.

Na verdade, Jem não tinha visto o Sr. Blake o verão todo, e tampouco Maggie. Parecia ter se passado um ano desde que ela se escondera na casa dos Blake; a vida deles tinha mudado rápido.

Por isso, foi ainda mais surpreendente quando, minutos depois, Jem a viu, exatamente no jardim dos Blake. Ele fora olhar pela janela de trás para ver se a mãe estava na horta do Sr. Astley. Estava sim, e mostrava a uma sobrinha dele como amarrar os pés de tomate na estaca sem machucar os caules. Thomas Kellaway tinha tomado coragem e perguntado a Philip Astley se a esposa podia usar um canto do terreno para plantar legumes e, em retribuição, ela ajudaria a sobrinha de

Astley, que parecia não saber diferenciar um nabo de uma cenoura. Anne Kellaway ficou contentíssima quando Astley concordou, pois, embora fosse meados de junho, tarde demais para plantar muita coisa, ela conseguira alguns alfaces e rabanetes temporões, além de alho-porro e repolho para mais tarde no ano.

Jem estava prestes a descer a escada com o serrote, quando percebeu um lampejo de branco no gazebo dos Blake. Primeiro, temeu que fosse uma repetição da cena de nudez de meses atrás e que ainda o deixava ruborizado ao lembrar. Depois, viu uma mão na sombra da soleira da porta, uma bota que conhecia e, aos poucos, Maggie, imóvel.

Não havia mais ninguém no jardim dos Blake, embora a Srta. Pelham estivesse nos fundos do jardim dela, retirando rosas mortas. Jem ficou indeciso um instante, depois desceu correndo, passou em frente às Residências Hércules, foi até o final da travessa que dava no Salão Hércules e passou pelos muros do fundo do jardim. Anne Kellaway continuava cuidando de seus pés de tomate; por isso, Jem passou por ela, furtivo. Chegou ao muro do fundo da casa dos Blake, no qual um velho buraco continuava escondido sob uma moita de folhas longas em que Maggie se apoiara nas duas semanas em que subira e descera do muro para não entrar na casa dos Blake. Jem ficou ao lado do muro, olhando a mãe de costas. Então, de um golpe, subiu nele e pulou.

Percorreu rápido o jardim selvagem em direção a Maggie, escondido entre o gazebo e as janelas dos Blake. Ao chegar ao lado de Maggie, viu que dormia tranquila, os ombros e o peito subindo e descendo. Jem olhou em volta e, quando teve certeza de que os Blake não estavam à vista, sentou-se e ficou olhando para ela. Maggie estava com o rosto avermelhado e uma mancha amarelada no braço.

Maggie havia sumido desde o dia do incêndio. Jem e o pai trabalhavam muito no circo de Astley, e os horários não coincidiam com os dela na fábrica de mostarda, onde começava às seis da manhã e ficava até a tarde, seis dias por semana. Aos domingos, na hora em que os Kellaway iam à igreja, Maggie ainda dormia. Às vezes, dormia o domingo inteiro. Então, Jem ficava sem vê-la por mais uma semana.

Se ela levantava numa tarde de domingo, eles se encontravam no muro do campo de Astley e iam juntos andar à margem do rio. Às vezes, iam até o Palácio Lambeth, ou atravessavam a ponte Westminster. Ou nem isso, apenas ficavam sentados, encostados no muro. Jem notava que Maggie estava perdendo a energia; a cada domingo parecia mais cansada, mais magra, as curvas de que ele gostava ficando retas. As linhas da mão e dos dedos, sob as unhas, estavam manchadas de amarelo. Uma fina poeira assentou na pele também (no rosto, pescoço, braços) e não sumia, deixando um amarelo-fantasma. Os cabelos negros mudaram para um cinza sem graça devido à poeira de mostarda acumulada. No começo, Maggie lavava a cabeça todos os dias, mas depois desistiu: tomava um tempo que ela podia aproveitar para dormir. E para que limpar os cabelos se, na manhã seguinte, eles estariam cheios de mostarda outra vez?

Ela também sorria menos. E falava menos. Jem descobriu que, pela primeira vez, era ele quem dominava a conversa. Em geral, para distraí-la, ele contava coisas que tinham acontecido no circo: a briga entre Philip Astley e o Sr. Johannot por causa das palavras chulas que usara na "Canção do homem da torta" e que faziam o circo vir abaixo todas as noites, de tanto a plateia rir; o sumiço de uma das costureiras, encontrada depois nos Jardins Vauxhall, bêbada e grávida; a noite em que o vulcão de Júpiter explodira junto com os fogos de artifício. Maggie adorava essas histórias e pedia mais.

Jem sentiu uma dor ao olhá-la dormindo. Teve vontade de tirar com o dedo a mancha de mostarda no braço dela.

Por fim, chamou-a baixinho.

Maggie sentou-se com um grito.

— O quê? O que foi? — perguntou, olhando em volta, agitada.

— Psssiu. — Jem tentou acalmá-la, xingando a si mesmo por assustá-la. — A Srta. Pelham está perto. Acabei de ver você da janela de casa e pensei... bom, vou ver se ela está bem.

Maggie esfregou o rosto e se recompôs. — Claro que estou bem. Por que não estaria?

— Por nada. É que... a essa hora não devia estar na fábrica?

— Ah, sim. — E suspirou como uma adulta, coisa que Jem nunca a tinha visto fazer, passando os dedos pelos cachos emaranhados. — Estou cansada demais. Fui de manhã e fugi na hora do jantar. Só quero dormir um pouquinho. Você tem alguma coisa de comer?

— Não. Não comeu nada na fábrica?

Maggie entrelaçou os dedos e esticou tanto os braços que os ombros curvaram.

— Não, fugi quando tive uma chance. Não tem problema, eu como depois.

Ficaram sentados em silêncio, ouvindo a Srta. Pelham podar as rosas. Jem continuou olhando o braço de Maggie envolvendo os joelhos.

— O que está olhando? — ela perguntou, de repente.

— Nada.

— Está, sim.

— Estava pensando... Que gosto tem a mostarda? — Ele fez sinal com a cabeça para a mancha no braço dela.

— Tem gosto de mostarda, bobo. Por quê? Quer lamber? — perguntou Maggie, zombando e esticando o braço.

Jem ficou ruborizado e Maggie aproveitou para desafiá-lo.

— Vamos, quero ver se você é capaz.

Ele queria lamber, mas não admitia. Ficou indeciso, inclinou-se, lambeu um pouquinho do pó de mostarda, e os pelos macios do braço dela fizeram cócegas na sua língua. Jem ficou tonto com o gosto da pele cálida e o cheiro de almíscar, até o sabor forte da mostarda explodir na sua boca, formigando na garganta e fazendo-o tossir. Maggie riu, um som que ele tinha ouvido poucas vezes nos últimos tempos. Ele recostou-se, tão envergonhado e provocado que não percebeu que os pelos do braço dela estavam eriçados.

— Você soube? A mãe do Sr. Blake morreu — ele contou, tentando voltar à terra firme.

Maggie estremeceu e abraçou os joelhos de novo.

— É mesmo? Coitado do Sr. Blake.

— O enterro será amanhã. Em Bunhill Fields, segundo a Srta. Pelham.

— É? Fui lá uma vez com papai. Vamos? Amanhã é domingo, não temos trabalho.

Jem olhou a amiga de soslaio.

— Não podemos... Nós nem a conhecíamos.

— Não importa. Você nunca foi àquela região, foi?

— Aonde?

— Depois de Saint Paul, perto do Smithfield's. Na parte mais antiga de Londres.

— Não lembro de ter ido.

— Já atravessou o rio?

— Claro que sim. Lembra quando fomos à abadia de Westminster?

— Só aquela vez? Está aqui há seis meses e só foi um dia ao outro lado do rio?

— Fui três — corrigiu Jem. — Voltei uma vez à abadia e passei pela ponte Blackfriars. — Não contou que atravessou, mas não chegou ao outro lado: parou, olhou o caos de Londres e não conseguiu entrar nele.

— Vamos... Você vai gostar — insistiu Maggie.

— Vou gostar como você gostou do campo?

— Ah, mas não é a mesma coisa! — Jem continuava parecendo em dúvida; então, Maggie acrescentou: — Vai ser uma aventura; seguiremos o Sr. Blake, como sempre quisemos fazer. O que foi, você está com medo?

Ela estava tão parecida com a menina que era antes, que Jem respondeu:

— Então, vamos.

TRÊS

Jem não contou aonde ia para os pais nem para Maisie. A mãe não deixaria que ele fosse tão longe e a irmã ia querer ir junto. Normalmente, Jem não se incomodava de a irmã ir com ele e Maggie. Mas, naquele domingo, ele estava nervoso e não queria se responsabilizar pela irmã também. Então, disse apenas que ia sair e, embora não tivesse olhado para ela, sentiu seu olhar suplicante.

Talvez por ter dormido um pouco mais no dia anterior, Maggie estava mais animada que há muitos domingos. Tinha tomado banho, lavado os cabelos e, exceto pelas mãos rachadas, estava com uma cor mais saudável. Colocara um vestido limpo sobre a combinação e amarrara um lenço azul-claro no pescoço. Chegara a usar um chapéu de palha meio amassado, de aba larga, debruado de azul-marinho. O corpo também estava diferente: a cintura e o peito, mais definidos, e Jem notou que usava espartilho pela primeira vez.

Ela segurou no braço de Jem e deu uma risada.

— Então vamos à cidade, hein? — perguntou, empinando o nariz.

— Você está linda.

Maggie sorriu e alisou o vestido sobre o espartilho, um gesto que Maisie sempre fazia, mas que evidentemente era novo para Maggie, já que não haviam mudado muito as dobras e pregas sob os braços e na cintura. Jem teve vontade de passar a mão e apertar a cintura dela.

Olhou para seus culotes sujos e remendados, a camisa de tecido grosso e o paletó marrom, simples, que tinha sido do irmão Sam. Não pensara em usar as roupas boas, de igreja, para ir a Londres: podia estragá-las ou sujá-las e ainda teria de explicar aos pais por que as usara.

— Será que ponho um paletó melhor? — perguntou.

— Não tem problema. Eu gosto de me arrumar quando posso. Os vizinhos iam rir de mim se eu usasse essas roupas por aqui. Vamos, melhor passarmos pela casa dos Blake. Prestei atenção, mas até agora ninguém saiu de lá.

Foram esperar do outro lado da rua, em frente à casa 13 das Residências Hércules, atrás da cerca baixa que separava o campo da rua. Não era um dia tão ensolarado quanto o anterior; mesmo assim, fazia calor, o tempo estava nublado e fechado. Os dois se sentaram na grama e, de vez em quando, olhavam se havia sinal do Sr. Blake. Viram a Srta. Pelham sair com uma amiga na direção dos Jardins Apollo, na rua da ponte Westminster, como costumava fazer nas tardes de domingo, para tomar água de cevada e olhar as exposições de flores. Viram John Astley sair a cavalo. Viram Thomas, Anne e Maisie Kellaway saírem da casa 12 e passarem por eles em direção ao Tâmisa.

Logo depois que a família passou, a porta da casa 13 se abriu e o casal Blake saiu, virando na Travessa Royal para chegar à ponte Westminster pelas ruas de trás. Usavam a mesma roupa de sempre: o Sr. Blake, camisa branca, culotes pretos presos nos joelhos, meias de lã, paletó preto e chapéu de aba larga debruado de preto como um quacre; a Sra. Blake estava de vestido marrom-escuro e lenço branco, a mesma boina amassada de sempre e um xale azul-escuro. Na verdade, parecia que iam dar uma caminhada de domingo à tarde e não comparecer a um enterro, exceto pelo fato de andarem um pouco mais rápido que o normal e estarem mais decididos, como se soubessem exatamente aonde iam e o destino fosse mais importante do que o percurso até lá. Os dois não pareciam tristes nem nervosos. O rosto da Sra. Blake estava talvez um pouco ausente, e os olhos do Sr. Blake, mais fixos no horizonte. Como pareciam tão normais, ninguém disse nada, nem tirou o chapéu, como as pessoas costumavam fazer, se soubessem que o casal estava de luto.

Maggie e Jem pularam a moita e foram atrás deles. No começo, ficaram bem longe, mas, como os Blake não olhavam para trás, quando atravessaram a ponte Westminster, aproximaram-se tanto que podiam ouvir a conversa do casal. Só que não conversavam: o Sr. Blake resmungava consigo mesmo e, de vez em quando, cantava trechos de canções numa voz aguda.

Maggie cutucou Jem.

— Não são hinos religiosos, como era de se esperar que cantasse hoje. Acho que são músicas do livro dele, o *Canções da inocência*.

— Talvez. — Jem prestava mais atenção às coisas em volta do que aos Blake. Eles tinham passado pelo Westminster Hall e a abadia, onde uma multidão circulava após o final de um serviço religioso, ou antes do próximo. Continuaram direto depois da ponte, e a rua passou a ser um grande espaço gramado e pontilhado de árvores, tendo no centro um comprido e estreito lago.

Jem parou para olhar, encantado. As pessoas que andavam pelas trilhas cobertas de cascalho usavam roupas bem mais elegantes do que tudo que ele tinha visto em Lambeth. As mulheres estavam de vestidos tão justos que as roupas pareciam vivas. Suas saias largas eram em cores fortes (amarelo-canário, vermelho, azul-celeste, dourado) e, às vezes, tinham listras ou bordados, ou eram enfeitadas com camadas de tecidos bufantes. Anáguas fartas e debruadas com esmero enchiam a silhueta das mulheres, cujos cabelos eram presos no alto como torres e cobertos por enormes adereços de pano que Jem não ousaria chamar de chapéus. Pareciam pesados navios que podiam sair navegando ao primeiro vento que soprasse. Eram roupas que ninguém jamais usaria se fosse executar algum trabalho.

As roupas dos homens conseguiram surpreendê-lo ainda mais, pois, supostamente, os trajes eram para ser mais parecidos com os de Jem; havia uma intenção de funcionalidade, embora fosse evidente que aqueles homens, como as mulheres, também não trabalhavam. Jem prestou atenção num cavalheiro que passava, de paletó de seda marrom-dourado, talhado com elegância, e culotes do mesmo tecido, colete creme e dourado, e camisa com gola e punhos bufantes. As meias eram brancas e limpas, e os sapatos tinham fivelas de prata muito bem polidas. Se Jem ou o pai usassem aquelas roupas, a seda grudaria nos pregos, lascas de madeira entrariam nos punhos bufantes, as meias ficariam sujas e torcidas, e as fivelas de prata seriam afanadas.

Perto de gente tão bem-vestida, Jem ficou com mais vergonha ainda de seus culotes remendados e das mangas puídas do paletó. Mesmo a tentativa de Maggie de se arrumar (o chapéu de palha gasto, o lenço amassado no pescoço), ali naquele lugar ela parecia ridícula. Ela também percebeu, pois alisou o vestido de novo, como se desafiasse os demais a olharem para os dois. Levantou os braços para endireitar o chapéu e o espartilho rangeu.

— Que lugar é esse aqui? — perguntou Jem.

— Parque Saint James. O nome vem daquele palácio lá — ela apontou para um prédio comprido, de tijolos vermelhos, do outro lado do parque. Torres como ameias flanqueavam a entrada, tendo ao centro um relógio em forma de diamante que anunciava as duas e meia da tarde. — Vamos, os Blake vão se distanciar de nós.

Jem teria gostado de ficar mais um pouco para ver tudo, não só o desfile de trajes, mas as liteiras sendo carregadas por lacaios de vermelho. As crianças se vestiam com quase o mesmo luxo que os pais; davam comida aos gansos e rodavam arcos, enquanto leiteiras apregoavam "Uma lata de leite, senhoras! Uma lata de leite, senhores!", e despejavam em copos o leite das vacas ordenhadas ali perto. Jem e Maggie correram para alcançar o casal.

Os Blake iam na direção norte, contornando o lado leste do parque. No começo de uma ampla avenida com quatro fileiras de elmos, que Maggie explicou ser o Mall, e que passava pelo Palácio de Saint James, eles entraram numa rua estreita que levava à outra, cheia de lojas e teatros.

— Eles vão passar pelo Haymarket. Melhor eu segurar no seu braço — avisou Maggie.

— Por quê? — perguntou Jem, embora não tirasse o braço quando ela segurou.

Maggie riu.

— Não podemos deixar que as garotas de Londres se aproveitem de um rapaz do campo.

Um minuto depois, ele viu o que a frase significava. Ao seguirem pela rua larga, mulheres começaram a cumprimentá-lo com a cabeça e a dizer olá, apesar de ninguém ter prestado atenção nele antes. Aquelas mulheres não eram arrumadas como as do parque Saint James; usavam roupas mais baratas e mais brilhosas, estavam com quase todo o peito à mostra e os cabelos enfiados em chapéus emplumados. Não eram tão grosseiras quanto a prostituta que ele tinha encontrado na ponte Westminster, talvez por ainda estar claro e elas não estarem bêbadas.

— Que lindo rapaz; de onde você é? — perguntou uma delas, andando de braço com outra.

— Sou de Dorsetshire — respondeu Jem.

Maggie puxou o braço dele.

— Não fale com ela! Vai agarrar você e não largar mais! — disse, baixo.

A outra mulher usava um vestido florido combinando com a boina, e seria um traje elegante se não tivesse um decote tão exagerado. — É de Dorsetshire, hein? Conheço duas garotas de lá; quer se encontrar com elas? Ou prefere uma de Londres? — perguntou ela.

— Deixe ele — resmungou Maggie.

— Já arrumou o seu homem? — perguntou a de estampado, segurando o queixo de Maggie. — Não pense que ela vai lhe dar o que eu posso — informou a Jem.

Maggie puxou o queixo, num rompante, e soltou o braço de Jem. As mulheres riram e foram procurar coisa melhor, enquanto os dois iam saindo aos trancos, calados de constrangimento. A neblina estava mais densa e o sol tinha sumido; só aparecia de vez em quando, rapidamente.

Por sorte, Haymarket era uma rua pequena, e logo chegaram a lugares mais calmos e mais estreitos, onde as construções eram bem apertadas umas contra as outras, fazendo com que o caminho ficasse mais escuro. Embora as casas fossem tão próximas, elas não eram miseráveis, e as pessoas nas ruas pareciam um pouco mais prósperas que os vizinhos de Jem e Maggie em Lambeth.

— Onde estamos agora? — Jem perguntou.

Maggie desviou de um estrume e respondeu:

— No Soho.

— O cemitério de Bunhill Fields fica perto?

— Não, ainda falta. Eles vão pegar primeiro o corpo da mãe na casa dela. Olha, pararam, é ali. — Os Blake batiam à porta de uma loja cujas janelas tinham panos pretos dependurados.

— James Blake, camiseiro — Jem leu, alto, a placa sobre a loja. A porta se abriu, o casal entrou e o Sr. Blake se virou para trancar a porta. Jem achou que ele o olhou um instante, mas não o suficiente para reconhecê-lo. Mesmo assim, os dois percorreram a rua até não poderem ser vistos da loja.

Não havia carruagens à espera na porta, nem sinal de movimento dentro da casa depois que os Blake entraram. Maggie encostou em algumas estrebarias que ficavam poucas portas além e atraiu olhares zangados dos moradores das casas próximas, ao passarem. Ela desencostou-se e voltou para a loja.

— O que você está fazendo? — perguntou Jem, baixo, quando a alcançou.

— Não podemos ficar ali esperando; chama muita atenção. Vamos dar a volta e ficar de olho na carruagem da funerária.

Passaram pelas vitrines da loja e voltaram, andaram pelas ruas próximas, e dali a pouco estavam na praça Golden, segundo informou um vendedor de flores. Como as demais praças de Londres, essa não era particularmente elegante, mas as casas tinham fachadas maiores e a praça em si era mais clara que as ruas ao redor, além de fechada por cercas de ferro. Então, Jem e Maggie deram a volta nela, prestando atenção na estátua de George III ao centro.

— Por que fazem isso comigo? — Jem perguntou, enquanto andavam.

— Quem faz o quê?

— Aquelas... mulheres no Haymarket. Por que perguntaram aquelas coisas? Não viram que eu sou jovem demais para... para aquilo?

Maggie riu. — Vai ver que os garotos de Londres começam mais cedo.

Jem ruborizou e desejou não ter dito nada, principalmente porque Maggie parecia gostar de zombar dele sobre aquele assunto. Ela sorriu de um jeito que o fez chutar o cascalho da trilha.

— Vamos voltar — resmungou ele.

Quando chegaram à loja, havia uma carroça parada à porta, que agora estava aberta. Os vizinhos começaram a aparecer em suas casas e ficaram de pé na rua, com Jem e Maggie escondidos no meio deles. O Sr. Blake surgiu com os empregados da funerária e dois irmãos; um deles, o homem que Jem tinha visto um dia antes nas Residências Hércules. A Sra. Blake veio atrás com outra mulher, que tinha a mesma testa franzida e o mesmo nariz grosso dos Blake; devia ser irmã deles. Os homens trouxeram o caixão para fora e o colocaram na carroça, as pessoas na rua baixaram a cabeça e os homens tiraram os chapéus.

Em seguida, dois empregados subiram no banco da frente, bateram as rédeas e os cavalos partiram devagar, com os parentes seguindo a pé acompanhados dos vizinhos. O cortejo fúnebre subiu a rua até o ponto em que ela se estreitava. Então, os vizinhos pararam e ficaram olhando a carroça entrar numa rua menor ainda e sumir.

Jem parou.

— Talvez a gente devesse voltar para Lambeth — sugeriu, tentando engolir em seco para tirar o nó que sentia na garganta. Ao ver o caixão, a carroça e os vizinhos tirando o chapéu, ele se lembrou do enterro do irmão, com os vizinhos na porta das casas de cabeça baixa, enquanto a carroça passava rumo ao cemitério, ao dobre do único sino da igreja de Piddletrenthide. As pessoas choravam abertamente, pois Tommy tinha sido um menino querido, e foi difícil para Jem percorrer a curta distância de casa até a igreja, na frente de todo mundo. Nos últimos tempos, ele pensava menos no irmão; mesmo assim, havia horas em que ficava tomado pelas lembranças. Londres não tinha conseguido enterrar Tommy completamente para nenhum dos Kellaway. De vez em quando, à noite, Jem ainda ouvia a mãe chorando.

Na hora em que os vizinhos voltaram para suas casas, Maggie e Jem não pararam, mas correram pela rua. Na encruzilhada onde o cortejo havia sumido, ela olhou para trás e fez sinal para Jem se apressar. Um instante depois, ele foi.

QUATRO

Eles chegaram logo à praça Soho, que era um pouco maior que a Golden, embora tivesse cercas de ferro parecidas, grama, trilhas de cascalho e, no meio, uma estátua de Carlos II num pedestal. Ao contrário da praça Golden, aquela era aberta ao público; por isso, enquanto o cortejo seguia pelo lado norte, Jem e Maggie passaram pelo meio da praça, misturando-se com outros londrinos que estavam à procura de um pouco de ar fresco e luz, embora a neblina ali fosse mais densa do que em Lambeth e houvesse no ar o cheiro suado das pessoas que moravam muito apertadas: cheiro de fumaça de carvão, bebida, roupas mofadas, repolho cozido, ou peixe. E, embora a praça fosse bem mais ampla do que as ruas por onde tinham passado, no momento o céu estava totalmente nublado e a luz não era mais a dourada de setembro, mas fraca e difusa, o que fez Jem pensar nas intermináveis tardes de novembro. Parecia quase noite, e ele teve a impressão de estar longe de Lambeth havia horas, apesar de não ter ouvido os sinos das igrejas anunciarem as quatro horas.

— Pegue — Maggie deu um pedaço de pão de gengibre para ele, comprado de um vendedor que carregava uma bandeja na cabeça.

— Obrigado. — Sentindo-se culpado, Jem mordeu o pão duro e condimentado. Não tinha levado dinheiro para comprar nada, com medo de ser roubado.

Do outro lado da praça, reencontraram o final do cortejo e, algumas voltas depois, passaram por uma igreja quadrada com uma torre alta. Maggie estremeceu.

— São Giles — foi só o que disse, como se o nome do santo pudesse afastar as associações que ela fizera, sem ter de explicá-las. Jem não perguntou. Sabia que São Giles era o padroeiro dos marginais e, a julgar pelas construções em volta, a igreja tinha um nome adequado. Embora os dois não se aproximassem dos moradores, Jem viu a imundície das ruas estreitas, sentiu de longe o mau cheiro e a miséria estampada nas caras. Não era seu primeiro encontro com os cortiços de Londres. Ele e Maggie tinham explorado algumas ruas à margem do rio em Lambeth, perto da fábrica de mostarda onde ela agora trabalhava, e ele ficou chocado que alguém pudesse viver num lugar tão sombrio e úmido. Então, mais uma vez, seu coração apertou de saudade de Dorsetshire. Um homem maltrapilho passou por eles, com o rosto triste e sujo, e Jem teve vontade de dizer para ele cair fora de Londres e continuar andando até chegar às lindas e verdejantes colinas aradas e banhadas de luz que eram o cenário da infância dele.

Mas ficou calado. Seguiu Maggie, que por sua vez seguia os Blake. Ele percebeu que o Sr. Blake tinha virado a cabeça para olhar aquelas ruas miseráveis, mesmo acompanhando o cortejo fúnebre da mãe.

Em Londres, onde havia cortiços, havia também prostitutas, e o bairro de São Giles era o preferido delas. Elas tiveram o respeito de não se dirigirem aos integrantes do cortejo. Mas como Jem estava atrás, um pouco afastado, e não usava luto, tornou-se um alvo fácil. Começaram a chamá-lo, como tinham feito as mulheres de Haymarket, embora aquelas ali fossem de outro tipo. Até Jem, que não tinha nenhuma experiência, notou que as prostitutas estavam numa situação bem mais deplorável que suas colegas de Haymarket, que eram mais bem-vestidas e mais sadias. Os rostos ali eram muito magros e tinham marcas de varíola; os dentes, negros ou falhos; a pele, amarela; os olhos, vermelhos de bebida ou cansaço. Jem não aguentou olhá-las e andou mais depressa, mesmo sob o risco de emparelhar com os Blake. Mas ouvia-as chamando.

— Moço, moço — diziam, correndo ao lado e puxando a manga da camisa dele. — Vamos, moço. Seis pence, senhor. Vamos fazer o senhor sorrir. — Os sotaques eram principalmente irlandeses, como a maioria dos habitantes de São Giles, mas havia outros (de Lancashire, Cornish, da Escócia, até o som áspero dos nativos de Dorset).

Jem andou mais depressa, mas nem quando Maggie xingou as mulheres elas sossegaram. Ele ficou tão perto do cortejo, com aquelas gansas grasnando ao lado dele, que um dos irmãos do Sr. Blake (que Jem achava que era Robert) virou-se e franziu o cenho para as prostitutas, que finalmente silenciaram.

— Estamos chegando a High Holborn — anunciou Maggie, quando a rua começou a alargar. Então, ela parou.

Jem fez o mesmo.

— O que foi?

— Psssiu, estou ouvindo.

Ele pensou que eram apenas os sons normais de Londres: carruagens passando, barulhentas; um homem apregoando "Rendas de algodão, meio centavo a peça, compridas e fortes!", outro tocando uma música triste numa gaita de fole e interrompendo para gritar "Dê um centavo para um pobre que eu toco uma música alegre!", um casal brigando por causa de um caneco de cerveja. Sons que ele tinha se acostumado a ouvir após seis meses em Londres.

Foi então que ele ouviu algo mais baixo que todos aqueles barulhos, estrépitos e gritos; uma voz de timbre diferente, uma voz de Dorset.

— Jem! Jem! Volte!

Jem girou e olhou a rua cheia.

— É alguém lá — disse Maggie, e correu na direção de uma touca branca de babados.

Maisie estava com outra menina, que vendia conchas perto de uma barraca. Embora as duas fossem da mesma idade, a outra era bem menor: tinha uma mecha de cabelos louros, o rosto pálido e magro pintado com duas grandes bolas vermelhas e um risco vermelho nos lábios, do jeito que fica uma menina quando resolve se pintar. Os olhos eram aflitos e vermelhos como se ela tivesse chorado e olhasse em volta esperando levar um soco vindo de algum lugar. Não tinha blusa, apenas o espartilho de couro, escuro e engordurado pelo uso, com uma saia de cetim vermelha sobre as anáguas sujas. Ela havia rasgado um pedaço de pano da barra da saia e amarrado na cabeça.

— Jem! Jem! — chamou Maisie, correndo para ele. — Essa é Rosie Wightman. Não reconheceu ao passar por ela? Rosie, este é Jem.

Jem não teria olhado a menina uma segunda vez, mas, quando ela virou os olhos vermelhos, ele notou (por baixo do *rouge*, da sujeira e da patética tentativa de sedução) o rosto da menina com quem costumava pegar enguias no rio Piddle e cujos pais haviam perdido o armazém num incêndio causado por ela.

— Boa-tarde, Jem — disse Rosie, mostrando a mesma falha nos dentes da frente.

— Meu Deus, vocês conhecem essa garota? — estranhou Maggie.

— Ela é da nossa cidade — respondeu Maisie.

— E o que *você* está fazendo aqui, Srta. Piddle, em nome das verdejantes terras de Deus?

Maisie parecia tão esperta quanto possível para uma menina de touca de babados.

— Eu estava... seguindo vocês. Vi que vieram atrás dos Blake; então, avisei nossos pais que eu estava com dor de cabeça e vim atrás. Segui vocês o tempo todo — acrescentou, orgulhosa.

— Tem um centavo para nós, Jem? — perguntou Rosie.

— Desculpe, Rosie, não trouxe dinheiro.

— Dê o seu pão de gengibre para ela — mandou Maisie.

Jem entregou para Rosie o pedaço de pão meio comido e ela enfiou-o na boca.

— Nossa, esquecemos dos Blake! — resmungou Maggie, virando-se para ver o cortejo. Depois de passar tão lentamente pelas ruas de trás, a carroça tomava velocidade na rua mais larga. Estava quase fora de vista no meio do trânsito de High Holborn. — Vou ver para onde vão. Esperem aqui, já volto.
— Maggie sumiu no meio da multidão.

— O que você faz aqui? — perguntou Jem para Rosie.

Rosie olhou em volta, como que para se lembrar de onde estava.

— Trabalho — respondeu, com a boca cheia de gengibre.

— Mas por que fugiu para Londres?

Rosie engoliu.

— Você sabe por quê. Não aguentava meus pais e os vizinhos me apontando como a causadora do incêndio. Então, vim para cá, não é?

— E por que não vai para casa? Seus pais iriam... — disse Maisie, mas calou-se ao lembrar que os Wightman estavam no Asilo de Pobres em Dorchester, o que ela não podia contar para Rosie. — Certamente, Dorsetshire deve ser melhor do que isso aqui!

Rosie deu de ombros e colocou os braços em volta dela mesma, como que para consolar-se.

— Não podemos deixá-la aqui, Jem. Vamos levá-la para Lambeth conosco — disse Maisie.

— Mas aí papai e mamãe vão saber que viemos à cidade — argumentou Jem, tentando não demonstrar o desagrado. Tinha a impressão de ser perseguido por prostitutas em toda parte.

— Ah, eles não vão se importar, depois que virem que trouxemos Rosie.

Enquanto os irmãos discutiam o que fazer, Rosie começou a lamber as migalhas de gengibre nos dedos. À primeira vista, podia parecer que ela estava interessada pelo que poderia lhe acontecer, mas não. Desde que tinha chegado a Londres, fazia um ano, ela havia sido violentada, roubada e espancada. Só possuía a roupa do corpo, estava sempre com fome e, embora ainda não soubesse, tinha gonorreia. Não esperava mais nada da vida; então, não dizia nada.

Naquele dia, só tinha conseguido seduzir um homem. Mas, talvez pelo pouco de atenção que estava despertando, outros homens de repente a notaram. Rosie cruzou o olhar com um deles, pouco mais bem-vestido, e se animou.

— Está ocupada, amor? — ele perguntou.

— Não, senhor. À sua disposição, senhor. — Rosie secou os dedos no vestido, alisou o chapéu de palha e deu o braço ao homem. — Por aqui, senhor.

— O que está fazendo? Não pode nos deixar! — gritou Maisie.

— Prazer em ver vocês. Até — disse Rosie.

— Espere! — pediu Maisie, segurando o braço de Rosie. — Venha... nos procurar. Podemos ajudá-la. Moramos em Lambeth. Sabe onde é?

Rosie negou com a cabeça.

— Sabe onde fica a ponte Westminster?

— Já fui lá — respondeu Rosie.

O homem soltou o braço.

— Você vem comigo ou vou ter de procurar outra companhia?

— Claro que vou, senhor — Rosie pegou o braço dele de novo e foi embora.

— Vá à ponte Westminster, Rosie; no final dela, você vai ver uma construção grande com uma bandeira branca com letras vermelhas e pretas. É o Circo de Astley. Vá de dia e peça para falar com Thomas Kellaway. Combinado?

Rosie não olhou para trás; levou o freguês a uma rua lateral e sumiu de vista num beco.

— Ah, Jem, acho que ela fez sinal que sim. Ela ouviu o que eu disse e concordou com a cabeça. Ela virá, tenho certeza! — disse Maisie, com os olhos cheios de lágrimas.

Maggie chegou correndo. — Está tudo certo — disse, ofegante. — O cortejo fúnebre parou porque dois coches bateram de leve e os cocheiros estão discutindo. Temos dois minutos. — Olhou em volta. — Onde está a outra Srta. Piddle?

— Foi embora — respondeu Jem.

— Vai nos encontrar no circo amanhã — acrescentou Maisie.

Maggie olhou os dois irmãos e franziu o cenho.

CINCO

À medida que seguiam o cortejo pela High Holborn em direção leste, onde ficava a parte mais antiga da cidade, Jem notava uma mudança. As ruas do Soho formavam um desenho parecido com uma grade, mas, ali, as ruas saíam da High Holborn mais aleatoriamente, numa curva inesperada, terminando de repente num beco, ou se estreitando tanto que uma carroça mal conseguia passar por elas. Dava a impressão de que elas simplesmente foram ficando com aquele tamanho e forma, e não que tivessem sido planejadas. Aquela parte de Londres era o que era e não fazia o menor esforço para ser imponente, elegante ou ordenada como o Soho e Westminster. Ainda havia muitas casas, lojas e pubs, mas intercalados por construções maiores, como fábricas e armazéns. Jem sentia cheiro de cerveja, vinagre, cola, piche, sebo, lã. Quando finalmente saíram da High Holborn, sentiu cheiro de sangue.

— Meu Deus, não acredito que o cortejo vai passar pelo Smithfield's! Não podiam fazer outro caminho? — Maggie reclamou alto, torcendo o nariz.

— O que é o Smithfield's? — perguntou Maisie.

— O mercado de carne bovina. Estamos em Cow Lane.

A rua subia e tinha vários prédios baixos, onde o cheiro de estrume, urina e suor de vaca se misturava com outros mais fortes, metálicos, de sangue e carne. O mercado fechava aos domingos, mas havia gente lá limpando as barracas. Quando eles passaram, uma mulher jogou um balde de água no caminho, e uma onda avermelhada se espalhou ao redor dos sapatos deles. Maisie ficou parada no meio e levou a mão à boca.

— Vamos, Srta. Piddle — chamou Maggie, segurando-a para passar pela água ensanguentada, apesar de ela mesma ter empalidecido ao ver o sangue. — Não pare, não queremos que vomite em nós. Não entendi como você conseguiu nos seguir tanto tempo sem ser vista. Não percebi. Você notou sua irmã, Jem? — Enquanto falava, ofegante, Jem prestava atenção.

Maisie riu, recuperando-se mais depressa que Maggie.

— Não foi fácil seguir vocês, principalmente quando esperavam os homens da funerária. Uma vez, vocês voltaram, e tive de ficar olhando a vitrine de um relojoeiro até vocês passarem. Tinha certeza de que me veriam, mas não viram. Depois, numa segunda praça, eu estava olhando uma estátua, e vocês apareceram. Tive de pular atrás da estátua! Ah, Jem, você acha que Rosie vai até o circo? Tem de ir. E nós vamos ajudá-la, não é?

— Não sei o que fazer. Não podemos mandá-la de volta para Dorsetshire com os pais morando no asilo e ela do jeito que está.

— Ela pode ficar conosco, não é? Mamãe e papai não iriam expulsá-la.

— Mas a Srta. Pelham sim.

— Podemos dizer que ela é nossa irmã, que chegou de Dorsetshire. A Srta. Pelham não sabe que não temos irmã.

— Ela teria de mudar de roupa, sem dúvida — interveio Maggie. — Não pode andar daquele jeito e dizer que é uma garota de Piddle. A velha bruxa perceberia na hora o que ela é.

— Eu empresto roupas a ela. E ela pode arrumar um emprego na fábrica de mostarda, por exemplo. Pode trabalhar com você.

Maggie riu, zombeteira.

— Eu não desejaria isso nem para um inimigo. Olha o que acontece quando se trabalha lá. — Ela tirou um lenço de dentro do espartilho, soprou no pano e mostrou para eles. O pano ficou amarelo forte, com riscas de sangue. — Sabe quando você põe mostarda demais no molho, na carne ou no peixe, e seu nariz dói? É assim todos os dias na fábrica. Quando comecei, eu espirrava o tempo todo, meus olhos lacrimejavam e meu nariz escorria. Acabei me acostumando, mas não sinto cheiro de nada e acho que toda comida tem gosto de mostarda. Até o pão de gengibre parecia mostarda. Portanto, não sugira a sua amiga que vá trabalhar lá.

— A gente podia arrumar trabalho para ela no circo — sugeriu Maisie.

— O Asilo de Órfãs podia ficar com ela, se a gente mentir que os pais morreram. O que não deixa de ser verdade — disse Jem.

— Ela podia fazer uma coisa melhor: ir ao hospital Madalena, no campo de Saint George, que aceita prostitutas — disse Maggie, e Maisie se assustou com a palavra. — Lá, fazem com que elas se transformem em garotas direitas, ensinam a costurar e tudo, depois arrumam emprego para elas como criadas.

Maisie interrompeu:

— Rosie sabe costurar, garanto. Ela fazia botões comigo. Ah, tenho certeza de que podemos ajudá-la!

Durante toda a conversa, eles andaram firme, virando aqui e acolá para seguir o cortejo. De repente, a carroça parou na frente de um portão: do outro lado havia fileiras de lápides. Tinham chegado ao cemitério de Bunhill Fields.

SEIS

Jem não havia pensado muito em por que havia andado toda aquela distância. Achava que o cemitério era grande, já que ficava em Londres e era o similar, no gênero, à abadia de Westminster, um lugar que as pessoas andavam quilômetros só para conhecer. Mas, para surpresa dele, o cemitério não era muito diferente do que tinha em torno da igreja de Piddletrenthide. Claro, era bem maior. Umas dez vezes maior. Além disso, não tinha igreja nem capela para cerimônias de conforto espiritual; apenas fileiras e mais fileiras de lápides, interrompidas aqui e ali por monumentos maiores e algumas árvores: carvalho, plátano, amoreira. Nem era isolado do mundo exterior como um lugar para calma contemplação, pois ficava ao lado de uma enorme cervejaria que enchia o ar com o cheiro mundano e animado do lúpulo, e que certamente devia ser bem movimentada durante a semana.

Mesmo assim, enquanto ele olhava as lápides pela cerca de ferro, esperando com as meninas que a mãe do Sr. Blake fosse levada para seu local de descanso, e depois, quando foram ditas algumas palavras à beira da sepultura e eles saíram andando pelo meio delas, Jem sentiu que o lugar o levara ao silencioso devaneio (em parte tranquilo, em parte melancólico), que ele conhecia bem da época em que andava pelo cemitério de Piddletrenthide. Agora o cemitério da aldeia tinha também a sepultura de Tommy, e Jem sabia que se sentiria diferente lá.

— Morto por causa da pereira — ele murmurou, fazendo Maggie virar a cabeça e olhar.

O enterro terminou rápido.

— Não teve cerimônia religiosa — cochichou Jem para Maggie, quando eles encostaram num grande monumento retangular e assistiram de longe ao Sr. Blake e os irmãos jogarem terra na sepultura com uma pá e depois a entregarem aos coveiros.

— Este é um cemitério de dissidentes. Não usam livros de oração nem nada, e o cemitério não foi abençoado. O Sr. Blake é um radical típico, vocês não sabiam?

— Quer dizer que ele vai para o inferno? — perguntou Maisie, colhendo uma margarida ao pé da sepultura.

— Não sei, talvez. — Com o dedo, Maggie percorreu o nome gravado na lápide, embora não soubesse lê-lo. — Todos nós vamos para o inferno, espero. Não acredito em céu.

— Maggie, não diga isso! — gritou Maisie.

— Bom, pode ser que exista céu para você, Srta. Piddle. Mas vai ficar bem sozinha lá.

— Não sei por que tem que ser inferno ou céu: não pode haver um lugar que seja um pouco dos dois? — perguntou Jem.

— Você está falando do mundo; aqui tem as duas coisas, Jem — ponderou Maggie.

— Acho que sim.

— Muito bem, minha menina. Muito bem, Maggie.

As crianças deram um pulo. O Sr. Blake tinha se afastado do enterro e estava atrás deles.

— Oh, olá, Sr. Blake — cumprimentou Maggie, pensando se ele estaria zangado por terem-no seguido. Mas não parecia; afinal, elogiou-a.

— Você respondeu à pergunta que fiz na ponte Westminster. Eu não sabia quando ia responder — disse ele.

— Respondi? Que pergunta? — Maggie não conseguia lembrar detalhes da conversa animada que haviam tido com o Sr. Blake na ponte.

— Eu lembro: você perguntou o que tinha no meio do rio, entre as duas margens — disse Jem.

— Sim, meu menino, e Maggie acaba de dizer. Entendeu a resposta? — Ele virou seu olhar intenso para Jem, que o encarou, embora fosse ofuscante como olhar para o sol, pois aqueles olhos brilhantes passavam por qualquer máscara que Jem tivesse colocado para chegar até aquele ponto de Londres. Enquanto se olhavam, Jem se sentiu despido, como se o Sr. Blake pudesse enxergar tudo dentro dele: seu medo das coisas novas e diferentes de Londres, sua preocupação com a irmã e os pais, o choque com o estado em que se encontrava Rosie Wightman, seus novos e surpreendentes sentimentos por Maggie, sua enorme tristeza pela morte do irmão, do gato, de todas as pessoas perdidas e que um dia se perderiam, inclusive ele mesmo. Jem estava confuso e animado pela tarde passada ao lado de Maggie, pelos cheiros de morte e vida do Smithfield's, pelas lindas roupas das pessoas no parque de Saint James e os trapos sujos usados pelas mulheres de São Giles, pelo riso de Maggie e o sangue que saíra do nariz dela.

O Sr. Blake viu tudo isso no menino e compreendeu. Concordou com a cabeça, e Jem se sentiu diferente: mais forte e mais definido, como se ele fosse uma pedra esculpida pela areia.

— O mundo. Nós somos o que fica entre os dois opostos — disse Jem.

O Sr. Blake sorriu.

— Sim, minhas crianças. A tensão entre os opostos é o que nos faz ser como somos. Não somos apenas uma coisa, mas o oposto dela também, misturando, se chocando e faiscando dentro de nós. Não apenas luz, mas escuridão. Não só paz, mas guerra. Não só inocência, mas conhecimento. — Ele descansou o olhar um instante na margarida que Maisie ainda segurava. — É uma lição que precisamos aprender: ver o mundo todo numa flor. Bom, agora tenho de falar com Robert. Bom-dia para vocês, minhas crianças.

— Até, senhor — despediu-se Jem.

Observaram-no passar pelas sepulturas. Não parou no enterro, como os meninos esperavam, mas continuou e se ajoelhou ao lado de uma sepultura.

— Que conversa foi essa? — perguntou Maisie.

Jem franziu o cenho.

— Conte para ela, Maggie. Volto já. — Passou pelas lápides de pedra e se agachou atrás de uma, próxima ao Sr. Blake. O vizinho estava bem animado, olhos brilhando, embora houvesse pouca luz; na verdade, as nuvens tinham se avolumado, e Jem sentiu uma gota na mão quando se escondeu para ouvir a tal conversa.

— Sinto que me empurra para todos os lados — dizia o Sr. Blake. — A pressão dessa situação. E sei que vai piorar, com as notícias que chegaram da França. O medo da originalidade vai sufocar os que falam diferente. Só posso contar o que penso para você e para Kate, bendita seja ela. — Após uma pausa, prosseguiu: — Tenho visto coisas, Robert, que fariam você chorar. Os rostos nas ruas de Londres estão marcados pelo inferno.

Após outra pausa mais longa, ele começou a cantar:

> Ando por todas as ruas
> Perto de onde o Tâmisa corre
> E vejo em cada rosto que encontro
> As marcas da fraqueza, as marcas do desespero.
>
> Em cada grito de homem,
> Em cada criança que chora de medo
> Em cada voz, em cada proibição,
> Vejo as algemas forjadas pela mente.

— Estou trabalhando nesse poema, reescrevendo tudo, pois as coisas mudaram muito. Meu irmão, pense nisso até nos encontrarmos de novo. — Ele se levantou. Jem esperou o Sr. Blake voltar para o grupo ao lado da sepultura e foi olhar a lápide onde ele tinha se ajoelhado. Confirmou, então, o que desconfiava sobre o irmão de quem o Sr. Blake falava tanto: na lápide estava gravado "Robert Blake, 1762-1787".

SETE

Os funcionários do cemitério levaram a carroça para um lado, enquanto os Blake foram para outro, caminhando pela longa alameda margeada de árvores que dava na rua. Os eventuais pingos de chuva começavam a aumentar.

— Ai, não imaginei que fosse chover quando saí — reclamou Maisie, apertando o xale nos ombros. — E estamos tão longe de casa. O que vamos fazer agora?

O único plano de Maggie e Jem tinha sido chegar ao cemitério. Já bastava terem conseguido. Agora, o dia estava nublado pela chuva, e não havia mais uma meta, a não ser ir para casa.

Por hábito, Maggie seguiu os Blake, com Jem e Maisie atrás dela. Quando o grupo enlutado chegou à rua, não se encaminhou para a mesma direção em que viera e entrou numa carruagem que os aguardava, saindo rápido. As crianças correram atrás, mas não a alcançaram. Pararam na rua, olhando a carruagem se afastar até virar à direita e sumir. A chuva aumentou. Eles correram até chegarem a um cruzamento, mas a carruagem tinha sumido. Maggie olhou em volta. Não sabia onde estavam; a carruagem tinha voltado por outro caminho.

— Onde estamos? Não seria melhor irmos atrás deles? — Maisie perguntou.

— Não tem importância. Eles estão voltando para o Soho e nós queremos ir para Lambeth. Podemos achar o caminho. Vamos — disse Maggie. E seguiu com o máximo de segurança possível, sem contar-lhes que costumava ir àquela parte de Londres com o pai e o irmão, que indicavam o caminho. Havia muitos lugares onde ela havia estado e de onde saberia voltar: Smithfield's, a catedral de Saint Paul, o Guildhall, a prisão de Newgate, a ponte Blackfriars. Era só achar um desses marcos.

Por exemplo, na frente deles, do outro lado de um gramado, tinha um enorme prédio em forma de U, de três andares e bem comprido, com torres no meio e nos cantos das alas.

— O que é aquilo? — perguntou Maisie.

— Não sei. Parece conhecido; vamos ver pelo outro lado — respondeu Maggie.

Seguiram pela cerca em volta do gramado e passaram por uma ala do prédio. Nos fundos, um muro alto, de pedra, estava coberto de hera; outro muro, mais alto ainda, fora construído perto, evidentemente para impedir que as pessoas saíssem lá de dentro.

— As janelas têm barras de ferro; será uma prisão? — indagou Jem, apertando os olhos por causa da chuva.

Maggie olhou as janelas no alto dos muros.

— Acho que não. Não estamos perto dos presídios de Fleet e Newgate; fui lá assistir a enforcamentos, e eles não são assim. Não há muitos criminosos em Londres, pelo menos atrás das grades.

— Você viu enforcarem uma pessoa? — perguntou Maisie, alto. Parecia tão assustada que Maggie ficou constrangida de confirmar.

— Só fui uma vez; bastou — disse, rápido.

Maisie estremeceu.

— Eu não aguentaria ver matarem alguém, não importa o que ela tivesse feito.

Maggie emitiu um som esquisito. Jem franziu o cenho.

— Você está se sentindo bem?

Maggie engoliu com esforço, mas, antes que pudesse responder, ouviram um lamento vindo de uma das janelas altas e gradeadas. Começou baixo, foi aumentando e ficando mais grave, até virar um grito tão violento que devia ter dilacerado a garganta de quem gritou. As crianças gelaram. O corpo todo de Maggie arrepiou.

Maisie agarrou o braço de Jem.

— O que é isso? Ah, o que é, Jem?

Jem negou com a cabeça. O som parou de repente, começou baixo de novo e foi aumentando. Parecia uma briga de gatos.

— Será um hospital de partos, como aquele na rua da ponte Westminster? Às vezes vêm gritos de lá, quando as mulheres estão tendo os bebês — supôs Jem.

Maggie olhava sério para o muro de pedra coberto de hera. De repente, a expressão dela mudou para a de reconhecimento e, ao mesmo tempo, desgosto.

— Ah, meu Deus, esse lugar é Bedlam — concluiu, recuando um passo.

— O que é...? — Jem começou a perguntar e parou. Lembrou-se de um dia no circo. Uma das costureiras viu John Astley sorrir para a Srta. Hannah Smith e começou a chorar tanto que teve um ataque. Philip Astley jogou água no rosto dela e deu um tapa para fazê-la voltar ao normal. "Pare com isso, minha cara, senão vai para Bedlam!", ameaçou ele, antes que as outras costureiras a levassem. Astley virou-se para John Fox, bateu na testa dele e piscou-lhe.

Jem examinou de novo as janelas e viu uma mão entre as barras de ferro, como se quisesse pegar a chuva. Quando o grito começou pela terceira vez, ele disse:

— Vamos embora — e virou-se na direção que achava ser oeste, para o Soho e, talvez, Lambeth.

Maggie e Maisie o seguiram.

— Esse é o Muro de Londres; há pedaços dele a toda volta. É o antigo muro da cidade. Foi por isso que identifiquei Bedlam. Meu pai, uma vez, me trouxe aqui — disse Maggie, mostrando o muro de pedra à direita.

— Então, vamos para que lado? Você deve saber — disse Jem.

— Claro que sei, por aqui — respondeu Maggie, virando à esquerda, ao acaso.

— Quem... quem fica em Bedlam? — gaguejou Maisie.

— Os doidos.

— Ai, meu Deus, coitados — Maisie parou de repente. — Espere... olhe! É Rosie! Rosie! — chamou, mostrando uma moça na frente deles, de saia vermelha.

— Maisie, estamos bem longe de São Giles; ela não pode estar aqui — ponderou Maggie.

— Pode! Ela disse que trabalha em toda parte; pode ter vindo para cá! — Maisie saiu correndo.

— Não seja boba! — chamou Maggie.

— Maisie, eu acho... — Jem começou a dizer.

A irmã não estava ouvindo, correu mais e, quando a moça virou de repente num beco, Maisie foi atrás e sumiu.

— Droga! — xingou Maggie e correu com Jem ao lado.

Quando chegaram à curva, Maisie e a moça de saia vermelha tinham sumido.

— Droga! Que garota idiota! — reclamou Maggie.

Correram pelo beco, procurando por Maisie em todos os cantos. Num deles, viram um lampejo de vermelho na porta de uma casa. Mas quando conseguiram ver o rosto da moça, ficou evidente que não era Rosie, nem tampouco uma prostituta. A moça fechou a porta; Jem e Maggie ficaram entre algumas casas, uma igreja, uma loja de cobre e outra de cortinas.

— Maisie deve ter continuado andando — ponderou Maggie. Voltou para o beco com Jem seguindo-a, e olhou outros becos e terrenos. Viraram num, depois em outro, cada vez mais enredados no labirinto de ruas. Jem só se manifestou para mostrar a Maggie que estavam andando em círculo. Ela achava que ele devia estar furioso por fazer os dois ficarem tão perdidos, mas Jem não demonstrava raiva nem medo, apenas uma séria determinação.

Maggie só pensava em encontrar Maisie. Por um instante, quando percebeu que os três estavam perdidos nas ruelas de uma região desconhecida da cidade enorme, sem saber como chegar em casa, começou a ficar tão ofegante de medo que achou melhor sentar-se. Só tinha se assustado assim uma vez, quando encontrara o homem no lugar que depois passou a se chamar Passagem da Garganta Cortada.

Correram por outro lugar, um homem passou por eles, virou-se e olhou-os de soslaio:

— Estão correndo do quê?

Maggie deu um grito agudo e empacou como um cavalo, assustando Jem e o homem, que sumiu num corredor.

— Maggie, o que foi? — Jem segurou a amiga pelos ombros; ela deu um safanão, virou-se e apoiou a mão num muro, tentando se aprumar. Jem esperou, olhando-a. Finalmente, ela soltou um longo suspiro, estremeceu e virou-se para ele, com pingos de chuva caindo do amassado chapéu de palha para os olhos dela. Jem observou o rosto infeliz e percebeu o mesmo olhar distante e assustado que vira algumas vezes, quando ela nem notara ou, como naquele momento, quando ela tentava desesperadamente esconder. — O que foi? O que houve com você? Você ficou estranha também lá no Smithfield's — ele disse.

Maggie negou com a cabeça; não ia contar o que era.

— É por causa daquele homem na Passagem da Garganta Cortada, não é? Você sempre fica estranha por causa disso. Ficou lá no Smithfield's também — Jem tentou adivinhar.

— Maisie é que parecia mal, não eu — retrucou Maggie.

— Você também, porque viu muito sangue na passagem, talvez tenha visto até... — Jem fez uma pausa. — Você viu tudo, não foi? Viu matarem o homem. — Ele queria dar um abraço para consolá-la, mas sabia que ela não deixaria.

Maggie deu as costas para ele e entrou no beco outra vez.

— Temos de encontrar Maisie — resmungou, e não ia dizer mais nada.

Devido à chuva, havia poucas pessoas na rua. Enquanto procuravam, a chuva aumentou ainda mais, numa derradeira tentativa de encharcar todos que estivessem a descoberto; depois parou de repente. Imediatamente, as portas das casas começaram a se abrir. Aquela era uma região escondida e apertada de Londres, com casinhas escuras que tinham sobrevivido a incêndios, estilos e pobreza, apenas por serem muito sólidas. As pessoas que saíam de dentro delas também eram atarracadas e firmes. Ninguém falava com sotaque de Yorkshire, nem de Lanshire ou Dorset, mas como quem morava ali havia muitas gerações.

Num lugar daqueles, pessoas de fora se destacavam como os primeiros brotos de açafrão. Mal as ruas começaram a encher de gente passeando no fim de tarde de domingo, uma mulher apontou para trás.

— Vocês estão procurando uma menina com touca de babados, não é? Está lá, ao lado do Jardim Draper.

Um minuto depois, eles chegaram num espaço aberto onde havia outro jardim fechado e viram Maisie ao lado da cerca de ferro, esperando, os olhos encharcados de lágrimas.

Sem dizer nada, ela atirou os braços em volta de Jem e enfiou o rosto no ombro dele. Jem deu tapinhas de leve nas costas da irmã.

— Você agora está bem, não é, Maisie?

— Quero ir para casa, Jem — pediu, com a voz abafada.

— Nós vamos.

Ela recuou e olhou o rosto dele.

— Não, eu quero voltar para Dorsetshire, eu me perco em Londres.

Jem podia ter dito que o pai deles ganhava mais dinheiro com o Sr. Astley do que jamais ganhara fazendo cadeiras em Piddletrenthide. Ou que a mãe preferia ir ao circo do que fazer botões em Dorset. Ou que ele gostaria de conhecer mais canções novas do Sr. Blake. Ou até perguntar: "E John Astley?"

Em vez disso tudo, Jem parou um menino da idade dele, que passava assoviando, e indagou:

— Por favor, senhor, onde fica o Tâmisa?

— Perto, bem ali. — O rapaz mostrou. Os três se deram os braços e seguiram na direção indicada. Maisie tremia e Maggie estava pálida. Para distraí-las, Jem disse: — Aprendi uma música nova. Querem ouvir?

Sem esperar resposta, começou a cantar:

> Ando por todas as ruas
> Perto de onde o Tâmisa corre
> E vejo em cada rosto que encontro
> As marcas de fraqueza, as marcas do desespero

Cantaram juntos os versos três vezes e chegaram no trânsito da ponte de Londres.

— Agora, tudo certo, não estamos mais perdidos. O rio nos levará de volta a Lambeth.

Outubro de 1792

VI.

UM

De sua cadeira preferida, Maisie assistia a John Astley ensaiar. Tinha experimentado todos os lugares do anfiteatro e escolhido o de que mais gostava. Os Kellaway geralmente assistiam aos espetáculos na plateia, perto do picadeiro onde os cavalos passavam, os exércitos marchavam, os acrobatas faziam acrobacias e a Srta. Laura Devine girava na corda e descia rápido. Mas, para uma visão panorâmica, os camarotes eram o melhor lugar. Situados nas laterais do palco, acima da plateia, eles permitiam ver tanto o que se passava no picadeiro quanto com o público.

Nesse dia, Maisie estava num camarote à direita do picadeiro. Satisfeita porque era confortável e privado, além de mostrar tudo que John Astley fazia a cavalo no picadeiro, ou a Srta. Hannah Smith, no palco. Pequena e de pés virados para fora por ser uma dançarina experiente, Hannah tinha cabelos louros e rosto delicado como uma orquídea. Era uma encantadora colombina ao lado do arlequim John Astley, e os espectadores gostavam dela. Maisie a detestava.

Nessa tarde, John Astley ensaiava a cavalo com a Srta. Smith para apresentar uma surpresa que marcaria o final da temporada. Cada um em sua montaria: ele, em sua alazã, usava paletó azul-pavão; ela, um vestido branco que se destacava sobre o corcel negro. Discutiam algum detalhe da cena. Maisie suspirava. Embora detestasse a Srta. Smith, não conseguia tirar os olhos dela nem de John Astley, pois pareciam fazer o par perfeito. Depois de assistir por alguns minutos, Maisie notou que estava pressionando os punhos sobre o colo.

Mesmo assim não foi embora, apesar da mãe certamente estar precisando de ajuda em casa para fazer a conserva de repolho. Dali a pouco, Maisie não veria mais John Astley: no dia seguinte à última apresentação da temporada, a companhia iria direto de coche para Dublin, a fim de passar o inverno lá e em Liverpool. O restante do espetáculo (o cenário, os praticáveis, os guindastes, roldanas e gruas, os cavalos) seguiria de navio. Seu pai e seu irmão, naquele momento, estavam embalando os cenários para o transporte que ainda nem se encontrava garantido. Maisie sabia disso porque Philip Astley ficara no camarote ao lado dela tomando as providências e tinha acabado de escrever com John Fox o texto para um anúncio de jornal:

> Precisa-se de barco para transporte de máquinas para
> Dublin, no dia 13, 14 ou 15 do corrente.
> Procurar o Sr. Astley, no Anfiteatro de Astley,
> na rua da ponte Westminster.

Maisie não entendia muito de transporte por navio; mesmo assim, tinha certeza de que seriam necessários mais de três dias para encontrarem passagens para a Irlanda. Isso fez com que ela prendesse a respiração e apertasse as mãos no colo. Talvez, com o atraso, o Sr. Astley finalmente pedisse para Thomas Kellaway ir com a família para Dublin, como, havia um mês, ela rezava para acontecer.

Irromperam aplausos de todo o anfiteatro, pois, naquele momento, a Srta. Hannah Smith estava equilibrada num pé sobre o cavalo, com a outra perna esticada para trás. Todos pararam o que estavam fazendo para assistir. Até Jem e Thomas Kellaway saíram dos bastidores com os outros carpinteiros e aplaudiram. Maisie aplaudiu também, não querendo que seu silêncio chamasse atenção. A Srta. Smith sorria, tentando manter a perna esticada e firme.

— Bravo, minha cara! — gritou o Sr. Astley, do camarote ao lado de Maisie. — Ela me lembra Patty. Tenho de trazê-la para assistir a essa cena final. Pena que poucas mulheres queiram se apresentar a cavalo — disse ele para John Fox.

— Têm mais juízo que os homens — ponderou Fox. — Mas parece que essa perdeu o juízo.

— Ela faz qualquer coisa por John. Por isso, está se equilibrando em cima do cavalo agora — disse Philip Astley.

— Qualquer coisa?

— Bom, quase. Por enquanto. — Os dois riram.

— Ela sabe o que está fazendo — prosseguiu Philip Astley. — Ela o domina como a qualquer cavalo. Bravo, minha cara! Já temos o nosso grande final! — gritou ele outra vez.

A Srta. Smith reduziu o galope do cavalo e baixou a perna. Quando voltou à sela, John Astley se inclinou e beijou a mão dela, o que causou mais aplausos e risos, além de rubores da parte da Srta. Smith.

Foi então que Maisie sentiu o silêncio que vinha do camarote do outro lado do picadeiro. Ela se inclinou e notou a única pessoa que não estava aplaudindo: da sombra, surgiu o rosto redondo da Srta. Laura Devine, olhando para a Srta. Hannah Smith com mais raiva ainda do que Maisie sentia pela coitada. O rosto da Srta. Devine não estava mais tão liso e simpático, mas perturbado, cheio de vincos como se ela tivesse acabado de comer algo amargo. Parecia arrasada.

Quando a Srta. Devine viu Maisie, manteve a mesma expressão. As duas se encararam até o rosto da Srta. Devine mergulhar de novo nas sombras, como a lua sumindo atrás de nuvens.

DOIS

No camarote ao lado, Philip Astley conferia uma lista de nomes com John Fox.

— Sr. e Sra. De Castro. Sr. Joahnnot. Sr. Lawrence. Sra. Henley. Sr. David. Sr. Crossman. Sr. Jeffries. Sr. Whitmore. Monsieur Richer. Sr. Sanderson.

— Ele vai chegar mais tarde.

— Droga, Fox, preciso dele agora! Os irlandeses vão querer canções novas assim que chegarmos lá. Estava pensando em viajar com ele no coche e compor no caminho.

— Ele está preparando um espetáculo que vai estrear no Haymarket.

— Não quero nem saber se ele está escrevendo para o rei! Quero que esteja naquele coche no dia 13!

John Fox calou-se.

— Tem mais alguma surpresa para mim, Fox? Algo que eu precise saber? Diga já. Agora você vai me contar que os carpinteiros largaram as ferramentas e viraram marinheiros.

John Fox pigarreou.

— Nenhum carpinteiro quis ir, senhor.

— O quê? Por que não?

— A maioria trabalha em outro lugar e não quer viajar. Sabem como é Dublin.

— Dublin não tem nada de ruim! Perguntamos a todos os carpinteiros?

— Menos ao Kellaway.

Maisie estava prestando pouca atenção à conversa, mas nesse momento levantou-se para ouvir melhor.

— Traga-o aqui, então.

— Sim, senhor. — Fez-se uma pausa. — Quer falar com ela também?

— Ela quem?

— Ela, do outro lado do picadeiro, não está vendo?

— Ah, sim.

— Ela sabe do Monsieur Rocher? — perguntou John Fox.

— Não.

— Precisa saber, senhor. Para os dois poderem ensaiar.

Philip Astley suspirou.

— Certo, eu falo com ela depois de conversar com Kellaway. Chame-o já.

— Sim, senhor.

— Não é fácil administrar um circo, Fox.

— Suponho que não, senhor.

Quando o pai apareceu na frente do Sr. Astley, Maisie ficou completamente empertigada em seu camarote, sentindo-se culpada de ficar ouvindo antes mesmo de os dois se falarem.

— Kellaway, meu caro, como vai? — Philip Astley falou alto como se o carpinteiro estivesse do outro lado do picadeiro e não na frente dele.

— Bem, senhor.

— Muito bom, muito bom. Ainda encaixotando os cenários?

— Sim, senhor.

— É preciso fazer tanta coisa para colocar a companhia na estrada, Kellaway. Exige um enorme planejamento: encaixotar, encaixotar e planejar, não é?

— É, senhor. É parecido com sair de Dorsetshire para Londres.

— Bom, suponho que tenha razão, Kellaway. Então, vai ser fácil para você, já que agora tem prática de se mudar.

— Prática de quê, senhor?

— Puxa, estou atropelando a mim mesmo, não, Fox? Prática em empacotar e ir para Dublin.

— Dublin?

— Sabe que vamos fazer uma temporada em Dublin, não, Kellaway? Afinal, é por isso que está encaixotando o cenário.

— É, senhor, mas...

— Mas o quê?

— Não sabia que eu também ia, senhor.

— Claro que sim! Acha que não íamos precisar de um carpinteiro em Dublin?

— Sou fabricante de cadeiras, senhor, e não carpinteiro.

— Para mim, não. Vê alguma cadeira feita por você aqui, Kellaway?

— Além do mais, Dublin deve ter carpinteiros que façam bem esse serviço — acrescentou Thomas Kellaway, como se Philip Astley não tivesse dito nada.

— Não há ninguém que conheça o cenário como você, Kellaway. Então, qual é o problema? Pensei que gostaria de ir. É uma cidade movimentada; tenho certeza de que você vai adorar. E o inverno lá é mais suave que em Londres. Liverpool também, para onde iremos em seguida. Ande,

Kellaway, você queria sair de Dorsetshire e ver um pouco do mundo, não era? Eis a sua oportunidade. Viajamos daqui a três dias, tempo suficiente para empacotar suas coisas, está bem?

— Eu... mas, e a minha família?

A cadeira rangeu quando Philip Astley mudou de lado o peso do corpo.

— Bom, Kellaway, isso é complicado. Temos de apertar os cintos na estrada, precisamos de uma companhia menor; não há espaço para extras. E esposa é extra. Nem Patty vai a Dublin, não é, Fox? Por isso, lastimo, mas o convite é só para você, Kellaway.

Maisie soltou uma exclamação. Por sorte, não a ouviram.

— Mas você volta logo, Kellaway... É só até março.

— São cinco meses, senhor.

— Sabe, Kellaway, sua família vai ficar na maior alegria quando você voltar. Comigo e Patty, essas temporadas fora funcionam como um revigorante. A ausência deixa o coração mais apaixonado, sabe?

— Não sei, senhor. Tenho de conversar com Anne e lhe respondo amanhã.

Philip Astley começou a dizer alguma coisa, mas, pela primeira vez, Thomas Kellaway o interrompeu.

— Preciso voltar ao trabalho. Com licença, senhor. — Maisie ouviu a porta se abrir e o pai sair.

Ouviu também risos no camarote ao lado.

— Não comece, Fox!

O riso continuou.

— Droga, Fox, ele me conquistou, não? Na verdade, pensa que pode escolher, não é? Mas quem decide as coisas aqui sou eu e não um carpinteiro.

— Senhor, seu filho não devia decidir essas coisas, já que é o administrador?

Philip Astley deu outro suspiro.

— Devia, não é, Fox? Mas olha lá ele. — Maisie virou para o picadeiro e, montado em sua alazã, John Astley fazia a égua dar passos de lado para a Srta. Hannah Smith admirar. — É isso o que ele sabe fazer, não ficar sentado aqui tomando decisões difíceis. Por falar no assunto, traga a Srta. Devine.

TRÊS

John Fox contornou a galeria para chegar aos camarotes do outro lado. A Srta. Laura Devine certamente viu-o se aproximar, mas não se mexeu, nem respondeu quando ele bateu à porta. Ficou parada, olhando para Philip Astley. Por fim, John Fox atendeu à própria batida, abriu a porta, entrou no camarote e se inclinou para dizer algo no ouvido da Srta. Devine. Depois, esperou na porta.

Ela continuou parada por um bom tempo, e John Fox também. Finalmente, ajeitou o xale nos ombros, levantou-se, arrumou as saias e alisou os cabelos, presos num coque na nuca. Aceitou o braço que John Fox lhe ofereceu. Ele, então, passou pela galeria como se estivesse lotada dos habituais espectadores grosseiros, dos quais deveria protegê-la. Quando deixou-a no camarote de Philip Astley, ela pediu:

— Fique, John. — Como se a galanteria dele pudesse amenizar o golpe que viria. Pois ela sabia que viria. Esperava havia semanas.

Maisie também sabia o que estava por vir. Ela e a mãe tinham notado que, num recente espetáculo, a Srta. Devine estava mais lenta e desajeitada, e adivinharam o que tinha acontecido. Maisie também sabia que a presença de John Fox faria pouca diferença, talvez só na maneira de o Sr. Astley comunicar.

— Seja bem-vinda, Srta. Devine — cumprimentou o Sr. Astley, num tom completamente diferente da efusão com que tinha saudado Thomas Kellaway. — Sente-se aqui perto, minha cara. Ela está um pouco pálida, não, acha, Fox? Vamos pedir para a Sra. Connel fazer aquele caldo que faz para mim quando estou mal e que Patty acredita surtir um ótimo efeito. Está bem, Fox?

John Fox e a Srta. Devine não responderam, o que fez Astley dar mais voltas ainda na conversa.

— Assistiu ao ensaio, minha cara? É incrível, já estamos chegando à última noite da temporada. Depois, mais uma vez, seguimos para Dublin. Puxa, quantas vezes ainda vamos empacotar tudo e atravessar o mar da Irlanda, hein, Fox? — Interrompeu-se, percebendo que não era a coisa mais adequada a dizer naquele momento.

Na verdade, Philip Astley parecia momentaneamente sem palavras. Durou um instante, mas foi o bastante para os ouvintes perceberem que não era fácil para ele dizer o que tinha a dizer. Afinal, a Srta. Laura Devine estava no circo havia dez anos e era (ele encontrou as palavras)

— ... como uma filha para mim, minha cara, sim, uma filha. Por isso, notei quando as coisas mudaram, pois conheço você como um pai conhece a filha. E as coisas mudaram, não foi?

A Srta. Devine não respondeu.

— Pensou que eu não ia perceber, Laura? — insistiu Philip Astley, permitindo que um pouco de sua impaciência natural aparecesse na voz. — Metade da plateia percebeu! Acha que não íamos notar você engordando e ficando mais lenta? Ora, você está realmente parecendo um "porco no espeto"!

Maisie prendeu a respiração antes que alguém a ouvisse no silêncio que se fez após a observação cruel. Foi um silêncio que Philip Astley teve dificuldade em romper.

— Vamos, moça, o que estava pensando? Como deixou isso acontecer? Pensei que fosse mais inteligente. — Após uma pausa, acrescentou, mais gentil: — Ele não é homem para você, Laura. Você sabia bem disso.

Finalmente, a Srta. Devine falou, embora respondesse a outra pergunta.

— Minha família não serve para o senhor, não é? — perguntou, no seu leve cantar escocês, tão suave que Maisie precisou se inclinar quase para fora do camarote para ouvir. — Espero que a família dela seja mais do seu agrado.

Naquele momento, a Srta. Smith estava percorrendo, tranquila, o picadeiro com seu corcel, enquanto John Astley vinha na direção contrária, em sua alazã. Cada vez que um passava pelo outro, entregava uma taça de vinho para dar um gole e devolver na próxima passagem.

— Laura, eu jamais tive qualquer influência sobre as mulheres de meu filho. Isso é problema dele. Não quero comentar por que ele é assim ou assado. Você é que deve discutir isso com ele. Minha única preocupação é com o espetáculo e com os artistas. E, quando um membro da companhia não pode mais fazer determinado papel, preciso tomar uma providência. E a primeira que tomei foi contratar Monsieur Richer, de Bruxelas, para participar do espetáculo.

Fez-se um pequeno silêncio.

— Monsieur Richer é um palhaço da corda bamba — definiu a Srta. Devine, com desdém. Era verdade que os dois artistas da corda tinham estilos bem diversos. Por princípio e por gosto, a Srta. Laura Devine não mexia o corpo ao andar na corda bamba. Sua apresentação era lisa como seus cabelos negros e sua pele clara.

— Quando John e a Srta. Smith terminarem o ensaio no picadeiro — prosseguiu Philip Astley, como se ela não tivesse dito nada —, você vai fazer um ensaio de rotina do último espetáculo da temporada com Monsieur Richer e, assim, apresentá-lo à plateia e prepará-lo para o solo no ano que vem. Pois você, Srta. Devine, não irá conosco para Dublin, nem estará conosco quando voltarmos para Londres. Lastimo sinceramente, minha cara, mas é isso. Pode ocupar suas acomodações aqui mais um mês. — Philip Astley levantou-se, pronto para terminar a conversa, depois de dizer o principal. — Agora, tenho de cuidar de alguns assuntos. Se eu puder fazer alguma coisa por você, é só falar com John Fox, entendeu, Fox? — disse, abrindo a porta.

Ele estava saindo do camarote, mas a voz suave da Srta. Devine foi mais longe e mais forte do que se podia esperar.

— O senhor parece esquecer que a criança será sua neta.

Philip Astley parou na hora e fez uma exclamação de pasmo.

— Não ouse vir com esse assunto para cima de mim, menina! — rosnou. — Essa criança não tem nada a ver com os Astley! Nada! Não é meu neto!

A voz descontrolada, tão acostumada a pairar acima do barulho do espetáculo e da plateia, foi ouvida em todo o anfiteatro. As costureiras, que enrolavam pilhas de roupas num quarto nos bastidores, ouviram. Thomas e Jem Kellaway, que faziam grandes suportes de madeira para envolver e proteger partes de cenário na viagem para Dublin, ouviram. A Sra. Connell, que contava a féria da bilheteria na frente do circo, ouviu. Até os meninos, que aguardavam do lado de fora John Astley e a Srta. Hannah Smith terminarem o ensaio, ouviram.

Maisie também ouviu, e aquela foi a peça que faltava no quebra-cabeça que a estava preocupando: era do que desconfiava, mas esperava que não fosse, já que com isso ela devia ter raiva da Srta. Devine também.

A Srta. Hannah Smith certamente ouviu. Continuou a contornar o picadeiro a cavalo, mas olhou para o camarote e percebeu, pela primeira vez, o drama que se desenrolava pouco acima de sua cabeça.

Só John Astley parecia não ter notado o ataque do pai. Estava acostumado com os berros dele e raramente ouvia o que tinha a dizer. Como a Srta. Smith continuava com a mão estendida, ele passou a taça de vinho. Mas ela olhava para outro lugar e pensava em outra coisa; então, não pegou a taça, que caiu no chão. Apesar do piso ser coberto de serragem, a taça espatifou-se.

John Astley puxou a rédea do cavalo imediatamente.

— A taça! — gritou. Um menino que aguardava para varrer estrume de cavalo correu para o picadeiro com a vassoura.

Mas a Srta. Smith não conteve seu cavalo. Continuou cavalgando no picadeiro, virando a cabeça para ver Philip Astley e a Srta. Laura Devine. E teria atropelado o menino com a vassoura, se John Astley não segurasse as rédeas do cavalo dela.

— Hannah, o que há com você? Preste atenção onde seu cavalo pisa, o vidro pode cortar! — gritou.

A Srta. Smith parou o cavalo, tirou os olhos da Srta. Laura Devine e fixou-os em John Astley. Tinha ficado muito pálida e não mostrava mais o lindo sorriso que havia mantido durante o ensaio. Na verdade, ela parecia estar passando mal.

John Astley olhou para ela, depois para o camarote de onde a Srta. Laura Devine observava, furiosa, e o pai dele ainda bufava como um cavalo ofegante.

A seguir, Maisie ouviu uma coisa que jamais esperava, dita pela boca da Srta. Hannah Smith.

— John Astley, você é um saco de merda! — Não falou tão alto quanto Philip Astley, mas o bastante para Maisie e todos que estavam no camarote ao lado ouvirem. O menino que varria os cacos de vidro conteve o riso. John Astley abriu a boca, mas não encontrou uma resposta adequada. A Srta. Smith desmontou e correu; sua retirada ficou ainda mais patética por ela andar com os pés virados para fora.

Depois que ela foi embora, John Astley olhou o camarote onde a Srta. Laura Devine continuava, vitoriosa por um instante, naquela triste farsa. Ele parecia querer dizer algo, mas preferiu sair de cena por causa do menino que ria ao lado. Desmontou rápido, entregou as rédeas dos dois cavalos para o menino, alisou as mangas do paletó azul e foi atrás da Srta. Smith.

— Bom, espero que esteja contente, minha cara. Era isso o que queria? — perguntou, baixo, Philip Astley.

— Você é que transforma tudo numa tragédia pública. Não sabe o que é ser calmo e calado — retrucou Laura Devine.

— Saia daqui! Não suporto a sua presença! — Philip Astley gritou, mas foi ele quem saiu do camarote, mandando John Fox sair também.

Assim que se foram, a Srta. Laura Devine continuou sentada, e Maisie, calada no camarote ao lado, continuava com as mãos trêmulas no colo.

— Venha aqui um instante — Maisie ouviu a Srta. Devine murmurar e assustou-se ao perceber que o pedido era para ela: a Srta. Devine sabia que ela estava ali e que tinha ouvido tudo. Maisie levantou-se e, furtiva, entrou no camarote ao lado, tentando não chamar atenção, embora só houvesse no anfiteatro o menino varrendo os cacos da taça quebrada e estrume.

A Srta. Devine não olhou para Maisie quando ela entrou.

— Sente comigo, querida. — Foi só o que disse. Maisie mergulhou na cadeira ao lado, a mesma que Philip Astley tinha usado até pouco antes; o assento ainda estava morno. Juntas, as duas olharam o picadeiro que, por sua vez, estava calmo, exceto pelo menino varrendo. Maisie achou reconfortante aquele arranhar da vassoura no chão. Ela sabia que não detestava a Srta. Devine, fosse lá o que tivesse ocorrido. Na verdade, sentia pena dela.

A Srta. Devine parecia estar num devaneio. Talvez pensasse em todas as cordas em que tinha se equilibrado, girado, dependurado ou balançado naquele picadeiro. Ou no incrível número de encerramento que iria apresentar nas próximas três noites. Ou, ainda, talvez ouvisse o próprio corpo naquele silencioso diálogo que as grávidas, às vezes, têm consigo mesmas.

— Lamento muito, Srta. Devine — disse Maisie, por fim.

— Não lamento... por mim. Mas por você e por ela. — A Srta. Devine balançou a cabeça ao se lembrar da Srta. Hannah Smith contornando o picadeiro a cavalo. — Ela agora vai viver preocupada com as mulheres dele. Para mim, chega. — Olhou para Maisie e perguntou: — Quantos anos tem, Srta. ...

— Maisie. Tenho 15.

— Portanto, não é mais tão criança. Mas ainda não tem qualquer experiência, não é?

Maisie teve vontade de protestar: quem, prestes a chegar à idade adulta, gosta de ser lembrada de que ainda é virgem? Mas o rosto cansado da Srta. Devine exigia sinceridade.

— Tenho pouca experiência do mundo — confessou.

— Deixe que lhe ensine uma coisa, então: o que você deseja não vale a metade do que já tem. Lembre-se disso.

Maisie concordou com a cabeça, embora não entendesse o que aquilo queria dizer. Deixou para pensar depois, quando prestaria atenção em cada palavra. — O que vai fazer agora, Srta. Devine? — perguntou.

A Srta. Devine sorriu.

— Vou sumir daqui, meu anjo. É o que vou fazer.

QUATRO

Normalmente, Maisie ficaria mais tempo no anfiteatro, se pudesse passar a tarde inteira assistindo aos ensaios. Mas, depois do que a Srta. Laura Devine dissera, ficou ansiosa para ir embora. Não queria ver a dançarina de corda bamba ensaiar com a pessoa que ia ficar no lugar dela. Ainda por cima, John Astley tinha sumido, e Maisie duvidava que ele conseguisse convencer a Srta. Hannah Smith a voltar ao ensaio. Maisie tinha de ajudar a mãe a fazer conserva de repolho ou as costuras que haviam aceitado para substituir os botões que não faziam mais. Tudo porque Bet Butterfield tinha comprado todos os botões e apetrechos, e ainda pedira para elas ensinarem a fazer vários modelos. Maisie ficou surpresa quando a mãe desistiu dos botões, mas Anne Kellaway foi inflexível:

— Nós agora moramos em Londres, não em Dorsetshire. Temos de deixar para trás as coisas de Dorset — disse.

No começo, Maisie gostou da mudança, mas depois sentiu falta de seus botões em estilo Dorset. Remendar roupas dos outros não era tão agradável quanto a emoção de criar algo do nada como, por exemplo, transformar um aro ou um pedaço de pano num botão delicado, fino como uma teia de aranha.

Ela agora estava na escada da frente do anfiteatro e olhava a neblina que envolvia Londres. A família tinha ouvido muito falar naquele lençol denso e sufocante que cobria a cidade, mas tivera a sorte de só experimentá-lo naquele momento, pois a primavera e o verão tinham sido de brisa, o que afastara a neblina. Mas, no outono, as casas acendiam suas lareiras a carvão o dia todo, jogando fumaça nas ruas, onde ficava parada, amortecendo a luz e o som. Estavam agora no meio da tarde, mas as lamparinas das ruas já se encontravam acesas: Maisie observava as luzes sumindo na escuridão da ponte Westminster. Por hábito, prestou atenção nas pessoas que surgiam na neblina ao atravessarem a ponte na direção dela; em cada vulto, ela procurava Rosie Wightman. Fazia isso havia um mês, mas sua velha amiga não aparecera.

Ficou parada na escada, indecisa. Desde que se perdera na cidade, um mês antes, não fizera mais o caminho de trás, que ia do anfiteatro à casa dela, embora conhecesse o lugar e várias pessoas e lojas dali. Por isso, passara a usar a rua da ponte Westminster, que tinha mais gente circulando e era iluminada. Mas ficara tão nublada depois que ela fora para o anfiteatro, que não sabia nem se passava por lá. Ia entrar e pedir para Jem acompanhá-la, quando John Astley abriu a porta exatamente em cima dela.

— Oh! — surpreendeu-se Maisie.

John Astley fez uma reverência.

— Perdão, senhorita. — Ia seguir, mas, por acaso, observou o rosto dela e parou. Viu olhos que compensaram a fúria da Srta. Laura Devine e as lágrimas da Srta. Hannah Smith. Maisie olhava-o com a adoração concreta de uma menina de Dorset. Jamais o enfrentaria, nem o chamaria de saco de merda, nem o estapearia como a Srta. Hannah Smith tinha acabado de fazer, quando John Astley correra atrás dela nos bastidores. Maisie também não iria criticá-lo, mas apoiá-lo; não faria exigências, mas o aceitaria como era; não o desprezaria, mas o compreenderia. Embora não fosse tão requintada quanto a Srta. Hannah Smith (afinal, era uma camponesa rude, de nariz vermelho e touca de babados), Maisie tinha olhos brilhantes e um corpo lindo e esbelto, ao qual determinada parte do corpo dele já estava reagindo. Ela era exatamente o revigorante que um homem precisava depois de ter sido alvo de ódio e ciúme.

John Astley usou sua expressão mais gentil e solícita, e, acima de tudo, pareceu interessado por Maisie, o que era a qualidade mais sedutora para uma garota como ela. Prestou atenção enquanto ela estava indecisa à beira da densa, amarela e envolvente neblina.

— Posso ajudá-la? — perguntou.

— Ah, obrigada, senhor. É que... tenho de ir para casa, mas a neblina me assusta — disse Maisie.

— Mora perto?

— Sim, senhor. Duas portas depois da sua, nas Residências Hércules.

— Ah, então somos vizinhos. Achei que a conhecia.

— Sim, senhor. Nós nos conhecemos durante o incêndio, no verão... lembra-se? E... bem, meu pai e meu irmão trabalham no circo. Estou sempre aqui, trazendo as refeições para eles.

— Vou para as Residências. Permita-me que a acompanhe. — John Astley estendeu o braço para ela. Maisie ficou olhando como se ele oferecesse uma coroa incrustada de joias. Era raro na vida de uma menina simples como ela receber exatamente aquilo que sonhava. Tocou no braço dele sem jeito, como se achasse que ia derreter. Mas a manga do paletó azul e a carne que ela cobria eram de verdade, e então ficou visivelmente emocionada.

John Astley colocou a outra mão sobre a dela e apertou-a, encorajando Maisie a permanecer de braço com ele.

— Pronto, Srta. ...
— Maisie.
— Estou ao seu dispor, Maisie. — John Astley ajudou-a a descer a escada e entrou na escuridão da rua Stangate em vez de ir para a direita, onde a neblina da rua da ponte Westminster estava um pouco menos densa. A própria Maisie, em silêncio, deixou-se levar pelo atalho onde evitava passar havia um mês. Na verdade, nem percebeu direito por onde estavam indo. Conseguir andar (e até tocar) ao lado do homem mais bonito, talentoso e elegante que ela conhecia era mais que um sonho; era o dia mais importante de sua vida. Seguiu ao lado dele como se a neblina tivesse ficado sob seus pés e acolchoado o chão.

John Astley sabia muito bem o que estava provocando nela, tanto que, no caminho, falou pouco. Para começar, só se manifestou para orientá-la na neblina: "Cuidado com aquela carruagem", "Não vamos andar perto da sarjeta, não é?", "Vá mais para a direita, senão vai pisar num estrume." John Astley vivera sempre no meio da névoa de Londres e estava acostumado a se orientar nela, deixando que os outros sentidos o ajudassem: o nariz sentia a proximidade de cavalos, pubs, ou lixo; os pés sentiam a inclinação das sarjetas nas laterais das ruas ou as pedras das cavalariças. Embora a neblina abafasse os ruídos, ele sabia se vinha se aproximando um cavalo, ou um coche de uma ou duas parelhas; sabia também diferençar um trole de uma carruagem. Assim, seguiu firme e devagar, pois as Residências Hércules ficavam perto e ele precisava de tempo.

Depois de conquistar a confiança física de Maisie, começou a conversar, gentil:

— Levou jantar para seu pai e seu irmão hoje? — perguntou.

— Sim, senhor.

— E o que era? Espera, vou adivinhar: torta de carne?

— Sim, senhor.

— Comprou pronta ou você mesma fez?

— Ajudei mamãe. Fiz a cobertura.

— Tenho certeza de que você faz uma cobertura deliciosa, Maisie, com seus dedos delicados, os mais finos de Lambeth.

Maisie riu.

— Obrigada, senhor.

Andaram mais um pouco, passaram pelo pub Queen's Head, na esquina em que a rua Stangate levava ao Lambeth Marsh e a luz amarela do pub manchava a neblina como um muco. Com um tempo daqueles, ninguém estava na rua bebendo, mas, quando passaram em frente ao pub, a porta se abriu de repente e saiu um homem rindo e xingando ao mesmo tempo.

— Ah! — assustou-se Maisie, e agarrou firme o braço de John Astley.

Ele colocou a outra mão sobre a dela novamente e apertou, puxando o braço de modo a ficarem bem juntos.

— Pronto, Maisie, não precisa se preocupar. Afinal, você está comigo; ele não encostaria um dedo em você. — Na verdade, o homem nem os notou e foi trançando pernas na direção de Lambeth Marsh, enquanto o casal seguia para o outro lado. — Imagino que ele foi a Lambeth Marsh comprar legumes para a esposa. Você acha que ele vai comprar... nabo do tipo sueco ou simples?

Maisie riu, apesar do nervosismo.

— Ah, do tipo sueco, senhor. São bem mais gostosos.

— E alhos-porros ou repolhos?

— Alhos-porros! — Maisie riu de novo como se ele tivesse contado uma piada. John Astley riu também.

— Aquele pub ali é horrível; eu não devia ter passado com você na frente dele, Maisie. Peço desculpas.

— Ah, não se preocupe, senhor. Estou completamente segura ao seu lado.

— Que bom, fico satisfeito, minha cara. Claro que nem todos os pubs são como esse. Alguns são ótimos, como o Pineapple, por exemplo. Até as damas podem ir lá e se sentirem em casa.

— Imagino que sim, senhor, embora eu nunca tenha ido. — Ao ouvir o nome do pub, o rosto de Maisie perdeu a animação: lembrou-se de ter esperado do lado de fora e visto John Astley sair com uma das costureiras do circo. Sem querer, puxou um pouco a mão do braço dele. John percebeu e se xingou em pensamento. Bem, não devo ir ao Pineapple, pensou, pois era óbvio que ela não gostava de lá. Talvez não fosse o melhor lugar, mesmo sendo prático: ficava perto das estrebarias onde ele pretendia levá-la depois. Além do mais, o Pineapple devia estar cheio de gente do circo que a conhecia.

Antes de ouvir falar no pub, Maisie estava flutuando, feliz, entre aquela sedutora conversa leve e sua imaginação. Mas o pub obrigou-a a admitir quais eram as verdadeiras intenções dele. Afinal, ir a um pub com John Astley era um fato concreto. Ficou indecisa.

— Vi o senhor andando a cavalo com a Srta. Smith há pouco. Juntos, os dois pareciam ótimos.

Não era por aí que John Astley pretendia levar a conversa. Queria voltar a rir a respeito de legumes.

— A Srta. Smith monta muito bem — ele respondeu, pensando até onde Maisie teria acompanhado os fatos durante o ensaio. Será que ouvira o pai dele berrar com a Srta. Laura Devine?

Por seu lado, Maisie também pensava no que tinha visto e ouvido, a peça do quebra-cabeça que juntava John Astley à Srta. Devine. Pensou e descobriu que estar ao lado dele (com seus ombros largos, a cintura fina sob o paletó azul bem talhado, o olhar alegre e o sorriso franco, o andar leve e seguro, o braço firme, até o forte cheiro de suor de cavalo que seu corpo exalava) era bem mais forte do que qualquer coisa que ele tivesse feito a alguém. Maisie sentiu apenas uma ligeira culpa ao lembrar-se da gentileza da Srta. Devine e do aviso que dera. Mas deixou de lado as aventuras de John Astley e pensou apenas naquele momento. Ele podia dar atenção a muitas mulheres: por que ela não podia desfrutar um pouco dessa atenção? Ela queria.

E até facilitou. Quando saíram da travessa que dava nas Residências Hércules, com a casa dos Kellaway bem à direita, Maisie constatou: "Chegamos tão rápido!" no tom mais triste que conseguiu.

John Astley entendeu na hora.

— Minha cara, pensei que você fosse se alegrar de chegar em casa sã e salva! Estão lhe esperando?

— Não, ainda não. Vou ajudar mamãe a preparar os repolhos, mas ela não está tão atarefada.

— O quê? Não tem alhos-porros nem nabos suíços para você?

Maisie sorriu, enquanto os dois atravessavam a rua, e sentiu o estômago revirar, pois dali a pouco seria entregue em casa e talvez nunca mais falasse nem tocasse em John Astley.

— Tive tanto prazer em acompanhá-la até sua casa, Maisie, que gostaria de prolongar esse prazer — anunciou John Astley, parando perto da casa da Srta. Pelham. — Talvez pudéssemos tomar um drinque antes de eu deixá-la em casa.

— Seria... seria ótimo.

— Talvez na taverna no alto da rua; é perto e não queremos ficar nessa neblina. Lá tem um cantinho aconchegante de que você vai gostar.

— Está... está ótimo, senhor. — Maisie mal conseguiu pronunciar as palavras. Por um instante, ficou tonta, com uma inebriante mistura de culpa e medo. Mas segurou firme no braço de John Astley de novo, virou as costas para sua casa, que mal se via na névoa, e foi para onde ele (e ela) queria.

CINCO

A taverna Hércules ficava no final das Residências Hércules, exatamente na esquina com a rua da ponte Westminster, enquanto o Pineapple, na outra extremidade. Era um lugar maior e mais cheio do que o Pineapple, com bancos e lamparinas fortes. John Astley bebera lá algumas vezes, mas preferia levar suas conquistas para lugares mais calmos e mais escuros. Pelo menos, não tinha ninguém do circo lá, nem ninguém olhou quando entraram.

John Astley pagou para um casal mudar de lugar e colocou Maisie num banco no canto, com divisórias de madeira na altura dos ombros, dando-lhes um pouco de privacidade, sem verem nem serem vistos pelos fregueses dos bancos laterais, mas tendo um amplo panorama do salão. Ele foi até o balcão e pediu um ponche de rum para ela e uma taça de vinho. O homem deu uma olhada em Maisie no banco e não teceu comentários.

Após sentarem com suas bebidas, John Astley não conduziu a conversa, como tinha feito na rua. Na verdade, estava com pouca vontade de falar. Tinha atingido sua primeira meta, que era levar Maisie para um pub e colocar uma bebida na frente dela. Achou que tinha feito bastante; o rum e a presença dele fariam o resto para atingir o segundo alvo. Não apreciava muito conversar com mulheres, e percebeu que, naquele momento, tinha pouco a dizer a Maisie. Era uma garota bonita e ele só queria uma trégua de mulheres complicadas.

No começo, Maisie não disse nada, devido ao fato inusitado de estar com um homem lindo num pub de Londres. Claro que já tinha ido a pubs em Piddle Valley, mas eram escuros, fumacentos e pobres, comparados com aquele. Embora a taverna Hércules fosse apenas um pub de bairro e sem graça, suas mesas e cadeiras de madeira eram mais benfeitas do que as cadeiras grosseiras e bambas do Five Bells em Piddletrenthide, que o dono comprava de segunda mão de artesãos itinerantes, em vez de pagar pelo excelente trabalho de Thomas Kellaway. A taverna Hércules também era mais quente, pois, apesar do salão maior, sua lareira a carvão espalhava melhor o calor e também havia mais fregueses para aquecer o ambiente. Até os canecos de estanho não eram tão amassados como os de Piddletrenthide; as taças de vinho e ponche eram de melhor qualidade do que tinha visto em Dorsetshire.

Maisie nunca havia estado num lugar tão cheio de lamparinas e ficou encantada com os detalhes que pôde reparar: o modelo dos vestidos, as rugas na testa de um homem, os nomes e iniciais entalhados nas divisórias de madeira. Observou as pessoas indo de um lado para outro, como se ela fosse um gato espionando uma árvore cheia de passarinhos: faminto, seguia um, depois se distraía com outro, girando a cabeça sem parar. Os clientes pareciam muito animados. Quando um grupo do outro lado do salão gargalhou, Maisie sorriu. E quando dois homens começaram a discutir alto, ela levantou as sobrancelhas, depois suspirou aliviada, pois de repente ambos riram e se abraçaram com tapinhas nas costas.

Ela não fazia a menor ideia sobre o que continha o ponche que John Astley havia colocado na frente dela (até então, só conhecia cerveja aguada), mas tomou coragem e deu um gole.

— Ah, tem um ingrediente... de gosto apimentado. — Lambeu os lábios. — Não pensei que as bebidas em Londres fossem diferentes. Mas tanta coisa é diferente. Este pub, por exemplo, é bem mais animado do que o Five Bells! — Deu outro gole, embora não tivesse apreciado tanto o drinque, mas sabia que era o que se esperava que fizesse.

John Astley não estava ouvindo; ele calculava quanto rum seria preciso comprar até ela se dispor a aceitar qualquer coisa. Deu uma olhada nas maçãs vermelhas do rosto e no sorriso simplório de Maisie. Dois ponches seriam suficientes, pensou.

Maisie não estava muito perto para reconhecer os fregueses do pub, mas um deles a reconheceu. Entre os muitos homens no balcão do bar, ela não viu Charlie Butterfield esperando suas bebidas, nem quando a olhou firme. Depois que John Astley sentou-se e ela degustou seu ponche de rum, Charlie virou de costas, com raiva. Mas não resistiu a contar, quando colocou os canecos de cerveja na frente dos pais:

— Adivinhem quem está no banco ao lado. Não, não olhe agora, mãe! — Puxou Bet Butterfield quando ela ia se levantar para dar uma olhada por cima da divisória. — Não deixe que eles vejam você!

— Quem está lá, rapaz? — perguntou Dick Butterfield, levando o caneco à boca e dando um bom gole. — Ah, esta cerveja está uma delícia.

— Aquele bobo do Astley Filho com a Srta. Dorset.

— Dorset? O nome dela não é Maisie? — perguntou, confusa, Bet Butterfield. — O que está fazendo aqui? Isso não é lugar para ela. — Virou a cabeça para ouvir a conversa no banco ao lado. A cada gole de ponche de rum, Maisie falava mais alto; então, os Butterfield podiam ouvir, pelo menos, um lado do diálogo, pois a voz de John Astley era baixa e ele falava pouco.

— Mamãe e eu vamos ao circo duas vezes por semana. Por isso, já vi várias vezes tudo que senhor faz. Adoro a sua égua. E o senhor monta muito bem — elogiava Maisie.

John Astley apenas grunhiu. Jamais falava de trabalho no pub, nem precisava de elogios dela, mas Maisie era tão inexperiente que nem percebia. Na verdade, estava começando a se cansar dela. Tinha notado duas mulheres no salão que deviam ser mais divertidas. Obviamente, Maisie era virgem e ele já tinha descoberto que estas se comportavam melhor na teoria do que na prática. Deflorá-las exigia certa paciência e responsabilidade que ele nem sempre estava disposto a assumir. Em geral, choravam, e ele preferia uma mulher que sentisse algum prazer em estar com ele. Só a Srta. Devine demonstrara certa sofisticação virginal — rira em vez de chorar durante o ato sexual — e sabia como uma mulher podia agradar a um homem sem que ele precisasse ensinar. Ficara surpreso por ela ainda ser virgem e também por ter outra característica das defloradas, além do choro: achar que, depois de ficar com um homem, tinha alguns direitos sobre ele. Após alguns encontros prazerosos, John Astley dera o fora nela, e não acreditou que estivesse grávida, até a Srta. Hannah Smith jogar o fato na cara dele naquela manhã.

Mesmo assim, o que quer que John Astley achasse de Maisie, ele já havia demonstrado seu direito sobre ela, sentando-a e oferecendo um ponche à vista de todos. As mulheres que se encontravam lá viram muito bem o que ele pretendia e não estavam dispostas a serem a segunda escolha do dia.

Pelo menos, ele ia fazer as coisas rápido. Assim que Maisie terminou o ponche, ele se levantou para pedir outro e mais uma taça para ele. Ao voltar para o banco com um drinque em cada mão, deu passagem para um rapaz com cicatriz na sobrancelha. O rapaz parou do mesmo lado e deu passagem também; depois, ficou na frente dele, sem parar de rir, zombeteiro. Após impedir mais um pouco que John Astley seguisse, deu um tranco no ombro dele, fazendo a metade da taça de vinho derramar no chão.

— Idiota — sussurrou ao passar.

John Astley não tinha ideia de quem era o rapaz, mas conhecia o tipo: devia ter assistido ao espetáculo, estava com inveja da fama e destreza dele. Às vezes, ele era parado na rua ou no pub por homens que queriam provocá-lo, e chegavam a brigar quando a inveja passava dos limites. John Astley sempre tentava impedir que isso ocorresse, pois não era digno de alguém na alta posição dele ficar brigando com gentalha. Defendia-se com muita habilidade e fugia dos ataques, sobretudo quando direcionados ao seu belo rosto. Apesar de ter caído de cavalos e levado muitos coices, conseguira ficar sem marcas ou cicatrizes e não pretendia perder a aparência por causa de um simples encontrão com um operário bêbado.

Maisie não notou nada, pois, naquele momento, uma mulher peituda, de bochechas rachadas de frio e braços grossos, inclinada sobre a divisória ao lado, dizia para ela:

— Quero falar com você e sua mãe. Conheço uma moça que precisa de um botão diferente para os coletes que está fazendo. Você sabe fazer o modelo High Top?

— Claro que sei! Sou de Dorsetshire! Você vai ter botões estilo Dorset feitos por uma moça de lá! — respondeu Maisie, alto; o ponche aumentara o tom de sua voz e fizera com que ficasse um pouco aguda.

Bet Butterfield franziu o cenho, pois sentiu um bafo de rum no hálito de Maisie.

— Sua mãe sabe que você está aqui?

— Claro que sim. Mas isso não é da sua conta, Madame Abelhuda — interrompeu John Astley.

Bet Butterfield se enfureceu.

— É da minha conta, sim. Maisie é minha vizinha e nós aqui cuidamos dos vizinhos; pelo menos de alguns. — Olhou-o de soslaio.

John Astley pensou em como lidar com aquela mulher: podia elogiá-la ou podia tratá-la com desdém e indiferença. Nem sempre era fácil saber que método iria funcionar com cada tipo de mulher, mas tinha de decidir antes de perder Maisie para os vizinhos. Naquele momento, em que corria o risco de perdê-la, desejou-a mais. Colocou as bebidas sobre a mesa, deu as costas para a lavadeira e sentou-se ao lado de Maisie. Ousado, pôs os braços em torno dela. Maisie sorriu, encostou no braço dele e deu um gole no ponche de rum.

Bet Butterfield desconfiou daquela exibição carinhosa.

— Maisie, você está...

— Estou ótima, Sra. Butterfield, garanto. Mamãe sabe que estou aqui.

— Sabe mesmo? — Embora Maisie estivesse aprendendo a mentir, foi preciso algum esforço para convencer Bet Butterfield.

— Deixe pra lá, Bet — resmungou Dick Butterfield, dando um puxão na saia dela. Era fim de semana e ele estava cansado, só queria tomar uns drinques com a família e os amigos. Achava que a esposa costumava se meter demais nos problemas alheios.

Bet Butterfield se limitou a dizer: "Mais tarde vou falar com você sobre os botões High Top, está bem?", como se quisesse prevenir John Astley de que Maisie tinha de estar logo em casa para recebê-la.

— Sim, ou vá amanhã. Mas vá logo; pode ser que a gente vá embora daqui a pouco.

— Embora? Para onde? De volta para Dorsetshire?

— Claro que não. Para Dublin, com o circo! — respondeu Maisie, fazendo um gesto com a mão.

Até John Astley ficou surpreso (se não horrorizado) com a notícia.

— É mesmo?

— Ouvi seu pai convidando o meu. Claro que você pode convencê-lo a deixar papai levar toda a família. — Bebeu o resto do ponche e bateu com o copo na mesa: — Assim, fica todo mundo junto!

— É, fica. Talvez seja melhor eu levar você para sua mãe agora — disse Bet Butterfield, franzindo o cenho para John Astley.

— Bet, sente e termine a sua cerveja. — Dick Butterfield usou um tom de ordem que sua mulher não costumava ouvir com frequência; por isso, obedeceu, sentando-se devagar no banco, o cenho ainda franzido e grudado no rosto.

— Tenho certeza de que tem alguma coisa errada — resmungou ela.

— É, mas não é da sua conta. Larga esses Kellaway. Você é como a Maggie, que está sempre atrás daquele menino. Talvez fosse melhor você se preocupar mais com Maggie do que com essa menina do banco ao lado. A Srta. Dorset tem idade para saber o que está fazendo. Vai conseguir o que quer de Astley. Agora, quando você for falar com a Sra. Kellaway, pergunte o que o marido vai fazer com toda aquela madeira, quando forem para a Irlanda. Diga que fico com ela por um bom preço, inclusive com as cadeiras, se tiver alguma pronta. Pense nisso, talvez eu acompanhe você na visita.

— Quem é que está se metendo com os Kellaway?

Dick Butterfield espreguiçou-se e pegou o caneco de cerveja.

— A questão não é se meter com os Kellaway, meu coração. É cuidar das finanças dos Butterfield! É assim que sustento aquela casa!

Bet Butterfield conteve o riso.

— Essas aqui é que sustentam — disse, mostrando as mãos enrugadas e esfoladas após trinta anos lavando roupas e que pareciam mãos de uma mulher muito mais velha. Dick Butterfield segurou uma das mãos da mulher e beijou-a, num misto de pena e carinho. Bet Butterfield achou graça.

— Você, sua salsicha velha. O que faço com você? — perguntou, recostando-se no banco e bocejando, pois tinha passado a noite anterior lavando roupa e não dormia havia mais de 24 horas. Ela se instalou no banco como uma pedra se encaixa num muro e tirou Maisie da cabeça. Não ia se mexer durante horas.

Enquanto isso, John Astley avaliava a questão de Dublin. Uma das atrações de Maisie era que ele a deixaria em Lambeth dali a alguns dias e não teria de aguentar nenhuma reclamação virginal dela.

— Que história é essa de Dublin? Seu pai vai fazer o quê?

— Carpintaria. Ele faz cadeiras, mas o Sr. Astley pediu para acompanhar o circo fazendo todo tipo de coisas. —

Maisie pronunciou as últimas palavras com voz pastosa; o rum começava a fazer efeito. A cabeça dela girava tanto, que teve vontade de encostá-la na mesa.

John Astley relaxou, tinha certeza de que o pai jamais permitiria que a família de um carpinteiro fosse com eles para Dublin. Terminou seu vinho e levantou-se.

— Vamos.

Não iam já, entretanto. O rapaz agressivo, que tinha feito ele derramar o vinho, estava num grupo do outro lado do salão, cantando:

> Um dia, um belo casal se encontrou
> A linda Kate e o Danny
> Um belo casal se encontrou um dia
> Os dois foram se divertir
> E para passar o tempo
> Ele mostrou o pequeno Danny!

Maisie enrubesceu, um tanto confusa.

— Venha, Maisie, vou levar você para casa — repetiu John Astley, olhando os cantores.

Pelo salão, outras vozes acompanharam a canção:

> Ele levou-a para o celeiro do pai
> A linda Kate e o Danny
> Ele levou-a para o celeiro do pai
> Onde mostrou sua comprida arma de fogo,
> Comprida como esse meu braço
> E chamava a arma de pequeno Danny!

Maisie começou a arrumar o xale em volta dos ombros.

— Depressa, ande! — resmungou John Astley. Levantou-a, colocou o braço em volta dela e levou-a para a porta. Por cima da cantoria, Bet Butterfield berrou:

— Não esqueça, patinha, daqui a pouco vou falar com a sua mãe!

> Ele levou-a para a margem do rio
> A linda Kate e o Danny
> Ele levou-a para a margem do rio
> E lá abriu bem as pernas dela
> E montou na barriga dela
> E meteu o pequeno Danny!

John Astley fechou a porta da taverna em meio às risadas. Maisie não pareceu notar, mas endireitou o corpo e balançou a cabeça, como que para clarear as ideias com o ar fresco.

— Aonde vamos, senhor? — conseguiu perguntar.

— Dar uma caminhada; depois, levo você em casa. — John Astley manteve o braço em volta dela e conduziu-a, não para a esquerda, onde ficavam as Residências Hércules, mas para a direita, pela Travessa Bastilha. Havia um caminho entre duas casas que dava no Salão Hércules e nas estrebarias.

O ar frio fez Maisie passar imediatamente de bêbada feliz a bêbada com enjoo. Na Travessa Bastilha, começou a resmungar e a apertar o estômago. John Astley soltou-a.

— Garota boba — resmungou, enquanto Maisie caía de joelhos e vomitava na sarjeta. Ele teve vontade de deixá-la sozinha para encontrar o caminho de casa. Estava perto do pub, embora a neblina fosse tão densa que não dava para ver nada.

Nesse momento, surgiu um vulto na direção deles, pisando pesado em meio à névoa. O casal estava a poucos passos da casa dos Butterfield, onde Maggie passara depois do trabalho para trocar de roupa. Ela agora trabalhava numa fábrica de vinagre perto do rio, ao lado das madeireiras ao norte da ponte Westminster e, embora tudo lá tivesse um cheiro acre, pelo menos não deixava o nariz ferido, nem os olhos turvos. O dono da fábrica até permitia que os operários saíssem cedo no sábado à tarde.

Maggie levou um susto ao ver John Astley. Havia um ano que ela não andava sozinha na neblina; só fazia isso quando não tinha outra escolha. Saíra da fábrica com outra garota que morava perto, e o pub era tão próximo da casa dos Butterfield que ela nem se preocupou. Ao ver o cavaleiro surgir de repente, quase gritou, até perceber a pessoa encolhida aos pés dele, ainda vomitando na sarjeta. Depois, Maggie riu. Sabia que era uma das conquistas de John Astley. — Se divertindo, não é, senhor? — brincou, e correu antes que ele pudesse responder. O alívio dela por aquela cena ser conhecida e John Astley não constituir nenhuma ameaça, além da pressa de chegar ao pub e sair da névoa e do frio, fizeram com que desse apenas uma olhada em Maisie antes de correr para a taverna Hércules.

SEIS

— Até que enfim chegou, Mags. Venha sentar conosco — saudou Dick Butterfield. — Aceita uma cerveja? — Ultimamente, ele andava mais gentil com a filha; tratava-a melhor depois que ela passara a lhe entregar seu salário.

— E uma torta, se ainda tiver — Maggie pediu ao pai, sentando no lugar dele ao lado da mãe. — Olá, mãe.

— Olá, patinha. Está tudo bem? — perguntou Bet Butterfield, bocejando.

— Está... e com você?

— Até o momento. — Mãe e filha sentaram-se lado a lado, sentindo o mesmo cansaço.

— Charlie veio? — perguntou Maggie, tentando não demonstrar que esperava uma resposta negativa. — Ah, lá está ele. — Embora o irmão a incomodasse menos agora (outra vantagem do salário era que Dick Butterfield controlava Charlie), Maggie ficava mais à vontade só com os pais.

— Alguma novidade? — perguntou ela à mãe.

— Não. Ah, sabia que os Kellaway vão para Dublin? — Bet Butterfield tinha a mania de transformar o provável em certeza.

Maggie se empertigou na hora.

— O quê?
— É, vão mudar esta semana.
Maggie apertou os olhos, incrédula.
— Não pode ser. Quem disse?
Bet Butterfield se mexeu na cadeira, nervosa com a surpresa da filha.
— Foi Maisie Kellaway.
— Por que Jem não me disse? Eu o vi outro dia!
Bet Butterfield deu de ombros.
— É loucura eles irem! Não são viajantes; já foi tão difícil vir de Dorsetshire até aqui, e ainda estão se instalando. Por que Jem não me contaria? — Maggie tentou esconder o tom histérico na voz, mas Bet Butterfield percebeu.
— Calma, patinha. Não sabia que ia ficar tão preocupada. Pena que você não chegou cinco minutos antes; poderia ter perguntado à própria Maisie.
— Ela estava aqui?
— Estava. — Bet Butterfield brincou com uma ponta do xale, pegou seu caneco de cerveja e colocou na mesa.
— Maisie não vai a pubs. O que ela estava fazendo aqui, mãe? — insistiu Maggie.
Bet Butterfield franziu o cenho para a sua cerveja.
— Estava com aquele sujeito do circo. Você sabe quem é. — Ela fez um gesto no ar. — Aquele que monta nos cavalos. John Astley.
— John Astley? — Ao mesmo tempo que pronunciou o nome, Maggie levantou-se. Os fregueses próximos olharam.
— Cuidado, Mags — recomendou Dick Butterfield, parando na frente dela com dois canecos cheios de cerveja e uma torta equilibrada em cima. — Você não vai desperdiçar a sua cerveja, nem experimentou.
— Acabei de ver John Astley lá fora! Mas ele estava com uma... — Maggie parou, horrorizada por não ter prestado

mais atenção à pessoa na sarjeta e constatar que era Maisie. — Aonde eles iam?

— Ele disse que ia levá-la para casa — resmungou Bet Butterfield, olhando para baixo.

— E você acreditou? — Maisie levantou a voz.

— Fique fora disso, menina. Não é da sua conta — ordenou Dick Butterfield, áspero.

Maggie olhou a mãe de cabeça baixa e para a cara do pai: percebeu que já tinham discutido o assunto.

— Pode beber a minha cerveja — ofereceu para o pai e saiu, abrindo caminho no meio das pessoas.

— Maggie, volte aqui, menina! — rosnou Dick Butterfield, mas ela já havia aberto a porta e mergulhado na névoa.

Estava escuro, só as lamparinas cortavam a densa neblina na rua, formando fracas poças de luz verde na base dos postes. Maggie passou correndo pelo lugar (naquele momento, sem ninguém) onde tinha visto os dois e seguiu pela Travessa Bastilha. Passou pela casa dos pais e perguntou a um vizinho que entrava em casa, duas portas depois. Não, ele não tinha visto o casal. Quando o homem fechou a porta, Maggie ficou sozinha na rua e na neblina.

Sem saber o que fazer, correu. Num instante chegou ao espaço entre as casas, onde um caminho levava ao campo ao redor do Salão Hércules e suas estrebarias. Olhou no escuro, pois as lamparinas na casa de Philip Astley não estavam acesas para guiá-la. E não podia dar a volta e entrar pelo beco das Residências Hércules, do outro lado do campo: era muito longe e também estava escuro. Ficou ali, indecisa, enquanto a neblina a envolvia, deixando seu rosto com uma camada de suor brilhante e amarelada. Maggie engoliu em seco, ouvindo sua própria respiração pesada.

Atrás dela, surgiu um vulto, e Maggie fez uma exclamação: era muito parecido com o homem que aparecera na frente dela numa outra noite de neblina. Mas a exclamação ficou presa na garganta e ela se alegrou, pois o vulto era do irmão, que teria zombado dela, se gritasse por causa dele.

Maggie agarrou o braço de Charlie antes que ele pudesse dizer alguma coisa.

— Charlie, vamos, temos de ir lá! — Tentou empurrá-lo pela travessa.

Apesar de ser magro, quando Charlie não queria sair do lugar, ninguém conseguia tirá-lo, e Maggie realmente não conseguiu.

— Espere um instante, Srta. Garganta Cortada. Aonde acha que vai me levar?

— Maisie — disse Maggie, baixo. — Ele levou Maisie por aqui, tenho certeza. Precisamos chegar lá antes que ele... ele...

— Ele o quê? — Charlie parecia se divertir em prolongar a situação.

— Você sabe o que ele vai fazer. Quer mesmo que a vida dela seja arruinada?

— Não ouviu papai dizer que isso não é da nossa conta? O resto do pub ouviu.

— Claro que é da nossa conta. É da sua conta. Você gosta dela, você sabe que gosta.

A cara de Charlie endureceu. Não queria que outras pessoas (principalmente a irmã) pensassem que ele nutria tais sentimentos.

— Charlie, por favor.

Charlie negou, balançando a cabeça.

Maisie largou o braço dele.

— Então, por que veio atrás de mim? Não diga que não me seguiu; ninguém estaria aqui só passeando.

— Quis ver por que você ficou tão preocupada.

— Bom, pois agora você sabe. E, se não vai me ajudar, vá embora. — Para mostrar que ia fazer sozinha o que tinha de ser feito, Maggie seguiu na escuridão, apesar de aparecerem gotas de suor em seu lábio superior e na testa.

— Espere um instante. Vou com você, se antes me contar uma coisa — disse Charlie.

Maggie virou-se.

— O quê? — Ao perguntar, sentiu um aperto no estômago, pois sabia que só uma coisa interessava ao irmão.

— Que sensação você teve na hora?

— Em que hora? — ela repetiu, fazendo o mesmo jogo de prolongar, dando tempo para ele dizer a frase seguinte.

— Qual a sensação de matar um homem?

Maggie não tinha ouvido aquela frase dita em voz alta, e o efeito foi como se alguém apertasse e torcesse seu estômago, tirando-lhe o ar, como se levasse um soco de Charlie.

Fez uma pausa para recuperar a voz e ter tempo de pensar numa resposta que o satisfizesse logo e pudessem ir.

— Sensação de poder — respondeu ela, achando que era o que o irmão queria ouvir, embora fosse o contrário do que realmente sentira. — Era como se eu fosse capaz de fazer qualquer coisa.

O que ela realmente experimentara naquela noite, um ano antes, fora que tinha matado uma parte de si mesma, e não outra pessoa, pois, às vezes, se sentia morta, e não viva. Ela sabia, entretanto, que Charlie jamais entenderia isso; ela mesma não entendia. O Sr. Blake seria capaz de entender, pensou, pois se encaixava nos conceitos dele de opostos. Um dia, talvez, pedisse a ele para explicar em que lugar ela estava.

— Depois daquilo, nada mais foi igual. Não sei se um dia será — disse ela, pensativa.

Charlie concordou com a cabeça. O sorriso dele fez Maggie estremecer.

— Certo, aonde vamos?

SETE

Depois de vomitar, Maisie melhorou bastante, pois tirou todo o rum do estômago. Quando as estrebarias apareceram em meio à neblina, ela estava sóbria o suficiente para perguntar a John Astley:

— Vai me mostrar seu cavalo?
— Vou.

Levou-a mesmo para a estrebaria de sua alazã, mas antes acendeu uma vela para poderem enxergar. Após o ensaio no anfiteatro, a égua tinha sido levada para lá e tratada, lavada e alimentada, e estava mastigando, impassível, à espera de que um menino do circo viesse buscá-la para o espetáculo vespertino. Relinchou ao ver John Astley, que lhe deu um tapinha no pescoço.

— Olá, querida — ele murmurou, com muito mais sentimento do que costumava usar com as pessoas.

Maisie também esticou a mão tímida e passou no focinho dela.

— Ah, ela é um amor!
— É, sim. — John Astley ficou aliviado por Maisie não estar mais bêbada. — Olhe aqui — ele disse, abaixando-se para encher uma concha com água do balde. — Você deve estar com sede.

— Obrigada, senhor. — Maisie pegou a concha, bebeu e limpou a boca.

— Venha aqui um instante — John Astley foi passando pelas estrebarias (inclusive a do cavalo da Srta. Hannah Smith) até chegar à última.

— Que cavalo... ah! — Maisie olhou, mas lá dentro da estrebaria só havia um monte de palha. John Astley colocou a vela sobre o fundo de um balde emborcado, pegou um lençol num canto e o esticou sobre a palha.

— Venha se sentar um pouco comigo. — O cheiro dos cavalos despertou os sentidos dele, pois já estava com um volume considerável no meio das pernas.

Indecisa, Maisie ficou de olho naquele volume. Sabia que essa hora chegaria, embora não se permitisse pensar nela. Afinal, que menina, ao se aproximar da idade adulta, não pensava? O mundo todo parece esperar e observar quando uma menina passa de uma margem do rio para a outra. Maisie achou estranho que aquela passagem fosse ocorrer num lençol com cheiro de cavalo, sobre um monte de palha, em uma poça de luz fraca, cercada de neblina, escuridão e Londres. Não era assim que tinha imaginado. Mas lá estava John Astley esticando a mão e ela segurando-a.

Quando Maggie e Charlie chegaram à estrebaria, John Astley tinha tirado a camisa dela e soltado o espartilho, de forma que os pálidos seios saltaram para fora. Ele estava com a boca num dos bicos, a mão na saia dela e a outra segurando a mão dela sobre seu membro, ensinando-a a apertá-lo. Maggie e Charlie olharam, estupefatos. Foi uma agonia para Maggie a demora do casal para perceber que ela e o irmão estavam ali e pararem com aquilo: foi muito tempo para considerar como era constrangedor e inadequado observar dois amantes sem que eles soubessem. Ela não sentira isso quando, sete meses atrás, vira os Blake na casa de verão. Mas tinha sido um pouco diferente: primeiro, ela e Jem estavam mais longe, e não embaixo do nariz deles. E como Maggie não os conhecia direito, podia olhar mais à vontade. Ficou muito envergonhada ao ouvir Maisie gemer.

— Largue ela! — gritou.

John Astley levantou-se de um salto e Maisie sentou-se, num misto de prazer e confusão, tão tonta que não cobriu os seios, apesar dos sinais frenéticos de Maggie. Charlie Butterfield passou os olhos de John Astley para o corpo de Maisie, até ela finalmente suspender o espartilho.

Para surpresa de Maggie, ninguém reagiu como ela esperava. John Astley não demonstrou remorso ou vergonha, nem saiu correndo. Maisie não chorou e escondeu o rosto, ou largou seu sedutor e correu para Maggie. Charlie não desafiou John Astley, mas ficou boquiaberto, os braços caídos. E a própria Maggie ficou paralisada.

John Astley não sabia quem era Maggie (não costumava notar as crianças da vizinhança), mas reconheceu Charlie como o rapaz que dera um encontrão nele na taverna Hércules, e ficou pensando se ele estava muito bêbado ou irritado para fazer alguma coisa.

O cavaleiro teria de tomar uma atitude. Não pensou que ficar com aquela garota pudesse ser tão complicado, mas, já que deitara com ela no monte de palha, queria fazer de novo. Também não dispunha de muito tempo, dali a pouco os meninos do circo levariam os cavalos. Mas os obstáculos sempre aumentavam a determinação de John Astley.

— Que diabo estão vocês fazendo aqui? Saiam das minhas estrebarias!

Finalmente, Maggie conseguiu falar, embora com voz fraca. — O que está fazendo com ela?

John Astley riu, zombeteiro.

— Saia das minhas estrebarias ou mando você para o presídio de Newgate tão rápido que não vai ter tempo nem de limpar a bunda!

Ao ouvir a palavra Newgate, Charlie mudou o peso do corpo de um pé para outro. Dick Butterfield tinha ficado preso lá um tempo e avisara o filho para evitar o local de todas as maneiras. Charlie também não se sentia bem em estrebarias, com cavalos em todo canto, prontos para dar-lhe um coice.

Maisie começou a chorar; foi demais para ela passar de uma emoção radical a outra.

— Por que você não vai embora? — resmungou.

Maggie levou um instante para entender que a frase era dirigida a ela. Aos poucos, foi concluindo que, talvez, ninguém considerasse errado o que estava ocorrendo. Claro que John Astley não achava nada demais em ficar com uma garota nas estrebarias; tinha feito isso dezenas de vezes. Para Charlie, o rapaz estava apenas conseguindo o que queria e que uma garota estava oferecendo. Na verdade, Charlie começava a ficar sem graça por tê-los interrompido. Maisie não estava reclamando de nada e Maggie reconhecia que a amiga parecia se divertir. Só Maggie ligou aquilo ao homem na neblina na Travessa dos Amantes. E agora era ela, e não o sedutor, que estava sendo culpada. De repente, sua indignação sumiu e deixou-a sem a energia que precisava para discutir.

E sem Charlie para apoiá-la. Além de detestar John Astley, ele ficou intimidado pela autoridade do cavaleiro e perdeu logo a pouca segurança que tinha para enfrentar um homem daqueles sozinho, numa estrebaria cheia de neblina, cercado por detestáveis cavalos e sem nenhum amigo por perto para incentivá-lo. Se, ao menos, Jem estivesse ali, pensou Maggie. Ele saberia o que fazer.

— Vamos, Maggie — chamou Charlie, saindo arrastando os pés.

— Espere — disse Maggie, olhando para a outra menina. — Venha comigo, Srta. Piddle. Levante-se e vamos encontrar Jem, certo? — convidou Maggie, de olhos fixos na amiga.

— Deixe-a — mandou John Astley. — Ela pode fazer o que quiser, não é, meu bem?

— Isso significa que ela pode ir conosco, se quiser. Então, Maisie: você vem conosco ou vai ficar aqui?

Maisie olhou de Maggie para John Astley e para Maggie outra vez. Fechou os olhos para conseguir falar mais facilmente, embora isso lhe desse a impressão de cair.

— Quero ficar.

E Maggie podia ter ficado também; certamente, eles não iam fazer nada na presença dela. Mas John Astley pegou um chicote em cima do monte de palha e ordenou:

— Saiam. — Isso resolveu a situação. Maggie e Charlie recuaram, Maggie relutante, Charlie aliviado, empurrando-a. Os cavalos relincharam quando eles passaram, como se comentassem a covardia dos irmãos Butterfield.

OITO

Quando saíram de lá, Charlie virou-se para o beco aonde tinham entrado primeiro.
— Aonde você vai? — perguntou Maggie.
— Voltar para o pub, claro. Gastei muito tempo aqui, Srta. Garganta Cortada. E você, não vai?
— Eu vou procurar alguém com mais coragem que você!

Antes que ele pudesse pegá-la, Maggie correu pelo outro beco rumo às Residências Hércules. A neblina não a assustava mais; estava muito irritada para isso. Ao chegar à rua, olhou para os dois lados. Vultos cobertos por panos passavam rápido por ela: a neblina e a escuridão não animavam ninguém a parar. Correu atrás de um deles, pedindo:

— Por favor, me ajude! Uma menina está em perigo!

Era um senhor, que desvencilhou-se, resmungando:

— Benfeito, não devia ter saído de casa com esse tempo.

Uma mulher pequena, de boina amarela e xale, ouviu o diálogo e, quando Maggie viu aquela carinha espiando, gritou:

— Está olhando o quê, bruxa velha? — E a Srta. Pelham saiu correndo para casa.

— Oh, por favor, preciso da sua ajuda! — implorou para outro homem que passava na direção contrária.

— Saia, criança! — desdenhou ele.

Maggie ficou indefesa na rua, à beira das lágrimas. Só queria alguém que tivesse autoridade moral para enfrentar John Astley. Quem poderia ser?

Tal homem surgiu da neblina; vinha da direção do rio, de mãos nas costas, chapéu de aba larga enfiado na testa e uma expressão alegre no rosto. Ele havia enfrentado Philip Astley por achar que estava castigando injustamente uma criança; portanto, enfrentaria o filho de Astley.

— Sr. Blake, por favor, me ajude! — pediu Maggie.

O rosto dele imediatamente desanuviou, olhando firme para Maggie.

— O que foi, minha menina? O que posso fazer?

— É Maisie... está numa enrascada!

— Vamos lá — disse ele, sem hesitar.

Maggie correu pelo beco, com o Sr. Blake atrás.

— Acho que ela não tem ideia do que está fazendo; parece que foi seduzida — disse ela, ofegante, enquanto corria.

Chegaram às estrebarias, e John Astley estava agachado ao lado de Maisie, que chorava. Ele olhou para os dois e, ao ver o Sr. Blake, Maisie escondeu o rosto nas mãos.

— Sr. Astley, levante-se!

John Astley levantou-se rápido, amedrontado. Ele e o Sr. Blake eram da mesma altura, sendo este mais forte e de rosto sério. Grudou o olhar em John Astley; fez-se, então, uma avaliação recíproca no interior da cocheira. Era o que Maggie achava que aconteceria com ela e Charlie somando forças, mas não tinham experiência para tal. Naquele momento, na presença do Sr. Blake, John Astley olhou para baixo e fixou-se num monte de palha no canto.

— Maggie, leve Maisie para a minha esposa cuidar dela. — O Sr. Blake usou um tom suave, mas enérgico.

Maisie limpou as lágrimas, levantou-se e bateu a palha da saia, evitando olhar para John Astley. Nem precisava se preocupar com isso: ele continuava olhando fixo para o chão.

Maggie prendeu bem o xale nos ombros de Maisie, colocou o braço em volta e tirou-a da estrebaria. Enquanto saíam, o Sr. Blake estava dizendo:

— Que vergonha, senhor! Espírito atormentado!

Lá fora, na neblina, Maisie caiu em prantos.

— Ah, Srta. Piddle, não chore. Vamos voltar, aí você vai poder chorar bastante — prometeu Maggie. — Por enquanto, fique firme — disse, dando um apertinho no braço dela.

Maisie respirou fundo e aprumou os ombros.

— Isso mesmo, vamos por aqui. É perto.

Quando passaram pelas Residências Hércules, a neblina trouxe uma boa surpresa: Jem vinha correndo na direção delas.

— Maisie, onde você estava? Acabei de saber que... — parou ao ver Maggie franzir o cenho e balançar a cabeça. Jem não disse que desconfiou quando soube que John Astley estava com Maisie e que, por isso, estava indo procurar a irmã. — Vamos para casa, mamãe está esperando você.

— Ainda não, Jem. Não quero que eles saibam — pediu Maisie com uma vozinha fraca, sem olhar para o irmão. Ela tremia e batia os dentes.

— Vou levá-la para a Sra. Blake — informou Maggie.

Jem acompanhou-as até a porta dos Blake. Bateram e, enquanto aguardavam, viram a Srta. Pelham puxar as cortinas. Quando percebeu Maggie e Jem olhando para ela, fechou-as rápido.

A Sra. Blake não pareceu surpresa ao recebê-los. Maggie disse:

— O Sr. Blake mandou que viéssemos aqui, senhora. Pode animar um pouco a Maisie? — A Sra. Blake abriu a porta e deixou-os entrar como se fizesse isso todos os dias.

— Meus queridos, desçam para a cozinha; o fogão está aceso. Vou pegar um cobertor e volto para fazer um chá para vocês.

NOVE

Os Kellaway não assistiram ao espetáculo de final da temporada do Circo de Astley. Apesar dos cuidados da Sra. Blake, Maisie teve febre e ainda estava de cama naquela noite, com a mãe à cabeceira. Thomas e Jem Kellaway passaram a tarde limpando a oficina, da qual haviam descuidado nos meses em que trabalharam para Philip Astley. Precisava de arrumação, já que Thomas Kellaway tinha avisado Astley que não iria para Dublin com ele. Maisie estava muito doente para viajar e, embora ele não soubesse a causa, tinha uma vaga suspeita (que não sabia definir ou colocar em palavras) de que o circo, se não o próprio Astley, tinham algo a ver com a doença. Thomas Kellaway estava, claro, assustado com a doença da filha, mas aliviado por ter uma boa desculpa para não viajar.

Maggie assistiu ao espetáculo final e depois contou para Jem, já que havia sido um dia repleto de acontecimentos. A Srta. Laura Devine resolveu tornar público seu drama pessoal. Apresentou-se, como combinado, ao lado de Monsieur Richer fazendo o número "porcos no espeto": ele, girando rápido em seu fraque preto; ela, mais lenta com suas anáguas de arco-íris, sem formar a mancha colorida de costume.

Ao terminar um salto com o giro que tinha deixado Anne Kellaway tão encantada ao assistir pela primeira vez, na ponte Westminster, a Srta. Devine simplesmente se jogou no picadeiro. Caiu na plateia, quebrando o tornozelo, mas não conseguiu provocar um aborto, como tanto queria. Quando a carregaram, ela manteve os olhos bem fechados.

A queda da Srta. Devine causou tanto alvoroço que o número de estreia da Srta. Hannah Smith a cavalo foi uma espécie de anticlímax, recebendo aplausos mornos. Também pode ter sido pelo erro cometido por John Astley, um fato raro. Quando passava a taça de vinho para ela, cada um correndo num sentido pelo picadeiro (pois acabaram reatando após a briga), ele viu por acaso o casal Blake na plateia. Eles nunca tinham ido ao circo, mas Anne Kellaway insistira em oferecer as entradas, em agradecimento por terem encontrado Maisie na neblina. O Sr. Blake fixou o olhar penetrante em John Astley. Quando a Srta. Smith passou com a taça para entregar a ele, John Astley se atrapalhou, deixou-a cair e se espatifar.

Dezembro de 1792

VII.

UM

Era raro Maggie ter folga à tarde. As fábricas começavam a funcionar às seis da manhã e iam até o meio-dia, quando havia um intervalo de uma hora para o almoço, para depois continuar trabalhando até as sete da noite. Quem não cumpria suas horas era demitido, como ela havia sido da fábrica de mostarda depois de dormir no jardim dos Blake. Então, quando o dono da fábrica de vinagre, Sr. Beaufoy, anunciou aos operários que não teriam de continuar trabalhando após o jantar, Maggie não gritou "Viva!" nem aplaudiu junto com os colegas. Tinha certeza de que o patrão estava escondendo alguma coisa.

— Ele vai descontar essas horas do nosso salário — disse, em voz baixa, para a colega ao lado.

— Não interessa, vou pôr os pés ao lado da lareira e dormir a tarde toda — retrucou a outra.

— E ficar sem comer no dia seguinte, por não receber esses seis pence — disse Maggie.

As duas acabaram não tendo nem os seis pence, nem o sono ao lado da lareira. Ao meio-dia, o Sr. Beaufoy deu outro aviso, quando os operários estavam começando a se sentar no refeitório para comer.

— Sem dúvida, todos vocês sabem das atrocidades que estão sendo cometidas do outro lado do Canal, na França, e do veneno vindo de lá para poluir nossas praias — começou ele, dirigindo-se às compridas mesas, cheias de homens e mulheres devorando salsichas com repolho. — Alguns aqui nem podem se considerar ingleses, pois atenderam a esse ousado chamado revolucionário e estão espalhando revoltadas sublevações para solapar a nossa gloriosa monarquia.

Ninguém olhou para ele, nem prestou muita atenção ao discurso: estavam bem mais interessados em acabar de comer e ir embora, antes que o patrão mudasse de ideia e cancelasse o meio dia de folga. O Sr. Beaufoy fez uma pausa e trincou os dentes com tanta força que a mandíbula se deslocou. Estava decidido a fazer com que seus operários entendessem que, embora ele tivesse nome francês, era inglês até a raiz dos cabelos. Mudou a linguagem complicada e bombardeou:

— Nosso rei corre perigo! —, fazendo os garfos pararem no meio do caminho. — Os franceses prenderam o rei e ofereceram ajuda para os que quiserem fazer isso aqui também. Não podemos permitir que essa traição se espalhe. Terminem logo de comer para poderem acompanhar o que tenho a dizer. Vamos abrir mão do nosso salário vespertino para comparecer a um comício e demonstrar nossa lealdade ao rei e ao país. Quem não for — acrescentou em voz mais alta, acima dos protestos —, quem não for não só será demitido e perderá o salário, como entrará numa lista dos suspeitos de sedição. Sabem o que é sedição, minha gente? É incitar a desordem. Mais que isso, é o primeiro passo rumo à traição! E sabem qual o castigo para a sedição? No mínimo, uma longa temporada em Newgate e, mais provavelmente, uma viagem à Terra de Van Diemen.★ E, se continuarem traindo, a viagem terminará na forca.

★ Região da Austrália que hoje se chama Tasmânia. À época, o país era colônia inglesa. (N.T.)

Esperou até o barulho diminuir.

— A escolha é simples: vocês podem me acompanhar a Vauxhall para declarar sua lealdade ao nosso rei, ou sair agora e enfrentar a prisão ou coisa pior. Quem vai sair? Não estou impedindo ninguém; saiam e gritaremos "Traidores" às suas costas!

Maggie olhou em volta. Ninguém se mexeu, embora alguns franzissem o cenho para seus pratos, por causa da ameaça do Sr. Beaufoy. Ela balançou a cabeça, impressionada pelo fato de um acontecimento na França poder tirar o salário dela. Não fazia sentido. Que mundo estranho, pensou.

Assim, ela seguiu com mais uns quarenta colegas pelas ruas geladas à margem do Tâmisa, passaram pela ponte Westminster e pelo Anfiteatro de Astley (já coberto por tábuas e vazio), pelas torres de tijolos do Palácio Lambeth, seguiram pelos Jardins Cumberland, em Vauxhall, perto de uma fábrica de vinagre concorrente. Maggie estranhou a enorme multidão, tanta gente aceitando ficar no frio para ouvir alguns falarem de seu amor pelo rei e seu ódio aos franceses.

— Aposto que ele cheira o próprio peido! — sussurrou ela para a vizinha, a cada discurso, e caindo as duas na risada.

Por sorte, assim que seus operários chegaram aos Jardins Cumberland, o Sr. Beaufoy perdeu o interesse por eles, já que tinha conseguido sua meta, que era aumentar o número de participantes do comício, e se afastou para ficar junto dos organizadores e juntar seus floreios vocais aos que estavam ansiosos por demonstrar lealdade. O preposto também sumiu, e, assim que os operários perceberam que ninguém estava inspecionando, eles se dispersaram.

Embora detestasse perder o salário vespertino, Maggie gostou da mudança e de sua sorte, pois assim poderia encontrar

Jem com o pai dela, a caminho de casa. Dick Butterfield tinha levado a ala masculina dos Kellaway para conhecer uma madeireira em Nine Elms, à margem do rio, em Vauxhall. Esperavam encontrar madeira mais barata lá, além de compradores para as cadeiras, pois o proprietário também vendia móveis. Pela primeira vez na vida, e por insistência da esposa, Dick Butterfield estava apresentando uma pessoa a outra sem querer tirar proveito próprio. A lavadeira tinha visitado os Kellaway várias vezes quando Maisie estivera doente, sentindo uma culpa enorme por não ter impedido a menina de sair na neblina com John Astley. Numa dessas visitas, passara pela torre de cadeiras encalhadas, depois vira a sopa rala que Anne Kellaway tomava. Foi então que Bet Butterfield mandou o marido ajudar os Kellaway.

— Você tem que esquecer essa menina, patinha — recomendou Dick a Bet. Mas não se negou a ajudar. Do jeito dele, também se sentia culpado pelo que acontecera com Maisie.

Maggie desconfiava que, àquela hora, eles já deviam estar voltando da madeireira e terminariam o acerto com um drinque no pub, onde Dick Butterfield faria Thomas Kellaway pagar o máximo de canecos de cerveja possível. Ela se afastou de mansinho do comício e deu uma olhada no pub Royal Oak, o mais próximo dali. Como era de se esperar, estava lotado de gente que fora se aquecer depois do comício, mas o pai dela e os Kellaway não se encontravam lá. Dirigiu-se, então, para Lambeth, passou pelo White Lion e pelo Black Dog até encontrá-los bebendo cerveja numa mesa de canto no King's Arms. Seu coração bateu mais forte ao ver Jem de costas; aproveitou que não notaram a presença dela e observou os cabelos encaracolados do rapaz em volta das orelhas, a pálida pele da nuca e os ombros que tinham alargado desde que haviam se conhecido. Ficou tão tentada a abraçá-lo por trás e se encostar na orelha dele, que chegou a dar um passo. Mas Jem olhou e ela perdeu a coragem.

Ele ficou assustado ao vê-la.

— Boa-tarde. Como vai? — perguntou casualmente, mas demonstrando o prazer de encontrá-la.

— O que faz aqui, Mags? Beaufoy pegou você afanando uma garrafa de vinagre e mandou fazer as malas? — perguntou Dick Butterfield.

Maggie cruzou os braços.

— Olá a todos. Também quero uma cerveja, certo?

Jem mostrou o próprio banco e o caneco de cerveja.

— Pode ficar aqui, eu pego outros.

— Não, papai, não fui demitida por Beaufoy — retrucou Maggie, sentando-se no lugar de Jem. — Se quisesse, saberia roubar aquele péssimo vinagre sem ser pega. Fomos liberados à tarde para ir a um comício legalista. — E contou como fora o comício nos Jardins Cumberland.

Dick Butterfield concordou com a cabeça.

— Nós vimos, quando passamos por lá; paramos um instante, mas já estávamos com muita sede, não foi, senhor? — Dirigiu a pergunta a Thomas Kellaway, que concordou, embora mal tivesse tocado em sua cerveja. Não era muito de beber de dia. — Além do mais, esses comícios não são nada para mim — prosseguiu Dick Butterfield. — Essa história de ameaça da França é bobagem. Os franceses estão ocupados com a revolução deles e não vão se incomodar de trazê-la para cá. Não acha, senhor?

— Não entendi direito a situação — respondeu Thomas Kellaway, como costumava fazer com esse tipo de pergunta. Tinha ouvido falar na Revolução Francesa quando trabalhava no circo com os demais carpinteiros, mas, como quando discutiam assuntos sérios no Five Bells, de Piddletrenthide, ele costumava ouvir sem opinar. Não que Thomas Kellaway fosse idiota; longe disso. Ele apenas considerava os dois lados da questão para escolher um. Podia aceitar que o rei fosse uma manifestação concreta da alma e do espírito inglês, unindo e glorificando o país, e, portanto, essencial ao bem-estar de seus súditos. Concordava também quando diziam que o rei George raspava os cofres e era instável, volúvel, teimoso, uma pessoa da qual era melhor a Inglaterra se livrar. Na dúvida, Thomas Kellaway preferia se calar.

Jem voltou com outro caneco e um banco, e se apertou ao lado de Maggie; ficaram com os joelhos se tocando. Sorriram pela rara oportunidade de sentarem juntos no meio de uma tarde de segunda-feira, lembrando da primeira vez em que haviam estado num pub, quando Jem conheceu Dick Butterfield. Nos nove meses que se seguiram, tinha melhorado muito a capacidade de Jem achar um banco e frequentar um pub.

Dick Butterfield observou a troca de sorrisos também com um pequeno sorriso, porém cínico. A filha era jovem demais para ficar de olho naquele rapaz, ainda por cima um camponês, apesar de aprendiz de um bom ofício.

— Vendeu suas cadeiras, então? — perguntou Maggie.

— Talvez. Deixamos uma com ele, que vai nos arrumar um pouco de teixo mais barato do que na outra madeireira, não é, papai? — respondeu Jem.

Thomas Kellaway concordou com a cabeça. Desde a ida de Philip Astley para Dublin, ele voltara a fazer cadeiras Windsor, mas tinha menos encomendas, já que o homem do circo não estava mais lhe encaminhando fregueses. Mesmo assim, ele passava os dias fazendo cadeiras com restos de madeira do circo. O quarto dos fundos estava cheio de cadeiras à espera de compradores. Thomas Kellaway chegou a dar duas para os Blake, por ajudarem Maisie naquela nevoenta tarde de outubro.

— Ah, vai dar muito mais certo com esse homem de Nine Elms, rapaz — garantiu Dick Butterfield. — Eu podia ter-lhe dito isso meses atrás, quando você procurou madeira com aquele amigo de Astley.

— Ele foi ótimo, por um tempo — argumentou Jem.

— Deixa eu adivinhar: foi ótimo até o circo sair da cidade, não é? As coisas com Astley só duram enquanto ele fica em cima.

Jem ficou calado.

— Foi sempre assim, rapaz. Philip Astley cobre você de atenção, consegue fregueses, pechincha o preço, arruma emprego e entradas de graça, porém, só até ir embora. E fica fora cinco meses, quase a metade do ano; portanto, por metade da sua vida ele se afasta e deixa você perdido, rapaz. Reparou como Lambeth fica sossegada sem ele? É assim todo ano. Ele chega e ajuda, traz negócios, instala as pessoas e as deixa felizes, depois chega outubro, e puf! Do dia para a noite, ele some e deixa todo mundo sem nada. Constrói um castelo para você, depois derruba. Cavalariços, confeiteiros, carpinteiros, cocheiros ou prostitutas, acontece com todos. Há muita luta para conseguir trabalho; depois as pessoas ficam à deriva: as prostitutas e os cocheiros mudam para outras partes de Londres; quem veio do campo volta para casa. — Dick Butterfield levou o caneco à boca e deu um grande gole. — Aí, chega março e começa tudo de novo: o grande ilusionista constrói seu castelo mais uma vez. Mas alguns preferem não lidar com Philip Astley. Sabemos que a coisa não dura.

— Certo, papai, você disse o que acha. Ele fala à beça, não? — perguntou Maggie para Jem. — Às vezes, quando fala, eu durmo de olhos abertos.

— Garota insolente — gritou Dick Butterfield. Maggie se esquivou e riu quando o pai deu um tapinha nela.

— E onde está Charlie? — ela perguntou, quando sossegaram.

— Não sei, ele disse que tinha de fazer uma coisa. Queria que esse menino, um dia, chegasse em casa e dissesse que tinha feito um negócio e me mostrasse o dinheiro — disse Dick Butterfield, balançando a cabeça.

— Você vai ter de esperar muito, papai.

Antes que o pai pudesse reagir, o pub silenciou ao ouvir a voz profunda e forte de um homem alto, de rosto largo e quadrado: — Cidadãos, escutem! — Maggie o reconheceu como um dos mais inflamados oradores do comício nos Jardins Cumberland. Ele segurava o que parecia ser um livro preto e retangular. — Eu me chamo Roberts, John Roberts. Acabo de chegar de um comício da Associação Lambeth, formada por moradores que são fiéis ao rei e contra o problema criado pelos agitadores franceses. Vocês deveriam ter ido lá, em vez de desperdiçarem a tarde bebendo.

— Alguns de nós fomos, já ouvimos você falar! — gritou Maggie.

— Certo — concordou John Roberts e veio em direção à mesa deles. — Então, devem saber o que estou fazendo aqui e serão os primeiros a assinar.

Dick Butterfield chutou a perna de Maggie por baixo da mesa e olhou para ela.

— Não ligue para ela, senhor, está apenas sendo insolente.

— É sua filha?

Dick Butterfield piscou.

— Pelos meus pecados, se o senhor entende o que quero dizer.

O homem não demonstrou qualquer senso de humor.

— Então, é melhor fazer com que sua filha meça o que fala, a menos que queira uma cama em Newgate. Este assunto não tem nada de engraçado.

Dick Butterfield levantou as sobrancelhas, transformando a testa num mar de vincos.

— Talvez o senhor pudesse me dizer por que não posso achar graça, senhor.

John Roberts olhou bem para ele, sem saber se Dick Butterfield estava ou não ridicularizando-o.

— Trata-se de uma declaração de fidelidade ao rei — informou o homem, por fim. — Temos ido a todos os pubs e casas de Lambeth angariar assinaturas.

— Precisamos saber o que vamos assinar, não? Leia para nós — disse Dick Butterfield.

O pub ficou em silêncio. Todos viram John Roberts abrir o livro.

— Talvez o senhor queira ler alto, para o bem de todos, já que está tão interessado — disse, entregando o livro para o pai de Maggie.

Se o homem achou que o pedido iria humilhar o outro, enganou-se. Dick Butterfield pegou o livro e leu o que se segue com razoável fluência e até com sentimento, que na verdade podia não ser autêntico:

Nós, Moradores da Paróquia de Lambeth, profundamente sensibilizados pelas Bênçãos a nós concedidas pela admirada e invejada Forma de Governo atual, constituída por Rei, Lordes e Parlamentares, manifestamos o Dever de, nessa conjuntura crítica, não só declarar a nossa sincera e ardorosa Adesão, mas, sobretudo, expressar nossa total

Aversão por todas as Tentativas ousadas e evidentes de abalar e subverter a nossa Constituição de valor inestimável, que a Experiência dos Anos provou ser a mais sólida Base para a Felicidade do reino.

Resolvemos, por unanimidade, Formar uma Associação para frustrar, o quanto possível, os Comícios ilegais e desordeiros promovidos por Pessoas perigosas e mal-intencionadas, adotando as Medidas mais eficazes ao nosso Alcance para impedir publicações perturbadoras da Ordem Pública, cuja intenção evidente é confundir a Mente das Pessoas e trazer Anarquia e Desordem a este Reino.

Quando Dick Butterfield terminou de ler, John Roberts colocou um vidro de tinta sobre a mesa e ofereceu uma pena de escrever.

— Vai assinar, senhor?

Para pasmo de Maggie, Dick Butterfield segurou a pena, tirou a tampa do vidro de tinta, mergulhou a pena e começou a assinar no final da lista.

— Papai, o que está fazendo? — perguntou ela, baixo. De todos que tinham falado no comício, ela detestava sobretudo a fanfarronice de John Roberts e do patrão dela, Sr. Beaufoy, e acreditava que o pai fosse da mesma opinião.

Dick Butterfield parou.

— O que é? Qual é o erro de assinar? Por acaso, eu concordo com o texto, embora as palavras sejam meio enjoadas para o meu gosto.

— Mas você acabou de dizer que os franceses não constituem ameaça!

— Isso aqui não é sobre os franceses; é sobre nós. Eu apoio o velho rei George, ele é muito bom. — Colocou a pena sobre o papel novamente. No silêncio, todo o pub se concentrou no raspar da pena sobre o papel. Quando terminou, Dick Butterfield olhou em volta e ficou surpreso com a atenção que causou. Virou-se para John Roberts.

— Deseja mais alguma coisa?
— Escreva seu endereço também.
— Travessa Bastilha, n.º 6. Mas talvez seja melhor colocar Praça York nesse documento, não? — perguntou Dick Butterfield, rindo. E escreveu o endereço ao lado do nome.
— Pronto. Não precisa me visitar, hein?

Maggie, então, lembrou-se de vários engradados de vinho do porto que tinham aparecido do nada e haviam sido escondidos embaixo da cama dos pais. Sorriu, então: Dick Butterfield tinha assinado tão rápido porque não queria que aqueles homens aparecessem na Travessa Bastilha.

Depois de conseguir o endereço de Dick Butterfield, John Roberts passou o livro aberto para Thomas Kellaway.

— Agora, o senhor.

Thomas Kellaway olhou a folha, com a declaração redigida cuidadosamente com palavras cheias de uma retórica quase incompreensível, escolhidas numa reunião anterior ao comício, com menos participantes. Imaginou seus mensageiros exibindo os livros pelos pubs e mercados de Lambeth, antes mesmo de terminar o comício nos Jardins Cumberland e as assinaturas garatujadas, algumas firmes, outras tremidas, além de vários Xs dos analfabetos, com nomes e endereços rabiscados ao lado com a letra de John Roberts. Era tudo complicado demais para ele.

— Não entendi: por que eu tenho de assinar?

John Roberts inclinou-se e apoiou os nós dos dedos na mesa, ao lado do livro.

— Você assina para apoiar o rei! O texto diz que você quer que ele seja seu rei e que vai lutar contra os que querem se livrar dele. — Olhou para a cara intrigada do fazedor de cadeiras. — O senhor é bobo? Não considera rei o seu rei?

Thomas Kellaway não era bobo, mas se preocupava com as palavras. Sempre procurava assinar o menor número de documentos possível, e só quando fosse a negócios. Não assinava nem as cartas que Maisie escrevia para Sam e pedia para não escrever nada sobre ele. Assim, acreditava que, afora suas cadeiras, ficaria pouco registro de sua passagem pelo mundo e também não seria mal interpretado. Sentiu, com uma clareza que o surpreendeu, que o documento colocado à sua frente dava margem a má interpretação.

— Não tenho certeza de que o rei esteja correndo perigo. Não tem nenhum francês aqui, tem?

John Roberts apertou os olhos.

— É incrível o que um inglês mal informado é capaz de fazer.

— E o que o senhor quer dizer com publicações? Não sei de nenhuma publicação — continuou Thomas Kellaway, sem parecer ter ouvido a observação de John Roberts, que olhou em redor. A boa vontade que a assinatura de Dick Butterfield granjeara dentro do pub foi diminuindo rapidamente a cada ponderação de Thomas Kellaway. — Não tenho tempo para isso. Há muitas outras pessoas aqui aguardando para assinar. Onde o senhor mora? — Virou outra página e esperou, de pena em riste, para anotar o endereço. — Mais tarde, alguém vai à sua casa explicar.

— Moro na casa 12 das Residências Hércules — respondeu Thomas Kellaway.

John Roberts empertigou-se.

— Residências Hércules?

Thomas Kellaway concordou com a cabeça. Jem sentiu um nó no estômago.

— Conhece um impressor chamado William Blake, que mora na mesma rua?

Jem, Maggie e Dick Butterfield perceberam ao mesmo tempo, em parte graças à menção feita por Kellaway sobre publicações. Maggie chutou o banco de Thomas Kellaway e franziu o cenho para ele, enquanto o pai dela fingia um ataque de tosse.

Infelizmente, Thomas Kellaway podia ser um pouco teimoso quando se tratava de demonstrar o que pensava.

— Sim, conheço o Sr. Blake, é nosso vizinho. — E como não se importava com o olhar hostil de John Roberts, resolveu deixar claro o que achava. — É um bom homem; ajudou minha filha há um mês ou dois.

— Foi mesmo? — John Roberts sorriu e fechou o livro com força. — Bom, pretendíamos visitar o Sr. Blake esta noite; assim, poderemos ir à sua casa também. Tenha um bom dia. — Pegou a pena, o vidro de tinta e passou para a mesa ao lado. Colheu assinaturas pelo pub, e Jem percebeu que só quem se recusara a assinar havia sido o pai dele. De vez em quando, John Roberts dava uma olhada para Thomas Kellaway com o mesmo riso sarcástico. O estômago de Jem revirou.

— Vamos embora, papai — disse, baixo.

— Deixe só eu terminar minha cerveja. — Thomas Kellaway não ia se apressar por causa de ninguém; pelo menos quando ainda tinha meio caneco de cerveja para beber, apesar de aguada. Ficou em seu banco, segurando o caneco com as duas mãos, olhando a cerveja e pensando no Sr. Blake.

Pensava se iria causar problema ao vizinho. Não o conhecia bem como as crianças pareciam conhecer, mas tinha certeza de que o Sr. Blake era um bom homem.

— O que vamos fazer? — perguntou Jem, baixo, a Maggie. Ele também estava pensando no Sr. Blake.

— Deixe estar — interrompeu Dick Butterfield. — Blake decerto vai assinar, como a maioria das pessoas — disse, olhando de lado para Thomas Kellaway.

— Vamos avisá-lo. É o que vamos fazer — disse Maggie, sem dar ouvidos ao pai.

DOIS

— O Sr. Blake está trabalhando, meus queridos, não pode ser interrompido agora — disse a Sra. Blake.

— Ah, mas é importante, senhora! — gritou Maggie, olhando impaciente para o lado, como para saber se havia alguém. Mas a Sra. Blake mostrava-se muito à vontade na porta, sem arredar pé.

— Está no meio da gravação de uma chapa e gosta de fazê-las de uma vez só. Portanto, não podemos interrompê-lo — explicou a Sra. Blake.

— Garanto que é importante, senhora — insistiu Jem.

— Então, vocês podem me dizer o assunto e transmito a ele.

Jem olhou em redor, desejando, pela primeira vez, que houvesse uma neblina total que os escondesse dos curiosos que passavam. Após o encontro com John Roberts, que ocorrera mais cedo naquele dia, ele tinha a impressão de que estavam sendo observados em toda parte, na rua. Esperava que, a qualquer momento, as cortinas amarelas da Srta. Pelham mexessem. Justamente nesse momento, um homem, conduzindo uma carroça cheia de tijolos, olhou o grupinho na porta, de um jeito que pareceu demorado.

— Podemos entrar, senhora? Falamos aí dentro.

A Sra. Blake notou o rosto sério dele, deu passagem e fechou a porta sem olhar em volta, como outros fariam. Colocou o dedo sobre os lábios para indicar silêncio e conduziu-os pelo corredor; passaram pela porta da sala com a prensa, pela porta fechada do ateliê do Sr. Blake e desceram a escada para a cozinha, no porão. Jem e Maggie já conheciam aquela parte da casa também; tinham ficado lá para reanimar Maisie após o encontro com John Astley. A cozinha, escura e com cheiro de repolho e carvão, era iluminada por apenas uma réstia de luz que entrava pela janela da frente. Mas o fogão estava aceso, e o ambiente, aquecido.

A Sra. Blake fez sinal para os dois sentarem à mesa; Jem notou que as cadeiras eram as Windsor feitas pelo pai.

— Então, o que houve, meus queridos? — perguntou ela, encostando-se na bancada.

— Soubemos de uma coisa no pub. Vem uma visita aqui esta noite — disse Maggie. Ela descreveu o comício em Jardins Cumberland, o encontro com John Roberts e omitiu que o pai tinha assinado a declaração.

Um vinco forte surgiu entre as sobrancelhas da Sra. Blake.

— Esse comício foi patrocinado pela Associação pela Liberdade e Propriedade contra Republicanos e Igualitários? — Ela desfiou o título como se o conhecesse bem.

— A associação foi citada, embora eles chamem a sucursal daqui só de Associação Lambeth — respondeu Maggie.

A Sra. Blake suspirou.

— Então é melhor irmos lá em cima contar para o Sr. Blake. Vocês fizeram bem em vir aqui. — Ela limpou as mãos no avental como se tivesse acabado de lavar alguma coisa, embora estivesse com as mãos secas.

O ateliê do Sr. Blake era bem arrumado, com pilhas de livros e papéis sobre uma mesa, e ele se encontrava em outra, ao lado da janela dos fundos. Estava debruçado sobre uma chapa de metal do tamanho da mão dele e não olhou quando os três entraram; continuou passando um pincel sobre a chapa, da direita para a esquerda. Maggie foi se aquecer ao lado da lareira, enquanto Jem ficou observando o Sr. Blake trabalhar. Levou um minuto para Jem perceber que pintava com o pincel palavras escritas na chapa.

— O senhor está escrevendo de trás para a frente, não? — perguntou Jem de repente, embora soubesse que não devia interromper.

O Sr. Blake só respondeu quando chegou ao final da linha. Então, olhou.

— Estou sim, rapaz, estou.

— Por quê?

— Escrevo com um líquido que permanece na chapa quando o ácido corroer o resto. Então, quando imprimir, as palavras estarão na ordem certa e não de trás para a frente.

— O contrário do que estão agora.

— Isso, meu menino.

— Sr. Blake, desculpe incomodar — interrompeu a esposa —, mas Jem e Maggie me disseram algo que o senhor precisa saber. — A Sra. Blake torcia as mãos; Jem não sabia se era por causa do que haviam contado ou por incomodar o marido.

— Não tem problema, Kate. Já que parei, pode me trazer mais terebintina? Tem um pouco na sala ao lado. E um copo d'água, por favor.

— Claro, Sr. Blake. — A esposa saiu da sala.

— Como o senhor aprendeu a escrever de trás para a frente? Com um espelho? — perguntou Jem.

O Sr. Blake olhou a chapa.

— Com a prática, meu menino, prática. Fica fácil depois de fazer muitas vezes. Tudo que os gravuristas fazem é impresso ao contrário. Ele tem que saber ver dos dois lados.

— Do meio do rio.

— Isso mesmo. Então, o que queriam me contar?

Jem repetiu o que Maggie tinha dito na cozinha.

— Achamos que devíamos avisá-lo que eles virão aqui esta noite — terminou. — O Sr. Roberts não foi muito simpático com essa história. Achamos que eles poderão criar problema para o senhor — acrescentou Jem, quando o Sr. Blake pareceu indiferente à notícia.

— Obrigado por avisarem, minhas crianças. Nada disso me surpreende; eu sabia que ia acontecer — retrucou o Sr. Blake.

Ele não reagia do jeito que Maggie esperava. Pensou que ele fosse dar um pulo e fazer alguma coisa: arrumar a mala e sair da casa, ou esconder todos os livros, folhetos e impressos que fizera, ou colocar barreiras nas janelas da frente e na porta. Mas ele apenas sorriu para eles; depois, mergulhou o pincel num prato com algo parecido com cola e foi escrevendo mais palavras de trás para a frente na chapa de metal. Maggie tinha vontade de chutar a cadeira dele e gritar:

— Ouça o que estamos dizendo! O senhor deve estar correndo perigo! — Mas não ousou.

A Sra. Blake voltou com uma garrafa de terebintina e um copo de água, que colocou ao lado do marido.

— Os dois falaram que a Associação virá aqui esta noite, não foi? — Pelo menos, ela parecia ansiosa com o que Jem e Maggie tinham contado.

— Foi, minha cara.

— Sr. Blake, por que eles querem visitar especialmente o senhor? — perguntou Jem.

O Sr. Blake fez uma careta e, descansando o pincel, virou-se na cadeira para ficar bem de frente para os dois.

— Escute, Jem, o que você acha que escrevo?

Jem ficou indeciso.

— Sobre crianças — sugeriu Maggie.

O Sr. Blake concordou com a cabeça.

— Sim, minha menina, crianças, desamparados e pobres. As crianças abandonadas, com frio e fome. O governo não gosta que digam que não cuida do seu povo. Pensam que estou incitando uma revolução, como ocorreu na França.

— E o senhor está? — perguntou Jem.

O Sr. Blake balançou a cabeça de um jeito que podia significar sim e não ao mesmo tempo.

— Papai diz que os franceses erraram, matando todos aqueles inocentes — disse Maggie.

— Não é de estranhar: antes de uma condenação, não há derramamento de sangue? Basta olhar na Bíblia os exemplos. Leia no Livro das Revelações, onde o sangue corre pelas ruas. Essa Associação que quer vir aqui hoje à noite deseja tolher qualquer pessoa que questione o poder. Mas o poder que não é cobrado leva à tirania moral.

Jem e Maggie ficaram calados, tentando acompanhar o que ele dizia.

— Então, minhas crianças, por isso preciso continuar fazendo canções, e não fugir dos que querem me silenciar. É o que estou fazendo. — Virou a cadeira de novo, ficou de frente para a mesa e pegou o pincel.

— O senhor está fazendo o quê? — perguntou Jem.
— Outra canção de que eles não vão gostar? — acrescentou Maggie.

O Sr. Blake olhou de um rosto ansioso para outro e sorriu. Descansou o pincel outra vez, inclinou-se e declamou:

> Na Idade do Ouro,
> Quando os invernos não eram frios,
> A juventude e as donzelas lindas
> Sob a luz santificada
> Deleitavam-se nuas sob os raios ensolarados.
>
> Uma vez, um casal de jovens
> Pleno de carinho,
> Encontrou-se no jardim claro
> Quando a luz santificada
> Tinha acabado de suspender as cortinas da noite.
>
> Lá, o dia amanhecia
> Na grama e eles brincaram.
> Os pais estavam longe,
> Estranhos não se aproximavam
> E a donzela logo perdeu o medo.
>
> Cansados de trocar doces beijos,
> Concordaram em se encontrar
> Quando o silencioso sono
> Passa pelas profundezas do céu
> E os pobres, cansados, andam e choram.

Maggie sentiu o rosto quente de tanto rubor. Não conseguia olhar para Jem. Se tivesse olhado, veria que ele também não olhava para ela.

— Talvez esteja na hora de saírem, meus queridos — a Sra. Blake interrompeu antes que o marido continuasse. — O Sr. Blake está muito ocupado, não é, Sr. Blake? — Ele baixou a cabeça e recostou-se na cadeira. Ficou claro que era raro ela interromper quando ele estava declamando uma poesia.

Maggie e Jem encaminharam-se para a porta.

— Obrigado, Sr. Blake — disseram juntos, embora não estivesse muito claro por que agradeciam.

O Sr. Blake parecia se recuperar.

— Nós é que devemos agradecer. Obrigado pelo aviso sobre esta noite — ele disse.

Quando saíram do ateliê, ouviram a Sra. Blake murmurar:

— Realmente, Sr. Blake, não devia importuná-los declamando essa poesia em vez da que está fazendo. Eles ainda não estão preparados para ouvir isso. Viu como ruborizaram?

Jem e Maggie não ouviram a resposta dele.

TRÊS

Enquanto a ala masculina dos Kellaway estava na madeireira com Dick Butterfield, a feminina permanecia nas Residências Hércules. Com a chegada do inverno, Anne Kellaway não fazia mais jardinagem: ficava em casa cozinhando, limpando, costurando e tentando achar um jeito de afastar o frio. Até então, a família não tinha conhecido o verdadeiro frio londrino e, por isso, não sabia como a casa de Lambeth era mal aquecida, nem se admirado de como era acolhedor um chalé de Dorsetshire, com suas grossas paredes de palha, suas pequenas janelas e grandes lareiras. As paredes de tijolos das Residências Hércules tinham a metade da espessura, as lareiras de todos os cômodos eram pequenas e usavam carvão caro, em vez da madeira que podiam cortar e levar de graça em Dorsetshire. Com o inverno, Anne Kellaway passou a detestar as janelas grandes de Lambeth onde, naquele mesmo ano, passara tanto tempo olhando a rua, e agora enfiava chumaços de pano e palha nas fendas para não entrar vento, além de usar cortinas duplas.

A neblina também costumava mantê-la dentro de casa. Agora, quando as lareiras a carvão ficavam acesas o dia todo na maioria das casas de Londres, a fumaça era inevitável. Claro que em Piddle Valley, de vez em quando, também havia fumaça, mas não tão densa e suja, nem demorava dias, como um hóspede indesejado. Os dias nublados eram tão escuros que Anne Kellaway fechava as cortinas e acendia as lamparinas, em parte por causa de Maisie, que às vezes ficava agitada quando via o negrume do lado de fora.

A menina quase não saía de casa, mesmo nos dias ensolarados. Nos dois meses após se perder na neblina (foi isso que ela, Maggie e Jem disseram aos pais que havia acontecido), ela só saíra da casa 12 das Residências Hércules duas vezes, para ir à igreja. Primeiro, ficou muito doente, o frio e a umidade se instalaram em seu peito e ela passou duas semanas de cama até ter forças para descer e ir à latrina. Quando finalmente se levantou, não estava mais viçosa como antes, parecia uma parede caiada que começa a amarelar; ainda reluzia, mas sem o brilho do novo. Também estava mais calada e não fazia as observações bem-humoradas com as quais os Kellaway estavam acostumados.

Anne Kellaway tinha saído mais cedo para colher um repolho e algumas cenouras fora de época da horta agora deserta de Philip Astley, e conseguira um osso para sopa com o açougueiro. Cozinhara o osso, cortara os legumes, juntara-os à água da sopa e se aprontara. Enxugando as mãos no avental sentou-se em frente a Maisie. Anne Kellaway sabia que havia algo diferente na filha, sem ligação com a doença recente, mas levou semanas para perguntar, esperando a filha se mostrar mais forte e menos arredia. Naquele momento, a mãe tinha resolvido descobrir o que havia acontecido.

Quando se sentou, Maisie descansou a agulha sobre um botão que estava fazendo para Bet Butterfield, que encomendara modelos Dorset High Tops. O botão não tinha muito a ver com Bet, mas era o mínimo que a vizinha podia fazer pela menina.

— Está um dia lindo — começou Anne Kellaway.

— É, está — concordou Maisie, tomando coragem para olhar da janela a rua clara lá embaixo. Uma carroça passou, levando um enorme porco que farejava, deleitado, o ar de Lambeth. Maisie achou graça.

— Não tem aquela neblina. Se eu soubesse que era tão nublado, jamais teria vindo morar aqui.

— Por que veio, então, mamãe? — Uma das mudanças que Anne Kellaway havia notado na filha era que suas perguntas agora continham um toque áspero de crítica.

Em vez de repreender a filha, Anne Kellaway tentou ser sincera.

— Depois que Tommy morreu, achei que Piddle Valley estava acabado para nós e que talvez fôssemos mais felizes aqui.

Maisie deu um ponto no botão.

— E a senhora está mais feliz?

Anne Kellaway contornou a pergunta respondendo de outra forma.

— Estou contente por você estar melhor. — Começou a mexer no avental. — Você ficou com medo... naquele dia na neblina?

Maisie parou de costurar. — Fiquei apavorada.

— Você nunca nos contou o que aconteceu. Jem disse que você se perdeu e o Sr. Blake a encontrou.

Maisie olhou bem para a mãe.

— Eu estava no anfiteatro e resolvi vir para casa ajudar você. Não encontrei Jem para mostrar o caminho, mas, quando olhei, a neblina parecia ter diminuído um pouco e achei que podia vir sozinha. Entrei na rua da ponte Westminster e foi tudo ótimo, já que tinha gente e as lamparinas estavam acesas. Mas quando era para virar e entrar nas Residências Hércules, eu me enganei e passei pela Travessa Bastilha. Então, a taverna Hércules estava à direita e não à esquerda. — Maisie fez questão de citar a taverna Hércules como se, dizendo o nome, pudesse também deletá-la, e Anne Kellaway jamais desconfiaria de que a filha havia estado lá. A voz só vacilou quando ela falou na taverna.

— Logo em seguida, vi que não estava nas Residências Hércules e voltei, mas a neblina estava mais densa, anoitecia e eu não sabia mais onde estava. Então, o Sr. Blake me encontrou e me trouxe para casa. — Maisie contou um pouco mecanicamente, a não ser pelo Sr. Blake, que ela citou com respeito, como se falasse num anjo.

— Onde ele encontrou você?

— Não sei, mãe... eu estava perdida. Precisa perguntar a ele. — Maisie disse com segurança, certa de que a mãe jamais perguntaria ao Sr. Blake, pois ele a assustava. O casal Blake visitara Maisie uma vez, quando ela já estava melhor de saúde, e Anne Kellaway ficara perturbada com os olhos brilhantes e penetrantes dele e a intimidade que tinha com Maisie e Jem. Na ocasião, ele disse algo estranho, quando ela agradeceu por ter encontrado Maisie. "O melhor presente dos céus. Ó, tão enganada, tão infeliz Eva", dissera ele.

Ao ver a expressão incrédula de Anne Kellaway, Catherine Blake inclinou-se e disse: "É um verso de *Paraíso perdido*. O Sr. Blake gosta muito de citar esse poema, não é, Sr. Blake? Mas estamos contentes por sua filha estar melhorando."

Um fato mais estranho ainda foi Jem dizer, baixo: "Caiu da pereira", e Anne Kellaway sentiu o conhecido peso no coração que marcara a morte de Tommy Kellaway, um sentimento que ela conseguira afastar durante meses até o circo ir embora. Mas ele tinha voltado, mais forte que nunca, pegando-a desprevenida, fazendo-a respirar rápido de tristeza pela perda do filho.

Nesse momento, Anne Kellaway encarava a filha e tinha certeza de que ela estava mentindo a respeito da neblina. Maisie devolveu o olhar. Como cresceu tão rápido, pensou Anne Kellaway. Em seguida, levantou-se.

— Preciso ver se o pão está fresco. Se não, vou fazer mais.

QUATRO

Quando Thomas Kellaway voltou para casa com Jem e Maggie, não contou para a esposa e a filha o que houvera entre ele e John Roberts. Em vez de ir para casa, Maggie passou o resto da tarde com os Kellaway, aprendendo a fazer botões High Tops com Maisie ao lado da lareira. Enquanto isso, Jem e o pai preparavam um assento de cadeira na oficina e Anne Kellaway costurava, varria e atiçava o fogo na lareira. Maggie não era especialmente prendada para fazer botões, mas preferia se ocupar com aquela família a ficar no pub sem fazer nada.

Eles trabalharam e esperaram (até os que não sabiam que estavam esperando por algo), e o tempo pesava como uma pedra. Começou a escurecer, e Anne Kellaway acendeu as lamparinas, Jem ficou indo e vindo da oficina e olhando pela janela da frente até a mãe perguntar o que ele estava aguardando. Para não ter que falar, permaneceu então nos fundos, mas com o ouvido atento, trocando olhares com Maggie pela porta aberta, lastimando que não tivessem um plano para aquele momento.

Começou como um murmúrio que passou desapercebido devido aos sons mais próximos: cavalos trotando pela rua, crianças falando alto, pregoeiros vendendo velas, tortas e peixe, a sentinela anunciando as horas. Dali a pouco, entretanto, o som de vários passos na rua e vozes falando baixo ficou mais distinto. Ao ouvir, Jem saiu da oficina, voltou à janela e chamou:

— Papai.

Thomas Kellaway parou, deixou de lado a plaina que estava usando para moldar um assento de cadeira em forma de sela e juntou-se ao filho na janela. Maggie pulou, espalhando os High Tops que estavam no colo.

— O que foi, Tom? — perguntou Anne Kellaway, áspera.

Thomas Kellaway pigarreou.

— Tenho uma coisa para fazer lá embaixo, não demoro.

Franzindo o cenho, Anne Kellaway ficou ao lado deles na janela. Empalideceu ao ver o grupo se juntando e aumentando na rua, em frente à casa dos Blake.

— O que está vendo, mãe? — perguntou Maisie, de onde estava sentada. Alguns meses antes, ela teria sido a primeira a chegar à janela.

Ninguém respondeu, mas ouviram uma batida à porta da Srta. Pelham e as pessoas na rua passaram a prestar atenção também na casa 12 das Residências Hércules.

— Tom! O que significa isso? — gritou Anne Kellaway.

— Não se preocupe, Anne. Daqui a pouco vai estar tudo bem.

Ouviram a porta se abrir no andar de baixo e a voz lamurienta da Srta. Pelham ressoar, embora não entendessem o que disse.

— É melhor descer — concluiu Thomas Kellaway.

— Não vá sozinho! — Anne Kellaway seguiu atrás dele pela sala e virou no alto da escada para recomendar:

— Maisie, Jem, fiquem aqui!

Jem não deu atenção e desceu, barulhento, com Maggie atrás. Maisie ficou um instante sentada sozinha na sala e acabou descendo também.

Quando chegaram à porta da frente, a Srta. Pelham estava assinando um livro parecido com o de John Roberts.

— Claro que fico satisfeita de assinar, se vai fazer algum bem — dizia ela para um homem mais velho e corcunda, que segurava o livro para ela. — Não consigo pensar naqueles revolucionários vindo aqui! — Ela estremeceu. — Mas também não gosto de uma multidão na frente da minha casa; meus vizinhos podem ficar com má impressão de mim. Gostaria que o senhor levasse os seus... seus associados para outro lugar! — Os cachos frisados da Srta. Pelham tremeram de indignação.

— Ah, essa gente não está aqui por causa da senhora, é pela casa ao lado — garantiu o velho.

— Mas meus vizinhos não sabem disso!

— Na verdade, nós estamos procurando... — Ele mostrou o livro. — ... um tal de Thomas Kellaway, que se mostrou relutante em assinar o livro. Acho que ele mora aqui. É o senhor, não? — perguntou o velho para alguém no corredor, por cima da cabeça da Srta. Pelham.

A Srta. Pelham virou a cabeça e encarou os Kellaway reunidos atrás dela.

— Você não quis assinar antes? Quando foi isso? — sussurrou Anne Kellaway ao marido.

Thomas Kellaway se afastou da esposa.

— Desculpe, Srta. Pelham, se me deixar passar, eu resolvo isso.

A Srta. Pelham continuou a olhar firme para ele, como se tivesse trazido uma grande vergonha à residência dela. Depois, viu Maggie.

— Tire essa menina da minha casa! — gritou. Thomas Kellaway teve de se apertar na proprietária para chegar à porta, ao lado do corcunda.

— Bom, o senhor é Thomas Kellaway, certo? — perguntou o homem, com mais gentileza do que John Roberts tinha demonstrado antes. — Creio que já leram para o senhor a declaração de fidelidade que estamos pedindo que os moradores de Lambeth assinem. O senhor está disposto a assinar agora? — perguntou, estendendo o livro.

Antes que Thomas Kellaway pudesse responder, veio um grito da multidão que tinha passado a olhar a casa 13 das Residências Hércules. O corcunda saiu da porta da Srta. Pelham para ver qual era, afinal, a principal atração. Thomas Kellaway e a Srta. Pelham foram atrás.

CINCO

William Blake tinha aberto a porta. Não disse nem olá, também não xingou, nem perguntou o que aquelas pessoas queriam. Ele apenas ficou à porta, em seu casaco comprido preto. Estava sem chapéu, os cabelos castanhos desgrenhados, a boca fechada, os olhos arregalados e atentos.

— Sr. Blake! — John Roberts foi até a porta, mexendo os maxilares como se mastigasse um pedaço de carne dura. — A Associação Lambeth pela Preservação da Liberdade e da Propriedade e contra os Republicanos e Igualitários solicita que o senhor assine essa declaração de fidelidade à monarquia inglesa. Vai assinar, senhor?

Fez-se um longo silêncio, durante o qual Jem, Maggie, Anne e Maisie Kellaway saíram de casa para poderem ver e ouvir o que estava ocorrendo. Anne ficou ao lado do marido, enquanto os demais se dirigiram para o final da entrada.

Maggie e Jem estavam surpresos com o crescimento da multidão, ocupando a rua toda. Havia tochas e lanternas, e as lamparinas da rua estavam acesas; mesmo assim, a maioria dos rostos ficou no escuro e pareciam desconhecidos e assustadores, embora devessem ser vizinhos que os dois conheciam e que estavam lá por curiosidade e não para causar problema. Mesmo assim, havia uma tensão entre as pessoas que podia se transformar em violência.

— Ah, Jem, o que vamos fazer? — cochichou Maggie.

— Não sei.

— O Sr. Blake está com problema? — perguntou Maisie.

— Está.

— Então, temos de ajudá-lo. — Ela disse com tal firmeza que Jem ficou envergonhado.

Maggie franziu o cenho.

— Vamos — disse, por fim, e, segurando a mão dele, abriu o portão da Srta. Pelham e entrou, furtiva, na multidão. Maisie pegou a outra mão dele e os três foram passando pelas pessoas, abrindo caminho até o portão do Sr. Blake. Lá, descobriram um espaço. Os homens, mulheres e crianças na rua estavam apenas olhando, enquanto do outro lado da cerca dos Blake, no jardim da frente, juntava-se um grupo menor, só de homens, a maioria dos quais havia estado no comício dos Jardins Cumberland. Para surpresa de Maggie, Charlie Butterfield estava entre eles, embora parado na ponta do grupo, como se fosse um agregado ainda não totalmente aceito pelos demais.

— Aquele canalha! O que está fazendo aqui? — resmungou Maggie. — Temos de distrair a atenção deles — cochichou para Jem, olhando em volta. — Tenho uma ideia. Venha por aqui! — Entrou na multidão, puxando Jem atrás.

— Maisie, volte para casa, você não devia estar aqui — pediu Jem.

Maisie não respondeu; talvez nem tenha ouvido o que ele disse. Observava o Sr. Blake, calado na porta sem responder a nenhuma pergunta de John Roberts.

— O senhor é impressor. Que tipo de coisas imprime? O senhor escreve sobre a Revolução Francesa, Sr. Blake? O senhor usou um *bonnet rouge*, não, Sr. Blake? O senhor leu Thomas Paine, Sr. Blake? Tem cópias das obras dele? O senhor o conhece? Em seus escritos, o senhor questiona a soberania do rei, Sr. Blake? O senhor vai ou não assinar esta declaração, Sr. Blake?

Durante esse interrogatório, o Sr. Blake manteve uma expressão impassível, olhos postos no horizonte. Embora parecesse ouvir, não achava que devesse responder, ou mesmo que as perguntas fossem dirigidas a ele.

O silêncio irritou mais John Roberts do que qualquer coisa que tivesse respondido.

— Vai responder ou vai esconder sua culpa no silêncio? — rosnou ele. — Ou vamos ter de arrancar do senhor com fumaça? — Com isso, ele atirou no jardim a tocha que estava segurando. O gesto dramático ficou um pouco menos dramático quando grama e folhas secas pegaram fogo, queimaram e viraram finas colunas de fumaça.

Da porta ao lado, Thomas Kellaway acompanhou com os olhos a fumaça se desfazer na noite. Isso o fez decidir. Tinha visto o que acontece com uma família quando sua moradia inteira pega fogo. Quaisquer que fossem os diversos lados da discussão, nenhum homem tinha o direito de pôr fogo na casa de outro. Disso, ele tinha certeza. Virou-se, então, para o corcunda que ainda segurava o livro e avisou:

— Não vou assinar nada.

SEIS

Maisie continuava na rua do outro lado do espaço dos homens da Associação, e também olhou para o céu, que naquele momento tinha passado para um azul-escuro. Era a hora em que as primeiras estrelas apareciam. Descobriu uma que brilhava exatamente sobre ela como uma brasa. Então, recitou:

> Ando por todas as ruas
> Perto de onde o Tâmisa corre
> E vejo em cada rosto que encontro
> As marcas da fraqueza, as marcas do desespero.

Embora tivesse ficado quase todos os dias dos dois últimos meses de cama ou sentada ao lado da lareira, sua voz se mantinha forte e correu pela multidão na rua, que recuou, deixando-a isolada. A voz alcançou o grupo de pessoas na porta do Sr. Blake, entre os quais estava Charlie Butterfield, que levou um susto ao ver quem recitava os versos. Chegou aos pais dela no jardim da casa ao lado e à Srta. Pelham, trêmula de nervosismo na escada. Chegou ao Sr. Blake, que olhou para Maisie como se ela fosse uma bênção e fez um pequeno sinal que a incentivou a respirar fundo e dizer a segunda estrofe:

Em cada grito de homem,
Em cada criança que chora de medo,
Em cada voz, em cada proibição
Vejo as algemas forjadas pela mente

A voz agora chegava a Jem e Maggie, que tinham saído da multidão e estavam abaixados atrás da moita em frente à casa 13 das Residências Hércules. Maggie esticou a cabeça para olhar:

— Droga! O que ela está fazendo?

Jem ficou ao lado e olhou a irmã.

— Que Deus a ajude — resmungou.

— O que é isso? Cale-se, menina! Façam ela parar! — gritou John Roberts.

— Deixe ela — um homem retrucou.

— Rápido, é melhor agirmos já. Cuidado em quem bate e preparem-se para correr — disse Maggie, baixo. — Ela se abaixou e procurou no chão um monte de estrume de cavalo congelado que os varredores de ruas costumavam jogar por cima da moita. Fez pontaria e arremessou com força: a bola passou por cima das cabeças da multidão e de Maisie, e caiu no meio dos homens ao redor do Sr. Blake.

— Ai! — gritou um dos atingidos, e as pessoas riram.

Jem atirou outra bola, que atingiu as costas de um homem.

— Ei, quem está fazendo isso?

Embora os três não conseguissem ver a cara dos homens, sabiam que a ação surtira efeito, pois provocou uma agitação no grupo quando largaram o Sr. Blake e ficaram olhando para a escuridão. Jogaram mais estrume e cenouras velhas, que não foram longe, caíram entre os homens e a rua, enquanto uma bola de estrume atirada com mais força bateu na janela dos Blake, sem quebrá-la.

— Tome cuidado! — disse Jem, baixo.

O Sr. Blake continuou com os versos, após Maisie, numa voz sonora que deixou os homens paralisados na porta da casa dele:

Como o limpador de chaminés chora
Todas as enegrecidas igrejas assustam
E o suspiro do desditado soldado
Escorre em sangue pelos muros do palácio.

Ouço nas ruas, sobretudo em noite alta,
Como a jovem prostituta xinga
O choro do bebê recém-nascido
E maldiz com pragas o casamento.

Quando ele terminou de recitar o poema, Maggie atirou um repolho podre, que atingiu a cabeça de John Roberts. Com isso, ouviram-se gargalhadas e gritos de viva. John Roberts cambaleou e ordenou:

— Peguem!

Um grupo de homens da Associação começou a empurrar as pessoas para cima da moita. Outros grupos confundiram o lugar de onde os projéteis vinham e atacaram a multidão. Charlie Butterfield, por exemplo, pegou uma bola de estrume congelado e atirou-a num careca gordo na rua, que reagiu tranquilamente derrubando com um chute a cerca dos Blake como se fosse feita de palha. Depois, escolheu John Roberts, por ser o mais falante e, portanto, o inimigo mais provável, e deu-lhe um soco na cabeça. Foi o sinal para todos que esperavam iniciar uma luta livre, atacando com o que pudessem, até com os punhos, se não achassem coisa melhor. Dali a pouco, as vidraças dos Blake estavam quebradas, assim como a dos vizinhos John Astley e Srta. Pelham, e os homens lutavam aos berros na rua.

No meio da confusão, Maisie ficou entre o medo e a tontura. Caiu desmaiada a tempo de Charlie Butterfield ampará-la. Segurou-a pelos ombros, ergueu-a e a arrastou até a porta onde o Sr. Blake continuava assistindo ao tumulto que, pelo menos, tinha saído do jardim dele. Maisie deu um sorriso leve.

— Obrigada, Charlie — murmurou. Charlie concordou com a cabeça, constrangido, e sumiu, xingando a própria fraqueza.

Maggie viu o grupo de homens se aproximando da moita e agarrou o braço de Jem.

— Corra atrás de mim! — disse, baixo. Ela se atirou no campo escuro atrás deles, tropeçando em pedaços de terra e buracos congelados em antigos canteiros de legumes, passando por pés de urtigas e amoreiras mortas, arranhando os sapatos em tijolos, tropeçando em redes de afastar pássaros e coelhos. Ouvia Jem seguindo-a e, ao longe, os gritos dos amotinados. Ela ria e chorava ao mesmo tempo.

— Pegamos eles, não? Pegamos — disse, baixo, para Jem.

— Sim, mas eles não podem nos pegar! — Jem estava ao lado e segurou a mão dela para empurrá-la.

No final do campo, chegaram à Mansão Carlisle, cercada por uma grade de ferro. Deram a volta nela e chegaram ao terreno na frente da mansão, que levava à Travessa Royal, com suas casas, e à Canterbury Arms, que emitia uma luz fraca.

— Não podemos entrar lá, eles vão nos ver — disse Maggie, ofegante. Olhou para os dois lados, depois subiu na moita, xingando os arranhões e espetadas dos espinheiros e amoreiras. Os dois atravessaram a rua e se esconderam na moita do outro lado. Ouviram a respiração ofegante e os gritos dos homens se aproximando, o que os fez correr mais depressa pelo outro campo, que era maior e mais escuro, sem a luz da Mansão Carlisle para iluminar o caminho. Na verdade, só havia campo até os armazéns à margem do rio.

Eles diminuíram o passo, tentando não tropeçar um no outro, mas seguir em silêncio para os homens não ouvirem. As estrelas marcavam mais buracos de luz no céu azul-escuro. Jem respirou o ar gelado e sentiu que cortava o fundo da garganta como uma faca. Se não estivesse com tanto medo dos perseguidores, teria admirado mais a beleza do céu àquela hora da noite.

Maggie estava na dianteira outra vez, porém cada vez mais devagar. Parou de repente e Jem deu um encontrão nela.

— O que foi? Onde estamos?

Maggie engoliu em seco; a garganta fez um clique que soou na noite. — Estamos perto da Passagem da Garganta Cortada, estou procurando uma coisa.

— Procurando o quê?

Ela ficou indecisa, depois disse, baixo:

— Aqui perto existe um forno antigo, onde costumam fazer tijolos. Podíamos ficar dentro dele. Eu... é um bom esconderijo. Aqui. — Bateram numa construção baixa de tijolos ásperos, em forma de caixa retangular na altura da cintura, desmoronando de um lado.

— Venha, podemos nos apertar aí dentro — Maggie baixou a cabeça e entrou no buraco escuro dos tijolos.

Jem também se abaixou, mas não a seguiu.

— E se eles nos descobrirem? Ficaremos encurralados como uma raposa numa toca. Do lado de fora, pelo menos podemos correr.

— Se corrermos, eles vão nos pegar, pois são maiores e em maior número do que nós.

No final, o barulho dos homens passando pelo campo fez Jem se decidir. Entrou no pequeno espaço escuro que sobrou para ele e se apertou ao lado de Maggie. O buraco cheirava a lama e fumaça, e tinha também o leve cheiro acre de Maggie.

Os dois se encolheram no frio, tentando respirar mais devagar. Um minuto depois, ficaram mais calmos, respirando na mesma sincronia.

— Espero que Maisie esteja bem — disse Jem, baixo.

— O Sr. Blake não vai deixar que façam nada a ela.

— O que acha que vão fazer, se nos pegarem?

— Não vão pegar.

Ficaram ouvindo. Na verdade, os homens pareciam mais distantes, como se tivessem mudado de direção e ido para o Palácio Lambeth.

Maggie riu.

— O repolho.

— É, boa pontaria — disse Jem, rindo.

— Obrigada, rapaz de Dorset. — Maggie apertou o xale nos ombros, chegando mais perto de Jem, que viu como ela tremia.

— Chegue mais perto para eu esquentar você — disse ele, colocando o braço em torno dela; os dois se abraçaram e ela encostou a cabeça no pescoço dele. Jem gritou:

— Seu nariz está gelado!

Maggie tirou a cabeça e riu. Quando olhou para Jem, viu o brilho dos dentes dele. Os lábios de ambos se juntaram e, com o calor, o toque suave fez com que todo o medo da noite sumisse.

SETE

O beijo não durou o quanto os dois gostariam, pois, de repente, no escuro, surgiu uma tocha e um rosto na frente deles. Maggie gritou, mas conseguiu se conter para o grito não ir muito longe.

— Achei que ia encontrar vocês aqui, se aquecendo — disse Charlie Butterfield, se agachando e olhando os dois.

— Charlie, você me deu um susto enorme! — gritou Maggie, ao mesmo tempo que se afastava de Jem.

Charlie reparou em todos os movimentos deles: a proximidade, a separação, o constrangimento.

— Acharam um esconderijo, hein?

— O que faz aqui, Charlie?

— Vim procurar você, irmãzinha. Como todo mundo.

— Mas por que estava com aqueles homens na casa do Sr. Blake? Você não se interessa por nada daquilo. E por que foi incomodar o Sr. Blake? Ele não lhe fez nada. — Maggie tinha se recuperado e estava se esforçando para dominar o irmão.

Charlie não deu ouvido às perguntas, nem recuou: voltou ao assunto que a deixava mais insegura.

— Voltou a este lugar, não é, Srta. Garganta Cortada? Lugar interessante para trazer o seu queridinho... de volta à cena do crime. Na época, esse lugar era chamado de Passagem dos Amantes, não era? Até você fazer o nome mudar!

Maggie se encolheu e gritou:

— Cale essa boca suja!

— Quer dizer... que não contou para ele, Srta. Garganta Cortada? — Charlie parecia se divertir em repetir o apelido.

— Pare com isso, Charlie! — ela gritou, sem se importar com os homens que estavam à procura deles.

Jem sentiu-a tremer naquele pequeno espaço onde estavam e perguntou a Charlie:

— Por que você não...?

— Melhor você perguntar à sua namorada o que aconteceu aqui. Ande, pergunte — interrompeu Charlie.

— Fique quieto, Charlie! Quieto, quieto, quieto! — Na última palavra, Maggie gritava. — Posso matar você!

Charlie sorriu, a luz da tocha bruxuleando no rosto dele.

— Espero que possa, querida irmã. Você já me mostrou sua técnica.

— Cale-se — mandou Jem.

Charlie riu.

— Ah, você vai começar. Olha uma coisa: vou deixar que eles resolvam o que fazer com vocês. — Levantou-se e chamou: — Eeei, venham aqui!

Antes que pudesse pensar no que estava fazendo, Jem pulou, agarrou um tijolo e bateu com ele no lado da cabeça de Charlie, que o encarou. A seguir, a tocha que segurava foi caindo e Jem pegou-a antes do próprio Charlie tombar. Quando caiu, bateu com a cabeça no lado do forno, garantindo que, quando voltasse à consciência, não iria se levantar.

Jem ficou parado, segurando a tocha. Umedeceu os lábios, pigarreou e bateu os pés, esperando que Charlie se mexesse. Mas só o que mexeu foi um fio de sangue escorrendo pela testa dele. Jem jogou o tijolo de lado e segurou a tocha junto ao rosto de Charlie, sentindo a barriga contrair de medo. Logo depois, sob a luz tremeluzente da tocha, viu que o peito de Charlie estava subindo e descendo.

Jem virou-se para Maggie, agachada no pequeno buraco, abraçando os joelhos, com fortes tremores no corpo. Desta vez, Jem não ficou ao lado dela, mas segurou a tocha e olhou para ela.

— Que crime é esse? — perguntou.

Maggie abraçou os joelhos com mais força, tentando controlar os tremores. Olhou o tijolo caído ao lado do irmão. — Lembra quando nos perdemos de Maisie em Londres e ficamos à procura dela e você perguntou se eu tinha visto matarem o homem na Passagem da Garganta Cortada?

Jem concordou com a cabeça.

— Pois você tinha razão. Eu vi. Mas não foi só isso. — Maggie respirou fundo. — Faz um ano e pouco. Eu estava passando pelo Palácio Lambeth, de volta do rio, onde fiquei cavando lama na maré baixa. Achei uma linda colherzinha de prata. Fiquei tão animada que não esperei os outros terminarem de cavar. Corri para perguntar a papai quanto a colher devia valer. Ele sabe essas coisas. Ele estava bebendo no Artichoke, o pub que fica em Lower Marsh, onde levei você quando nos conhecemos e você conheceu papai e ele... — Fez um gesto com a cabeça para Charlie caído no chão. — O dia estava com neblina, mas não tanto que não desse para ver o caminho. Peguei o atalho da Passagem dos Amantes; era mais rápido. Não pensei em nada... já tinha passado por lá muitas vezes. Mas dessa vez, virei na curva e tinha... um homem lá. Vinha devagar na minha direção, tão devagar que emparelhei com ele. Não era velho... era só um homem. Não pensei em me afastar... só queria mostrar a colher para papai no Artichoke. Por isso, passei pelo homem e mal olhei para ele, que perguntou: "Por que está correndo?" Virei e ele... me agarrou e pôs uma faca no meu pescoço. — Maggie engoliu em seco, como se ainda sentisse o metal frio na pele macia da base do pescoço. — Primeiro, ele perguntou quanto de dinheiro eu tinha. Entreguei tudo, que não passava de centavos. Não quis entregar a colher, porque eu tinha ficado muito tempo cavando na lama. Então, escondi. Mas ele a achou no meu bolso. Eu devia ter dado logo, e não escondido, foi burrice minha, por isso ele me... — Maggie parou e engoliu em seco de novo. — Ele me puxou... para cá. — Ela bateu nas paredes em ruínas do forno.

Charlie mexeu as pálpebras, pôs a mão na cabeça e resmungou. Jem passou a tocha de uma mão para a outra e pegou o tijolo. Na verdade, ficou satisfeito, pois assim tinha uma desculpa para não olhar para Maggie, e também ficou aliviado por Charlie não estar muito machucado. Achava que não ia precisar dar outra tijolada, mas segurar o tijolo o deixava mais seguro.

Charlie rolou para um lado, sentou-se, piscando e resmungando.

— Meu Deus, a minha cabeça! — Olhou em volta e xingou, ao ver Jem com o tijolo: — Filho da puta!

— Você mereceu, Charlie. Pelo menos, Jem me defendeu. — Maggie olhou para Jem e continuou a contar: — Charlie vinha pela travessa e me viu com o homem. Passou e não fez nada, ficou parado rindo!

— Eu não sabia que era você! — gritou Charlie, segurando a cabeça, pois gritar fez com que doesse. — Não sabia

— repetiu, mais baixo. — No começo, não. Só vi um vestido cheio de lama e cabelos pretos. Montes de garotas têm cabelos pretos. Só vi que era você quando...

— Quer dizer que você não ajudaria nenhuma garota? Como fez com Maisie nas estrebarias... foi embora, seu covarde!

— Não sou covarde! Acabei de ajudá-la agora! — berrou Charlie, sem se incomodar com a enorme dor na cabeça.

Ouvir o nome da irmã fez Jem pensar nela cantando a música do Sr. Blake no meio da multidão.

— Melhor eu voltar e garantir que Maisie está bem — avisou. Entregou a tocha para Maggie, que olhou para ele sem entender.

— Não quer ouvir o resto da história? — perguntou ela.

— Agora sei... como foi o crime.

— Não sabe! Não foi isso! Ele não conseguiu fazer aquilo comigo! Eu o impedi! Ele tinha uma faca e, quando estava por cima de mim, lutando comigo, deixou a faca cair, eu peguei e eu... e... eu...

— Enfiou na garganta dele — Charlie terminou a frase da irmã. — Bem no pescoço, como se faz para matar um porco. Depois, ela deu um rasgo no pescoço do homem, você tinha de ver quanto sangue. — Ele falava com admiração.

Jem olhou bem para Maggie.

— Você... você matou o homem?

Maggie endureceu o rosto.

— Estava me defendendo, como você acabou de fazer com Charlie aqui. Não olhei para saber se tinha matado... eu corri. Tinha de jogar as roupas fora, estavam cheias de sangue.

— *Eu* vi, vi ele morrer. Levou um bom tempo, porque ficou sangrando — murmurou Charlie.

Maggie prestou atenção no irmão e chegou a uma conclusão.

— Você tirou a colher dele, não?

Charlie concordou com a cabeça.

— Mas eu não sabia que era sua.

— Ainda está com a colher?

— Vendi. Era pequena, de chá. Consegui um bom preço.

— Esse dinheiro é meu.

A tijolada na cabeça parecia ter acabado com o instinto brigão de Charlie, pois ele não reclamou.

— Não tenho dinheiro agora, mas pago depois.

Jem não conseguia acreditar que estivessem discutindo por causa de colheres de chá e dinheiro, depois de uma história daquelas. Maggie parou de tremer, ficou mais calma. Jem é que estava tremendo.

— Melhor eu voltar, Maisie deve estar precisando de mim.

— Espere, Jem, você não... — disse Maisie, com um olhar suplicante. Mordeu os lábios e Jem estremeceu ao pensar que minutos antes tinha-os beijado. Beijado alguém que matara um homem.

— Tenho de ir — disse, jogando o tijolo e entrando na escuridão.

— Espere, Jem! Vamos com você. Não quer nem a tocha? — perguntou Maggie.

Mas Jem tinha encontrado a Passagem da Garganta Cortada e corria, deixando que seus pés achassem o caminho de casa enquanto sentia a cabeça vazia.

OITO

Quando chegou às Residências Hércules, Jem viu que a multidão havia sumido, embora tivesse deixado em todo canto provas da luta travada há pouco: tijolos, estrume, pedaços de pau e outros objetos espalhados no chão, e todas as janelas das Residências Hércules quebradas. Os moradores se juntaram e andavam para cima e para baixo, tentando impedir ladrões de aproveitarem as janelas abertas. Uma carruagem aguardava na frente da casa dos Blake.

A casa da Srta. Pelham estava quase tão iluminada quanto um pub, como se ela quisesse afastar de seus cômodos todas as sombras da dúvida. Jem entrou, ouviu a voz do pai na sala da frente e ela interrompendo com seus bramidos.

— Lastimo que sua filha esteja doente, mas não posso permitir que simpatizantes dos revolucionários fiquem nem mais um dia nessa casa. Sinceramente, Sr. Kellaway, se não fosse uma fria noite de inverno, o senhor já estaria na rua.

— Mas para onde vamos? — perguntou Thomas Kellaway, com voz lamuriante.

— Devia ter pensando nisso quando se recusou a assinar a declaração, ainda por cima na frente de todos. O que os vizinhos vão pensar?

— Mas o Sr. Blake...

— O Sr. Blake não tem nada a ver com isso. Ele vai pagar pelo que fez. O senhor não assinou e por isso não vai continuar aqui. Gostaria que saíssem amanhã ao meio-dia. Avisarei a Associação de manhã e tenho certeza de que me ajudarão de boa vontade, caso o senhor ainda esteja aqui quando eu voltar. Se não tivessem sido atacados com tanta agressividade esta noite, estariam aqui agora, e não procurando desordeiros. Onde está seu filho, posso saber?

Antes que Thomas Kellaway resmungasse uma resposta, Jem abriu a porta e entrou. A Srta. Pelham virou a cabeça para ele como uma galinha prestes a cacarejar.

— Estou aqui, por quê? O que quer saber? — Parecia que não era mais preciso ser gentil com ela.

A Srta. Pelham sentiu a mudança de comportamento e ficou, ao mesmo tempo, com medo e na defensiva.

— Saia, garoto... ninguém autorizou você a entrar! — Ela correu para a porta, como se obedecesse à própria ordem. Estava com medo dele. Jem percebeu e, por um instante, sentiu-se forte. Mas não havia vantagem nisso, a não ser o prazer de ver a covardia dela, que continuava expulsando-os de lá.

Jem virou-se para o pai, que estava de cabeça baixa.

— Papai, mamãe está chamando o senhor lá em cima — disse Jem, oferecendo a mentira de que o pai precisava para sair dali.

Thomas Kellaway olhou para o filho com seus cansados olhos azuis e, por uma vez, viu o que estava na sua frente e não lá longe.

— Desculpe, filho, fiz uma confusão.

Jem arrastou os pés no piso.

— Não, papai, não fez — insistiu, sabendo que a Srta. Pelham estava ouvindo, ansiosa. — Mas precisamos que suba — repetiu. Jem passou pela Srta. Pelham, sabendo que o pai viria atrás. Nisso, Anne Kellaway enfiou a cabeça na porta, no alto da escada, onde estava ouvindo a conversa. A proprietária, tomando coragem ao vê-los de costas, foi até o corredor e avisou alto:

— Amanhã ao meio-dia vocês vão ter que sair! Meio-dia, ouviram? E sua filha também. Ela devia se envergonhar de se meter em confusão como aquela. E eu devia ter colocado vocês para fora há dois meses, quando ela...

— Cale a boca! — virou-se Jem, ameaçador. Sentindo que a Srta. Pelham tinha acumulado meses de espionagem por trás das cortinas que queria agora despejar, tinha de ser ríspido para contê-la. — Cale a sua boca suja, sua puta barata!

As palavras dele deixaram a Srta. Pelham paralisada e boquiaberta, de olhos arregalados. Depois, como se estivesse com um barbante amarrado à cintura e recebesse um puxão, entrou na sala da frente e bateu a porta.

Anne e Thomas Kellaway olharam sérios para o filho. Anne Kellaway abriu caminho para seus dois homens entrarem logo e fechou bem a porta para o mundo lá fora.

Olhou em volta da sala e perguntou:

— O que faremos? Para onde vamos?

Thomas Kellaway pigarreou. — Para casa. Vamos para casa. — À medida que as palavras saíam, ele sentiu que era a decisão mais importante que já havia tomado.

— Não podemos! Maisie não tem forças para viajar com esse tempo! — argumentou Anne Kellaway.

Todos olharam para Maisie, enrolada em cobertores ao lado da lareira, como fazia quase o dia inteiro havia dois meses. Os olhos estavam brilhantes devido aos fatos ocorridos à tarde, mas não tinha febre. Olhou para eles e virou o rosto para a lareira. Anne Kellaway buscou resposta no olhar da filha para as questões que a Srta. Pelham tinha levantado.

— Maisie...

— Deixe ela, mãe. Deixe. Você está bem, não, Maisie? — interrompeu Jem.

Maisie sorriu para o irmão.

— Estou. Ah, Jem, o Sr. Blake ficou muito grato. Pediu para agradecer a você e a Maggie, vocês sabem por quê. E me agradeceu também. — Ela enrubesceu e olhou as mãos no colo. Naquele momento, Anne Kellaway sentiu, como já havia ocorrido muitas vezes em Londres, que seus filhos viviam num mundo diferente do dos pais.

— Tenho uma ideia — disse Jem, de repente. Desceu barulhento a escada e achou a carruagem estacionada na casa ao lado, exatamente quando os Blake entravam nela.

Julho de 1793

VIII.

UM

Maggie sabia que já tinha ouvido aquele tocador de realejo; aliás, ele estava destruindo a mesma canção que tocara da última vez em que estivera no Salão Hércules, inclusive nas mesmas notas. Ainda assim, ela cantarolou "Um buraco para enfiar o pobre Robin" quando se sentou encostada no muro do campo de Astley. Os botões Dorset Crosswheels estavam prontos no colo dela; pensou, então, em começar um modelo High Tops. Antes, bocejou e espreguiçou-se, pois passara a noite ajudando a mãe a lavar roupa. Maggie tinha finalmente resolvido trocar mostarda e vinagre por lavar roupa e fazer botões, mas não sabia se ia continuar nesses ofícios. Ao contrário da mãe, achava difícil dormir de dia; sempre acordava achando que tinha perdido alguma coisa importante: um incêndio, um tumulto, um visitante chegando ou saindo. Preferia ficar sonolenta.

O realejo passou a tocar "A linda Kate e o Danny", e ela não resistiu a acompanhar cantando:

> Ele levou-a para a margem do rio
> A linda Kate e o Danny
> Ele levou-a para a margem do rio

E lá abriu tanto as pernas dela
E montou na barriga dela
E meteu o pequeno Danny.

Depois que se passaram quarenta semanas
A linda Katte e o Danny
Depois que se passaram quarenta semanas
Ela teve um menino
E chamou-o pequeno Danny!

O realejo parou de tocar e Maggie seguiu o homem, que estava sentado na escada do Salão Hércules.

— Você, criança, não para de andar por aqui? — perguntou ele, ao vê-la.

— E você não para de destruir as mesmas canções? — retrucou Maggie. — Ninguém avisou que não pode mais tocar essas músicas? Se continuar, a Associação vai pegar você.

O homem franziu o cenho, intrigado:

— Como assim?

— Onde você andou? Não pode mais tocar música indecente; agora, só as que eles escolhem, falando sobre o rei e tal. Não sabia? — Maggie se empertigou e entoou o hino "Deus salve o rei":

Em homenagem ao rei George,
Vamos cantar mais alto,
Pois o tema é nobre.
A Inglaterra tem muitas atrações
Que convidam a vê-la.
Que Deus nos proteja de todos os danos
Santo seja Seu nome.

— Ou que tal essa? — Começou a cantar o hino "Rule Britannia":

> Desde que o primeiro George usou a coroa,
> Quão satisfeitos ficaram seus súditos

Ela riu da cara do homem do realejo.

— Eu sei, a música é boba, não é? Mas por que você toca? Não sabe que o Sr. Astley não está? Foi lutar na França. Voltou de Liverpool no inverno, quando o rei francês foi guilhotinado, a Inglaterra declarou guerra à França e ele partiu imediatamente para oferecer seus serviços.

— Que utilidade tem o cavalo dele dançando contra os franceses?

— Não, estou falando do Astley pai, não do filho. John Astley continua aqui, administrando o circo. E garanto que não contrata músicos de rua como o pai fazia; portanto, você pode tirar o cavalinho da chuva.

O homem desanimou.

— O que o velho Astley está fazendo lá? Está gordo demais para lutar ou cavalgar.

Maggie deu de ombros.

— Ele quis ir... Disse que, como ex-cavaleiro, era seu dever. Manda relatos das batalhas e John Astley os encena aqui. Ninguém entende direito, mas são engraçados.

O homem tirou a alça do realejo do pescoço.

— Espere... pode tocar uma música antes de ir embora? — pediu Maggie.

O homem parou.

— Bom, você é uma menina travessa, mas, já que me avisou para não ficar aqui tocando o dia inteiro, atendo o seu pedido. Qual é a música?

— "Tom Bowling". — Maggie pediu, embora soubesse que ia se lembrar de Maisie Kellaway cantando ao lado dos armazéns à margem do rio, quando ela mal conhecia Jem.

O homem tocou, Maggie engoliu o nó na garganta e acompanhou, embora sem cantar. Lembrar de Maisie cantando amainava a dor que sentia no peito e que não sumira meses depois de Jem ter ido embora.

Maggie nunca tinha sentido falta de ninguém. Por algum tempo, ela diminuiu a dor tecendo conversas imaginárias com Jem, indo a lugares aonde tinham ido: as grutas na ponte Westminster, a praça do Soho, até o forno de tijolos onde o vira pela última vez. Na fábrica, ela conheceu uma garota de Dorsetshire e conversou com ela só para ouvir o sotaque. Sempre que podia, falava com os pais sobre Jem e a família dele, só para pronunciar seu nome. Mas nada disso o trazia de volta; na verdade, às vezes ela se lembrava da expressão horrorizada que ele fizera naquela noite no forno.

No meio da segunda estrofe, uma linda voz feminina começou a acompanhar. Maggie virou a cabeça: o som parecia vir do jardim dos Blake ou da Srta. Pelham. Maggie agradeceu com um aceno para o homem do realejo e voltou para o muro. Não achava que a voz fosse da Srta. Pelham, ela não era do tipo que cantava. Também nunca tinha ouvido a Sra. Blake cantar. Talvez fosse a criada da Srta. Pelham, apesar de ser uma menina tão tímida que Maggie nunca a ouvira falar, quanto mais cantar.

Maggie empurrou o carrinho de mão dos Astley até o muro, depois que o realejo e o canto silenciaram. Mesmo assim, subiu no carrinho e espiou o jardim por cima do muro.

O jardim da Srta. Pelham estava vazio, mas o dos Blake tinha uma mulher ajoelhada ao lado das fileiras de legumes perto da casa. Usava um vestido simples com avental e uma boina de aba larga para proteger o rosto do sol. Maggie pensou que fosse a Sra. Blake, mas era menor e menos ágil. Sabia que o casal havia contratado uma criada, mas não a vira, pois a Sra. Blake continuava a fazer as compras e outros serviços. Havia meses Maggie não ia à casa 13 das Residências Hércules; depois que Jem fora embora, ela não tivera coragem de bater à porta sozinha, embora a Sra. Blake sempre a cumprimentasse quando se cruzavam na rua e perguntasse como ela estava.

Ficou olhando a criada trabalhar e ouviu um tropel de cavalos na travessa que dava nas estrebarias do Salão Hércules. A criada parou o que estava fazendo, virou a cabeça para ouvir e Maggie teve o primeiro de dois choques. A criada era Maisie Kellaway.

— Maisie! — gritou.

Maisie olhou; Maggie pulou o muro de qualquer jeito e correu para a amiga. Por um segundo, deu a impressão de que Maisie iria levantar e correr para dentro da casa. Mas pensou melhor e continuou de cócoras na terra.

— Maisie, o que está fazendo aqui? Pensei que estivesse em Dorsetshire! Você não... Espere um instante. — Pensou bem e disse, alto: — Você é a criada dos Blake! Não voltou para Piddle-di-di, não é? Ficou aqui!

— Isso mesmo — murmurou Maisie, olhando para a terra fértil e arrancando uma erva daninha de uma fileira de cenouras.

— Mas... por que não me contou? — Maggie tinha vontade de sacudir a outra. — Por que está se escondendo? E por que sumiu sem nem se despedir? Eu sei que aquela velha bruxa Pelham estava atrás de você, mas podia ter se despedido.

Depois de tudo que passamos juntas, podia ter me achado. — A certa altura das reclamações, as palavras e as lágrimas eram também para o ausente Jem.

Lágrimas faziam parte de Maisie.

— Ah, Maggie, me perdoe! — soluçou ela, levantando-se do chão e abraçando a amiga. Foi quando Maggie teve o segundo choque, pois, ao apertar a amiga, sentiu o que não era visível quando Maisie estava ajoelhada: o bebê que ela carregava.

Isso fez Maggie parar de chorar. Ainda abraçada a Maisie, ela afastou a cabeça e olhou a barriga da amiga. Por um raro instante em sua vida, não conseguiu dizer nada.

— Quando meus pais resolveram voltar para Piddletrenthide, estava tão frio que eles temeram que eu não aguentasse uma viagem tão longa. Então, os Blake disseram que podiam ficar comigo. Primeiro, fomos visitar um casal de amigos deles, os Cumberland, para fugir daqueles homens horríveis que vieram aqui naquela noite. Esses amigos moram no campo... Em Egham, isso mesmo. Apesar de ser perto, a viagem a cavalo me causou um resfriado e tivemos de passar um mês lá. Eles foram sempre maravilhosos comigo. Depois, voltamos e fiquei em casa o tempo todo.

— Nunca sai? Não vi você nem uma vez!

Maisie negou com a cabeça.

— Não queria sair... pelo menos no começo. Estava muito frio e eu me sentia mal. Depois, não queria a Srta. Pelham e os outros falando, principalmente quando a barriga começou a aparecer. Não queria dar essa alegria a ela. — Maisie pôs a mão no alto da barriga. — Os homens da Associação ameaçaram contar para o meu pai. Achei melhor ficar quieta aqui. Mas não tive a intenção de me esconder de você, não mesmo! Uma vez, depois que voltamos de Egham, você bateu à porta e pediu notícias de Jem ao Sr. Blake, lembra? Queria saber onde ele estava, quando tinha ido embora. Eu estava no andar de cima, ouvi e quis muito descer para ver você. Mas achei melhor e mais seguro ficar escondida, até de você. Desculpe.

— O que você faz aqui? — Maggie olhou o ateliê do Sr. Blake pela janela dos fundos e teve a impressão de ver a cabeça dele inclinada sobre a mesa.

Maisie se animou.

— Ah, faço de tudo! Eles são realmente maravilhosos comigo. Ajudo a cozinhar, lavar roupa e cuidar do jardim. E sabe... — falou mais baixo — ... acho que é bom para eles ficarem comigo, pois assim a Sra. Blake pode ajudar mais o marido. Ele não é mais o mesmo desde aquela noite do tumulto, sabe? Os vizinhos o estranham e olham esquisito. Ele fica nervoso e não trabalha direito. A Sra. Blake precisa acalmá-lo e, comigo aqui, pode fazer isso. Ajudo ele também. Lembra-se da prensa na sala da frente? Ajudei os dois a lidarem com ela. Sabe, nós fizemos livros. Livros! Nunca pensei que fosse tocar em outro livro que não o de orações da igreja, quanto mais fazer um. E a Sra. Blake me ensinou a ler... ler de verdade, não só orações e essas coisas, mas livros mesmo! À noite, às vezes, lemos um livro chamado *Paraíso perdido*. É a história de Satanás com Adão e Eva, muito emocionante! Ah, nem sempre entendo a história, porque fala em pessoas e lugares que nunca ouvi e usa palavras diferentes. Mas é ótimo ouvir.

— Morte na pereira — cochichou Maggie.

— E às vezes também ele lê alto seus poemas para nós. Ah, adoro. — Maisie parou, lembrando. Depois, fechou os olhos e recitou:

> Tygre, Tygre, viva chama
> Que as florestas da noite inflama,
> Que olho ou mão imortal podia
> Traçar-te a horrível simetria?
>
> Em que distantes abismos, em que céus,
> Ardeu o fogo de teus olhos?
> Com que asas ousou alçar voo?
> E que mão ousou pegar esse fogo?
>
> E que ombro, que arte
> Torceu as fibras do teu peito?
> E ao começar a bater teu coração,
> Que mão ou pé terrível?

— Tem mais estrofes, porém só lembro essa parte.

Maggie estremeceu, embora estivesse calor.

— Gostei, mas o que quer dizer? — perguntou ela, após pensar um instante.

— Ouvi o Sr. Blake dizer a uma visita que era sobre a França. Mas depois disse a outra que era sobre o criador e a criatura. — Maisie repetiu a frase com a mesma cadência que o Sr. Blake tinha usado. Maggie sentiu uma ponta de ciúme ao pensar na amiga passando acolhedoras tardes ao lado da lareira, lendo com os Blake e ouvindo-o recitar poesia e falar com visitas cultas. O sentimento sumiu quando Maisie colocou a mão nas costas para aliviar o peso do bebê e Maggie pensou que, mesmo sem saber de quantos meses ela estava, não faltava muito para o bebê nascer. A culpa tomou o lugar do ciúme.

— Eu não sabia que... bom, que você e John Astley tinham... sabe? Pensei que tivéssemos chegado a tempo, o Sr. Blake e eu. Naquela noite, não demorei muito para chegar às estrebarias. Voltei assim que pude.

Maisie olhou para o chão, como para observar as ervas daninhas.

— Não demorou muito.
— Jem sabe? E seus pais?

O rosto de Maisie se contorceu.

— Não! — Ela chorou de novo e soluçou alto, sacudindo todo o seu corpo redondo. Maggie abraçou-a, levou-a para a escada do gazebo e deixou-a deitar a cabeça em seu colo. Assim, por muito tempo, Maisie chorou como queria havia meses, mas não ousava na frente dos Blake.

Finalmente os soluços diminuíram, ela sentou-se e enxugou o rosto no avental. Estava com o rosto cheio de manchas e o corpo mais redondo e farto do que antes. A boina parecia uma antiga que a Sra. Blake tinha, e Maggie pensou que fim teria levado aquela touca sem graça de babados, de Dorset.

— O que nós vamos fazer com esse bebê? — disse, surpresa consigo mesma pelo "nós".

Maisie não chorou mais; tinha se livrado da torrente de lágrimas e estava calma e cansada.

— Meus pais ficam mandando recados para eu voltar, dizem que vão mandar Jem me buscar. — Maggie prendeu a respiração só de pensar em Jem voltando. — Eu afastei a ideia, achando melhor ter o bebê aqui. A Sra. Blake disse que eu podia ficar. Depois eu podia... dar o bebê e ninguém saberia em casa. Se for uma menina, posso ir até ali no Asilo de Órfãs e... e...

— E se for um menino?

— Não... não sei. — Maisie enrolava e desenrolava a ponta do avental. — Arrumo algum lugar para... — Ela não conseguiu terminar a frase, e começou outra. — Vai ser difícil ficar aqui, ainda mais com ele morando ao lado. — Olhou, temerosa, as janelas da casa de John Astley, virou o rosto e puxou bem a boina para ninguém a reconhecer. — Às vezes, ouço a voz dele pelas paredes e fico... — Maisie estremeceu.

— Ele sabe? — perguntou Maggie, fazendo sinal para a barriga de Maisie.

— Não! Nem quero que saiba!

— Mas ele podia ajudar ou, pelo menos, dar um dinheiro para você. — Maggie falou ao mesmo tempo que pensava ser pouco provável John Astley fazer aquilo. — Pena que o Sr. Astley não está aqui... Poderia fazer alguma coisa por você, já que será neto dele.

Maisie estremeceu de novo, ao ouvir a palavra.

— Ah, eu sei que não faria nada. Ouvi ele falando com a Srta. Devine, lembra, a dançarina da corda bamba. Ela ficou como eu... pelo mesmo homem. O Sr. Astley foi horrível com ela... Demitiu-a do circo. Ele não me ajudaria. — Olhou o muro de tijolos que passava entre a casa dos Blake e a da Srta. Pelham. — A Srta. Devine foi muito boa comigo; fico pensando onde estará.

— Eu sei, foi para a Escócia ter o bebê — disse Maggie.

— Foi mesmo? É verdade? — Maisie se animou um pouco com a notícia.

— Você quer fazer isso, voltar para Dorsetshire?

— É, eu gostaria. Os Blake têm sido tão bons para mim e sou muito grata, mas sinto falta de meus pais e, principalmente, de Jem. Sinto demais a falta dele.

— Eu também — confessou Maggie sem pensar, satisfeita por ter alguém com os mesmos sentimentos. — Eu também sinto demais. — Após uma pausa, acrescentou: — Então, você devia ir para casa. Sua família a aceita, não?

— Acho que sim. Ah, mas como chegar lá? Não tenho dinheiro e não posso ir só, pois o bebê vai nascer logo. Não ouso pedir aos Blake... Andam muito ocupados. Além do mais, apesar de possuírem uma casa grande, não têm dinheiro algum. O Sr. Blake não vende muito, porque as gravuras são tão... bom, difíceis de entender. Acho que, às vezes, nem a Sra. Blake entende o que ele quer dizer. Ah, Maggie, o que faremos?

Maggie não estava ouvindo, mas pensando. Era como se uma história tivesse sido contada com começo e meio e competisse a ela dar um final seguro.

— Não se preocupe, Maisie, eu sei o que fazer — garantiu.

DOIS

Maggie não sabia direito quanto valia uma colher de chá de prata, porém acreditava que daria para comprar duas passagens de coche para Dorchester e ainda sobraria um pouco para ajudar Maisie.

Maggie resolveu pegar Charlie de jeito. Deixou Maisie no jardim dos Blake e percorreu os pubs onde ele costumava beber, começando pelo Pineapple e a taverna Hércules, depois o Crown and Cushion, o Old Dover Castle e o Artichoke, até ter a ideia de voltar ao Canterbury Arms. Charlie Butterfiled tinha um fraco por uma moça do bar, que cuidara dos machucados dele quando Maggie o deixara na Passagem da Garganta Cortada, em dezembro passado. O Canterbury Arms também se posicionara discretamente contra a Associação Lambeth: quem era associado demorava a ser servido e ainda recebia cerveja azeda. Charlie mantivera distância da Associação desde o tumulto na casa dos Blake.

Maggie encontrou o irmão de pé no bar, conversando com a moça.

— Preciso falar com você, é importante — disse ela.

Charlie sorriu afetado e rolou os olhos para a moça, mas deixou a irmã levá-lo para um canto calmo do pub. Desde aquela noite na Passagem da Garganta Cortada, eles tinham melhorado o relacionamento, chegando a uma compreensão tácita graças ao soco dado por Jem e selada quando Maggie tirara o irmão, ensanguentado e tonto, do escuro do campo para as luzes do pub. Maggie não o culpava mais pelo que tinha ocorrido na passagem e ele havia deixado de ser tão cruel com ela. Por mais doloroso que tivesse sido o que ela contara a Jem naquela noite, depois se sentira mais madura e mais leve, como se tivesse se livrado de carregar um saco de pedras.

— Preciso do dinheiro daquela colher — avisou Maggie, quando se sentaram. Tinha descoberto que, com ele, era melhor ser direta.

Charlie levantou a sobrancelha; as duas agora tinham cicatrizes, pois a tijolada de Jem deixara uma marca. — Para quê?

— Por causa de Maisie. — E explicou o que houve.

Charlie colocou o caneco de cerveja sobre a mesa.

— O canalha. Naquela noite, eu devia ter arrancado os dentes dele com um soco.

— Bom, agora é tarde. — Maggie ficava impressionada com a rapidez com que Charlie se irritava com qualquer coisa. Mesmo as tentativas de namorar estavam, em geral, ligadas à violência e a ele contando vantagem sobre a briga que teria com o namorado de alguém e como tinha um soco forte.

Charlie recostou-se no banco e terminou a cerveja.

— Bom, não tenho dinheiro agora.

— Arrume.

Quando ele riu, ela repetiu.

— Arrume, Charlie. Não me interessa como, mas quero amanhã ou depois de amanhã. Por favor — acrescentou, embora a palavra não valesse muito para ele.

— Por que tanta pressa? Ela está aqui há tantos meses, pode esperar mais um pouco.

— Porque ela quer ter o bebê em casa. Quer que nasça em Piddle, valha-me Deus.

— Certo. Me dê uns dois dias e eu entrego o valor da passagem.

— E mais um pouco para Maisie.

— Mais um pouco para ela. — Charlie não estava mais interessado em Maisie, tinha se curado ao ver John Astley com a boca no seio dela. Mas a lembrança da atração que um dia sentira pareceu ajudá-lo a ser generoso por uma vez.

— Obrigada, Charlie.

Ele deu de ombros.

— Mais uma coisa: não conte para o papai e a mamãe. Eles não vão entender e vão me impedir, dizer que é desperdício de dinheiro e que não é da minha conta. Depois que eu for embora, aí você pode contar para onde e por que fui.

Ele concordou com a cabeça.

— E quando vai voltar?

TRÊS

A seguir, esperando que Charlie arrumasse o dinheiro a tempo, Maggie reservou dois lugares no coche que ia de Londres a Weymouth dali a dois dias e meio. Depois, procurou os Blake para contar, pois não queria que Maisie fosse embora sem avisar, depois de tudo que tinham feito por ela. A Sra. Blake parecia saber que o assunto era sério, pois levou Maggie para a sala da frente no primeiro andar, onde Maggie nunca tinha ido. Ela foi chamar o marido e fazer um chá, enquanto Maggie olhava as paredes cobertas de quadros e gravuras, principalmente do Sr. Blake. Só tinha visto esboços de desenhos no bloco dele, ou uma página de livro.

Os quadros tinham como tema, em geral, pessoas, algumas despidas, muitas com trajes tão justos que pareciam nuas também. As pessoas andavam, ou estavam deitadas no chão, ou olhavam-se, e poucas pareciam felizes ou contentes, como as figuras que tinha visto em *Canções da inocência*. Nas paredes, as expressões eram preocupadas, assustadas, zangadas. Maggie sentiu uma ansiedade subir pela garganta, mas não conseguia tirar os olhos, pois aqueles quadros ecoavam sentimentos e resquícios de sonhos, como se a cabeça dela fosse um esconderijo onde o Sr. Blake tinha entrado e remexido, depois de retirar o que havia dentro.

Quando o casal chegou à sala, Maisie veio junto e a Sra. Blake trazia uma bandeja com bule e xícara de chá, que colocou numa mesa lateral ao lado da poltrona que o Sr. Blake indicou para Maggie. Ele não sabia se servia o chá, então deixou a Sra. Blake perceber o constrangimento da menina e servir a xícara.

— A senhora não vai tomar? — perguntou Maggie.

— Ah, não, não bebemos chá; é só para as visitas.

Maggie olhou bem o líquido marrom, sem ter coragem de bebê-lo.

O Sr. Blake salvou aquele momento esquisito, inclinando-se na poltrona em frente e fixando os grandes olhos brilhantes nela, olhos que Maggie percebeu então que estavam em muitos rostos dos quadros na parede. Era como se houvesse uma dúzia de pares de olhos de William Blake sobre ela.

— Bom, então, Maggie. Kate disse que você precisa nos falar uma coisa.

— Sim, senhor. — Maggie olhou para Maisie encostada na porta, de olhos lacrimejantes antes mesmo de falarem nela. Contou, então, seu plano. O casal ouviu solidário, o Sr. Blake de olhos fixos nela, a Sra. Blake olhando a lareira apagada, desnecessária naqueles dias de verão.

Quando Maggie terminou de falar (não demorou para informar que dali a dois dias iria com Maisie de coche para Dorsetshire), o Sr. Blake concordou com a cabeça.

— Bem, Maisie, Kate e eu sabíamos que você ia acabar nos deixando, não é, Kate? Vai precisar do dinheiro da passagem, não?

A Sra. Blake mexeu os pés e agitou a mão nas dobras do avental, sem dizer nada.

— Não, senhor. Cuidamos disso. Eu consegui o dinheiro — informou Maggie, orgulhosa. Nunca tinha conseguido falar sobre algo tão importante quanto duas libras por duas passagens de coche. Ela raramente tinha mais de seis pence; até o salário de operária na fábrica de mostarda e de vinagre ia direto para os pais, e sobravam para ela um ou dois pence. O luxo de recusar o dinheiro do Sr. Blake era algo que ela ia saborear por muito tempo.

— Bom, minha menina, espere um instante, vou pegar uma coisa lá embaixo. Um minuto, Kate. — O Sr. Blake levantou-se e saiu antes que Maisie pudesse dar passagem, deixando as duas com a Sra. Blake.

— Tome seu chá, Maggie — disse ela, gentil e, sem os olhos inquietantes do Sr. Blake sobre ela, Maggie aquiesceu.

— Ah, Maggie, você pode mesmo comprar as passagens? — Maisie perguntou, ajoelhada ao lado dela.

— Claro. Eu não disse que podia? — Só não disse que ainda estava esperando Charlie dar o dinheiro.

A Sra. Blake ficou dando voltas na sala, endireitando os quadros e gravuras na parede.

— Meninas, vocês vão tomar cuidado, não? Maisie, se você se sentir mal ou tiver dores, mande o cocheiro parar.

— Sim, senhora.

— A senhora já viajou muito de coche? — perguntou Maggie.

A Sra. Blake riu.

— Nunca saímos de Londres, minha querida.

— Ah! — Não passara pela cabeça de Maggie que ela podia estar fazendo algo que os Blake, mais experientes, nunca haviam feito.

— Claro que andamos até o campo — prosseguiu a Sra. Blake, escovando o encosto da poltrona do Sr. Blake. — Às vezes, fomos longe, mas sempre uma caminhada de meio dia, a partir de Londres. Não imagino como deve ser um lugar tão distante do que conhecemos. O Sr. Blake conhece, claro, pois ele viaja longe na imaginação. Na verdade, está sempre em algum outro lugar. Às vezes, eu o vejo muito pouco. — Parou a mão no encosto da poltrona.

— Deve ser difícil estar num lugar e pensar em outro — murmurou Maisie. — As lágrimas foram escorrendo pelo rosto dela. — Vou ficar tão contente de ver Piddle Valley outra vez, não importa o que vão pensar quando me virem. — Rápido, enxugou os olhos com a ponta do avental, ao ouvir os passos do Sr. Blake na escada.

Ele veio com dois pequenos pacotes iguais e lisos, embrulhados em papel pardo e amarrados com barbante.

— Este é para você, e este, para Jem, quando você o encontrar. Por terem me ajudado quando eu mais precisei — disse ele. Quando ele entregou os pacotes para Maggie, ela notou que a Sra. Blake estava contendo a respiração.

— Ah, obrigada, Sr. Blake! — sussurrou Maggie, confusa, segurando um pacote em cada mão. Não ganhava muitos presentes, muito menos de alguém como o Sr. Blake; não sabia se devia abri-los na hora ou não.

— Cuide bem deles, minha cara. São preciosos — recomendou a Sra. Blake, com voz firme.

Isso fez Maggie resolver não abri-los na hora. Juntou os dois e guardou-os no bolso do avental.

— Obrigada — repetiu, querendo chorar sem saber por quê.

QUATRO

Outra surpresa aguardava Maggie na rua. Agora que os Kellaway não moravam mais no número 12 das Residências Hércules, ela olhava várias vezes a casa, quando passava por lá. Dessa vez, porém, ouviu a voz alta da Srta. Pelham e olhou quem estava na porta. Era uma garota da idade de Maisie, que usava uma saia tosca, de cetim amassado, apertando uma barriga pouco menor que a de Maisie.

— Saia! Saia do meu jardim! — berrava a Srta. Pelham. — Aquela família só me deu trabalho quando morou aqui, e olhe, até agora emporcalham meu bom nome. Aliás, quem mandou você vir aqui?

Maggie não ouviu a resposta da menina, mas a Srta. Pelham logo informou.

— Vou ter uma conversa com o Sr. Astley. Como ele ousa me mandar uma prostituta como você? O pai dele não ousaria isso. Agora, saia! Saia, garota!

— Mas para onde vou? — lamentou a menina. — Ninguém vai ficar comigo assim! — Virou-se à porta da Srta. Pelham. Maggie, então, pôde ver melhor, pois só a tinha visto uma vez; reconheceu o chapéu de palha, o rosto pálido e o jeito inconfundível de Rosie Wightman, amiga de Jem e Maisie, de Dorsetshire.

— Rosie! — chamou Maggie, quando a menina chegou ao portão. Rosie fez um olhar vago, sem conseguir isolar o rosto de Maggie da longa série de personagens com os quais se envolvera desde o dia em que haviam se encontrado rapidamente.

— Rosie, está procurando Maisie Kellaway? — insistiu Maggie.

O rosto de Rosie se iluminou.

— Ah, estou! Ela me disse para ir ao circo e acabo de vir de lá, mas os Kellaway foram embora. Não sei o que fazer.

A Srta. Pelham viu Maggie e grasnou:

— Você! Claro que não estranho você estar com essa espalhafatosa de porcaria. Ela é um bom exemplo do que você vai ser!

— Psssiu! — fez Maggie. Os passantes começavam a prestar atenção nelas e Maggie não queria isso para outra menina grávida.

Mas ninguém conseguia calar a Srta. Pelham.

— Está me mandando ficar quieta, sua moleca de sarjeta? — gritou, aumentando a voz quase como se cantasse. — Vou mandar pegar você e espancar até se arrepender de estar viva! Vou...

— Eu apenas pedi para falar baixo, senhora — interrompeu Maggie, alto, e pensando rápido. — Pois a senhora não vai querer chamar mais atenção ainda. Acabo de saber que a senhora tem uma visita, que é a sua sobrinha. — Ela mostrou Rosie Wightman. Um homem na rua, carregando na cabeça um cesto de camarões, parou e olhou a velha e a moça.

— A menina parece com a senhora! — concluiu ele, para deleite de Maggie e horror da Srta. Pelham. Esta olhou em volta, temerosa de alguém mais ter ouvido, depois pulou para dentro de casa e bateu a porta.

Virando-se, satisfeita, Maggie olhou para sua mais recente surpresa e suspirou. — Pelo amor de Deus, Rosie Whigtman, o que vamos fazer com você?

Rosie não se alterou. Já bastava ter chegado lá, apesar de dez meses depois de Jem e Maisie a esperarem. Quanto aos homens com os quais estivera, quando uma situação se apresentava, ela aceitava.

— Tem alguma coisa de comer? Estou com fome — disse, bocejando.

— Ah, meu Deus — suspirou Maggie de novo, e levou Rosie pelo braço até a casa 13 das Residências Hércules.

CINCO

Era raro os Butterfield jantarem juntos em casa. Para Maggie, foi milagre isso ocorrer uma noite antes da viagem de coche para Weymouth. Teria planejado, se achasse que ia conseguir. Mas só pensou em dormir cedo e sair escondido antes do amanhecer para pegar as meninas. Tinha preparado várias mentiras, caso fosse necessário: podia dizer que não podia lavar roupas com a mãe à noite porque uma colega da fábrica de vinagre pedira para substituí-la no dia seguinte ou não podia ir ao pub com o pai porque estava con dor de barriga. No final, não precisou de desculpa alguma: Bet Butterfield não teve de lavar roupa e Dick Butterfield avisou que ia jantar em casa e esperava comer um assado e uma torta de fígado.

Charlie sentia no ar quando ia ter torta, e empurrou-os para a mesa em volta da travessa que Bet Butterfield colocara ao centro. Não se ouviu nada por alguns minutos, enquanto mastigavam.

— Ah, a torta está perfeita, benzinho. Você podia cozinhar até para a Sua Majestade — elogiou Dick Butterfield, após várias garfadas.

— Vou arrumar de lavar os lençóis do palácio. Já imaginou quanto ganham as lavadeiras do rei, hein, Dick? — perguntou Bet Butterfield.

— O que há com você, Mags? Não está comendo a torta que sua mãe teve tanto trabalho para fazer. Que ingratidão!

— Desculpe, mãe. Estou com um pouco de dor de barriga. — Maggie acabou aproveitando uma das mentiras que tinha preparado. Estava com dificuldade para engolir, preocupada com o dia seguinte. O comentário da mãe sobre dinheiro fez Maggie piorar ainda mais: ficou mandando olhares para Charlie, que ainda não tinha entregado o dinheiro da colher. Esperava chamá-lo de lado mais tarde, pois, naquele momento, ele estava tendo o prazer de ignorá-la enquanto pegava mais uma fatia de torta.

— Bom, que pena, depois você melhora, com certeza — disse Dick Butterfield.

— Talvez. — Maggie olhou de novo para Charlie. Ele estava mastigando um bife gordurento, com a boca brilhando de gordura. Teve vontade de dar um tapa nele.

Charlie sorriu.

— Qual é o problema, Mags? Não estou deixando você doente, estou? Você não está se sentindo *sem dinheiro*, está?

— Cale a boca — resmungou ela, lembrando que o irmão não era de cumprir promessas.

— O que foi, o que foi? Parem vocês dois, vamos comer em paz — pediu Dick Butterfield.

Quando terminaram o jantar, Dick Butterfield recostou-se na cadeira e limpou a boca na manga da camisa.

— Amanhã vou a Smithfield's — anunciou. — Ver uma pessoa que tem ovelhas de... de onde elas são, Charlie?

— Dor-set-shire — soletrou Charlie, bem claro.

A garganta de Maggie ficou tão apertada que ela não conseguiu falar.

— Quer vir, Mags? É mais fácil você ir a Dorsetshire do que Dorsetshire vir a você, não é? — perguntou Dick Butterfield, olhando bem para a filha.

— Charlie, seu canalha! — Maggie conseguiu dizer, percebendo nesse momento que ele jamais tivera a intenção de devolver o dinheiro.

— Mags, não ponha a culpa nele. Está apenas cuidando de você. Não pense que vai deixar você fazer uma aventura campestre sem me contar.

— Eu... por favor, pai. Estou só querendo ajudar.

— A melhor ajuda que você pode dar é lavar roupa com a sua mãe, e não ir para Dorsetshire procurar aquele rapaz, com a desculpa de ajudar a irmã dele.

— Não estou fazendo isso! Só quero levá-la para casa, aonde ela quer ir, fora dessa... cloaca!

Dick Butterfield achou graça.

— Garota, se você acha que aqui é uma cloaca, espere até conhecer o campo. As coisas lá são tão ruins quanto aqui e, às vezes, piores, já que não tem tanta gente cuidando de você. Esquece que sua mãe e eu somos do campo e sabemos do que estamos falando, não é, Bet?

A mãe de Maggie tinha ficado calada durante a conversa, concentrada em limpar a mesa. Levantou os olhos rapidamente do último pedaço de torta que ia guardar no armário.

— É verdade, patinha — concordou, desanimada.

Maggie olhou bem o rosto da mãe e encontrou no cenho franzido uma centelha de esperança, apesar do pai estar dizendo:

— Você vai ficar aqui conosco, Mags. Você é uma londrina, sabe? É daqui.

Maggie ficou acordada quase a noite inteira pensando em como conseguir dinheiro para a viagem. Pensou até em vender um dos presentes dados pelo Sr. Blake, caso valessem alguma coisa e apesar de detestar a ideia.

Então, a esperança se realizou. Após um cochilo, Maggie despertou tendo ao lado a mãe, sentada na cama.

— Pssiu. Não vamos acordar os outros. Vista-se para a viagem. Não faça barulho. — A mãe mostrou a outra cama, onde Charlie dormia de bruços, de boca aberta.

Maggie trocou de roupa rápido e juntou as poucas coisas de que precisava, certificando-se de que todo os pacotes do Sr. Blake estavam no bolso.

Encontrou a mãe na cozinha e recebeu um saco cheio de pão, os restos da torta e um lenço amarrado com moedas.

— Isso basta para chegar a Dorsetshire — sussurrou. — São uns trocados que juntei esses meses, dinheiro dos botões e de outras coisas. Como você me ajudou, uma parte é sua. Eu penso assim. — Disse isso como se estivesse ensaiando o que dizer ao marido no dia seguinte, quando ele descobrisse que Maggie e o dinheiro tinham sumido.

— Obrigada, mãe. Por que está fazendo isso por mim? — perguntou, abraçando a mãe.

— Tenho obrigação de fazer isso por aquela menina, por ter deixado ela ficar como está. Faça com que chegue bem em casa. E volte.

Maggie abraçou Bet Butterfield outra vez, sentiu cheiro de torta e roupa lavada e saiu de mansinho, enquanto a sorte estava do lado dela.

SEIS

Maggie se lembrava de todos os momentos da viagem para Dorsetshire e, muito tempo depois, ainda gostava de percorrer aquele caminho em pensamento. O dinheiro que a mãe dera seria suficiente apenas para duas passagens do coche, e foi preciso argumentar muito para o cocheiro deixar Maggie ir ao lado dele, por um preço menor. Ele acabou se convencendo graças ao estado em que se encontravam Maisie e Rosie, com Maggie garantindo que era parteira e, se não fosse ao lado dele, teria de fazer o parto sozinho.

Maisie e Rosie causaram sensação em toda parte: nas hospedarias onde fizeram as trocas de cavalos; nas mesas de jantar, nas ruas onde deram uma volta para esticar as pernas e no próprio coche, lotado de outros passageiros. Uma menina grávida era comum, mas aquela dose dupla de fertilidade chamava a atenção, deixando algumas pessoas escandalizadas, e outras, encantadas. Maisie e Rosie ficaram tão felizes com a companhia recíproca que mal notavam as exclamações e sorrisos: no coche, ficavam juntinhas; na rua, cochichavam e riam. Ainda bem que Maggie ficou no alto do coche. Além do mais, de lá ela podia admirar melhor a alegre e desconhecida paisagem do sul da Inglaterra.

A primeira parte da viagem não foi tão interessante, já que o coche passou por uma série de vilarejos à margem do Tâmisa que lembravam Londres pela vitalidade (Vauxhall, Wandsworth, Putney, Barnes, Sheen). Só depois de Richmond e da primeira troca de cavalos é que Maggie sentiu que realmente tinham deixado Londres para trás. A terra se espraiava em longas e onduladas colinas num ritmo desconhecido para alguém acostumado às ruas em quarteirões de uma grande cidade. No começo, Maggie só podia olhar para a frente, para as colinas que se empilhavam até o horizonte, mais distante do que ela jamais imaginara. Depois de se acostumar com aquela ampla novidade, conseguiu prestar atenção na paisagem mais próxima, com campos divididos por fileiras de cercas vivas, salpicados de ovelhas e vacas, além das casas de colmo com suas curvas desencontradas que a fizeram rir. Quando o coche fez uma parada para jantar em Basingstoke, ela já estava perguntando ao cocheiro até o nome das flores à margem da estrada, pelas quais jamais tinha se interessado antes.

Tudo teria sido impressionante para uma menina londrina, se ela não estivesse empoleirada na cabine barulhenta, distante do que via, passando pelo campo, mas não se envolvendo com ele. Maggie se sentiu segura onde estava, apertada entre o cocheiro e o cavalariço, e adorou cada minuto na estrada, mesmo quando choveu no meio da tarde e o chapéu do cocheiro pingava exatamente na cabeça dela.

Passaram a noite numa hospedaria em Stockbridge. Maggie dormiu pouco, pois era um lugar barulhento, com os coches chegando até meia-noite e a hospedaria funcionando até bem mais tarde. Dividir uma cama com duas garotas grávidas significava que uma estava sempre levantando para usar o penico. Até então, Maggie só tinha dormido em casa e, por pouco tempo, na casa de verão dos Blake. Não estava acostumada a dormir num lugar público, com mais três camas no mesmo quarto e mulheres entrando e saindo a noite toda.

Deitar depois de um dia inteiro em movimento deu a Maggie tempo, finalmente, para pensar no que estava fazendo e se preocupar. Primeiro, porque tinha sobrado pouco dinheiro. As refeições na hospedaria custavam meia coroa cada, com mais um xelim para o garçom, e as despesas extras foram surgindo: seis pence para a camareira que mostrou o quarto e deu lençóis e cobertores; dois pence para o menino que achou que as botas delas precisavam de limpeza; alguns centavos para o carregador que insistira em levar as malas para cima, quando elas podiam ter feito isso, pois tinham pouca bagagem. Com os míseros pence e xelins restantes acabando rápido, não sobraria nada quando ela chegasse a Piddle Valley.

Pensou também em sua família: a raiva do pai ao descobrir que ela fugira, a aflição que a mãe passaria por ter ajudado a filha. Acima de tudo, pensou onde Charlie estaria naquele momento, e se um dia a castigaria pela vingança dela. Pois naquela manhã, quando ela e as garotas chegaram a White Hart, na Borough High Street, de onde saía o coche para Weymouth, Maggie viu um soldado, chamou-o de lado e disse que tinha um rapaz no n.º 6 da Travessa Bastilha que estocava mijo para jogar nos franceses. O soldado prometeu ir lá imediatamente, pois o exército estava sempre à procura de jovens desse tipo para mandar à guerra, e recompensou Maggie com um xelim pela informação. Não era a mesma quantia que valia a colher que o irmão jamais pagara, mas foi uma satisfação, e ficou mais satisfeita ainda ao pensar em Charlie sendo mandado para a França de navio.

De manhã, embora com a roupa ainda úmida da chuva do dia anterior, Maggie estava animada para seguir viagem; mais alerta, aliás, do que Maisie e Rosie, que estavam cansadas, picadas de pulgas e com dores devido ao chacoalhar do coche no dia anterior. Principalmente Maisie, que nada disse sobre o corrido café da manhã de pão com cerveja e não saiu do coche durante a mudança de parelhas. Comeu pouco no jantar em Blandford, o que foi bom, pois o dinheiro de Maggie só dava para um prato dividido pelas duas meninas, enquanto ela comia a torta feita pela mãe.

— Você está bem? — perguntou, quando Maisie empurrou o prato para Rosie, que comeu satisfeita as batatas e o repolho intocados.

— O bebê pesa — explicou Maisie. Ela engoliu em seco. — Ah, Maggie, não acredito que dentro de algumas horas estarei em casa. Casa! Parece que não vejo Piddletrenthide há anos, embora faça só um ano e pouco.

Maggie sentiu a garganta apertar. Até aquele momento, estava desfrutando tanto a viagem que conseguira afastar da cabeça o lugar para onde ia. Pensou então como seria reencontrar Jem, pois ele sabia o maior segredo dela e demonstrara o que achava. Não tinha certeza de que ele iria gostar de vê-la.

— Maisie, talvez... Bom, está perto de chegar, não?

— Está, sim. O coche vai nos deixar em Piddletown, que fica a três quilômetros daqui. Teremos de andar uns dois quilômetros, mais ou menos.

— Talvez, então, vocês duas possam seguir sem mim. Eu fico aqui e pego o coche na volta. — Maggie não tinha comentado seu problema de dinheiro, mas, ao dar uma olhada em Blandford, achou que poderia encontrar um trabalho ali e, assim, conseguir o dinheiro para voltar. Era uma cidade agitada, a maior em que tinha estado desde Basingstoke. Não devia ser muito difícil ser camareira numa hospedaria de estrada, pensou.

Mas Maisie se agarrou a Maggie:

— Ah, não, você não pode nos deixar! Precisamos de você! O que faríamos sem você? — Até a passiva Rosie ficou assustada. Maisie falou mais baixo. — Por favor, não nos deixe, Maggie, eu... eu acho que o bebê vai chegar logo. — Ao dizer isso, ela piscou, ficou com o corpo tenso e rígido, como se tentasse conter uma grande dor.

Maggie arregalou os olhos.

— Maisie! Há quanto tempo está sentindo isso?

Maisie olhou para ela, temerosa.

— Desde a manhã. Mas ainda não está ruim. Por favor, podemos continuar? Não quero ter o bebê nesse lugar! Quero chegar em casa — disse, olhando a barulhenta, agitada e suja hospedaria.

— Bom, pelo menos você não está na fase de berrar de dor. Pode demorar horas para nascer, vamos ver como ficamos — decidiu Maggie.

Maisie apertou a mão da amiga, grata.

Maggie não apreciou a última fase da viagem, preocupada com Maisie dentro da cabine, mas relutando em pedir para o cocheiro parar e ela ver como estava a situação. Concluiu que, se estivesse ocorrendo algo errado, Rosie bateria no teto do coche. E a paisagem em volta (apesar do verdor dos campos, do agradável movimento de lindas colinas e vales, do céu muito azul e do sol iluminando os campos e as cercas vivas) parecia ameaçadora naquele momento em que ela sabia que estaria logo no meio daquilo tudo. Notou como eram poucas as casas. E se Maisie tivesse o bebê no meio de um campo?

SETE

Piddletown era um vilarejo grande, com várias ruas de casas cobertas de colmo, alguns pubs e uma praça do mercado, onde o coche as deixou. Maggie se despediu do cocheiro, que lhe desejou boa sorte, riu e partiu, batendo as rédeas nos cavalos. Quando o coche foi embora, levando com ele o som das patas dos cavalos, o balanço e o estrépito com o qual haviam convivido durante um dia e meio, as três garotas ficaram em silêncio na rua. Ao contrário de Londres, onde a maioria das pessoas nem notaria as meninas, lá Maggie teve a impressão de que todos olhavam as recém-chegadas.

— Rosie Wightman, olha o que você andou fazendo — observou uma jovem com uma cesta de doces, encostada num muro de casa. Rosie, que tivera muitos motivos para chorar em dois anos fora de Piddle Valley, mas sempre se segurara, caiu em lágrimas.

— Deixe ela, sua mexeriqueira vadia! — gritou Maggie. Para surpresa dela, a moça achou muita graça. Maggie pediu para Maisie explicar aquela reação.

— Ela não entende a língua que se fala em Londres — disse Maisie, puxando a manga da blusa da amiga a fim de afastá-la do riso que se espalhou pelas outras pessoas. — Não tem importância. Os moradores daqui sempre riram de nós. Vamos. — Conduziu-as pela rua e, poucos minutos depois, estavam fora do vilarejo, numa trilha para o norte.

— Tem certeza de que quer sair da cidade? Precisa avisar agora, para não pararmos e você ter o bebê.

Maisie negou com a cabeça.

— Não quero que nasça em Piddletown. Estou bem, a dor parou. — De fato, ela seguiu pela trilha de mãos dadas com Rosie, ao entrarem na conhecida paisagem de colinas que as levaria a Piddle Valley. Começaram a mostrar detalhes do local e, mais uma vez, imaginar como estariam alguns habitantes da aldeia, coisa que tinham feito várias vezes nos últimos dias.

No começo, as colinas eram compridas, com curvas suaves sob um céu amplo como uma tigela virada de cabeça para baixo, e ofereciam uma vista de quilômetros de verde e marrom dividida por bosques e cercas vivas. A trilha acompanhava uma alta cerca viva, com declives nublados, com plantas silvestres da altura dos ombros. Fazia calor e estava tudo parado; com o sol, insetos invisíveis zuniam e esvoaçavam, e as plantas silvestres rodeavam-na; Maggie começou a sentir-se como num sonho. Não havia ovelhas nem vacas nos campos próximos, nem ninguém por perto. Ela olhou em toda a volta, mas não viu casa, celeiro, arado, calha e sequer uma cerca. Além da trilha cheia de sulcos, nada indicava que havia gente por ali, muito menos morando. De repente, ela se viu como um pássaro, devia enxergá-la lá do alto, uma isolada mancha branca em meio ao verde, ao marrom e ao amarelo. Aquele vazio a assustou: sentiu o medo apertar o estômago e subir pelo peito até a garganta, parecendo estrangulá-la. Ela parou, engoliu em seco e tentou chamar as meninas, que estavam cada vez mais distantes, na trilha.

Maggie fechou os olhos e respirou fundo, ouvindo o pai dizer: "Veja bem, Mags. Não adianta fazer isso." Abriu os olhos e enxergou um vulto descendo a colina, na frente delas. O alívio se misturou a uma nova preocupação, pois, como Maggie sabia muito bem, um homem podia ser o perigo que fazia os espaços vazios se tornarem tão ameaçadores. Correu para alcançar as meninas, que também notaram o homem. As duas não se importaram com ele. Na verdade, apertaram o passo para encontrá-lo:

— Olha o Sr. Case! Vem de Piddles. Boa-tarde! — cumprimentou Maisie, acenando para ele.

Elas o encontraram na parte mais baixa do vale, perto de um riacho que corria entre dois gramados. O Sr. Case tinha mais ou menos a idade de Thomas Kellaway e era alto, de cabelos encaracolados. Levava uma sacola às costas e tinha o passo largo e firme de quem vive andando. Franziu o cenho ao reconhecer Maisie e Rosie.

— Vão para casa? Não soube de nada em Piddles. Seus pais estão esperando vocês? — perguntou.

— Não, eles não sabem... de nada — respondeu Maisie.

— Vocês estão voltando para ficar? Sentimos falta da sua habilidade para fazer botões, Maisie, meus fregueses só pedem os que você faz.

Maisie enrubesceu.

— O senhor está brincando, Sr. Case.

— Preciso ir, mas vejo você daqui a um mês, certo?

Ela concordou com a cabeça, enquanto o mascate subia a trilha por onde elas haviam acabado de passar.

— Quem é ele? — perguntou Maggie, olhando para trás.

Maisie olhou também com carinho, grata porque o mascate não disse nada nem demonstrou qualquer surpresa pela gravidez dela.

— É o vendedor de botões fazendo a ronda. Passa todo mês para recolher botões. Agora vai para Piddletown. Esqueci que todo mês ele passa nesse dia. Não é estranho como a gente esquece rápido essas coisas?

As garotas levaram um bom tempo para subir a colina, arquejantes e ofegantes, parando várias vezes, com Maggie carregando toda a bagagem delas. Quando descansaram, ela viu Maisie cerrar os dentes de dor, mas sem dizer nada. Na colina seguinte, elas puderam descer mais rápido, antes de começar lentamente a subir outra vez. No caminho rumo a Piddle Valley, Maggie descobriu que o riacho que atravessaram era o rio Piddle, não mais que um fiapo de água no auge do verão. Esta pequena informação recuperou seu antigo senso de humor.

— Rio. Rio! Dá para despejar cem rios Piddle dentro do Tâmisa! — gritou, ao pisar numa pedra para atravessar o rio em dois pulos.

— Imagina o que pensei na primeira vez que vi o Tâmisa? Achei que havia uma enorme inundação! — lembrou Maisie.

Acabaram chegando ao cume de uma colina para descobrir que a trilha passava por uma estrada de verdade, que, por sua vez, dava num amontoado de casas em volta de uma igreja de torre quadrada, com um dos lados tingidos pela luz dourada do sol poente.

— Finalmente chegamos! — festejou Maggie, animada, para disfarçar o nervosismo.

— Ainda não. Isso aqui é Piddlehinton, uma vila antes de Piddletrenthide. É comprida, mas vamos chegar logo — explicou Maisie. Ela segurou na escada onde tinham parado e passou por cima dela, gemendo baixo.

— Tudo certo, Maisie, daqui a pouco você terá ajuda — tranquilizou Maggie, batendo de leve no ombro da amiga.

Quando a contração passou, Maisie se aprumou e pisou firme na estrada. Rosie seguiu-a, menos confiante.

— Ah, Maisie, o que eles vão dizer de nós sobre... — falou, olhando para a própria barriga.

— Agora não podemos fazer nada, não é? Erga a cabeça. E... apoie no meu braço, pronto. — Maisie estava de braço com a amiga quando entraram em Piddlehinton.

OITO

Na trilha, elas só encontraram o mascate de botões; viram um pastor com suas ovelhas numa colina distante e um homem arando a terra. Mas a estrada tinha muita gente: camponeses vindo do trabalho, cavaleiros indo para Dorchester, mais um camponês levando suas vacas para o celeiro, crianças correndo para casa após brincarem no rio a tarde toda. As meninas se infiltraram no meio deles, esperando não chamarem atenção, mas claro que foi impossível. Antes mesmo de chegarem à primeira casa da aldeia, as crianças começaram a segui-las. Cada vez que paravam à espera de Maisie, as crianças paravam também, a certa distância.

— Acho que há uma semana elas não se divertiam tanto. Ou até há um mês — observou Maggie.

Quando se aproximaram do New Inn, o primeiro pub da aldeia, uma mulher comentou de sua casa:

— Aquela não é Maisie Kellaway? Não sabia que estava de volta. E desse jeito.

Maisie recuou, mas foi obrigada a parar ao sentir uma contração.

— Você também, Rosie Wightman, andou fazendo muita coisa em Londres, não? — acrescentou a mulher.

— Pode nos ajudar, senhora? — interrompeu Maggie, tentando não se exaltar. — O bebê de Maisie está nascendo.

A mulher olhou bem para Maisie. Atrás dela, surgiram os dois filhos pequenos, olhando as recém-chegadas.

— Cadê o marido dela? E o seu?

Fez-se um silêncio durante o qual Maisie abriu e fechou a boca; parecia ter perdido a facilidade para mentir que adquirira em Londres.

Maggie teve menos problema.

— Estão na França. Foram lutar com os franceses e me encarregaram de trazer as esposas para casa — informou Maggie. Frente ao olhar incrédulo da mulher, acrescentou: — Sou cunhada de Maisie, irmã do marido dela. Ele se chama Charlie, Charlie Butterfield. — Disse isso e ficou olhando para Maisie, querendo que ela completasse. Maisie abriu a boca, pensou e disse:

— Isso mesmo. Eu agora me chamo Maisie Butterfield. E Rosie é... — Maggie terminou a frase para ela:

— ... Rosie Blake. Casou-se com Billy Blake no mesmo dia que Maisie casou com meu irmão; os dois tinham de ir para a França.

A mulher olhou para elas, concentrando-se no sujo vestido de cetim de Rosie. Finalmente, disse para um dos meninos em volta:

— Eddie, corra ao Five Bells; não vá ao Crown, porque hoje lá não tem carroça. Pergunte se podem mandar uma carroça aqui para pegar uma menina em trabalho de parto e levar para a casa dos Kellaway, em Piddletrenthide.

— Nós vamos junto — disse Maisie, quando o menino saiu correndo. — Não quero ficar aqui com essa mulher nos olhando. — Deu o braço para Rosie e seguiu pela estrada, com Maggie carregando a bagagem de novo, acompanhadas do bando de crianças. Ao olhar para trás, viu a mulher atravessar a rua, encontrar outra que saía de seu chalé e observarem as três meninas.

Enquanto andavam, Maisie disse baixo para Maggie:
— Obrigada.
Maggie sorriu.
— Uma vez você não disse que sempre quis uma irmã?
— E Rosie casada com o Sr. Blake! Pode imaginar?
— O que diria a Sra. Blake? — Maggie riu.

Saíram de Piddlehinton para Piddletrenthide, o que Maggie não teria percebido se Maisie não dissesse, pois o vilarejo tinha a mesma e longa série de casas na estrada. Ela se sentia cada vez mais sugada pela aldeia de Dorset e, embora fosse melhor do que ficar no campo aberto, a paisagem desconhecida (a lama, os chalés com os típicos telhados de colmo, os aldeões observando-a) deixou-a desconfortável. Alguns cumprimentaram, mas muitos ficaram calados, só olhando-as, embora as reconhecessem. Maggie pensou se, afinal, Maisie não devia ter deixado o bebê nascer em Lambeth.

A bolsa d'água de Maisie estourou na frente do pub Crown e as meninas tiveram de parar, pois as contrações estavam ficando mais frequentes e dolorosas. Colocaram-na no banco ao lado da porta do pub.

— Ah, cadê a carroça? — perguntou Maisie, ofegante. Nesse momento, a esposa do dono saiu do pub, deu um grito de surpresa e abraçou Maisie e Rosie. Pareceu que bastou só aquele sinal de boas-vindas para mudar o clima, de julgamento para alegria. Outras pessoas saíram do pub e das casas próximas, fazendo as meninas de Piddle ficarem rodeadas de vizinhos surpresos e velhos amigos. Maisie espalhou a nova mentira pela primeira vez, chamando-se de Maisie Butterfield com tanta facilidade e fluência que Maggie teve vontade de cumprimentá-la. Ela vai ficar ótima, pensou, e saiu do meio do grupo.

A carroça finalmente chegou, dirigida pelo Sr. Smart, o mesmo que havia levado os Kellaway para Londres e que naquele momento participava de mais uma aventura, só que mais local, para contar depois no pub. Várias mulheres colocaram Maisie, que gemia, sobre a palha que cobria o piso da carroça. Rosie e a mulher do dono do pub subiram junto. Maisie ia perguntar a Maggie sobre sua bagagem, quando descobriu que a amiga não estava na carroça.

— Maggie! Sr. Smart, espere por Maggie! — gritou quando a carroça deu partida. Mas uma contração mais forte transformou seu pedido num grito.

O único sinal de que Maggie tinha estado lá eram as bagagens das meninas que ela carregara, deixadas no banco do pub.

NOVE

Jem percebeu algo diferente muito antes da carruagem aparecer. Trabalhava na frente do chalé dos Kellaway, pintando uma cadeira que o irmão Sam tinha acabado de montar, quando ouviu um zunido distante, idêntico ao das pessoas que se juntam para discutir um assunto, pontuado por ocasionais gritos de crianças animadas. Não pensou muito no fato, pois tinha ouvido um zunido igual à tarde, quando o vendedor de botões passou e, mesmo ele tendo ido embora fazia tempo, a visita sempre causava uma agitação. Podia ser também que duas mulheres estivessem discutindo se a qualidade dos botões do mascate era superior, média ou inferior. Cada mulher de Piddle se orgulhava de seu artesanato e detestava ser considerada abaixo do padrão. Uma observação maldosa de outra podia dar início a uma discussão em público que levaria até semanas.

Jem sorriu ao pensar nisso, mas foi um sorriso de resignação, não de crítica. Depois que voltara de Londres e tinha como comparar, achava bem diferentes alguns detalhes da vida do vilarejo. Não podia imaginar, por exemplo, as moradoras de Lambeth discutindo sobre a qualidade de seus botões. Embora jamais tivesse dito a alguém, às vezes ele achava que Piddletrenthide, como seu rio Piddle, parecia se situar entre Lambeth e o Tâmisa. De vez em quando, ele abria a janela da frente e desanimava ao ver que estava tudo exatamente igual ao dia anterior. Não havia vendedores de abacaxi passando, nem meninas com laços de fita azul batendo nas costas. Era o tipo de coisa que ele reclamaria para Maisie, se ela estivesse lá. Sentia falta dela e invejava os meses que estava passando com os Blake.

A volta dos Kellaway para Piddletrenthide não foi fácil, embora tivessem ficado fora menos de um ano. Chegaram no meio de uma tempestade de neve, por isso não havia ninguém na rua para saudá-los; foram para o velho chalé e encontraram Sam e a esposa Lizzie deitados, embora fosse mais de meio-dia. Foi um mau começo, e alguns meses depois ainda não haviam se recuperado.

Thomas Kellaway assumiu logo sua antiga função na oficina, para infelicidade de Sam, que tinha gostado do breve período em que havia sido seu próprio patrão. Achava que o pai era um pouco lento no trabalho e não tardou em dizer. Os dois não chegaram a discutir, mas Thomas Kellaway, às vezes, se perguntava se ainda era o dono de sua oficina.

Anne Kellaway também sentiu dificuldade em se adaptar, pois tinha encontrado uma nora ocupando seu lugar. Antes, as duas se entendiam, pois Lizzie Miller era uma menina calma, sempre respeitosa com a futura sogra. Mas, depois de casar e ter sua casa, Lizzie passara a ser uma mulher cheia de opiniões das quais relutava em abrir mão quando os parentes voltaram para o chalé que ela começava a considerar seu. Tinha mudado algumas coisas, trouxera alguns móveis da casa dos pais dela, colocara cortinas novas, mudara uma mesa da sala de um lado para outro. Uma hora após voltar, Anne

Kellaway tinha colocado a mesa no antigo lugar, o que causou um mau humor em Lizzie que durou sete meses. Por isso, as duas passaram a evitar ficarem sozinhas, o que não era fácil, já que o trabalho as obrigava a estar quase sempre no mesmo cômodo. Anne Kellaway devia ajudar Lizzie a lavar as cortinas, mas preferiu cuidar do jardim que ficava depois da oficina de cadeiras. Não sentiu a mesma coisa que Jem, aquela corrente invisível de animação que percorria a aldeia sempre que acontecia uma novidade. Ela estava tirando as ervas daninhas do meio dos alhos-porros e tentando não pensar no toco da pereira no fundo do jardim. Fazia um ano e meio que Tommy tinha morrido e ela ainda pensava nele várias vezes por dia. Concluiu que ser pai ou mãe era assim mesmo: os filhos continuam ao lado dos pais, quer estejam mortos ou vivos, perto ou longe. Ela pensava também em Maisie, presa em Lambeth. Tinham de dar um jeito de trazê-la.

Então, ouviu os gritos de Maisie.

Anne Kellaway chegou na frente da casa no mesmo instante em que a carroça parou.

— Deus do céu — murmurou ela, quando viu a barriga da filha, e procurou o olhar do marido.

Thomas Kellaway percebeu na hora a situação. Ficou com uma expressão determinada, que passou a ter nos meses que viveram em Lambeth. Olhou para a esposa. Então, na frente dos vizinhos que saíram de suas casas para ver que confusão era aquela, Thomas Kellaway chamou Jem e Sam para ajudar e tirou a filha da carroça, carregada nos braços.

Apesar disso, Anne Kellaway sabia que os vizinhos iam conferir o que ela faria e reagir a partir disso. Olhando em volta, ela viu a nora Lizzie observando Maisie com um nojo que mal conseguia disfarçar. Anne Kellaway fechou os olhos e viu a Srta. Laura Devine andando à vontade em sua corda bamba. Abriu os olhos e foi ajudar o marido, colocando o braço em volta de Maisie enquanto ele a levantava pelo outro braço.

— Está tudo bem, Maisie, você já chegou em casa — tranquilizou Anne Kellaway.

Quando a levaram para o chalé, Maisie pediu:

— Jem, você tem de achar Maggie, não sei aonde ela foi!

Jem levou um susto e arregalou os olhos:

— Maggie veio?

— Ah, não estaríamos aqui se não fosse ela. Ela foi ótima para Rosie e eu, arrumou tudo e cuidou de nós. Mas, depois, sumiu!

— Onde a viram pela última vez?

— Ao lado do pub Crown. Subimos na carroça, virei e ela não estava mais. Ah, por favor, encontre-a, Jem! Está sem dinheiro e fica assustada aqui. — Maisie foi colocada dentro de casa e não pôde ver o irmão virar as costas e sair correndo.

DEZ

Piddletrenthide era um vilarejo comprido e estreito, com bem mais que as trinta casas a que seu nome se referia. Espraiava-se ao longo do rio Piddle por mais de três quilômetros. O pub Crown ficava no final do vilarejo, pouco antes de ele passar a se chamar Piddlehinton. Ao chegar ao pub, Jem estava ofegante e, após retomar o fôlego, perguntou a várias pessoas, mas ninguém tinha visto Maggie. Entretanto, ele sabia que uma pessoa de fora não conseguia ir longe sem ser notada.

No pub New Inn, Jem soube pelas crianças que Maggie tinha passado por elas meia hora antes. Mais adiante, um velho confirmou tê-la visto ao lado da igreja. Jem correu em meio ao lusco-fusco do anoitecer.

No jardim da igreja, notou uma mancha branca atrás do muro que separava o jardim da estrada, e seu coração bateu mais depressa. Mas, ao olhar por cima do muro, viu, sob o último lance de sol, uma menina de Piddle que era prima distante da cunhada dele. Estava com alguma coisa no colo, que cobriu com o avental ao ver Jem se aproximar.

— Boa-tarde — cumprimentou Jem, agachando-se ao lado dela. — Viu uma menina por aqui? Ela é de Londres e mais velha que você.

A menina fixou seus olhos negros nele, brilhantes por estarem escondendo algo.

— Você é da família Miller, não? Os Plush Miller.

A menina concordou.

— Sua prima Lizzie mora conosco, é casada com meu irmão Sam.

A menina pensou e contou, por fim:

— Ela me disse para procurar Jem.

— Quem disse... Lizzie? Ela estava na minha casa.

— Não, a moça de Londres.

— Você a viu? O que ela disse? Onde está?

— Ela disse... — A menina olhou para o colo, sem saber se contava ou não. — Ela disse... para dar isso para você. Tirou de baixo do avental um livro cor de areia, desembrulhado do papel pardo. A menina olhou, temerosa. — Não queria desembrulhar, mas o barbante soltou, o papel abriu e vi os desenhos; não pude fazer nada, só queria olhar. Nunca vi uma coisa assim.

Ao estender a mão para pegar, Jem já sabia o que era. Abriu na folha de rosto e descobriu que não se tratava do livro que conhecia. Em vez de crianças em volta da mãe sentada, o desenho colorido era de um jovem casal debruçado sobre os corpos de outro casal num esquife, que lembrava as estátuas de pedra que ele tinha visto sobre túmulos na abadia de Westminster. Sobre o desenho, letras enfeitadas com pessoas flutuando e parreiras enroscadas. Ele folheou o livro, olhando aleatoriamente as palavras e desenhos entremeados e pintados de azul, amarelo, vermelho e verde. As pessoas estavam vestidas ou nuas, e havia árvores, flores, parreiras, céu escuro, animais, ovelhas e vacas, sapos, um pato, um leão. Jem virava as páginas, e a menina olhava por cima do ombro dele.

Ao ver um desenho, ela não o deixou virar a página.
— O que é isso? — perguntou.
— Acho que é um tigre. É o que está escrito. — Virou a página e deu com a palavra "Londres" sob um desenho de uma criança guiando um velho pelas ruas, com as palavras que ele conhecia bem e às vezes recitava baixinho:

> Ando por todas as ruas
> Perto de onde o Tâmisa corre

Jem fechou o livro.
— Aonde ela foi... a moça de Londres?
A menina engoliu em seco.
— Posso ver mais isso?
— Depois que eu encontrar Maggie. Para onde ela foi?
— Disse que ia para Piddletown.
Jem levantou-se.
— Bom, vá um dia visitar sua prima e poderá olhar isso. Certo?
A menina concordou com a cabeça.
— Vá para casa agora. Está escurecendo. — Ele não esperou para ver se ela havia obedecido, mas correu colina acima, saindo de Piddlehinton.

ONZE

Maggie estava sentada na escada apreciando o primeiro vale por onde passava a trilha. Vê-la ali foi tão estranho que Jem quase riu. Mas engoliu o riso e chamou-a pelo nome, baixinho, para não assustá-la. Maggie virou a cabeça na hora.

— Jem — exclamou, com os lábios quase cerrados. — Quem ia imaginar que nos encontraríamos num lugar assim, hein?

Jem parou ao lado da escada e se inclinou sobre ela.

— É engraçado — concordou, olhando o vale quase todo arroxeado, naquele momento em que o sol se punha.

Maggie voltou a olhar o vale.

— Cheguei aqui e não consegui ir adiante. Estou sentada aqui faz tempo, tomando coragem para chegar lá embaixo, mas não consigo. Olha, não há vivalma, só nós dois. Isso não é normal. — Ela estremeceu.

— Você se acostuma. Nunca penso nisso; só quando mudamos para Londres é que senti falta desse isolamento. Em Londres, não havia um lugar onde eu conseguisse ficar longe das pessoas.

— Lá só tem gente, não é? Tem mais alguma coisa?

Jem riu.

— Tem tudo. Campos, árvores, céu. Eu poderia ficar lá o dia todo e ser feliz.

— Mas isso não significaria nada, se não houvesse pessoas para você estar com elas.

— Imagino que sim. — Os dois continuaram virados para o vale; não se entreolhavam mais. — Por que não foi à minha casa? Você veio tão longe, depois voltou no último trecho da viagem — reclamou Jem, por fim.

Maggie respondeu a pergunta com outra.

— As meninas chegaram bem?

— Chegaram.

— Maisie não teve o bebê no meio da estrada?

— Não, ela chegou em casa.

Maggie concordou com a cabeça. — Que bom.

— Como você encontrou Rosie?

— Ela nos encontrou, quer dizer, encontrou a bruxa velha. — Contou para Jem como descobrira Rosie na casa da Srta. Pelham.

Jem disse, com raiva:

— Não sinto falta *dela*. — A ênfase mostrou bem que sentia falta de outras coisas. Maggie sentiu o coração apertar.

— Obrigado por trazer as duas — acrescentou ele.

Maggie deu de ombros.

— Eu queria conhecer a famosa Piddle-di-di. E elas precisavam de alguém que as trouxesse, no estado em que estão.

— Eu não... não sabia que Maisie estava assim.

— Eu sei. Quase caí de susto quando a vi. — Ela fez uma pausa. — Tenho de lhe contar uma coisa, Jem. Maisie agora é Maisie Butterfield.

Jem olhou para ela com tal horror que Maggie riu.

— Sei que Charlie é ruim, mas foi a solução. — Explicou a mentira que inventara, acrescentando: — E Rosie é casada com o Sr. Blake.

Jem riu, Maggie também, com o som agudo que havia feito tanta falta para ele nos meses em que ficaram longe.

— Como vai o casal Blake? — perguntou, quando pararam de rir.

— A Associação ainda o incomoda. Ninguém pode dizer nada sobre o rei, a França, ou algo diferente, pois eles prendem. E você sabe como o Sr. Blake diz coisas inesperadas. Passou maus pedaços por causa disso. Maisie vai lhe contar, ela ficou quase todo o tempo com ele.

— Ele me mandou isso? — Jem tirou o livro do bolso.

— Mandou; bom, de certa forma. — Sob o olhar inquisitivo de Jem, ela explicou: — Não, eu não roubei o livro! Como você pode pensar isso? Jamais tiraria algo do Sr. Blake! É que... ele me deu dois, embrulhados em papel pardo e do mesmo tamanho. — E eu... os misturei no bolso. Não sei qual o seu e qual o meu.

— Não são iguais?

— Não. — Maggie pulou da escada (ela agora estava de um lado, e Jem, do outro), pegou sua bagagem e tirou o outro livro. — Está vendo? — Abriu na folha de rosto, onde uma mulher sentada lia um livro com duas crianças a seus pés. *Canções da inocência* — ela disse. — Lembro desse, não sabia qual era o assunto do outro, então escolhi esse. Como se chama o outro?

— *Canções da experiência*. — Jem abriu na folha de rosto e mostrou para ela.

— Ah, são opostos, portanto. — Um sorriu para o outro. — Mas qual é o seu e qual é o meu? Quer dizer, qual você acha que o Sr. Blake queria dar para cada um de nós? Ele deixou bem claro que um era especial para você e o outro para mim.

Jem balançou a cabeça.

— Pergunte a ele.

— Ah, não posso, ele ficaria desapontado por eu ter misturado. Nós é que temos de decidir.

Olharam os livros em silêncio. Então, Maggie voltou a falar.

— Jem, por que você foi embora de Lambeth sem se despedir?

Jem deu de ombros.

— Tivemos de sair depressa por causa da Srta. Pelham.

Maggie prestou atenção no perfil dele.

— Você podia ter me procurado para se despedir. Será que não conseguiu e não consegue me perdoar pelo que fiz, o que eu contei na Passagem da Garganta Cortada? Pois quando aquilo me aconteceu, bem, passei um tempo achando que o mundo nunca mais seria igual para mim. Quando se faz uma coisa assim, não se pode voltar ao que era antes. Você perde tudo, e é difícil conseguir de volta. Mas, então, você, Maisie e o Sr. Blake apareceram, e me senti melhor, finalmente, quando contei para você. Só continuo com medo do escuro e de ficar sozinha.

— Não tem problema. Levei um susto ao saber, foi só. Vi você de um jeito diferente. Mas está tudo certo — disse Jem, finalmente.

Cada um olhou para o seu livro enquanto o dia terminava. Maggie inclinou-se sobre a página do livro de Jem. — Isso é um tigre?

Jem concordou com a cabeça e leu.

— Tygre, tygre...

— ... Viva chama — completou Maggie, para surpresa dele.

>Que as florestas da noite inflama
>Que mão ou olho imortal podia
>Traçar-te a horrível simetria?

— Maisie me ensinou essa poesia, mas não sei ler... ainda — acrescentou ela.

— Maisie ensinou? — Jem ficou pensando o quanto a irmã tinha mudado desde que ficara em Londres. — O que é simetria?

— Não sei, pergunte a ela.

Jem fechou o livro e pigarreou.

— Aonde você vai agora, no escuro, sozinha?

Maggie bateu o livro na palma da mão.

— Ia alcançar o vendedor de botões em Piddletown e me oferecer para fazer botões para ele e assim pagar a passagem para Londres.

Jem franziu o cenho.

— Quanto custa?

— Uma libra, se eu for de diligência no banco com o condutor; menos que isso, se eu for de coche.

— Maggie, você teria de fazer, no mínimo, mil botões para comprar uma passagem!

— É mesmo? Meu Deus! — Maggie riu junto com ele. O riso desamarrou alguma coisa e dali a pouco os dois riam tanto que cada um teve de segurar a barriga.

Quando finalmente pararam, Jem disse:

— E o que você vai fazer, sentada nessa escada; vai passar a noite aqui?

Maggie passou a mão pela capa do livro.

— Eu sabia que você viria.

— Ah.

— Então, se eu estou deste lado da cerca e você está no outro, quem está no meio?

Jem colocou a mão na escada.

— Nós.

Um minuto depois, Maggie apertou a mão sobre a dele e as duas ficaram assim algum tempo, aquecendo-se.

O vale à frente deles escurecia, não se viam mais o rio e as árvores ao fundo.

— Mas não posso ficar aqui, Jem. Não posso — disse Maggie, delicadamente. Escorreram algumas lágrimas, mas ela as enxugou.

— Posso levar você até Piddletown, se quiser — disse Jem, depois de um tempo.

— Como? Olha que escuridão!

— Daqui a pouco a lua vai aparecer e poderemos enxergar o caminho com a luz dela.

— Vai mesmo? Como você sabe?

Jem sorriu. — É o tipo de coisa que a gente sabe aqui. Não temos acendedores de lamparinas subindo e descendo as ruas. — Entregou o livro dele enquanto subia na escada. Maggie ofereceu *Canções da experiência*, mas Jem balançou a cabeça. — Fique com os dois. Veja como cabem perfeitamente na sua mão. São do mesmo tamanho.

— Ah, não, não posso. *Você* fica com os dois. Senão, não vai vê-los nunca.

— Posso ir vê-los em Londres.

— Não é justo. Você fica com eles e eu venho visitar Piddle-di-di.

Jem riu e segurou na mão dela.

— Aí você teria de aprender a passar por esse vale sozinha.

— Não, você pode ir esperar o coche em que eu vier.

Os dois foram discutindo isso por todo o caminho até Piddletown.

AGRADECIMENTOS

O mundo tem muitas fontes de pesquisa sobre William Blake, fontes em demasia. Eis as que achei mais úteis:

The Life of William Blake, de Alexander Gilchrist (1863, e relançado há pouco tempo)
Blake, de Peter Ackroyd (1995)
The Stranger from Paradise: A Biography of William Blake, de G. E. Blentley, Jr. (2001)
Blake Records (2ª edição), editado por G. E. Bentley, Jr. (2004)
William Blake (catálogo da exposição na Tate inglesa), de Robin Hamlyn et al. (2001), sobretudo a parte sobre Lambeth, de Michael Phillips
William Blake, de Kathleen Raine (1970)
William Blake: The Creation of the Songs, de Michael Phillips (2000)
"Blake and the Terror, 1792-1793", de Michael Phillips, em *The Library*, Sexta Série, vol. 16, nº 4 (dezembro de 1994), pp. 263-97
"Nº 13 Hercules Buildings, Lambeth: William Blake's Printmaking Workshop and Etching-Painting Studio

Recovered", de Michael Phillips, em *The British Art Journal*, vol. 5, nº 1 (Primavera/verão 2004) pp. 13-21.

A mais vasta fonte sobre Blake na internet é, sem dúvida, o Arquivo William Blake em www.blakearchive.org

Vou apenas listar as centenas de obras que me ajudaram a recriar a Londres do século XVIII, assim como algumas pesquisas úteis para assuntos mais específicos:

The Autobiography of Francis Place editada por Mary Thale (1972), e o arquivo de Francis Place da British Library
London Life in the 18th Century, de M. Dorothy George (1925)
On Lambeth Marsh, de Graham Gibberd (1992)
A to Z Regency London (1985): um importante e detalhado mapa de Londres feito por Richard Horwood, de 1792 a 1799 (com atualizações posteriores); também disponível em www.motco.com
The Shadow of the Guillotine: Britain and the French Revolution, editado por David Bindman (1989)
Astley's Amphitheatre and the Early Circus in England, 1768-1830 (tese de doutorado), de Marius Kwint (1994); além do arquivo de recortes de jornais de Astley, disponível na British Library
Buttony, de Mervyn Bright (1971)
The English Regional Chair, de Bernard D. Cotton (1990)

A pontuação usada por Blake ao reproduzir seus poemas era variada e confusa; tomei a liberdade de suprimi-la para facilitar a leitura em voz alta. Os leitores que quiserem vê-las impressas podem procurar *The Complete Poetry and Prose of*

William Blake, edição revista e editada por David V. Erdman (1988). Sei também que o poema "Londres" deveria estar em rascunho quando Jem ouve-o no cemitério de Bunhill Fields, mas usei a versão final para não confundir.

Agradeço às pessoas que me ajudaram a fazer este livro, a saber:

Robin Hamlyn, curador da Tate Collection, em Londres; Chris Fletcher e seu sucessor Jamie Andrews na British Library, que, sem titubear, permitiram que eu manuseasse o bloco de anotações de Blake; Greg Jecman, da National Gallery of Art, e Daniel De Simone, da Biblioteca do Congresso, ambos em Washington, D.C.; Sheila O'Connell, da Prints and Drawings Room do British Museum; Tim Heath, presidente da Blake Society na Inglaterra.

Marius Kwint, especialista em Philip Astley, que espero que faça uma biografia dele, pois Astley devia ser uma figura ainda mais impressionante do que retratei.

Mike e Sally Howard-Tripp, que me apresentaram às alegrias de Piddletrenthide.

Thelma Johns, do Old Button Shop em Lychtett Minster, em Dorset, por compartilhar comigo seus conhecimentos e seus botões em estilo Dorset.

Guy Smith, de Dorchester, pela ajuda com os nomes dos pubs de Piddle Valley.

Lindsey Young e Alexandria Lawrence, por sua ajuda; Zoë Clarke, pela eficiente revisão e edição; Jonny Geller e Deborah Schneider, empresárias do jet set; e as editoras Susan Watt e a novata na equipe (o que seria de nós sem ela?) Carole DeSanti, que me obrigou a movimentar músculos que eu não sabia que tinha.

Laura Devine, que corajosamente me deu o privilégio de batizar com o nome dela um personagem num leilão para levantar fundos para a Fundação Médica para Cuidados com Vítimas de Tortura (Inglaterra).

Minha maior dívida, entretanto, é com o especialista em Blake, Michael Phillips, cujo conhecimento, atenção e abençoadamente simples trabalho sobre Blake nos anos em que viveu em Lambeth me inspiraram a focar nessa fase e sobretudo em 1792 e 1793. A biografia que ele fez de Blake em Lambeth durante o terror antijacobino na Inglaterra está quase terminada e vai ajudar muito a entendermos esse homem tão complicado e incomum. Espero ansiosamente por ela.

VIVA CHAMA

A INSPIRAÇÃO

No começo de 2001, fui a uma exposição das obras de William Blake na Tate Gallery, em Londres. Foi uma exposição ampla que explorou os muitos e variados elementos da vida de Blake: suas pinturas, gravuras comerciais, os livros que imprimiu em cores, seus poemas ilustrados e sua prosa, e as cartas que descreviam seu pensamento radical e o mundo boêmio londrino.

Eu conhecia os poemas de Blake, por tê-los estudado na universidade, e a sua arte, por conta do semestre que passara estudando em Londres, mas nunca os havia visto reunidos no mesmo ambiente. Lembro-me de ter ficado de pé em uma das salas, extasiada pela variedade e intensidade de seu trabalho, pensando: "Esse cara devia estar louco, ou sob efeito de alguma droga, ou ambos". Ao final da exposição, fui à lojinha e comprei um caderno de notas com a imagem de Blake na capa, e pensei: "Esse é o caderno que usarei algum dia para o meu romance sobre Blake." Dois anos e meio mais tarde, abri o caderno e comecei a tomar notas.

Passei um ano inteiro lendo sobre Blake e examinando seu trabalho antes de me aventurar nas primeiras linhas do romance. Há tanto escrito sobre ele que chega a ser ridículo, e confuso também. Acho que Blake é uma espécie de espelho: erga-o à sua frente e você verá refletidos seus próprios interesses e preocupações. Poesia, arte, filosofia, teologia, erotismo, política, sociologia: está tudo lá, basta você escolher enxergá-los.

Não é fácil encarar a obra de Blake. Muito da sua poesia é longa, pessoal e obscura. Suas ilustrações são sombrias e angustiantes. Ao final de um ano, eu não o entendia melhor do que no início – ao menos, cheguei à conclusão de que ele não era nem louco nem usava drogas. Segui em busca daquele trabalho que o desvendaria para mim, mas, após algum tempo, acabei concluindo que eu mesma teria de escrevê-lo.

Os trabalhos que eu revisitava constantemente eram os dois volumes de *Canções da inocência e da experiência* – poemas curtos e simples com os quais sempre me identifiquei e que, de alguma forma, sentia que os compreendia. Decidi, então, que iria me focar nos poemas de *Canções da experiência* – para mim, há mais história na aquisição da experiência do que no estado de inocência. A história de Adão e Eva é interessante porque, no fim das contas, eles provaram a maçã; caso contrário, não haveria história.

Por falar em Adão e Eva, também percorri várias vezes uma anedota sobre Blake e sua esposa, Catherine. Contam que o amigo Thomas Butts, em visita ao casal em Lambeth, deu com os dois nus no jardim lendo *Paraíso perdido*, de John Milton, um para o outro. Ao que Blake teria dito: "Não se importe conosco – você sabe, somos apenas Adão e Eva!" Estudiosos consideram a história pouco verossímil, mas eu simplesmente a adoro, na medida em que humaniza Blake. Então, juntei a ela *Canções da experiência* e lancei as bases para *Chama viva*.

O QUE HÁ DE REAL EM *VIVA CHAMA*?

• William e Catherine Blake, e Philip e John Astley realmente existiram.

• Outros personagens que existiram ao menos em nome, senão em personalidade: a mãe de Blake e seus irmãos, Rachel Pelham, John Roberts, John Fox, Hannah Smith.

• Os Blake moraram nas Residências Hércules entre 1790 e 1800.

• Blake era proprietário de uma impressora, que provavelmente mantinha na parte da frente de sua casa.

• Havia uma parreira e uma figueira no jardim dos Blake.

• Philip Astley dirigia um famoso circo próximo à ponte Westminster. Morava em uma mansão no campo que ficava atrás da casa de Blake. Seu filho, John Astley, era vizinho de Blake.

• Certo dia, Blake viu um menino arrastando um pesado cepo de madeira preso à perna a mando de seu patrão, Philip Astley. Considerando isso uma humilhação, Blake discutiu com Astley, mas acabaram se reconciliando.

• A fábrica de fogos de artifício de William Blake realmente explodiu em 1º de junho de 1792, matando o carpinteiro John Honor.

• A mãe de Blake morreu em setembro de 1792, e foi enterrada em Bunhill Fields.

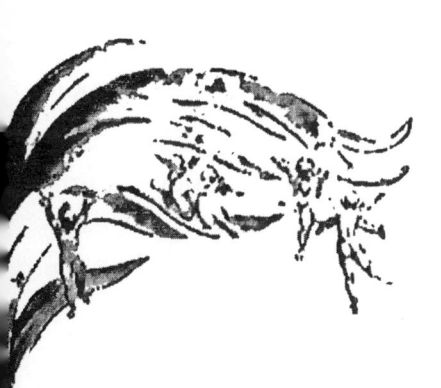

O CIRCO DE ASTLEY

Philip Astley (1742-1814) foi um suboficial inglês, perito cavaleiro, que lutou na Guerra dos Sete Anos, a partir de 1759. Após servir o seu país, passou a treinar cavalos e ensinar a montar, o que o levava a eventualmente realizar proezas em cima do animal. Isso incluía cavalgar de costas, pegar lenços no chão e os lançar para cima sem sair da sela, ficar de pé sobre dois cavalos que galopavam em volta do picadeiro enquanto bebia uma taça de vinho.

Em 1768, montou um show equestre em Lambeth, e logo o ampliou com outras performances: malabaristas que atiravam tochas sem se queimar, um porco adestrado que sabia somar e subtrair, e um cavalo que aquecia uma chaleira de água e preparava uma xícara de chá.

O anfiteatro de Astley, ao pé da ponte Westminster, foi construído em 1769, e a cada ano o show foi ficando mais elaborado, com esquetes teatrais e pantomimas. A construção por diversas vezes pegou fogo, mas resistiu tanto ao legado de Philip quanto ao de seu filho, John, que era conhecido por realizar elegantes passos de dança em cima dos cavalos.

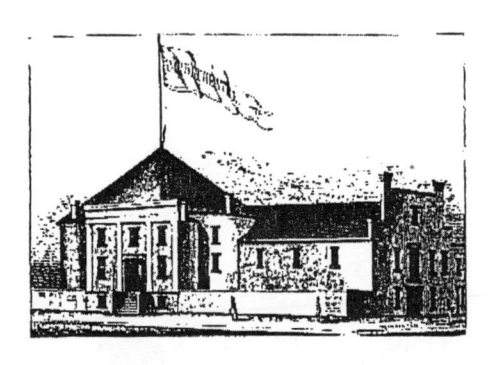

Philip Astley era um personagem fascinante e apaixonado pelo espetáculo. Ele costumava lançar balões de gás de seu quintal; inventou de soltar fogos de artifício no Tâmisa anualmente pelo aniversário do Rei; e chegou a apostar que desceria o Tâmisa, o percurso entre a ponte Westminster e a Blackfriars, de costas, com uma bandeira em cada mão.

Quando a guerra entre a França e a Inglaterra eclodiu, em 1793, Philip Astley foi convocado para a França, mais para elevar o moral da tropa do que para lutar. Ele costumava enviar notícias atualizadas do front, que eram transmitidas por seu filho à plateia do circo.

John Astley assumiu o comando do circo na ausência do pai, e casou-se com Hannah Smith. No entanto, segundo contam, não tinha sequer a metade do carisma de Philip. Ambos terminaram seus dias em Paris; Philip morreu em 1814, John, em 1821. Estão enterrados no cemitério Père Lachaise.

WILLIAM BLAKE

- **Nasceu em 28 de novembro de 1757**. Morreu em 12 de agosto de 1827. Morou a vida inteira em Londres, exceto pelos três anos que passou em Felpham, pequeno vilarejo na costa sul perto de Bognor Regis.

- **Trabalhou em um armarinho,** vendendo luvas, meias e similares no Soho.

- **Aos quatro anos, teve sua primeira visão.** Aos oito, caminhando por Peckham, zona sul de Londres, viu "anjos pendurando lantejoulas no galho de uma árvore". A crença no mundo espiritual iria acompanhá-lo por toda a vida e influir diretamente no misticismo de sua obra.

- **Pertencia à classe dos comerciantes** – situada entre a classe trabalhadora e a classe média. Não era pobre nem rico. Nunca teve propriedade.

- **A princípio, ganhou a vida com gravuras comerciais**, ou ilustrando textos de outros autores. Escrevia, compunha, gravava e imprimia seus próprios livros, mas vendia pouquíssimo, quase sempre a amigos.

- **Não foi muito conhecido na sua época.** Ficaria surpreso com a sua atual fama.

- **Recebeu treinamento como gravador,** e foi seu mestre, James Basire, quem o orientou a fazer esboços de todos os monumentos da abadia de Westminster.

- **Os seus escritos mais famosos são** *Canções da inocência e da experiência*, e o poema "Jerusalém", do seu épico *Milton*.

- **"Jerusalém" foi musicado** por Hupert Parry em 1916, e é o hino mais popular da Inglaterra, ainda que Blake nunca tivesse tido a intenção de transformá-lo em hino. A maioria dos britânicos já cantou "Jerusalém" em casamentos, partidas de críquete ou rugby.

- **Tomou diversas decisões comerciais equivocadas,** o que acabou comprometendo suas finanças e reputação. Por exemplo, passou dois anos trabalhando em 537 ilustrações que acompanhariam a edição do poema "Pensamentos noturnos", de Edward Young, sem ter certeza de que seriam aproveitadas. No final, apenas quatro foram publicadas e, como Blake ficou fora de circuito por tanto tempo como gravador, não recebia mais propostas para outros trabalhos.

- **Mantinha um bloco de notas** onde fez esboços de alguns dos seus mais famosos poemas, como "O Tygre" e "Londres".

Eles se encontram na Biblioteca Britânica e disponíveis ao público, no site http://www.bl.uk/

• **Conheceu Catherine Boucher** após ter sido rejeitado por outra mulher. Na ocasião, ele perguntou a ela se sentia pena dele, e, quando recebeu uma resposta afirmativa, disse-lhe "Então eu a amo", e se casaram.

• **Não tiveram filhos.**

• **Viveram um casamento longo e feliz.** Porém, há indícios, nos poemas de Blake, de que ele teve amantes, e do ciúme de Catherine.

• **Empobreceu ao longo dos anos** e, no fim da vida, estava morando num quartinho à margem do rio.

• **Foi enterrado no cemitério Bunhill Fields,** ao lado de seus pais, irmã e esposa.

• **Para mais informações sobre Blake,** acesse: www.blakearchive.org